UND EWIG SINGEN DIE WÄLDER

Erster Roman der BJÖRNDAL-Trilogie

Trygve Gulbranssen

APEX

neobooks

Impressum

Text:	© Copyright by Trygve Gulbranssen/ Apex-Verlag.
Lektorat:	Dr. Birgit Rehberg.
Übersetzung:	Aus dem Norwegischen übersetzt von Ellen de Boor (bearbeitet von Christian Dörge).
Original-Titel:	*Og bakom synger skogene.*
Umschlag:	© Copyright by Christian Dörge.
Verlag:	Apex-Verlag Winthirstraße 11 80639 München www.apex-verlag.de webmaster@apex-verlag.de
Druck:	epubli, ein Service der neopubli GmbH, Berlin

Printed in Germany

Inhaltsverzeichnis

Das Buch

Die reichen Bauern Björndal und die benachbarte Adelsfamilie von Gall sind tief verfeindet. Als Tore, der Sohn des alten Björndal, bei einem Duell um die Nachbarstochter stirbt, beschwört der unversöhnliche Hass des Alten eine Tragödie herauf...

Der Roman *Und ewig singen die Wälder* des norwegischen Schriftstellers Trygve Gulbranssen (* 15. Juni 1894 in Kristiania; † 10. Oktober 1962 in Eidsberg) erschien erstmals im Jahr 1935 und gilt als einer der großen Klassiker des Heimatromans.
1959 wurde der Roman unter der Regie von Paul May überaus erfolgreich verfilmt. In den Hauptrollen: Gert

Fröbe (als der alte Dag), Hansjörg Felmy (als Tore), Joachim Hansen (als der junge Dag), Anna Smolik (als Elisabeth von Gall), Hans Nielsen (als Oberst a. D. Barre), Maj-Britt Nilsson (als Adelheid Barre) und Carl Lange als (Oberst a. D. von Gall).

Der Apex-Verlag veröffentlicht eine durchgesehene Neuausgabe der *Björndal*-Trilogie.

UND EWIG SINGEN DIE WÄLDER

ERSTER TEIL

Erstes Kapitel

Die schroffen Felsklippen über dem Jungfrautal verblauten in der herbstkühlen Abendluft. Dahinter flammte der Himmel mit blutrotem Schein. Auf der äußersten Klippe stand, dunkel wie der Berg selbst, ein Bär und witterte hinab in das weite Land der Menschen, wo Nebel über Teichen und Bachläufen dampften.

Des Bären Schädel war scharf und kantig, der Hals lang und mager mit dünnen, struppigen Zotteln. Er war die letzten Jahre erst spät im Herbst ins Winterlager gekommen. Soviel er auch schlug und in sich schlang - es wollte nicht verschlagen. Die sichere, satte Fülle, die er früher zur Herbstzeit immer im Leibe gespürt hatte, wollte und wollte sich nicht einstellen. Dieses Jahr war es ganz schlimm. Da murrte irgendwo im Leibe ein Schmerz, und kein Fraß wollte mehr schmecken wie einst. Von den Tieren, die er schlug, blieb das meiste liegen; warmes Blut, noch zuckende Herzen und andere leichte Bissen, damit war er satt.

Er vermochte auch nicht mehr dem Elch durch die Wälder zu folgen. Die Muskeln wurden steif und müde - und dann bohrte der Schmerz da drinnen so heftig. Vielleicht stammte er von damals her, wo es von dem Menschen so gräulich donnernd knallte droben im Norden, im Wald von Björndal. Der Knall bohrte sich ihm in die Flanke, dass das Blut in Strömen rann, und noch lange schmerzte und fraß es dort. Aber konnte er auch den Elch nicht mehr verfolgen, so hatte er doch manches Schaf gerissen, manche Kuh geschlagen. Diesen Herbst hatten die Menschen ihr Vieh allzu zeitig eingetrieben. Er musste sich mehrmals im Dunkel der Nacht bis zu den Häusern wagen und Stalltüren einschlagen, um Blut und Fraß zu finden. Die Menschen waren mit Hallo und Geschrei hinter ihm her gewesen, aber da hatte er mit der Tatze nach einem ausgeholt, dass er liegenblieb. Seitdem ließen sie ihn in Ruhe.

Hier in dem offenen Lande waren Menschen und Hunde anders als droben im Norden, im Björndal - dem Bärental, wo er in seinen jungen Jahren gehaust hatte. Dort hatten sie Hunde, die darauf losgingen und bellten, dass man ganz wirr wurde - und die Menschen schrien und lärmten nicht, die kamen so leise, dass man sie nicht gewahr wurde, ehe sie einem dicht auf dem Pelz waren. Und dann knallte es und ging einem durch Mark und Bein und schmerzte noch lange danach im Leibe. Hier im offenen Lande verkrochen sich die Hunde ängstlich hinter den Menschen, und es gab nur Lärm, aber keinen Knall. Hier wollte er bleiben und am Abend zu einem Stall Vordringen, wenn die Lichter dort unten erst einmal verschwunden waren.

Lange stand der Bär schwarz und drohend gegen den Himmel, der mehr und mehr dem Blut und der Nacht entgegendunkelte. Das Haupt war eckig, der Hals weit vorgebeugt mit struppigem Haar - riesig der Leib, aber dürr, und in scharfen Kanten standen die Schulterblätter unter dem Pelz heraus.

Der alte Bär - der reißende Bär!

Am gleichen Abend waren die Männer des Bezirks in Haufen zum Pfarrhof gekommen. Herr Diderich, der Pfarrer, herrschte mit väterlicher Gewalt über den Bezirk, wenn der Oberst auf Borgland fort war - und der war jetzt nicht daheim.

Herr Diderich war neu in der Gegend, aber er hatte schon gezeigt, wes Geistes Kind er war. Für Krankheit bei Mensch und Vieh wusste er Rat, und für die geistliche Wohlfahrt der Gemeinde besaß er eine gewaltige Rednergabe. So musste er wohl auch für Bären und anderes Unglück Hilfe finden können.

Viele hatten die abendliche Glut des Himmels als ein Vorzeichen genommen - es deutete auf Unheil. Ja, einer behauptete sogar, am Himmel ein blutiges, flammendes Schwert gesehen zu haben, und da bildeten sich auch andere ein, sie hätten es bemerkt. Sie saßen in der Wohnstube des Geistlichen und redeten von den schweren Zeiten. Schafe waren geschlagen, Kühe gerissen worden.

Lange vor der Zeit hatten sie ihr Vieh heimgeholt. Doch da war das Unerhörte geschehen: Stalltüren waren eingeschlagen, in Stücke gesplittert, Vieh erwürgt und die anderen Tiere erschreckt und verstört worden. Per Veit, der junge Knecht auf Björkland, hatte von dem Untier eins hinter die Ohren bekommen, dass er seitdem ohne Besinnung lag.

Das war kein gewöhnlicher Bär! Das war ein Untier, wie man noch keines gesehen hatte, mächtig und mager und eckig - mit grünen, blitzenden Augen - und dann hatte es auf der einen Seite eine Blesse, das hat kein natürlicher Bär auf dieser Welt.

Sie warteten in der Stube des Pfarrherrn. Und Herr Diderich ließ sie warten. Er ahnte wohl, was sie wollten, und musste sich erst bedenken, um auftreten zu können, wie es sich gebührte.

In der Stube war es still geworden. Bleich und ratlos starrten sie einander an. Die einen dachten wohl an das blutige Himmelsschwert und an kommendes Unheil - andere vielleicht an den Heimweg im Dunkeln und ob das Ungeheuer über sie herfallen würde. Und wieder andere ärgerten sich über den Alten von Björkland, der sie veranlasst hatte, zu nachtschlafender Zeit hierherzukommen.

Wohl alle fürchteten, dass vielleicht gerade in diesem Augenblick das Untier in ihren eigenen Stall einbrach und das Vieh schlug.

Und wozu waren sie eigentlich hier? Was für einen Rat konnten sie erwarten? Der Pfarrer hatte am vergangenen Sonntag von der Kanzel herab um Schonung vor Strafen und Ungeheuern gebetet. Die Stimme hatte wie Donnerrollen durch die Kirche gedröhnt - aber zwei Tage später brach der Bär in den Stall von Björkland ein. Was konnte da selbst der Pfarrer noch ausrichten?

Mit Hunden und Büchsen waren sie zum Treiben ausgezogen. Aber die Hunde waren bange und die Büchsen rostig; außerdem kam keiner zum Schuss, wenn der Bär sich gegen ihn wandte. Schande genug - aber mit feigem Geheul liefen sie davon, als sie Per Veit vor der Bärentatze zu Boden stürzen sahen.

Wäre wenigstens der Oberst auf Borgland daheim gewesen! Er war doch ein tapferer Krieger; aber auch er würde kaum mit einem solchen Untier anbinden wollen. Es wäre auch so eine Sache, meinten einige, bei einem Wesen, das nicht von dieser Welt war.

Da kam Herr Diderich.

Alle erhoben sich ehrerbietig, und der Bauer von Björkland musste heraus mit dem, was er auf dem Herzen hatte. Der Pfarrer forderte sie auf, sich zu setzen, und selber stehend, redete er zu ihnen Gottes Wort von Strafen und der Zuchtrute des Herrn und frommer Ergebung in das Unabänderliche.

Der letzte Rest von Mut schwand den meisten bei dem Gedanken an all das *Unabänderliche*, das auf dem Heimweg im Dunkeln auf sie lauern mochte.

Der einzige, der nach der Rede des Pfarrherrn noch des Wortes mächtig war, der geizige Björklandbauer, der verlangte Rache an dem Untier für seine Schafe und die gute Sterke, die in ihrer Bucht zerrissen worden war - und er war es auch, der auf einen Gedanken kam, den kein anderer in der Gesellschaft hätte ausdenken können.

Er räusperte sich und senkte den Blick, so tief er konnte; denn er wusste, welchen Eindruck sein Vorschlag machen würde. Wenn unser Herrgott versagte, gab es eben keinen anderen Ausweg. Dann musste man versuchen, ob der Böse und seine Helfer auf Erden in dieser Sache ausrichten konnten, was andere nicht vermochten.

Er räusperte sich nochmals und krächzte heraus: Wenn es keinen besseren Rat gäbe, so müssten sie sich droben im Bärental umhören, ob ihnen nicht von dort Hilfe kommen könne.

Einer hob den Kopf und versuchte, zornig auszusehen, andere duckten sich tief, als wagten sie niemandem ins Auge zu blicken.

Zentnerschwer lastete die Stunde auf den steifen Nacken der Bauern. Sie, die in allem so viel größer und bedeutender waren als diese Waldläufer oben in Björndal - sie sollten zu diesem Pack um Hilfe schicken? Aber das Wort war gefallen, und es schien doch, als atme jede Brust erleichtert auf. Jetzt war das Schlimmste überstanden, jetzt, da es in nackten Worten ausgesprochen war. Keiner wagte zu widersprechen.

Aber wen nordwärts senden? Es ging nicht an, etwa einen Knecht oder so jemanden zu schicken, denn das Gesindel dort war hochnäsig über die Maßen. Das konnte man schon merken, wenn sie vorbeifuhren oder sich, selten genug, an der Kirchentür zeigten.

Ein dunkler Bergwald schied das offene Land und die Gemarkung von Björndal - ein Bergwald, in den sich seit Menschengedenken kein Christenmensch aus der Landschaft gewagt hatte. Durch diesen Wald führte der Weg - und wie mochte es dahinter aussehen? Vermutlich nur wieder Wald, und vielleicht kam der Bär mitten auf dem Wege über einen. Und die Menschen, die so hochmütig und stocksteif waren, wenn sie einmal herunterkamen, waren vielleicht noch wilder als der Bär, falls man in ihren Bereich gelangte. Seit Urzeiten hatten die Leute im offenen Land hässlich und verächtlich über die Waldleute im Norden geredet, so dass sie sich jetzt vor dem eigenen Gerede fürchteten.

Niemand dachte daran, dass die Reise ihn selber treffen könne. Niemand wagte einen Namen zu nennen. Aber - einer musste dran. Da zeigte sich Herr Diderich als wahrer Vater des Bezirks. Wenn jemand kutschieren wolle, so sei er morgigen Tages bereit, zu fahren. Schließlich blieb die Fuhre auf dem hängen, von dem der Vorschlag ausgegangen war - und der Björklandbauer musste einwilligen.

Das offene Land war seit Menschengedenken Ackerland mit sesshaftem Volk. Die Wälder wurden östlich und westlich immer weiter zurückgedrängt. Erst schoben sich lichte Weidegehege hinein, dann folgten Vorwerke, und endlich wogten breite Felder nach. Nur an den Bachbetten und längs der Einhegungen, die Hof von Hof schieden, durften Laubbäume als Erinnerung an die einstigen Wälder verbleiben. Aber der Wald, der richtige, große, singende Wald, lag nur wie eine Ahnung weit hinter all den Feldern im Osten und Westen. Die Waldplätze, die dort weit draußen zu den Höfen gehörten, dienten nur dem Hausgebrauch, zu etwas Zimmerholz, falls ein Hausbalken ersetzt werden musste, oder zu Brennholz.

In alter Zeit hatten die Wälder hier drinnen, fern von der Küste, keinen Wert. In den weiten Landschaften siedelte der Bauer mit Äckern und Wiesen und Vieh im Stall. Er kümmerte sich nicht um Jagd und Weidwerk und Herumtreiberei. So hatte sich das bebaute Land über den alten Waldboden nach Osten und Westen gelagert, und nach Süden schloss sich Siedlung an Siedlung.

Aber es gibt noch den Norden. Und nördlich vom offenen Land hatte der Wald seit jeher bestehen dürfen. Dunkel und mächtig sang er sein altes Lied über Höhen und Hänge unendlich nach Norden fort.

Trolle, Huldren und Spuk aller Art waren dort zu Hause. Im offenen Lande diente der Wald im Norden dazu, die Kinder zu schrecken. Kein Wunder also, dass die Kinder in dem Glauben aufwuchsen, alles Böse lauere dort oben. Und es war auch etwas Wahres an dem Schrecken der Wälder. Kam der Bär zu blutigem Streifzuge ins Land herunter, so kam er aus den Wäldern im Norden. Schweiften allerwegen Wolfsrudel, wie es in alter Zeit geschehen war, so kamen sie aus den Wäldern und Bergen im Norden. Schwebte der Adler über den Viehweiden und raubte Lämmer und anderes Kleinvieh - er kam von Norden. Kreiste der Habicht hungrig über der Hühnerschar - er war aus dem Norden. Schlich Reineke umher, um die fetteste Gans zu stehlen - seine Spur wies nach Norden. Fegte eisiger Sturm im Herbst und Winter über die Wege und kahlen Felder - dann war er als Nordwind am schlimmsten. Alles Böse kam von Norden - aus den Wäldern.

Doch die Menschen sind verschieden; und wenn die Leute des offenen Landes sich nicht in die Wälder wagten, so setzt doch der Mensch seinen Fuß überallhin, und es wohnten also in jenen Wäldern Menschen. Vielleicht waren sie von Norden gekommen, vielleicht von Osten oder Westen, niemand in den Siedlungen wusste es, und niemand wusste, wann. Es musste viele, viele Menschenalter her sein. Mit der Zeit war dort oben eine Gemarkung entstanden, Leute zeigten sich auf den Straßen des offenen Landes. Aber sie kamen einander nicht nahe, die Menschen aus den Wäldern und die aus dem offenen Land. Nie hatten sie miteinander gesprochen. Stolz gingen die aus dem offenen Lande an den Waldleuten vorbei, wenn sie sich trafen - hielten sie für Pack und Schlimmeres und begegneten ihnen nicht gern in der Dunkelheit.

Wie die Zeiten gingen, hatten sich die Bauern daran gewöhnen müssen, die Leute aus dem Norden immer häufiger auf ihren Wegen zu treffen. Früher sollten sie einen Weg westlich durch die Wälder zu den anderen Siedlungen gehabt haben; aber der geriet wohl über der besseren Straße nach Süden in Vergessenheit. Sie brachten ihre Waren, Felle und anderes mit, was sie im Süden verkauften. Es konnte Vorkommen, dass sie in südlicheren Gemeinden Handel trieben, niemals aber hier mit ihren Nachbarn. Sie bezahlten bar und erregten kein Ärgernis. Es waren Männer darunter, so groß und stolz, dass sie auf die Bauern hinabsahen. Das trug wohl das Seine dazu bei, dass sie von den Bauern scheel angesehen wurden.

Nach und nach - je mehr die Nordleute mit den Siedlern im freien Lande in Berührung kamen, drang einiges über das Leben dort oben in die Gemeinden. Aber selbst, wenn man sie nicht mehr gerade für Pack nahm, blieben sie doch missachtet. Sie waren die Leute hinterm Wald, verachtet wie der Wald selbst. Man hielt sie kaum für Christen, und Zauberei, Zügellosigkeit und wüste Schlägereien wurden ihnen nachgesagt.

Zweites Kapitel

Am Morgen nach der Versammlung im Pfarrhof kam ein Wagen mit zwei Männern an Borgland vorüber und bog nordwestlich um den grausigen Absturz des Jungfrautals, tief unter den schwarzen Felszinnen in die Waldberge, die das Bärental umschließen.

Der Alte von Björkland hatte es schwer bereut und gehofft, auch der Pfarrer würde sich besinnen. Aber auf dem Pfarrhof war schon bei Morgengrauen Nachricht eingetroffen, der Bär habe heute Nacht in Bö im Osten des Kirchspiels gehaust. Der Pfarrer war mächtig wütend und trieb nur umso mehr, zu fahren, was das Pferd laufen konnte. Er war erst neu in der Gegend, und wenn er auch schon gut über den Ruf Bescheid wusste, den Björndal und seine Bewohner genossen, so hatte ihn die Angst noch nicht so durchdrungen wie die Eingesessenen. Doch wechselten er und der Björklandbauer während der Fahrt kein Wort, und sie krochen tief in sich zusammen, als sie unter den Klippen des Jungfrautals entlangfuhren.

Dort in der Tiefe hausten gefährliche, lockende Jungfrauen, und in dunklen Nächten stiegen von dort Klänge wie von Saitenspiel und Gesang auf. Leute, die sich des Abends auf diesen Weg gewagt hatten, waren nie wieder gesehen worden. In den Klippen, die sich auf der anderen Seite des Weges erhoben, hatten Huldren und Trolle ihre Behausung, und nächtlicherweile war dort wüster Lärm zu hören.

Der Bergwald auf dem Weg nach Björndal war finster, seine riesigen Bäume rauschten drohend und dumpf. Am

Waldrand, wo sie sich lichteten, wo der Blick über die Gemarkung schweifen kann, auf der Höhe, wo der Hügel steil abfällt, dort hielten sie an.

Der Pfarrer zog die Brauen hoch, und der alte Björkland tat es ihm nach; im hellen Leuchten der bleichen Herbstsonne lagen die weiten Ketten der Wälder und Hügel vor ihnen, alles Böse und Dunkle, was sie hatten sagen hören, schwand dahin bei diesem Anblick. Der Pfarrer räusperte sich nur, und der Alte hinter ihm schwieg.

Dann fuhren sie weiter, jetzt bergab, und bogen in Hammarbö, den ersten Hof des Bezirkes, ein. Alle ältesten Söhne des Hofes hießen seit undenklichen Zeiten Örnulf, wurden aber nur Örn (Adler) genannt. Immer zwei, manchmal drei, aber es war auch schon vorgekommen, dass vier zugleich Örn hießen.

Die beiden, die von Süden dahergefahren kamen, trafen auf dem Hof eine Viehmagd und schickten sie hinein. Während der Wartezeit sahen sie sich um. Sie betrachteten die dunklen Blockhäuser, auf deren Dach das Gras üppig wuchs, betrachteten den Wald dahinter und die Felsklippe, die sich wild und blau in den hellen Himmel hinauftürmte, drohend schwer, als habe sie im Sinn, Hof und Leben dereinst unter sich zu zermalmen.

Der älteste Örn trat in die Laube hinaus und blieb stehen - ein Alter am Stock. Der Pfarrer winkte ihn heran, aber der alte Örn auf Hammarbö stand in seiner Laube, rührte nicht Fuß noch Stock, sagte nur: »So, der Herr Pastor ist unterwegs.« Der Pfarrer runzelte wohl unmutig die Stirn, nannte aber den Zweck seiner Reise. »Ach so, Bärenjäger«, antwortete der Alte nur und wies quer über das Tal hin, gerade nach Norden. »Altbjörndal.« Der Pfarrer folgte der Richtung des Stockes, und dort im Norden, am Waldsaum, noch über dem Tale, thronte ein Hof mit vielen großen Gebäuden, dunkel wie der Wald selber; nur hin und wieder blitzte ein Sonnenstrahl in den Fenstern auf. Der Pfarrer und der Bauer hatten ja von dem Hof gehört, der Altbjörndal hieß - und ahnten wohl, dass es damit eine besondere Bewandtnis haben müsse. Denn von jenem Hof kamen die großgewachsenen Männer, die auf alles Volk in der Niederung hinuntersahen, und von dort die Gespanne mit den wilden schwarzen Gäulen, die alle anderen überholten. Etwas Großartiges lag über ihnen, das die Leute im offenen Land nur den Größten ihrer eigenen Leute gestatteten, keineswegs aber Männern aus einer Waldsiedlung.

Gerade über die Männer von Björndal waren die Gerüchte über Mord und Totschlag und wildes Leben im Umlauf. All das schrumpfte jetzt so merkwürdig zusammen, als sie den Hof dort oben liegen sahen, stark und sicher wie keinen anderen, den sie kannten. Vielleicht begriffen sie jetzt, dass jene Männer das Recht hatten, so aufzutreten. Und dann wurde es dem Pfarrer und dem Bauern gleichzeitig klar, hier waren sie mit ihrem Bären recht unwichtig, und beide fühlten sich beschämt über den Klatsch, den sie mit angehört und weitergetragen hatten. Wohl aus diesem Gefühl heraus wandte sich der Pfarrer wieder dem alten Örn zu und fragte, ob man nicht auch anderswo Bärenjäger auftreiben könne. »Oh« -der Alte zog das Wort lang -, »Fremde müssen sich da oben melden.« Zweierlei fiel dem Pfarrer an dieser Antwort auf. Erstens einmal, dass er, der Pfarrer, ein Fremder genannt wurde - und dann, dass es wie ein Gesetz klang, Fremde hätten sich auf Altbjörndal zu melden. Weiter war dann wohl nichts mehr zu sagen; sie grüßten und fuhren weiter bergab.

Unten im Tal gab es mehr menschliche Behausungen, als sie erwartet hatten. Wohl sahen sie dürftig aus; aber sie kamen durch eine Siedlung nach der anderen mit Gebäuden, Vieh und Menschen, die ihnen verwundert nachstarrten. Also traf man auf diesen Wegen doch keine Bären, und die Gemarkung bestand nicht nur aus dunklem Wald. Ackerbreiten und Wiesen lagen zwischen lichten Birkenhainen, und Laubbäume überschatteten die Häuser.

Ein Gedanke keimte in dem Pfarrer auf. Er erinnerte sich, gehört zu haben, dass einer seiner Vorgänger den Leuten aus dem Walde strenge Vorhaltungen gemacht habe, es zieme sich für Christenmenschen nicht, bewaffnet zur Kirche zu kommen. Und dass sie seitdem nicht mehr in der Kirche erschienen waren, außer wenn ein Neugeborenes getauft oder ein Mensch beerdigt werden sollte, oder wegen einer Heirat. Das war Aufsässigkeit gegen die Kirche. Jetzt wusste er, woher diese kam, under warf finstere Blicke zu dem dunklen Hof am Waldrand hinauf. Doch rasch verflog sein Zorn. Da ging er mit diesen Waffenleuten ins Gericht - und kam doch gerade, um Waffenhilfe zu erbitten. Eben hatte er geglaubt, auf diesem Hof noch großartig gebieterisch auftreten zu können, jetzt spürte er, wie er den Boden unter den Füßen verlor.

Der Weg durch das Tal war länger, als er erwartet hatte, und der Hang zu ihrem Ziel hinauf beschwerlich. Sie wunderten sich beide, als sie droben zwischen Äckern und Wiesen dahinfuhren. Wohl war längst alles eingebracht; aber die Felder zeigten ihnen noch, wo Korn und Flachs gestanden, wo leuchtende Wiesen im Sommerlicht gewogt hatten. Da kamen sie immerhin zu sesshaften Christenmenschen.

Am meisten wunderten sie sich vielleicht, als der Wagen auf dem Hof hielt und die Reise zu Ende war. Der Hofplatz war noch nicht so weit und groß wie in späteren Zeiten, doch damals schon stattlich genug, und viele große Gebäude warfen ihre Schatten. Der Hof lag still da, merkwürdig einsam und still. Es war wohl Essenszeit und niemand auf den Beinen. Aber selbst ein stiller Hof hat wache Augen; im Laubengang erschien ein junger Mann, eine blonde Erscheinung mit sonnengebleichtem Haar und lichtem, schönem Antlitz; die Augen aber waren seltsam blau und scharf.

Herr Diderich stutzte. Er war weit umhergekommen, hatte in Rostock studiert und auf seinen Wegen viele Menschen gesehen. Dieser Jüngling mit dem behutsamen, weichen Gang, der schlanken Gestalt und dem schönen, hocherhobenen Kopf - er gemahnte ihn an vornehme Leute, denen er begegnet war - an sehr vornehme Leute. Sein Blick täuschte ihn nicht; das war kein Pack. Der Bursche betrachtete ihn scheu und forschend; der Pfarrer winkte ihn heran. Das war seine Art, niemals stieg er ab, wenn er durch die Gemeinde fuhr, außer da, wo der Tod im Hause war. Die Leute hatten dorthin zu kommen, wo er saß, und ehrerbietig vor ihm stehenzubleiben. Nur auf dem alten adligen Herrensitz Borgland, dem Beherrscher des offenen Landes, trat er untertänig lächelnd ein. Der junge Mann kam auf des Pfarrers Wink heran und stand vor ihm; der Pfarrer wollte mit dem Vater reden - denn er sei doch wohl der Sohn des Hauses.

Ja, er sei der Sohn; und er wandte sich, den Vater zu holen. Doch er kehrte allein zurück. Der Vater habe gesagt, der Pfarrer möge hereinkommen. Da wurde Herr Diderich rot. »Ich bin hier der Pfarrer und habe mit deinem Vater zu reden, wenn du das bestellen willst, und ich habe Eile!«

Wieder war der Bursche drinnen, und wieder kam er allein heraus. Er solle bestellen, auch der Pfarrer sei drinnen willkommen; es lag eine Schärfe in seinen Worten. Der Pfarrer zog die Brauen hoch in die Stirn, und es zuckte um seine Mundwinkel, als er abstieg, mit großen Schritten über den Hof ging und eintrat, wohin ihn der Bursche wies. Der Björklandbauer folgte verwundert.

Drittes Kapitel

Der Pfarrer und der Alte traten in eine dunkle Diele mit Türen zu beiden Seiten. Der Bursche führte sie durch die Tür zur Rechten und durch ein Zimmer in die innerste Stube.

Hier bekam das Gesicht des Pfarrers einen anderen Ausdruck. Es war ein kleiner Raum; mächtige Pfosten trugen die niedrige Decke, und die Wandbalken waren von gewaltigen Maßen. In der langen Südwand war ein breites, niedriges Fenster mit kleinen dunklen Scheiben. Jetzt warf die Sonne einen goldenen Schimmer hindurch. In der Nordecke der westlichen Kurzwand sprang ein Windfang bei einer Tür in das Zimmer vor; in der Südecke war ein Fenster gleich dem ersten. Dieses Westfenster stand offen, und das Tageslicht fiel dort quer über einen Tisch. Darauf lagen eine Bibel und ein anderes Buch und geschnittene Federn neben einem Tintenfass. Der Pfarrer sagte sich nochmals, dass sie hier nicht zu kleinen Leuten gekommen waren. Damals gab es noch nicht sehr viele Höfe, wo man die Bibel las und schreiben konnte. Alles Gerät im Zimmer war schwer und gewichtig und mit großer Kunstfertigkeit geschnitzt. Oben im Halbdunkel an den Wänden unter Dachbalken und Decke blinkte es kalt von Waffen.

Der Pfarrer und der Björklandbauer blickten sich stumm an. Dann ging die Tür auf, und ein Mann trat herein. Nach allem, was sie bisher gesehen hatten, musste es der Vater des Burschen sein; aber er wirkte nicht ganz so licht, und sein Gesicht war wie von Eisen. Als sei es durch viele Geschlechter geübt, keine Gefühle zu zeigen-weder

Kummer noch Freude. Die strengen Worte, die dem Pfarrer auf der Zunge lagen, bleiben unausgesprochen.

»Hier ist Platz zum Sitzen«, sagte der Mann nur und setzte sich selbst an die Längswand, wo die Sonne vom Fenster ihn nicht erreichte. Der Pfarrer suchte sich auch einen Platz, und der Bauer von Björkland tat es ihm in allem nach. So schwierig hatte sich der Pfarrer seinen Auftrag nicht vorgestellt. Alle Gedanken stockten vor dem Mann dort drüben, und die Worte blieben ihm im Halse stecken.

Eine Wolke zog über die Sonne und verdunkelte das Zimmer. Der Auftrag wurde dem Pfarrer dadurch nicht leichter. In dieser großen, abendlich dunklen Stube kam er sich vor wie in einer fremden Welt. Aber er musste mit der Sprache heraus, und als er erst in Gang gekommen war, fügte sich Wort an Wort. Sie wurden zu einem Bericht von dem, was draußen geschehen war, von dem Besuch auf Hammarbö und wie der Alte dort ihn hierher gewiesen habe. Jetzt setzten sie ihr Vertrauen auf ihn und seine Leute und bäten ihn um Hilfe gegen die Verheerungen des Untiers.

Torgeir hieß der damalige Bauer auf Björndal - jener, der so stumm vor dem Pfarrer an der Wand saß - stumm, denn er erwiderte kein Wort auf dessen Rede. So musste der Pfarrer denn wieder loslegen, wie Christenmenschen einander in der Not beistehen müssten und wie es auch geschehen könne, dass in Missjahren oder zu anderen Zeiten das offene Land die Hilfe so oder so vergelten werde. Da erhob Torgeir Björndal langsam den Blick zum Pfarrherrn: »Ihr braucht mich nicht an Christenpflicht zu mahnen, und bis jetzt haben wir hier oben weder in Notzeiten noch sonst Hilfe vom Flachland erbeten. Ich denke, wir schlagen uns schon selber durch, wie es Mannespflicht ist.«

Der Pfarrer stand auf und gab dem andern zu verstehen, er werde für die Mühe bezahlt werden, wenn er mitkäme. Er selbst geizte mit allem, was Wert hatte, und geizig waren sie alle draußen im Lande. Darum schien es dem Pfarrer ein so verlockendes Angebot. Auch der andere erhob sich, Torgeir Björndal, und blickte zum Fenster, als wolle er hinaussehen. Doch das Glas war blind und dick und taugte nur dazu, Licht hereinzulassen, nicht hinauszuschauen. Dann wandte er sich dem Pfarrer breit zu und ließ die Worte fallen: »Wir haben selbst ein paar Bären, mit denen wir uns herumschlagen müssen - hier im Norden; wir brauchen nicht deswegen zu Euch hinunter zu reisen.«

Da legte der Pfarrer alle Großspurigkeit und Würde ab und bat schlecht und recht in Gottes Namen um Hilfe. Und erzählte, ohne etwas hinzuzutun, wie sie selbst versucht hätten, das Untier zu erlegen, und wie übel es abgelaufen sei. Und er schilderte auch die mächtige grausige Bestie von Bären mit dem grünen Glanz in den Augen und der Blesse an der Seite - so gewaltig und grimmig war der Bär, dass er die Menschen zu Tode erschreckt hatte.

Torgeir saß wieder dem Fenster zugekehrt; als der Pfarrer jedoch die Blesse an der Flanke des Bären erwähnte, da wandte er sich jäh und durchbohrte den Pfarrer mit seinem Blick. Diderich fuhr mit einem großen Schritt zurück; dieser Blick war wie ein Stoß mit blauem Stahl. Lange stand Torgeir Björndal so, dann sah er über den Pfarrherrn fort nach der nördlichen Längswand. Dort hing ein Bärenmesser, blank und gefährlich, ohne Rost. Schließlich wandte er sich still und blickte lange zu dem offenen Westfenster hinaus. Die Sonne leuchtete drüben am Hang auf, ein bleicher Herbstschein. Die Schärfe schwand aus seinem Blick, die Züge wurden von neuem eisern, nichts war in ihnen zu lesen. Er setzte sich auf seinen alten Platz neben dem Südfenster, wo die Sonne jetzt wieder in der Scheibe blinkte. Er stemmte die Ellbogen auf die Knie und stützte das Kinn auf die Fäuste. Auch der Pfarrer hatte sich wieder gesetzt. Er wagte nicht, weiterzusprechen, er überlegte nur, ob er etwas gesagt hätte, was den andern erzürnen konnte. Torgeir Björndal rührte sich immer noch nicht, aber es bewegte sich etwas um Kinn und Mund, und dann kamen die Worte. Es war, als fasse er nur für sich selbst seine Gedanken in Worte. Die Stimme war tief und rau. »Meines Vaters Vater starb« - hier schwieg er, und der Pfarrer sah ihn verwundert an, während der Bauer von Björkland nach der Tür schielte, um sich zu vergewissern, dass er den Rücken frei hatte.

»Er starb«, wiederholte Torgeir, »ein Bär schlug ihn.« Der Pfarrer begann zu begreifen und blickte gespannt vor sich hin. Der Alte von Björkland beugte sich ebenfalls lauschend vor; sein Mund öffnete sich vor Verwunderung.

»Mein Vater starb - ein Bär fällte ihn.«

Der Alte von Björkland stieß einen hörbaren Seufzer aus. Und der Pfarrer kroch in sich zusammen.

»Ich hatte einen Bruder; auch er geriet mit einem Bären zusammen und hatte den Tod davon.«

Hier schwieg Torgeir lange. Der Pfarrer saß wie versteinert, und dem Alten hinter ihm stand der Mund weit offen; seine Augen waren so groß und starr aufgerissen, dass ihm Tränen über die Backen liefen. Torgeir fuhr noch leiser fort: »Ich hatte auch drei Söhne. Jetzt habe ich nur noch zwei. Der älteste ging voriges Jahr auf den Bären. Er war noch ein junger Bursche; ich sagte, er solle nicht, aber er musste natürlich los, und heim ist er nicht gekommen - bisher.« Lange Pausen lagen zwischen den Worten, und das letzte war wie ein Hauch. Was da erzählt wurde, klang den beiden wie eine Sage, fern, fern aus einer anderen Welt. Dann richtete er sich wieder auf, der Mann vor ihnen, und wandte den Blick zum offenen Fenster: »Mein Großvater erlegte siebzehn, und mit dem letzten zugleich blieb er.« Wieder schwieg er eine Weile. »Der Bär hatte an der Flanke einen hellen Streifen - wie ein falbes Pferd

Der Pfarrer zog die Brauen hoch in die Stirn hinauf, seine Hände zitterten ein wenig. Der Alte hinter ihm ließ die Unterlippe hängen, und Speichel rann ihm in den Bart, seine Knie bebten leicht. Torgeir Björndal fuhr fort-und seine Stimme war fast unhörbar: »Mein Vater erlegte siebzehn, der letzte gab ihm den Tod - und hatte an der Flanke einen hellen Streif wie ein falbes Pferd.« Es knackte im Stuhl des Bauern von Björkland, und der Pfarrer vergaß zu atmen.

»Wir haben zwei solche Bärenfelle hier im Hause. Auf beiden trug man Leichen heim.« Die Sonne schwand gerade, als das letzte Wort fiel, Dunkelheit füllte den Raum mit Schauder. Da erhob sich Torgeir und blickte zum Fenster. Fest klangen jetzt seine Worte: »Ich selber habe sechzehn erlegt. Mehr gedachte ich nicht zu jagen. Hat aber dieser eine helle Flanke, so ist er wohl aus der Sippe derer, die meinen Vater und dessen Vater schlugen - und dann muss ich dran. Es geht zu Ende mit den Bären dort unten bei Euch, ahnt mir - und - vielleicht auch mit mir.« Der Pfarrer hätte wohl etwas sagen wollen, fand jedoch kein einziges

Wort. Auf so starke Dinge war er nicht gefasst. Torgeir gab ihnen zu verstehen, sie könnten heimfahren. - »Ich komme nach.«

Wenn sie Essen haben wollten, ehe sie aufbrächen, so sei genug da. Die beiden erhoben sich nur und fanden still hinaus. Zu essen vermochten sie nach dem, was sie gehört hatten, nicht. Auch wurde auf dem Heimweg nichts zwischen ihnen gesprochen. Torgeirs Worte erwähnten sie niemals.

Früh am nächsten Morgen kam von Norden her ein Mann zum Pfarrhof; wie ein starkes Tier ging er mit weichen, zähen Schritten, langbeinig wie ein Elch. Er trug das Haupt hoch und aufrecht, und seine Schultern waren gewaltig breit. Die Kappe saß knapp auf dem Kopf und hatte über der Stirn einen Schirm zum Schutz gegen die Sonne. Die Jacke war kurz und eng, darunter trug er eine Weste von gegerbtem Leder. Die Hosen waren gleich unterhalb der Knie geschnürt bis hinab zu den fest um die Waden geschnallten ledernen Wickeln; und seine Schuhe saßen weich um den Fuß. Über der einen Schulter hing an einem Riemen das Felleisen, über der anderen die Büchse. An der rechten Hüfte steckte ein kurzes, breites Messer in einer Scheide, und zwei grauborstige Hunde führte er an der Leine.

Seine ganze für einen Jäger geeignete Ausrüstung war abgenutzt und verschlissen vom Umherstreifen in Wald und Fels. Viel Staat war nicht damit zu machen, aber an den Handgelenken und am Halse schimmerte das Hemd so weiß, wie nur die Sonne es bleichen kann, und die Knöpfe an der Weste blinkten wie Silber.

Das war Torgeir Björndal.

Der Pfarrer fragte höchlichst verwundert, ob er allein käme. »Nein«, antwortete Torgeir, »ich habe Büchse und Hunde mit.« Seine Miene war eisern und der Ton der Stimme so, dass der Pfarrer keine weiteren Worte fand. Torgeir wollte nur noch wissen, ob der Pfarrer seit dem Besuch des Bären auf Bö in der vorigen Nacht etwas gehört habe; aber das hatte er nicht.

Dann ging Torgeir. Der Pfarrer folgte ihm lange mit seinem Blick.

Nach der großen Angst kam es wie ein Gefühl der Sicherheit über die Gemeinde. Von Hof zu Hof lief die Kunde von dem Schützen, der ausgezogen war. Die beiden, die ihn geholt hatten, gaben über ihren Besuch auf Björndal nichts von sich; nur so viel ließ der Björklandbauer über seine Lippen kommen, dass die Leute merkten, in diesem Bären trieb der Teufel sein Spiel. Dass der Schütze allein auszog, zeugte von unglaublichem Mut; und es musste Zauberei dahinterstecken.

In Stuben und Winkeln gab ein Wort das andere unter alten Weibern in Röcken und alten Weibern in Hosen. Man redete von dem brennenden Himmel und dem blutigen Schwert am Tage vorher - von den grünglühenden Augen des Bären, die von Gift und Teufelei so grün waren - von der Blesse des Untiers, die es bekam, als der Teufel hineinfuhr; von dem Schützen, der allein auszog, weil er Zauberwerk im Felleisen und eine Teufelsflinte hatte und mit geweihtem Silber schoss.

Viertes Kapitel

Ein gutes Stück östlich von Bö, wo der Besitz anderer Gemeinden beginnt, wandelt der Wald seinen Charakter. Die mageren Waldstücke gehen in wilden Hochwald über. Drinnen, hinter Hügeln und Höhen stürzt ein Steilhang zu einem Fluss hinab, der unendlich weit drunten in der Tiefe schäumt. Struppiger alter Baumwuchs hat sich in den Schründen festgekrallt und verbirgt Fluss und Abgrund dem Blick.

An dem Tag, als Torgeir Björndal hinter dem Bären her war, lag der Wald dort am Abgrund nicht anders da als sonst. Mächtige Auerhähne wateten sorglos im Heidekraut und schmatzten die Früchte des Sommers, blaue Beeren, rote und schwarze. Scharfe Hufe gewichtiger Elche hatten tiefe Spuren im Moos hinterlassen. Hoch droben im bleichen Herbsthimmel schwebte ein Adler mit weit ausgebreiteten Schwingen, und über allen Wäldern glänzte weiß das Sonnenlicht.

Fiel da nicht ein Tannenzapfen vom Baum? Der Auerhahn rauschte mit lärmendem Flügelschlag auf, warf sich pfeilschnell über den Abgrund und verschwand.

Knackte da nicht ein dürrer Zweig? Über die Heidekrautbüschel und Moospolster glitt ein kantiger Schatten, der sich schwerfällig auf die Felsen über der Tiefe zu bewegte. Und hinter dem Schatten wuchtete still ein großes dunkles Tier und wiegte sich vorwärts, hinter dem Schatten drein.

Es war ein Bär von gewaltigem Ausmaß, aber alterssteif und mager. Der Kopf hing auf dünnzotteligem Hals vornüber, der Rachen japste halb offen, die Schnauze witterte, und die Ohren horchten nach dem Brausen des Flusses hin. Zwischen zerquetschten Beeren und plattgedrückten Heidekrautbüscheln hatten die schweren Tatzen tiefe, breite Fährten gezeichnet. Sprang da ein Eichhörnchen von einem Ast?

Mit einem mächtigen Schwung drehte sich der Bär, lauschte mit gesenktem Kopf, und die kleinen funkelnden Augen starrten unablässig den Weg zurück.

Leichtes Tapsen von Tieren auf dem Hügel, pfeifende Atemzüge - und dann durchschnitt rasendes Hundegebell die Stille.

Wo war der alterssteife Bär geblieben, woher dieses reißende Untier gekommen, das hochaufgerichtet inmitten der Lichtung stand und um sich schlug? Die Tatzen gingen wie ein Mühlrad in einem brausenden Wassersturz. Die Hunde kläfften und winselten, prallten weit zurück und fuhren mit gesträubtem Fell und wildem Knurren wieder auf ihn los, und alles übertönte das heisere Gebrüll aus dem schäumenden Rachen des Bären.

Hatte der Blitz eingeschlagen? Einem der Hunde war es gelungen, die Zähne tief in den Schenkel des Bären zu graben - da traf ihn der Schlag; wie ein Kreisel sauste der Hund durch die Luft und blieb, mit aufgerissenem Leib und heraushängendem Gedärm, viele Klafter entfernt im Walde liegen. Der zweite Hund stutzte einen Augenblick, als er sich allein sah; da zog sich der Bär ein paar Schritte weiter nach dem Abgrund zurück, und der Hund kläffte von neuem los.

Die Bewegungen des Bären waren jetzt ruhiger geworden. Vorsichtig lauernd, musterte er seinen hitzigen Feind;

und jedes Mal, wenn sich der Hund in Reichweite wagte, holte er zu einem Schlage aus, der einen Ochsen hätte töten können. Doch der Hund war fort wie der Blitz. So ging es Schritt für Schritt auf den Abhang zu, und jetzt zuckte der Blitz zum zweiten Male. Die Bärentatze traf nicht mitten auf den Hundekörper, sie streifte ihn nur der Länge nach; aber das genügte. Im hohen Bogen sauste der Hund in den Abgrund hinunter. -

Der Bär glotzte erstaunt umher. Waren seine Plagen zu Ende? Ach - nein - er erinnerte sich nur zu gut daran: einmal - in der Jugend - war er mit solchen Hunden zusammengeraten. Damals, als er den brennenden Knall in die Flanke bekam. Jetzt war das gefährlichste aller Tiere zu erwarten - der Mensch aus Björndal.

Geschmeidig wie ein Luchs duckte sich der Bär und glitt über den Abhang hinaus. Nein, diese Kluft führte nur auf eine Felsplatte, von der kein Weg weiterging; so schwang er sich auf die darüber liegende Kante, schob sich über eine vom Wind entwurzelte Föhre und bückte sich in eine Mulde dahinter. In der gleichen Sekunde war er steif wie ein Stock. Nur die lauernden Augen lebten; mit einer Mischung von sinnloser Angst und teuflischem Hass starrten sie unter dem dürren Kiefernstamm nach der Richtung, aus der die Hunde gekommen waren.

Und da kam der Mensch. Nicht mit Lärm und Geschrei, wie dort unten im offenen Lande; nein, gebückt lauernd wie ein Fuchs im Grase, ein Luchs auf dem Ast, mit wachen, gespannten Blicken, lauschenden Ohren, witternder Nase. Das gefährlichste Tier auf Erden. Der Mensch hatte seinen Hund wohl im Walde gefunden. Die Augen suchten auf dem Boden, die breite Fährte des Bären sagte ihm, dass er auf dem rechten Wege sei. Lange blieb er stehen, wo der Kampf mit den Hunden getobt hatte, und in der Hand trug er das lange gefährliche Knallrohr bereit.

Dem Bären brannte es heiß im ganzen Leibe. Der Hundebiss im Schenkel begann zu schmerzen, so dass er kaum still liegen konnte, und irgendwo drinnen im Leibe fraß der alte Schmerz schlimmer und schlimmer. Der Bär wurde rasend. Was wollte dieser Mensch hier, der allen Schmerz mit sich brachte? Oh, wie es im Leibe fraß und wie der Hundebiss brannte! Der Mensch kam näher und näher, lautlos, gespannt. Jetzt glitt er in die Kluft hinab, wo der Bär zuerst Spuren hinterlassen hatte, und auf die Felsplatte gerade unter seinem Versteck.

Der Schmerz im Leibe des Bären war zu fressendem Feuer gewachsen, der Hundebiss brannte, als säßen die Zähne noch drin, das Blut rauschte wie ein Wasserfall durch den Körper, spülte in den Schädel hinauf, raubte alle Überlegung. Rasender Hass war sein ganzer Trieb, in einem einzigen wilden Sprunge war er auf und warf sich über den Rand hinunter über den Mann auf der Felsplatte.

Torgeir Björndal spähte in den Abgrund hinab, ob der Bär etwa dort unten wäre. Wie in einer Ahnung sah er ihn noch auf den Felsen hinunterstürzen, und mit einer jähen Wendung gelang es ihm, einen Schritt zurückzutreten. Das bewahrte ihn davor, des Bären ganzes Gewicht auf sich zu bekommen. Die Büchse entglitt ihm in die Kluft - und dann war alles zu Ende.

Nein, noch nicht. Der Mensch aus dem Bärental kann auch ohne Büchse gefährlich werden. Und so geschah es: Torgeir Björndal, gewandter als der Bär, duckte sich etwas, warf sich ihm gegen die Brust und rannte seinen Kopf wie eine Ochsenstirn gegen die Bärenkehle. Und indem er Schultern und Rücken zu einem Ball von Kraft spannte, brachte er die Ellbogen nach vorn, und im gleichen Augenblick schloss sich der Griff des Bären um ihn.

Alles spielte sich in einem einzigen Atemzuge ab. Über seinem Kopf dröhnte das wütende Heulen des Bären, und die Tatzen zerfleischten ihm den Rücken. Kleider, Fleisch und Blut fetzte er heraus. Torgeir schob den Arm an der Flanke des Bären hinab, bekam das Messer zu fassen, stemmte sich von der Brust des Tieres ab, hob das Messer bis zu der Stelle, wo das Herz sein musste, trieb ihm die Schneide hinein und drehte sie. Ein Krampf ging durch den Körper des Bären, seine Tatzen gruben sich tief in Torgeirs Rücken - dann brach die Kraft des Tieres, und beide sanken nieder.

Torgeir erwachte. Er lag da, die eine Hand krampfhaft um den Messergriff geschlossen, die andere im Halspelz des Bären vergraben. Vorsichtig lugte er bergwärts zur Seite. Lebte er noch; oder war dies das Erwachen nach dem Tode?

Doch - er musste wohl noch leben. Er sah ja das Zittergras schwanken, und die Glockenblümchen in dem Felsspalt läuteten wie immer mit ihren seidenen Glocken. Er lebte also - und der Bär war erlegt. Ein hartes Lächeln glitt über sein Gesicht; so war er doch nicht weniger wert als seine Väter. Da durchfuhr ihn ein eisiger Schrecken. War es auch der richtige Bär?

Er versuchte sich zu erheben, doch der Rücken war wie zerbrochen, und eine unbegreifliche Kälte saß in seinem ganzen Körper. Es gelang ihm, sich ein wenig zu drehen, so dass er die Flanke des Bären sehen konnte; nein, sie war nicht falb. Funkelnde Sterne tanzten ihm vor den Augen. Dann versuchte er, den Kopf zu wenden. Er spürte, wie sich sein Körper vor Frost und zugleich vor Spannung schüttelte. So lag er lange, ehe er es wagte, die andere Seite des Tieres zu betrachten. Langsam hob er den Kopf - mit geschlossenen Augen - lag wieder eine Weile, bog dann den Hals hinunter und öffnete sacht die Lider. Er starrte mit offenem Blick. Der Pelz war an dieser Flanke blassgelb - wie bei einem falben Pferd.

Sein Rücken zog sich vor Schmerz und Kälte zusammen - sein ganzer Körper war wie von Eis, aber die Augen starrten auf die gelbe Flanke, das harte Lächeln blieb um seinen Mund. Dann wurde alles rot, feuerrot - leuchtend - und dann sank alles in Dunkel, und es wurde Nacht

Ein Hund kam auf drei Beinen gehinkt, das vierte war gebrochen und baumelte lose. Er war hart mitgenommen von jener Luftfahrt, der Ärmste, aber er hatte so lange umhergeschnuppert und gestöbert, bis er gefunden hatte, was er suchte. Erst kläffte er einen Augenblick den Bärenkadaver an, dann winselte er seinem Herrn glücklich zu; doch keiner von beiden rührte sich. Winselnd, wedelnd und blaffend hinkte er immer im Kreise herum; zuletzt blieb er stehen - verwundert -, und dann heulte er klagend in den Wald und die Ewigkeit hinaus.

Beim nächsten Tagesgrauen strich ein armes Hundevieh hinkend durchs offene Land und verschwand auf dem Weg nach Björndal. Noch am gleichen Tag kam ein Wagen mit zwei Männern und dem Hund von Norden her, der Rappe durchjagte in wilder Fahrt das Land. Sie sprachen auf dem Pfarrhof vor und bogen nach Bö ab. Dort fuhren sie in den Hof. Die beiden im Wagen waren noch junge Burschen; der eine schmächtig und eckig, hell wie ein Sommertag, der andere älter, grobgliedrig und dunkler. Beide waren hoch gewachsen, mit kühnen Zügen. Sie ließen Pferd und Wagen auf Bö, während sie mit dem Hund ein Stück in den Wald hineingingen.

Als die Abenddämmerung herabsank, sah man auf Bö die Burschen von den Weideplätzen her über die Waldwiesen herunterkommen. Sie gingen hintereinander her und trugen schwer. Schließlich lenkten sie in den Hof ein und legten ihre Bürde vor sich nieder. Der Bauer von Bö trat scheu und ängstlich hinzu.

Auf dem Boden lag ein Bärenfell, durch dessen Tatzen Stangen zum Tragen getrieben waren. Das Fell war dünnhaarig wie bei alten Bären und hatte einen merkwürdig hellen Streifen auf der einen Seite. Auf dem Fell ruhte die Leiche des Bärenjägers, der gestern von Bö ausgezogen war. Die Rechte war um den Griff eines kurzen, breiten Messers gekrampft. Hand und Schneide waren schwarz von Blut, aus der geballten Linken starrten Büschel von Bärenhaar. Das Antlitz war eisern, der Mund lächelte hart.

»Eine böse Fahrt«, meinte der Bauer von Bö, um irgendetwas zu sagen. Die Burschen antworteten nicht und wandten den Blick zu Boden, der Bauer redete von Essen; aber sie schüttelten nur die Köpfe. Dann hoben sie die Bahre auf den Wagen, lehnten jede Hilfe ab und fuhren nordwärts davon.

Ob man im offenen Land die Männer droben im Walde jetzt mit anderen Augen ansah? Man sollte es glauben; aber so sind die Menschen nicht - nicht die im offenen Lande. War es nicht eine Schande für sie, dass ein einzelner Mann aus dem Norden so viel Mut besessen, ja sein Leben hingegeben hatte, um dieses Tier zu erlegen, das vom Teufel besessen war? War seine Kühnheit nicht ein Hohn für sie? Rasch vergaß man im offenen Lande diese Kühnheit, und aus dem Gefühl der Scham entstanden böse, gemeine Worte gegen alles und jedes, was von Norden kam. Bei neuen Geschlechtern verschmolz die Erzählung von diesem Ereignis mit anderem Gerede über Björndal und machte seine Bewohner zu gefährlichen Tiertötern, ja wohl gar zu Menschenmördern?

Das ist der Welt Lohn!

Fünftes Kapitel

Jahr und Tag vergingen nach diesem Geschehnis, und im offenen Lande kamen keine weiteren Bärengeschichten vor. Wohl konnte es noch einmal geschehen, dass im Sommer ein Schaf verschwand und man die Fährte eines Bären entdeckte; aber das kam selten vor und mit den Jahren immer seltener.

Dafür zeigten sich mit der Zeit die Bauern vom Norden häufiger auf den Wegen. Es kam auch vor, dass Leute aus dem Süden dort oben Dienst annahmen, und dadurch hörte man Näheres von denen auf Björndal und ihrem Leben. So lernte man unterscheiden, von welchem Hofe Pferde und Menschen stammten. Ein Pferd mit goldener Mähne gehörte nach Hammarbö. War es rabenschwarz und wild, dann hielten die Leute den Atem an und glotzten mit großen Augen, denn es war eine Fuhre von Altbjörndal. Und die schwarzen Gäule zeigten sich am häufigsten. Alles ließ erkennen, dass sich Altbjörndal zu einem immer mächtigeren Hofe auswuchs. Darüber sollte man sich wohl ärgern. Missgunst ist ein altes Wort und gedeiht so gut bei den Menschen.

Immer öfter sah man die rabenschwarzen Gäule. Stark und schwer trabten sie in Nord und Süd den Weg durch das Tal und fuhren wohl geradezu bis in die Stadt, denn es währte oft Tage, bis sie heimkehrten. Mit Fracht fuhren sie aus, und Fracht brachten sie oftmals zurück. Betriebsam waren sie offenbar dort oben. In den Talgemeinden wunderte man sich, womit sie wohl zur Stadt führen, aber man konnte es nicht herausbringen.

Zu jener Zeit, als die Stadtfahrten so stark in Gang kamen, wirtschafteten auf Björndal die beiden jungen Burschen, die ihren Vater im Walde bei Bö geholt hatten; ernste, tüchtige Kerle, voll jugendlichen Mutes bei allem, was sie unternahmen. Tore, als der ältere, hätte wohl mehr zu sagen haben sollen, aber sein Bruder, der so hell und hübsch war und Dag hieß, war auch nicht zu verachten, als er heranwuchs.

Tore war groß und breit gebaut. Wie ein Hauch von schwerer Kraft kam er daher, dunkelhäutig und auch dunkelhaariger als Dag, mit strengen, scharfen Augen. Ganz der Vater, sagten die Leute.

Dag war nicht so breit in den Schultern, doch auch kräftig genug, und er war so geschmeidig und beweglich, hell an Haut und Haar; seine Augen waren tiefblau und leuchteten ständig wie vor Freude. Einen so hübschen Burschen habe dieser Boden noch nie getragen, meinten die Alten, und er sähe am meisten dem Vater seines Vaters ähnlich.

Die Gerüchte, die den Weg ins Tal hinausfanden, waren richtig. Altbjörndal war schon damals ein Hof von bedeutender Größe. Mit dem Wirtschaften der beiden jungen Burschen wäre es allerdings kaum ganz gut abgelaufen, wenn sie sich nicht bei Örn auf Hammarbö hätten Rat holen können. Mit seiner Hilfe kamen sie gut über die ersten schwierigen Jahre hinweg, und dann halfen sie sich selbst. Von alters her war es üblich gewesen, hin und wieder eine Fuhre mit feinen Fellen und anderem, was sich bezahlt machte, geradeswegs zur Stadt zu schicken; andere Erzeugnisse von minderem Wert sandte man lieber in die Nähe, wo die Preise wohl niedriger, die Wege dagegen kürzer waren. In der Stadt hatten sie allmählich Verbindungen mit dem großen Handelshause Holder angeknüpft, das sogar mit Städten im Ausland Handel trieb. Holder konnte für seine gute Ware den besten Preis zahlen; die Bauern von Björndal blieben darum bei ihm und wurden niemals übervorteilt.

Jahrelang war es so gegangen; da wurden sie darauf hingewiesen, dass sie doch auch noch anderes zu veräußern hätten und dass sie jederzeit gern gesehen wären, wenn sie etwas zu Geld machen oder ihrerseits etwas kaufen wollten. So kam es, dass sie mit allen Waren zur Stadt fuhren und von dort heimbrachten, was sie brauchten. Der ganze Handel auf Björndal ging jetzt über die Stadt. Ein großes Handelshaus jener Tage konnte so vieles für jemanden tun, der weit im Lande drinnen wohnte. Alles ankaufen und gut bezahlen und von Zeit zu Zeit auf Dinge aufmerksam machen, die es benötigte und die ihm die Leute aus Wald und Hof beschaffen konnten. Daher machten die Björndaler mancherlei zu gutem Gelde, worauf andere nicht Acht hatten.

Eines Tages, als Tor Björndal sich auf einer Fahrt zur Stadt befand, brach bei einem Hofe Gistad draußen im äußeren Bezirk ein Rad. Man half Tore mit Werkzeug und Handreichungen freundlich aus, und es kam zu einem kleinen Schwatz zwischen ihm und den Besitzern dieses Hofes südlich vom offenen Lande. Seitdem stieg Tore manches liebe Mal auf Gistad ab, wenn er vorbeifuhr, ja, er konnte keine Stadtfahrt mehr machen, ohne sich dort auszuruhen. So wurde er mit der einen Tochter auf dem Hofe gut Freund, und zum Winter gab es Hochzeit. Das Fest fand auf Gistad statt und währte viele Tage, wie es der Brauch war.

Späterhin mussten die Alten auf Gistad hinaufreisen, um zu sehen, wie es ihre Tochter auf Björndal hatte. Nach diesem Besuch nahmen die Gerüchte, die von der Wohlhabenheit auf Björndal im Lande umgingen, feste Form an. Die Eltern hatten keinen Grund, zu verschweigen, wie prächtig ihre Tochter es getroffen hatte.

Und so geschah es, dass die Björndaler mit Bauern aus dem offenen Land in verwandtschaftliche Beziehung traten, denn die zweite Tochter auf Gistad heiratete auf einen Hof namens Bohle. Zu dieser Hochzeit kam von Björndal niemand nach Gistad. Sie fand im Winter nach der Verheiratung der ersten Tochter statt, die mit einem Kinde ging und nicht reisen konnte. So blieben sie alle zu Hause. Die Hochzeit war Weihnachten gewesen, und danach gab es ein Willkommfest auf Bohle. Zu diesem Fest musste Dag reisen, denn die Braut und die Familie auf Bohle schickten ausdrücklich nach Björndal, ihre Verwandten möchten doch nicht ganz fernbleiben. Es war das erste Mal, dass die Björndaler im offenen Lande eingeladen wurden, und Dag fuhr hin. Aber er sollte es später schwer bereuen, denn dort ereignete sich etwas...

Sechstes Kapitel

Was es an Großbauern in der Gemeinde gab, kam zu diesem Fest nach Bohle. Keine alten, nur junge Leute; denn es sollte eine Gesellschaft für die Jugend sein mit Tanz und Spielleuten. Essen und Trinken war reichlich, wie es sich zur Weihnachtszeit gehörte; als der Tanz begann, waren die Burschen schon laut, und während des Tanzes wurde weitergetrunken.

Es war bereits tief in der Nacht, als das geschah, was Dag später bereuen sollte. Vor der Hochzeit auf Gistad hatte er niemals getanzt, aber er brauchte nicht lange, um es zu lernen. Er war geschickt veranlagt und nicht ohne Musik im Leibe - kurz - wie zum Tanzen geschaffen. Auf Bohle tanzte er oft und mit vielen und erwies sich bald als einer der Besten. Er passte nicht allen, dass die Mädchen so oft und gern mit diesem Waldburschen aus dem Norden tanzten - ja, die Dirnen folgten ihm gern mit ihren Blicken, auch wenn sie mit anderen tanzten, und das schürte den Hass. Nun forderte Dag ein Mädchen auf, das mit seinem Verlobten zusammensaß. Er hatte schon früher mit ihr getanzt, jetzt aber hatte der Verlobte es ihr verboten, und so lehnte sie ab, als er sie aufforderte. Andere, die dabeisaßen, sahen es und lachten, und einer ließ verlauten, die Mädchen wollten Burschen haben, die nicht aus dem Takt kämen. Dag fasste das als Anspielung auf ein Missgeschick auf, das sein Bruder bei seiner Hochzeit gehabt hatte. Da auch Tore nicht tanzen konnte, war es nämlich bei dem Tanz auf Gistad einmal schiefgegangen.

Viele lachten über das, was der Mann gesagt hatte, und Dag merkte, dass über das Missgeschick seines Bruders oft geredet und gehöhnt worden war. Nie war er so blindlings wütend geworden wie jetzt. Nicht so sehr um seiner selbst willen; dass sie aber das ganze Jahr hindurch wegen einer solchen Kleinigkeit über seinen Bruder hergezogen waren, das machte ihn rasend.

Er sah den Mann, der die Äußerung getan hatte, höhnisch an und sagte, man solle nicht so daherreden, wenn man selber so wackelig auf den Beinen sei. Dags Stimme zitterte stark, und seine Augen blickten wie Stahl. Keiner aus dem Tal würde hiernach einen weiteren Wortwechsel gewagt haben. Sie merkten, dass Dag ernstlich erzürnt war, und die Furcht vor den Männern von Björndal saß in ihnen fest. Die Gerüchte, die in der Landschaft über sie umgingen, wirkten nicht gerade ermutigend. Aber neben dem Burschen, der die höhnischen Worte hingeworfen hatte, saß einer, der von auswärts zu Besuch war, ein mächtiger Kerl mit Fäusten wie Bärentatzen, riesenbreit über Brust und Schultern. Er erhob sich schwerfällig und wuchtig und forderte Dag auf, sich zu beeilen, wenn er noch heil hinauskommen wolle. Darauf erwiderte Dag nur, er bestimme selbst, ob er gehen oder bleiben möchte. Es war deutlich, dass der Fremde gewohnt war, in seiner Heimat den Ton anzugeben. Er wurde dunkelrot und holte mit der Faust zu einem Schlage aus, der einen Ochsen hätte hinstrecken können. Gewandt wie ein Wiesel wich Dag aus. Gleichzeitig riss er seinen Arm zurück - und jetzt war er es, der zuschlug.

Die Leute waren aufgesprungen und hatten einen Kreis gebildet - in sicherem Abstand, wie die Angst es ihnen vorschrieb. Jetzt sahen sie es zum ersten Mal mit eigenen Augen: wahrhaftig, das waren Raufbolde oben in Björndal. Es saß ihnen im Blut, um Leben und Gut gegen Unwetter, wilde Tiere und Menschen zu kämpfen. So hatten sie seit vielen Menschenaltern gekämpft - und daraus gelernt. Mit raschem Blick erspähten sie jede Gefahr, ihr Entschluss forderte keine Zeit, sie handelten wie der Blitz.

Dag Björndal war nicht aus der Art geschlagen. Mit der vollen Breite seines Rückens, der Länge seines Armes und der Kraft des tierstarken, jungen Körpers führte er so rasend schnell und scharf einen Schlag gegen das Kinn des Fremden, dass der schwere Mann dröhnend zu Boden stürzte. Er war kein Schwächling, der Fremde, und kam rasch wieder auf. Kaum war er aber auf den Beinen, da brach er unter einem neuen Hieb zusammen wie ein Stück Vieh. Und diesmal fiel er schwer und blieb liegen. Die Umstehenden hatten keinen Laut von sich gegeben. Als der Mann nun dalag und Dag sich zur Tür wandte, fuhren sie auf. Wie ein tosender Wasserfall brach aller Hass gegen die Björndaler los. Schimpfworte wie *Landstreicher* und *Mörder* gellten durch die Luft, Schläge und Tritte hagelten auf Dag nieder. All das kam so unerwartet rasch, dass er fast gestürzt wäre, und dann blinkte ein Messer vor seinen Augen auf und ein brennendheißer Schmerz fuhr über seine Stirn zum Ohr hinunter.

Da wurde es rot, feuerflammenrot vor seinen Augen. Blitzschnell drehte er sich einmal um sich selbst und trieb den Haufen zurück. Wie mit stählernen Zangen griffen seine Hände den ersten besten, hoben ihn hoch und mähten mit ihm alles nieder, was ihm in den Weg kam. Schließlich schleuderte er den Kerl wie einen Sack zu Boden und ging hoch und weit ausgreifend wie ein Elch zur Tür. Alles wich beiseite. Er suchte Pferd und Schlitten, schirrte an, spannte vor und fuhr ab. Niemand wagte sich an ihn. Es war noch dunkler Morgen, als Dag auf Björndal in die finstere Diele taumelte und dort auf die Ofenbank sank. Tore war von dem Schlittengeläut wach geworden und kam mit einem Licht in der Hand im bloßen Hemd hinaus. Er wollte wohl etwas von dem Fest hören; aber als er seinen Bruder hier sitzen sah, hob er das Licht hoch und starrte ihn an. Vollends, als Dag ihm das Gesicht zuwandte, musste er die Kerze ganz fest packen, um sie nicht fallen zu lassen. Das Antlitz blutig und bleich, die Hände blutgeschwärzt, die Kleider völlig in Fetzen.

Was war geschehen? Er trat hinzu und setzte das Licht auf den Kaminsims, aber er zitterte - der eiserne Tore - ein wenig vor Kälte, mehr jedoch vor Spannung. »Hast du umgeworfen?«, fragte er. Dag stand auf, auch er zitterte. Er wandte das Gesicht aus dem Lichtschein und antwortete, ja, er habe umgeworfen. Er sei so gefahren, dass alles Bösartige, was man ihnen dort unten andichte, in dieser einen Nacht ewige Wahrheit geworden sei.

Tore wurde ganz unheimlich zumute. Dann erzählte Dag, was geschehen war. Tore trat dicht an ihn heran, während er sprach. Es zuckte schwer in den mächtigen Schultern, es knackte in den geballten Fäusten, und die zottigen Schenkel standen auf dem Boden wie Pferdebeine. Adern, Sehnen und Muskeln bebten wie bei einem zuschanden gerittenen Gaul - »Darauf packte ich einen, der mir zunächst stand«, sagte Dag zum Schluss, »und fegte um mich herum sauber. Dann ging ich hinaus und fuhr heim.«

Tore wurde bei den letzten Worten plötzlich ganz ruhig, nur ein Gefühl von Neid durchrieselte ihn. Wo es endlich einmal so weit kam, dass man losschlagen und die ganze Bosheit im Flachland vergelten konnte - da musste er zu Hause liegen und schnarchen, während der blonde, schöne Bruder allein besorgen durfte, was sich Tore und der Vater und vor ihnen mancher in der Familie innig gewünscht hatte. Doch jetzt war es geschafft, und so geschafft, dass eine gründlichere Wiederholung nicht vonnöten war. Ein hartes Lächeln zog sich um Tores Mund, er blickte seinen Bruder an, und es blitzte vergnügt in seinen Augenwinkeln.

»Und keiner kam dir nach, als du gingst?«, wollte er wissen. »Nein, niemand!«

»Und du nahmst dir gut Zeit, dich zur Heimfahrt fertig zu machen?«

»So viel, wie ich brauchte.«

»Und niemand fand den Mut, dem Landstreicher Lebewohl zu sagen?« Die Wut in Dag war längst verflogen. Die Gedanken kamen wieder zu ihrem Recht, und es waren keine guten. Des Bruders Lustigkeit und Scherzen berührten ihn nicht.

»Vielleicht habe ich dort jemanden zuschanden geschlagen«, sagte er düster.

»Mit gefangen, mit gehangen!«, antwortete Tore scharf.

»Vielleicht habe ich auch jemanden umgebracht«, sagte Dag. »Der Fremde sackte so schwer zusammen, und der andere, den ich zuletzt zu Boden warf, stand auch nicht wieder auf.«

»Wie man sich bettet, so liegt man«, erwiderte Tore, aber dies letzte gefiel ihm weniger.

»Eine schlimme Geschichte«, fuhr Dag fort. »War es bisher schon nicht gut, aus dem Norden zu stammen, so wird es von heute an nicht besser sein. Und alles nur, weil man sich nicht zusammennehmen kann.« Das ging Tore zu weit, und seine Stimme klang rau: »Du bist nicht recht bei Trost. Seit Menschengedenken haben wir nichts anderes gehört, als dass sie hinter unserem Rücken über uns lästern. Heute Nacht ist es einmal dazu gekommen, dass sie dir in ihrer Bosheit die giftigen Worte gerade ins Gesicht spien, und da solltest du ihnen nicht antworten? Was glaubst du wohl, was ich und Vater und alle vor ihm davon gehalten hätten? Vielleicht haben sie die Schnauze jetzt so voll bekommen, dass sie es nicht wieder vergessen. Für das, was geschehen ist, tragen sie selber die Verantwortung.«

Tore wandte sich zum Gehen, drehte sich jedoch noch einmal halb um und betrachtete seinen Bruder. Nie hatte jemand Weichheit oder Tränen bei Tore gesehen; jetzt wurden seine Augen feucht, und seine Stimme bebte: »Dass du das fertiggebracht hast, Dag«, und sein Blick ruhte warm auf dem Bruder. Niemals war er ihm so schön erschienen wie jetzt, wo er so dastand, blutig und wild.

Die Rachsucht hatte in den Björndalern tief Wurzel geschlagen, und Tore war ein echter Sohn seiner Sippe. Es war für ihn etwas Großes, dass Dag den uralten Hass gegen die Talbewohner heute Nacht ausgelöst, für jede Geringschätzung, jedes Hohnwort bezahlt hatte. Dag hatte seine Familie gerächt, so dass es über Leib und Leben von denen da draußen hergegangen war. Tore lächelte hart, als er ging. Mit Dag war es anders. Wohl war er in der Rache so unerbittlich wie sein Bruder, aber er dachte in allem weiter als Tore, und ihm waren in dieser Nacht mancherlei Gedanken gekommen.

Rings im Lande wurde viel über den Handel in Bohle gesprochen. Der Fremde und der andere Bursche, den Dag zu Boden geschleudert hatte, waren besinnungslos zu Bett gebracht worden. Am nächsten Tag war der Fremde wieder munter, nur Kinn und Augen waren wüst verschwollen, und er konnte sich nicht vor Menschen zeigen. Mit dem anderen war es schlimmer. Wohl kam auch er wieder zur Besinnung, aber am Rücken behielt er was zurück, er blieb krank und bettlägerig, und es sah böse mit ihm aus.

Man erzählte, Dag habe sein Messer gezogen und sei ein Mörder, vor dem Gott einen bewahren möge. Der Bauer auf Bohle hatte die Schlägerei selbst mit angesehen, er war als einziger älterer dabei gewesen. Er sagte aus, Dag habe kein Messer gezogen und sei der kühnste Bursche, der ihm je vorgekommen sei. Die Berichte über diese Nacht aber, die weiterlebten, kamen aus den Winkeln hervorgekrochen, wo die Leute abends zusammensaßen und klatschten. So blieb es dabei: Dag habe sein Messer gezogen und Zauberei getrieben, er sei mit dem Teufel im Bunde; denn ein Christenmensch könne mit so vielen allein nicht fertig werden.

Drei Wochen nach Weihnachten kam der Lehnsmann nach Björndal gefahren, mit Knecht und Ketten. Sie mussten mit leeren Händen wieder abziehen, Dag war im Walde, und der Lehnsmann konnte sich nur auf den Klatsch im Bezirk berufen. Und es bekam ihm nicht gut, als er behauptete, Dag habe sein Messer gezogen.

Der Lehnsmann und sein Knecht wurden von Tore so zugerichtet, dass sie froh waren, wieder heimzukommen.

Der Mann, den Dag zu Boden geworfen hatte, erholte sich wieder, und es kam zu keiner Anklage wegen Totschlags. Aber draußen im Lande gab ein Wort das andere - die Leute aus dem Bärental seien schlimmer als Mörder. Sie seien aufsässig gegen König und Obrigkeit und scherten sich weder um Gott noch den Teufel.

Siebtes Kapitel

Dag trug von dem Fest auf Bohle Spuren davon, tiefe, unheilbare Spuren. Sie hafteten fürs ganze Leben, über der Stirn die Narbe von dem Schnitt und im Gemüt die Erinnerung. Anfangs, als er sich noch um den Mann ängstigte, von dem es hieß, er müsse sterben, da war er so bedrückt, dass er überhaupt niemand sehen wollte. Unfasslich, dass man ihn zu Recht Mörder nennen sollte. Als er erfuhr, es gehe ihm besser, war er so froh wie noch nie in seinem Leben. Der dunkle Schatten des Lehnsmannsbesuches ging daher zunächst bedeutungslos an ihm vorüber. Später wurde es freilich anders.

Eines Tages schnallte er die Schneeschuhe an und verschwand auf lange im Walde. Damals hausten Wölfe noch blutgierig in den Wäldern von Björndal, und niemand wagte sich winters weit von Haus und Hof auf die Waldwege. Mit Dag war es anders. Er selbst war dort das gefährlichste Tier, seine Lieblingswaffe war die Axt. Eine Büchse barg in ihrem Lauf nur einen einzigen Tod, wenn ein Rudel Wölfe kam. Die Axt trug den Tod in jedem Hieb, und wenn Dags Faust den Schaft umklammerte, dann zischte der Tod um die Schneide. Er war selbst mit in der Schmiede, als das Blatt geschmiedet wurde. Es musste gerade so schmal, lang und leicht sein, genau das Gewicht haben, wie er es wollte. Den Schaft hatte er geschnitzt und immer wieder daran gearbeitet, bis auch er in Form, Länge und Dicke seinen Wünschen genau entsprach. Auf Björndal gab es ein paar uralte rostige Äxte aus Urväterzeiten, Streitäxte; nach deren Muster wurde Dags Axt gemacht. Jetzt hatte sie oft in

Bärenschädeln und Wolfsrücken gesessen und war manches liebe Mal schwarz von Blut gewesen - an Schaft und Schneide.

Aber Dag verließ sich im Walde nicht auf seine Axt allein. Er hatte Skier unter den Füßen. Und auch die waren von ihm selbst geschnitzt, gerade so leicht und kurz, wie man sie brauchte, in diesem Wald mit seinen Buckeln und Steilhängen und Bachläufen. Keiner war mit Skiern so gewandt wie Dag. Nur die Vögel in der Luft kämen rascher voran als er, sagten die Leute, die ihn gesehen.

Er war heute westwärts gefahren. Jetzt blieb er auf dem Kamm des waldigen Höhenzuges, dem Elgkollen, leicht auf seinen Skistock gelehnt, stehen. Die Kappe hielt er in der Hand, sein Haar lockte sich wie blankes Gold in dem kalten, rötlichen Schein der Sonne. In der Narbe unter der Stirnbinde pochte es. Der Atem wogte in der Kälte weiß um sein Gesicht; ihm war glühend heiß. In raschem Lauf war er über steile Buckel und Hänge geeilt, Abhänge hinabgeschossen, Bäumen und Knorren ausgewichen, hatte sich gewandt unter Zweigen hindurchgebückt, sich bei Waldausgängen scharf gegen den Wind gestemmt, war bei plötzlichem Auf und Ab in Bächen und Senken in die Knie gegangen, hatte blitzschnelle Schwünge um Steine und Stubben gemacht, war über Windbruchbäume gesprungen und hatte eine Skispur zwischen all den anderen Fährten von Wild und Vögeln in den weichen Schnee gezeichnet. Unbewusst hatte er all das getan. Sein Denken beschäftigte sich mit ganz anderen Dingen.

Lange blickte er über den Wald hin, gerade auf die blutrote Sonnenscheibe im Winterdunst. Doch seine Augen nahmen nichts von allem wahr; er war blind von schwerem, dunklem Sinnen. So nahe war er dem Unbegreiflichen gewesen; fast hätte ihn der Fluch des Mordes und die Fessel des Lehnsmannes gepackt. Er musste sich von nun an in Zucht nehmen, seine Leidenschaft mit aller Gewalt beherrschen und Gott für die Rettung danken. Es war nicht sein Verdienst, dass es noch so gut abgelaufen war. Er musste sich hüten, seinen Zorn und seine Kräfte gegen die Menschen loszulassen. Die anderen waren nicht so derb, dass sie eine solche Behandlung aushielten, waren ein schwächlicheres Geschlecht. Aber dann brauste die Erinnerung an die gefährliche Nacht wieder in ihm hoch. Wohl hatte er den verleumderischen Klatsch über Björndal und seine Bewohner immer gekannt; es war aber doch etwas anderes, ihn geradeswegs ins Gesicht geschleudert, ja mit Schlägen, Püffen und Messerstichen eingehämmert zu bekommen. Wie ein furchtbarer Schrei waren Hass und Neid des Tales ihm entgegengeschlagen. Seit jener Nacht hatte er Gift in sich und erwiderte den Hass mit starkem, von Herzen kommendem Zorn; dieser Hass ließ seine Miene zu Eisen erstarren. Er, der Blonde, mit seinem bisher so jugendlich hellen Gemüt und so freundlich leuchtenden Augen, wurde an diesem einen Tage, angesichts der Sonne und des flammenden Himmels, hart und verschlossen. Den Lehnsmann hatte man mit Ketten nach ihm ausgesandt, auf Rad und Galgen wollten sie ihn haben. Prügeln konnte er sie nicht, das hielten sie nicht aus, ihre schwächlichen Körper waren ihm nicht gewachsen, ihre Augen schwollen zu, und ihre Kiefer wurden so morsch, dass sie nicht einmal Grütze kauen konnten. Was sollte er da mit ihnen?

Plötzlich richtete er sich auf und blickte stolz in den Sonnenglast. Neidisch waren die dort unten im Tal, neidisch auf den Björndal'schen Wohlstand, neidisch auf die Gäule, die reiche Lasten -Zeichen dieses Wohlstandes - zur Stadt führten, neidisch auf die Siedlungen im Walde, die sich vorangebracht hatten, die man lieber arm und elend gesehen hätte. Besitz und Reichtum war der einzige Gedanke dort draußen - und dann ein uraltes Selbstbewusstsein, weil sie Felder hatten und Vieh im Stall und Taler in der Truhe und weil sie mit gutem Korn, mit Butter und Fleisch fett leben konnten. Während man hier oben im Wald das Korn meistens mit Baumrinde mischen, das Fleisch einteilen musste und Butter nur an Feiertagen kannte.

Jetzt war ihm die ganze Bosheit klar; man neidete ihnen den Bissen im Munde, das Hemd auf dem Leibe, das Pferd vor dem Schlitten; und gönnte allen Björndalern Rad und Galgen.

Dagegen gab es nur eins: sinnlos war es, die Kraft seines Armes an den elenden Kreaturen dort draußen zu erproben; man musste mit aller Kraft, mit allem Verstand den Wohlstand auf Björndal mehren. Dann mochten sie voll Wut im Leibe auf den Björndal'schen Reichtum sauer sehen.

Die Sonne legte einen rotgoldenen Schein um die kraftvolle Gestalt. Noch niemals hatte er sich so »gefühlt« wie jetzt, als er die Mütze in die Tasche steckte, die Axt im Gürtel befestigte, die Stirnbinde prüfte, sich aufrichtete, im stiebenden Schnee den Hang hinabsauste und im Dickicht verschwand - nach Hause - zur Vergeltung.

Worte wandern von Mann zu Mann, zu Weibern und anderen Schwatzsüchtigen. Worte leben und weben und schweben so lange, bis sie dorthin gelangen, wo sie Unheil anrichten. So drang ein Gerede aus der Talgemeinde nach Hammarbö und weiter nach Björndal - Gerede über den Besuch des Lehnsmannes. Es kam Tore gerade an dem Tage zu Ohren, als Dag im Wald war.

Noch nie hatte Dag seinen Bruder so wütend gesehen. Er brachte kaum ein Wort heraus.

»Wir sollten anspannen und ins Tal hinunterfahren«, sagte Tore endlich.

»Was willst du da?«, fragte Dag, obwohl er des Bruders Absicht ahnte.

Tore sah ihn mit wilden, zorndunklen Blicken an: »Was ich will? Von Hof zu Hof fahren - und jedem einzelnen die Teufelei austreiben! Was meinst du dazu?«

»Ich meine, wir sollten uns in acht nehmen«, sagte Dag ruhig.

»Uns in acht nehmen?«, fuhr Tore auf. »Vor ihren verdammten Lügen nehmen wir uns nicht in acht, wenn wir zu Hause hinterm Ofen hocken.«

Dag begriff, dass hier Gefahr drohte. In dieser Stimmung konnte der Bruder darauf verfallen, Hals über Kopf ins Tal zu fahren und draußen wie ein Berserker zu wüten. Aus seinen Kindertagen wusste Dag, dass Tores Wut nicht zu bändigen war, wenn sie sich einmal festgesetzt hatte. Er musste etwas finden, was den Bruder auf andere Gedanken brachte.

»Du vergisst wohl, dass dieses Mal das, was du Lüge nennst, Wahrheit ist.«

Tore starrte ihn mit offenem Munde an. »Ist man denn ein Mörder, wenn man sich mit Fäusten wehrt gegen eine Schar wüster Burschen, die schlimmer als Wölfe über einen herfallen? Und ist es Wahrheit, dass man gegen die Obrigkeit aufsässig ist, weil man dem Lehnsmann gut zuredet, wenn er sich zum Werkzeug von Klatschweibern macht?«

Dag zögerte einen Augenblick, ehe er antwortete: »Was du sagst, mag gut und richtig sein; aber ich sehe es etwas anders an. Dass ich kein Mörder bin, Tore, das ist nicht mein Verdienst - und falls der Kerl gestorben wäre, dann wäre der Lehnsmann doch gekommen -, und glaubst du, ich wäre dann gefesselt mitgegangen? Niemals, Tore! Dann hätte ich getan, was sie von uns behaupten - hätte mich gegen König und Obrigkeit und alles empört, wäre in den Wald geflüchtet und Wege gegangen, auf denen man sich wohl gehütet hätte, mir zu folgen. So sind wir nun mal.«

Er erhob sich, und seine Augen funkelten, während er sprach. »Wir waren diesmal nahe am Unglück dran und sollten uns darum in Acht nehmen und uns von den Leuten etwas fernhalten. Aber - wir brauchen die Ursache des Unglücks, das uns im Nacken saß, keineswegs zu vergessen: es ist die Bosheit der Talgemeinde, und diese Bosheit kommt aus dem Neid. Neidisch sind sie auf uns, weil wir nicht so klein und demütig sind, wie es sich für Leute hinterm Wald schickt. Ich war heute lange unterwegs, weil ich über das alles nachsinnen musste. Und ich denke, wir sollten die Bosheit so tief in sie hineintreiben, dass sie muffig wird. Aber das kann nicht in Tag und Stunde geschehen, sondern auf andere Art, die besser verschlägt.«

Tore war ganz überwältigt von des Bruders Gedanken. Da er gewohnt war, dass Dag in allem einen guten Ausweg fand, schwieg er und ließ ihn ausreden.

»Wir wollen denen da draußen zeigen, dass wir das Recht haben, so aufzutreten, wie wir es tun«, sagte Dag. »Wir wollen unsere Äcker vergrößern, Wald in Wiesenland verwandeln, unseren Viehbestand vermehren. Wir wollen uns nicht damit zufriedengeben, wie es jetzt ist und zu Zeiten unseres Vaters war - wir wollen zeigen, dass wir selbst erwachsen sind. Dadurch beweist man geradesogut, dass man ein Kerl ist, wie wenn man Schwächlinge zuschanden schlägt. Eine Tracht Prügel geht vorüber; was wir aber jetzt Vorhaben, wird lange brennen - wird mit den Jahren stärker brennen in ihren boshaften Gemütern.«

Man sah Tore an, dass er nicht ganz befriedigt war, als Dag ausgeredet hatte. »Du denkst weit und anders als mancher, Dag, aber ich fürchte, es wird nicht so leicht sein, unseren Besitz so zu vermehren, dass er verschlägt. Unsere Vorfahren haben schwer genug gerungen, um es so weit zu bringen, wie es heute ist, und es hat wohl keiner ein Recht, anzunehmen, es gehe uns schlecht.«

Dag sah nur über ihn hinweg; er war so gewohnt, dass Tore am Althergebrachten hing und sich ungern auf etwas einließ, das nach Neuerung aussah. Aber Dag hatte sich so tief in seinen Plan hineingedacht, dass er fest entschlossen war, ihn durchzusetzen.

»Morgen reise ich ab«, sagte er.

»Wie - was?« Tore staunte ihn erstaunt an. »Was, was willst du?«

»Ich will nach der Stadt reisen - und dort bleiben.«

Tore vermied es, seinem Bruder ins Gesicht zu sehen: Er war so merkwürdig bleich. Ein eisiger Schreck kroch ihm den Rücken hinunter. Dag hatte das Geschehene vielleicht schwerer genommen, als er ahnte, und war jetzt böse, weil er bei seinem Bruder nicht den erwarteten Rückhalt fand. Und wollte deshalb nach der Stadt reisen und dort bleiben.

Nie, in alle Ewigkeit, sagte Tore zu sich selbst, und wenn Dag den Leuten zum Tort eine eigene Kirche in Björndal bauen wollte; nein, nie, in alle Ewigkeit nicht, durften sie beide uneins werden. Was wurde aus ihm, wenn Dag fortreiste? Ja, leben konnte man und sich durchschlagen; aber mit wem sollte man reden und sich beraten?

»Was soll in der Stadt aus dir werden?«, fragte er mit bebender Stimme.

»Ich will etwas lernen - Rechnen und Buchführung - und was sich sonst so gibt. Und dann will ich sehen, was für Menschen ich treffe, ob ich etwas höre, was uns von Nutzen sein kann, wenn ich wieder heimkomme und wir manches anders machen wollen.«

Tores Augen leuchteten vor Freude, und alles geschah, wie Dag es geplant hatte. Jetzt war Tore eifriger als Dag selber, alles für die Reise instand zu setzen. Dag war ja schon manches liebe Mal zur Stadt gefahren, aber jetzt musste er auf eine viel längere Reise, und in Tores Augen war nichts schön und gut genug. Es gab ein großes Putzen an Pferden und Geschirr, an Schlitten und Pelzdecken - Tore sorgte für alles. Als er jedoch einen Beutel voller Taler anschleppte, dass man damit bis nach London hätte reisen können, da lachte Dag sein herzliches Lachen, das seit jener Nacht niemand mehr gehört hatte.

Auch Tore stimmte mit seinem inneren knurrenden Lachen ein und meinte, Geld sei nicht zu verachten, wenn man so lange allein sein müsse. Etwas werde das Lernen schon kosten, und Bücher seien teuer. Und man könne auch Lust bekommen, dies und jenes zu kaufen. Sie hatten zwar beim Kaufmann Geld stehen in den Büchern, bei Holder in der Stadt. Aber das Geld liege dort, um sich allmählich mit Zinsen zu mehren. Daran solle man nicht rühren. Es endete damit, dass Dag das Geld mitnahm. Wenn es zu viel sei, möge er es bei Holder einzahlen.

So waren Tore und Dag - immer gut Freund.

Achtes Kapitel

Zur Frühjahrsbestellung kam Dag aus der Stadt zurück. Vieles hatte er gesehen, vieles gehört und mit seinem klugen Kopf allerhand gelernt.

Tore merkte am stärksten, dass sich Dag verändert hatte; etwas Unbekanntes war an ihm. Fein und fremd schien er in seinen Kleidern und gebrauchte auch hin und wieder ein ungewohntes Wort. Aber am dritten Tag holte Dag sein altes Wams hervor und ging in den Wald.

In der Stadt hatte er fremde Laute in sich aufgenommen. Das Gerassel der Wagenräder, das Klappern der Schritte auf den steinernen Straßen und das Schwatzen vieler Menschen. Auf den Wegen daheim hatten die Räder einen anderen Ton, die Leute gingen leise, und auf Björndal wurde selten gesprochen. In der Stadt waren alle Töne laut und schneidend. Hier zu Hause war es anders, besonders im Wald, wo alles so still war. Die Geräusche der Stadt saßen noch wie eine Taubheit in seinen Ohren, ehe er in den Wald kam, jetzt wachten seine Sinne auf. Er vernahm wieder die tausend kleinen verschiedenen Laute, das Sausen des Windes in den Tannen, das Knistern der Zweige, das Zwitschern der Vögel, das feuchte Glucksen von Bächen und sickerndem Wasser. Alles so leise, dass er sein Herz in der Brust schlagen hörte. Hier fühlte er sich wieder daheim und gelobte sich, niemals mehr auf länger fortzufahren.

Am Abend nach diesem Waldgang plauderte er mit Tore; sie setzten sich an den Kamin in der Diele und hatten es behaglich warm bei einem Glas Branntwein. So tranken sie erst am dritten Tage auf Dags glückliche Heimkehr. Auf Björndal brauchte man immer einige Zeit, um voreinander aufzutauen. Am Alltag wurden niemals viele Worte gemacht. Jetzt erzählte Dag von den Menschen, denen er begegnet war; er sah und hörte scharf und verstand es, anschaulich zu schildern. Tore fand, die guten Geschichten allein lohnten die ganze Stadtreise, und fragte nicht nach Gelehrsamkeit oder anderem.

Es wurde spät an diesem Abend, und Dag hatte alles berichtet, was er wusste. Nein, eines hatte er absichtlich verschwiegen. Er hatte in der Stadt eine Dummheit gemacht und ärgerte sich gründlich darüber.

Eines Abends war er mit einem Schiffer zusammengetroffen; der besaß eine alte Nadel, die er in Holland gekauft hatte. Die Nadel war aus Gold und von ganz besonderer Form. Es gab sich, dass Dag sie kaufte, später bereute er es. Was sollte er mit einer goldenen Nadel? Er konnte doch nicht zu seinem Bruder heimkommen und erzählen, wie viele Taler er für einen unnützen Gegenstand ausgegeben habe.

In der Stadt war er ab und zu im Hause des Großkaufmannes zu Gast gewesen, und am Tage vor seiner Abreise war er auch dort eingeladen. Die jüngste Tochter des Hauses - Therese - war ihm hin und wieder freundlich begegnet, und dieses letzte Mal war sie so recht vergnügt, voll lustiger Reden und fröhlichen Gelächters. Da schenkte er ihr die Brosche als Dank dafür, dass er zu Gast gewesen war. »Eine feine Nadel, viel zu fein, um sie wegzuschenken«, hatte sie gesagt und sie ihm wiedergegeben; er aber hatte sie auf den Tisch gelegt und erklärt, wenn er ihr die Nadel geschenkt habe, so sei das sein Ernst, und wenn sie schon einen Dank haben solle, dann sei so eine kleine Nadel nicht zu viel. Da hatte sie die Nadel genommen und ihn ganz merkwürdig angesehen.

Ja, sie benahm sich sonderbar, die Jungfer Therese. War es vielleicht nicht Sitte, einer so feinen Jungfer eine kleine Nadel zu schenken? Da war offenbar etwas von Stand und Standesunterschied mit im Spiel, was er nicht begriff.

Mit einem Male wurde ihm glühend heiß. Am Ende glaubte die Jungfer, er sei ein bisschen verliebt in sie und habe ihr die Nadel deshalb geschenkt? Und hielt ihn vielleicht für sehr töricht, dass er sich so viel einbildete. Gut, dass er auf diesen Gedanken nicht gekommen war, als sie einander gegenüberstanden. Da wäre er sicherlich vor Scham in den Boden gesunken.

Dag konnte gut gebrauchen, was er in der Stadt gelernt hatte. Es war dringend vonnöten, über manches Rechnung zu führen und Ordnung in den alten Schlendrian zu bringen. Denn hier oben besaßen die Bauern von Altbjörndal alles Land. Alles, was es an Gebäuden, Hütten, Höfen und Kätnerland im Bezirk und drinnen im Wald gab, gehörte doch ihnen. Bisher hatte jeder in der Siedlung meist für sich selber sorgen müssen und hatte, wie auch die Besitzer von Altbjörndal, Verluste erlitten.

Von alters her machten Landstreicher den Bezirk unsicher, und Hausierer gingen bei Bauern und Kätnern von Hof zu Hof und kauften Felle und allerhand andere Waren auf. Was sie dafür gaben, war wenig wert, und überdies setzten sie sich überall fest und lebten umsonst.

Jetzt musste alles, was nur zu Geld gemacht werden konnte, auf den Hof gebracht werden, und hier bekam jeder seine Bezahlung in Korn oder anderem. Zu gelegener

Zeit wurde alles in die Stadt geschickt und dort verkauft. Die Leute begannen ihre Zeit besser als bisher auszunützen. Drinnen in den Wäldern gingen sie öfters auf Jagd - und aus Fluss und Gewässern zogen sie mehr Fische, als sie selbst brauchten. Die kleinen Flächen mit Flachs wurden vergrößert, die Schafe vermehrt, da die Wolle Wert bekommen hatte, und die Weiber spannen und webten mehr, als sie und die Ihren gebrauchen konnten.

Mit den Jahren breiteten sich Äcker und Wiesen gewaltig aus, sowohl in der Gemeinde wie oben im Bärental. Und es kam vor, dass junge Burschen, die früher untätig zu Hause herumliefen, zu Dag kamen und baten, im Wald roden zu dürfen. Sie erhielten Erlaubnis und Unterstützung mit Fuhrwerk und Geräten und kamen immer häufiger.

So erwuchs Leben aus den ersten Ratschlägen, die Dag den Leuten gegeben hatte, und alles gedieh besser, als er es je auszudenken gewagt hatte.

Immer öfter sah man auf den Wegen Gäule aus dem Norden, entweder Rappen aus Björndal selbst oder wackere Goldfüchse aus Hammarbö, denn die Hammarböer genossen in allem großes Vertrauen und fuhren zur Stadt, wenn Tore und Dag anderes zu tun hatten.

Mit den Rappen stand es so, dass sie ruhig und bedächtig trabten, solange es durch die Siedlung und das umgrenzende Waldgebirge ging. Kaum dass sie das offene Land nur witterten, brausten sie wie ein Sturmwind davon und tauchten überall wie eine dunkle Gefahr auf.

Eines Herbstes wurde im nördlichen Teil der Talsiedlung von Borglands Allee, geradeswegs zum Waldacker hin, eine neue Straße gelegt. Die mächtige Herrschaft auf

Borgland wollte wohl hiermit bedeuten, dass sie diese wilde Raserei nicht so nah auf dem Leibe haben wollte.

In Björndal war man mit der neuen Straße sehr zufrieden; sie brauchten jetzt nicht den großen Umweg um die Schluchten im Jungfrautal zu machen.

Darauf folgten Zeiten, wo sich die Leute zur Herbstzeit versammelten, um in den Wäldern Bäume zu fällen.

Das gab ein Fahren und Leben auf der vordem so stillen Schneebahn. Nicht für neue Häuser im Bezirk, nicht für Bau- oder Brennholz wurden diese Bäume geschlagen. Nein, sie wurden an den Fluss geschafft, der aus den Bergen kommt und nördlich vom Hof im Wasserfall herniedertost - aus der Siedlung nach Süden schwenkt, zwischen Klüften in den waldigen Hügeln vorwärts drängt und, mit einem großen Strom vereint, weit durch das Land hinfließt.

Und dann endlich gingen die Riesen aus den Wäldern im Bärental zu Schiff in die weite Welt hinaus, nach Holland und selbst nach der Stadt London.

Diesen Wink, im Wald Holz zum Verkauf zu schlagen, hatten sie vom Handelshaus in der Stadt bekommen; dort wurde alles geordnet und gebucht. Dag regelte, was den Wald und das Abholzen betraf, während Tore sich um den Hof kümmerte und Gebäude für Leute, Vieh und Ernte bauen ließ.

Tore hatte zwar etwas dagegen einzuwenden, als Dag das erste Mal davon sprach, den Hof zu vergrößern; als es aber einmal in Gang war, arbeitete Tore eisern vom frühen Tagesgrauen bis zum späten Abend.

Neue Äcker breiteten sich an Stelle der früheren Weideflächen aus, und neue Weiden fraßen sich tiefer in den Wald hinein. Weiter drinnen im Wald wurden Almen gerodet und Hütten gebaut. So ging es hier wie ehemals im offenen Lande, die Wälder mussten weichen. Nur mit dem großen Unterschied, dass sie hier im Norden so unendlich waren und die Rodungen nur wie winzige Flecke wirkten.

Dag blieb mehr und mehr in den Wäldern. Im Herbst und Winter war er mit Abholzen und Fuhren beschäftigt, in der übrigen Zeit mit Jagen. Es war beinahe eine Seltenheit, dass man ihn in Ruhe auf dem Hofe traf, und so hatte sich Tore auch an die Buchführung machen müssen. Diese Kunst hatte er von Dag gelernt, und er gab gut und gründlich auf alles Acht.

Es hatte keinen Zweck, ihm mit Pfuschwerk zu kommen, und er selber war ohne Falsch gegen alle.

So gingen die Jahre hin.

Sommers wogten grüne Felder weiter um den Hof und auch drunten in der Siedlung.

In den späten Herbsttagen klangen Axthiebe in den Wäldern, und zur Winterszeit waren Leute und Gespanne eifrig mit dem Abfahren beschäftigt. Beim Hochwasser im Frühling segelten dann die Stämme den Fluss hinab zur Stadt.

Auf sommerlichen Wegen und winterlicher Schneebahn trabten Gäule ihre Straße zur Stadt und wieder heim - immer häufiger.

Wohlstand und Macht wuchsen vom Morgen zum Abend. Aber Schatten zogen darüber hin.

Rachedurst, Stolz und Trotz, diese drei Kräuter schossen mit der Wohlhabenheit üppig auf. Wie schwarze Unglücksvögel schwebten die Rachegedanken der beiden Brüder über allem.

Eine Mahnung musste kommen.

Es geschah an einem Winterabend gegen den Frühling hin. Tore reiste nach Bohle, um die Schwester seiner Frau zu besuchen, und er hatte sie und das Kind bei sich. Sie fuhren am Morgen über den Lysne-See, wo sich der Fluss ins Tal wendet und zum See erweitert. Sie langten gut an und verlebten einen schönen Tag auf Bohle.

Es lag schon ein Frühlingshauch in der Luft, und die Strömung des Flusses wühlte unablässig unter dem Eis. Als das Pferd gegen Abend den gleichen Weg zurücktrabte, brach das Eis, und Pferd und Schlitten versanken mit allem. Dag wurde aus dem Walde heimgerufen, und viele Leute und Pferde zogen zum Lysne-See. Sie hackten das Eis auf und fischten die Leichen heraus - das war alles. Als Begräbnis und Leichenschmaus nach altem Brauch vorüber waren und Stille auf Björndal einzog, da war es, als sei alles in der Welt von Dag abgeglitten. Als stände er irgendwo außerhalb. Seine Augen blickten staunend umher wie die eines kleinen Kindes. Alles war fremd und unfassbar. Wie im Traum ging er einher, kümmerte sich um nichts, wusste kaum, dass die Zeit verstrich.

Frühling und Sommer, Herbst und Winter gingen ihren alten Gang. Nirgends legte Dag Hand an, friedlos war er allenthalben. Kam er ins Haus, so sprach jede Kleinigkeit von den Dahingegangenen. War er im Walde, so strömten die Gedanken an sie über ihn hin, an die er allerwegen zu denken pflegte. Wagte er sich auf den Kirchhof hinaus, dann war es, als saugten die Gräber ihn an sich. Dort unten lagen sie - alle - die Seinen. Auch der Kleine lag dort, der den Hof hätte erben sollen. Wofür lohnte es sich da noch zu wirtschaften? Das alte Wort bewahrheitete sich:

Was in zehn Jahren gebaut ist, kann in einem niedergerissen werden. Mit mancherlei auf dem Hofe ging es so in diesem einen Jahre. Was sich in gutem Zustand befand, geriet in Verfall. So geht es mit den Menschen - mit vielen Menschen.

Sind sie gewohnt, scharfe Augen über sich zu spüren, dann verlieren sie jede Richtung, wenn die Augen fort sind. Nicht alle, aber viele. So begannen in diesem Jahre wieder Hausierer und Landstreicher in die Gegend zu kommen und sich bei den Siedlern einzunisten, wie in alter Zeit. Dieses Jahr gingen nur wenige Wagenladungen zur Stadt, denn die Hausierer zogen mit einem Bündel nach dem andern davon. Ein böses Jahr war es auch für Feld und Wiese, und beim Trocknen und Einfahren wurde nicht immer mit der nötigen Sorgfalt verfahren. Manches blieb draußen, verrottete und brachte nur geringen oder gar keinen Ertrag. Daher wurde dieser Winter der kärgste seit Menschengedenken; es gab nicht genügend Brotkorn und Viehfutter, und hieran war größtenteils die Unordnung schuld.

Die Bewohner der Siedlung hatten den alten Missbrauch wiederaufgenommen, zu eigenem Bedarf einzufahren von den Feldern und Wiesen, die Altbjörndal drunten bei ihnen besaß. Derartiges war früher auch vorgekommen, aber Tore hatte streng auf Ordnung gehalten. Kaum lag er im Grabe, da begann der Missbrauch von neuem.

Auf Björndal mussten sie in diesem Winter in der Stadt Brotkorn für den eigenen Gebrauch und zur Aushilfe auf den anderen Höfen kaufen, von denen es niemals wiedererstattet wurde. Auch hatte man nicht Laub und Moos gesammelt wie in anderen Missjahren. Darum musste im Winter Vieh abgeschlachtet werden.

Nichts davon drang Dag ins Bewusstsein. Alles war ihm gleichgültig. Als der Großknecht meldete, die Leute führen widerrechtlich ein, wandte er sich nur verärgert ab. »Warum auch nicht?«, sagte er nur. »In ein paar Jahren sind sie nicht mehr - und ich nicht - und du nicht...«

Neuntes Kapitel

Jetzt begann ernstlich das Gerede zu gehen, Dag sei nicht voll bei Verstände. Die Menschen gingen ihm weit aus dem Wege und starrten erschrocken, wenn er ihnen begegnete. Nachts schlief er nicht, und tags wanderte er meistens wie im Schlaf.

Er hatte sich über Leben und Tod wohl seine Gedanken gemacht - er wie jeder andere. In den Jahren, als er im Walde hauste oder am Feuer unter freiem Himmel, hatte er in der Einsamkeit seine nachdenklichen Stunden gehabt; aber damals dachte er nur an die Bedeutung des Todes für den einzelnen. Daran, dass der Tod so lange währe und das Leben so kurz.

Was jetzt geschehen war, das war nicht der Tod eines einzelnen, das war etwas viel Größeres. Wie bei allen alten Sippen oben im Walde war der Familiensinn bei ihm stark ausgeprägt, ja so stark, dass er sich in der langen Reihe der Sippe von jeher nur als ein Glied fühlte - ein Glied zwischen denen, die seit Urzeiten gewesen waren, und denen, die kommen würden - bis in alle Ewigkeit. Daher bedeutete der Tod eines einzelnen ihm keinen Abschluss. Der Tote würde im lebendigen Leben des Geschlechtes weiterleben. So stand es damals vor ihm, als der Vater ums Leben kam, und so sah er seinen eignen Tod vor sich - wenn es einmal soweit war.

Mit Tores Tod wurde alles so unbegreiflich anders. Tore war für ihn die Sippe selbst gewesen - war der Älteste, der Erbbauer, hatte Weib und Kind. Dass er selbst jetzt der Erbbauer war und heiraten konnte, das fiel Dag nicht ein.

In allen den Jahren, seit er erwachsen war, hatte er sich so darin eingelebt, nur des Bruders Hilfe zu sein, dass in diesem Trauerdunkel solche anderen Gedanken keinen Raum in ihm fanden. In alten Überlieferungen kam es wohl vor, dass zwei verheiratete Brüder zugleich auf dem Hof lebten, aber es war eine Seltenheit. Sie hielten so etwas nicht für richtig. Daher hatte sich das Geschlecht auch nicht ausgebreitet und seinen Besitz nicht aufteilen müssen. Sie lebten auf dem einen Hof eng und stark beieinander - waren auch wohl durch die früheren harten Zeiten dazu gezwungen - und daher durch die Feindschaft des offenen Landes darin bestärkt worden.

Aus allen Berichten ging hervor, dass auf Björndal immer eine Sippe gesessen hatte, mehrere Menschen beieinander. Jetzt war nur er allein übrig; und einer ist keine Sippe. Er hatte niemanden, mit dem er in Gut oder Böse zusammenstand. Seine Sippe war ausgestorben.

Dag glaubte, wie auch seine Väter, dass große, vernichtende Ereignisse Prüfungen und Strafen des Herrgotts seien. Nichts geschah ohne Gottes Willen. Jetzt hatte er in Tausenden von Stunden darüber nachgedacht, was unser Herrgott wohl mit diesem Schicksal beabsichtigte. Wenn es noch ihn selbst getroffen hätte! Er war es doch, der beinahe in einen Mord hineingeraten wäre. Aber Tore, der niemals jemandem etwas zuleide getan hatte, und seine Frau, die ihre Arbeit so ruhig verrichtete, und der Kleine...

Nein, er fand keinen Sinn darin. Er grübelte und grübelte Tag und Nacht; das ganze Dasein wurde zu einem grauen, unendlichen Meer mit langsam dahintreibenden Wogen.

Die Zeit verstrich und mit ihr das Jahr, wieder ging es auf das Frühjahr zu und wurde Sommer. Die Bäume bekamen Laub und die Blumen Farbe, und alle Felder wurden grün. Aber Dag nahm es nicht wahr. Sein ganzes Innere war nur den Gedanken zugewandt, sie waren müde bis zum Tode und segelten ziellos über das graue Meer dahin. Niemals schlief er - niemals war er wach. Die Menschen wichen aus, wenn er kam, sahen einander an und schüttelten den Kopf. »Verrückt«, sagten sie.

Eines Tages aber geschah etwas.

Dag schlenderte über den Hof - stand eine Weile herum, setzte sich und ging wieder weiter...

Wo war er? Was für Laute, was für ein Dröhnen war um ihn? Er musste irgendwo beim Hof sein, denn er sah die Siedlung unten vor sich liegen und die waldigen Hügel ringsum, die Gemeinde tief unten mit ihren Häusern, Hütten, Wegen und Hainen, mit Wiesen und Feldern. Seine Welt, über die er zeitlebens Tag und Nacht hingeblickt hatte; jetzt aber rauschte etwas merkwürdig Ungewohntes über alles hin - ein Tönen, Lärmen, Sausen aus allen Ecken.

Was war nur mit den Wäldern? Sie kamen ja von allen Seiten, lebten, wanderten. Die Bäume schwankten wie Halme vorm Wind, bogen sich sausend tief zu Boden und richteten sich mit brausendem Lärm wieder auf. Und sie bewegten sich - kamen näher und näher - auf ihn zu. Waren denn die Wälder auf Wanderung? Es dröhnte in ihnen und klang und lebte. Dazwischen Tapsen von vielen - unendlich vielen Tieren aus allen Ecken, schwere Pfoten, feine weiche Pfoten; dicht, dicht, von Osten und Süden, und aus den großen Wäldern im Westen und Norden. Es hallte und krachte von niederstürzenden Bäumen, der Erdboden schwankte und dröhnte. Tiere kamen zum Vorschein, dicht gedrängt trampelten sie die Wälder nieder, langsam, strömend - aber unbeirrbar sicher: mächtige Bären, schleichende Wölfe, schmiegsame Füchse und alte Elche mit Geweihen wie Bäume. Nah und näher, Hunderte, Tausende, langsam - unendlich, Rücken an Rücken. Die Luft wimmelte schwarz von Adlern und Habichten und allerhand Vögeln, die still auf ihren Schwingen ruhten, vorwärts schwebten - bereit, niederzustoßen.

Und unten in der Siedlung kamen Menschen auf den Wegen herangeschlichen, viele Menschen - Landstreicher und Pack, wie man es früher vom Hofe hetzte. Sie lugten um die Hausecken und grinsten hämisch. Überall wimmelte es, näher und näher. Sie murmelten und drohten, und hinter ihnen schlichen zwischen den Hügeln von Hammarbö und den Schroffen der bewaldeten Grenzhöhen andere heran - Leute aus dem offenen Lande. Sie duckten sich feige hinter Büsche und Gestrüpp; aber er sah sie alle. Es knackte in den Zweigen und krachte in den Bäumen und toste und lärmte von Tausenden herankommender wilder Tiere und lauernder Feiglinge.

Er fühlte sich ohne Kraft und Willen und sank elend immer mehr in sich zusammen.

Näher und näher kamen alle die Menschen. Er sah so deutlich ihre tückischen Blicke, sah die funkelnden Augen der Tiere und ihre halboffenen, gierigen Mäuler, triefend von Geifer und blutigem Schaum.

Da hörte er etwas dicht hinter sich; es berührte ihn; nahe an ihm vorbei, fast wie quer durch ihn hindurch, glitt Mann auf Mann, lautlos mit Büchsen und Waffen. Manche düster und ernst, andere licht, wie er selber mit goldenem Haar und lustigen blauen Augen, aber einem harten Lächeln um den Mund. Breitschultrig waren sie alle, und die Lichten waren so gewandt und leichtfüßig, als gingen sie zum Tanz. Flintenhähne wurden gespannt, Zinnpfannen sauber geblasen, Pulver draufgeschüttet, und einige von ihnen stopften kaltblütig mit dem Ladestock nach. Ruhig, ohne Übereilung bewegten sie sich draußen. Er glaubte sie alle zu kennen; die Düsteren erinnerten an Tore, die anderen an ihn selbst - die Männer seiner Sippe!

Und augenblicklich wurde es still in den Wäldern und Feldern. Tiere und Menschen verschwanden, ihr Lärmen verhallte in weiter Ferne und erstarb gleich einem Windhauch in der Luft. Lange standen die Bewaffneten unbeweglich am Hügelrande wie ein Zaun gegen die Welt, und es ward still im Himmel und auf der Erde

Aber - Dag begriff es nicht - wo waren sie alle geblieben? Eben noch hatten sie dort gestanden, jetzt waren sie fort. Und von neuem drang der Lärm heran, schwellend, brausend in Wildheit, von allen Seiten näher und näher, dicht heran - schleichende Menschen, lauernde Tiere - ein wälzendes Meer von Hass quoll aus der Erde, Wald und Luft. Der Lärm wuchs und wuchs, Bäume stürzten, heiseres Tiergebrüll verklang in drohendem Krachen - schwoll zum Donner. Alles versank in Todesdunkel.

Da knallte es laut. Wie ein einziger Schuss aus allen Flinten der Welt, durchdringend kalt. Erde und Luft erzitterten, und das Büchsenfeuer stand wie ein blauer Schimmer über Siedlung und Wald. Dann war alles still - nur ein sausender, sickernder Ton wie von Regen quoll aus der tiefsten Tiefe der Wälder.

Die riesige Birke auf dem Hügel südwestlich vom alten Wohn- hause stand seit Jahrhunderten, die größte, die man je gesehen hatte. Man sagte von ihr, wenn sie Schaden erlitte, dann wäre es ein gewichtiges Vorzeichen für die Familie auf Björndal.

Jetzt war es geschehen - der Blitz hatte den Wipfel der Birke abgeschlagen und zur Erde geschleudert, so dass er mit Zweigen und Laub dort stand wie ein neuer, stattlicher Birkenbaum. Unter dem Laubgehänge der alten Birke arbeitete sich ein Mann hervor. Es war Dag. Er hatte sich zum Schutz vor dem Regen aus alter Gewohnheit hier niedergelassen und in seiner Verwirrung während des Unwetters geträumt, bis der Blitz niederfuhr und ihn weckte. Er hatte nach undenklich langer Zeit wieder einmal geschlafen, und jetzt machten ihn Traum und Schlag und Blitz hellwach, zum ersten Mal seit gleich langer Zeit.

Er strich sich über die Augen, starrte die neuaufgeschossene Birke an und dachte über seinen Traum nach. Ja, so mochte es sein, wenn der Wahnsinn kam, dann mochte man wohl solche unglaublichen Visionen haben, dass mächtige Bäume innerhalb einer Minute aus dem flachen Erdboden aufwüchsen. Er fasste sich ein Herz und trat näher an die neue Birke heran, griff in die Zweige und roch an dem frischen Laub. Wahrhaftig, so verrückt war er, dass er es mit den Händen fassen und mit der Nase riechen konnte. Er wich zurück und starrte erschrocken auf die Birke.

Erst als er weit genug entfernt war, bemerkte er, dass die alte Birke nicht mehr so groß aussah wie vorher, und ein rascher Blick an ihr empor und hinab zu der neuen erklärte ihm den Zusammenhang. Jetzt sah er auch an beiden schwarze Brandspuren des Blitzes. So war er doch nicht ganz wahnsinnig, aber - er starrte lange vor sich hin - der Blitz hatte dicht neben ihm eingeschlagen und die größte Birke beschädigt. Ja, deutlicher kann es einem wohl nicht gesagt werden, als es unser Herrgott diesmal getan hatte.

Als der Regen endlich nachließ, stand Dag immer noch auf demselben Fleck, nass bis auf die Haut und unberührt von allem. Er blickte über die Siedlung hin, als sähe er sie zum ersten Mal, und selbst jetzt im wachen Zustand hatte er den Traum so klar vor sich, dass er gleichsam darauf wartete, alles sich wiederholen zu sehen. Aber es sauste nur sehnsuchtsvoll an den Waldhängen und war totenstill nach dem Unwetter. Die dunkle Wolkenwand im Westen zerriss langsam, die Sonne, die zum Abend sich neigte, brach durch und ließ von den Bergen her lange Schatten über die Siedlung fallen. In den Wipfeln der höchsten Gehölze spielten noch goldene Sonnenstrahlen, und ganz drüben im Osten reichten sie bis auf die Felder hinab. Dunkle Schatten und lichte Sonnenstreifen standen ungewöhnlich stark gegeneinander und schufen ferne und weite Abstände. Die Siedlung schien unwirklich wie ein Märchenland, und am Südhimmel schimmerte zitternd ein Regenbogen gegen die schwarzen Gewitterwolken über dem Walde.

Dags Augen, die unendlich lange für alles blind gewesen waren, nahmen nun staunend geöffnet das mächtige Bild wahr, und als er sich der Sonne zuwandte und in den goldenen Sonnenglast vor den schwarzdunklen Wolken hineinstarrte, da schien ihm dies wie ein Blick in das Himmelreich.

Der Regen fiel sacht, und ab und zu rollte ferner Donner im Süden. Dag hatte trockene Sachen angezogen und ein Zimmer betreten, in dem er seit dem Leichenschmaus für Tore nicht mehr gewesen war, die Alte Stube. Sie diente sonst nur zu Festlichkeiten, aber dort auf dem Tisch am Westfenster lagen ein paar fromme Bücher, und nach diesem Erlebnis durfte man wohl etwas in sie hineinblicken. Dass Gott heute ihn und seine Sippe gesucht hatte, dessen war er jetzt sicher. Vorsichtig nahm er die alte Bibel in seine groben Hände und blätterte darin. Er war in das Alte Testament geraten, und Strafe, Rache und Gottes eifernder Zorn stiegen aus jeder Zeile empor. Er schloss die Bibel, setzte sich in den Stuhl und sank, die eine Faust unter dem Kinn, in sich zusammen. Ja, Gottes Zorn war über ihm. Es nützte nichts, in Büchern zu blättern. Dass es ein Strafgericht war, daran zweifelte er nicht. Aber wofür?

Er dachte an seinen Vater und die Vorfahren, über die er hatte sprechen hören. Nach allem, was er wusste, hatten sie sich sämtlich zu Gott gehalten. Er sann über seinen Vater nach. Ein Mann Gottes war er gewesen, das stand fest; was er aber sonst gedacht hatte, war schwer zu sagen. Er war oft so wortkarg gewesen.

Plötzlich hob Dag den Kopf von der Faust und richtete sich auf. Er hatte einen Zugang zu seines Vaters Sinnen und Denken gefunden; ein Wort war ihm eingefallen, das der Vater oft gebraucht hatte - in alltäglichen wie in heiligen Dingen: »Mannespflicht«. Aus diesem Wort stiegen so viele Erinnerungen an ihn auf. Die höchste Pflicht sah er wohl darin, vom frühen Morgengrauen bis zum späten Abend zu arbeiten, um sich und die Seinen sicherzustellen. Danach war es Mannespflicht, nicht zu fluchen und keine gottlosen Worte zu gebrauchen. In diesem Punkte ließ er nicht mit sich spaßen. Dag erinnerte sich noch an die tüchtigsten Prügel seines ganzen Lebens. Die hatte er bekommen, als er einst im Jähzorn fluchte und der Vater es hörte. Ja, und weiter hatte der Vater gemeint, man solle die Zehn Gebote halten, das Vaterunser beten und alle Feiertage streng heiligen. Soviel konnte Dag über seinen Vater herausbringen; und er selbst war in diesem Sinne erzogen worden und glaubte, sich in seinem Leben einigermaßen danach gerichtet zu haben.

Der Vater mochte es von seinem Vater gelernt haben und der wieder von dem seinen. Worüber war dann Gott so zornig - hatten nicht alle ihre Pflicht gegen ihn erfüllt? Das alte Selbstbewusstsein der Sippe schwoll in Dag empor. Er ging geradezu mit Gott ins Gericht. Nein, es war noch nicht zu Ende mit der zähen Art der Björndalsippe. Einsam und verlassen saß er da, das Grauen über des Bruders Unglück noch frisch im Sinn und das blaue Feuer des Blitzschlages um sich - und doch nicht gebrochen. Doch noch fähig, seine eigene Meinung zu haben, selbst vor dem Herrgott.

Er beugte sich wieder über den Tisch, und die Hände tasteten nach der Bibel; aber er rührte sie nicht an. Da fiel sein Blick auf eins der anderen Andachtsbücher, ein kleines Buch, nicht größer, als dass er es mit seiner Faust umschließen konnte. Er spielte damit, so dass es sich öffnete. Auf der ersten Seite stand: *Dr. Dinnysön Jersin* und *Erbauungsschriften* und anderes mehr. Während seine Gedanken weit abschweiften, las er: »Zum ersten soll jeder Christenmensch den äußerlichen, groben, wissentlichen und üblichen Sünden und Missetaten widerstehen, die Gottes Gebot und der Menschen Gesetze verbieten...«

Dags Denken wurde von dem, was seine Augen sahen, gefesselt; er las es mit wachem Sinn nochmals durch und blätterte weiter. Auf der zweiten Seite stand: »Gottes nächste Forderung ist, dass wir die bösen Leidenschaften und Begierden dämpfen und unterdrücken, die im Herzen sind...«

Dag starrte verwundert vor sich hin. Gottes Wort schien also nicht nur die Zehn Gebote und das Vaterunser zu sein. Er las hier und da weiter, aber meist waren es Dinge, die er nicht erfasste und die ihm nichts sagten, bis er an den folgenden Absatz kam: »Denn zum Exempel: wenn ein Mensch einen Zorn oder Unwillen gegen seinen Nächsten hegt, so verübt er nicht alsbald etwas, weil er nicht immer gleich Gelegenheit dazu findet: aber er geht einstweilen Tag für Tag umher, sinnt auf Mittel, Pläne und Gelegenheit, wie er sich rächen könne, und ergötzt sich im Herzen mit solchen Anschlägen.«

Dag stieg das Blut merkwürdig heiß über den Nacken in den Kopf hinauf. Waren nicht Tore und er in allen den Jahren mit solchen Rachegedanken gegen die Talbewohner einhergegangen und hatten nur die böse Lust der Rache in jeden Fortschritt, jedes Verdienst hineingelegt, die der Herrgott ihnen gönnte? Er blickte ängstlich auf die große Birke draußen und dachte an die alten Sippenglieder und an seinen Vater. Wohl alle hatten seit Urzeiten geglaubt, zur Mannespflicht gehöre die Rache. Als die alte Ane Hammarbö, die so viele Geschichten aus seiner Familie wusste, Tore und ihm einmal etwas erzählte, gebrauchte sie am Schluss die stolze Wendung: »Keiner von ihnen liegt ungerächt!« Und er erinnerte sich an den Tag, da der Pfarrer zu seinem Vater kam und um Hilfe gegen den Bären im

Tal unten bat. Da hatte er in der Diele gestanden und gelauscht; er wusste noch, dass sich der Vater weder durch Bitten noch Versprechungen bewegen ließ. Erst als es sich herausstellte, dass es ein Bär aus jener großen Familie war, die seinen Großvater und später seinen Vater gefällt hatte, da war er plötzlich bereit. Sie durften nicht ungerächt liegen, solange noch ein Bär aus dieser Familie lebte-. Rache, immer wieder Rache.

Und er dachte weiter an Ane Hammarbös Erzählungen aus den ältesten Zeiten; es waren Berichte über die Blutrache darunter. Damals schwoll sein Herz vor Stolz über die Kühnheit seiner Väter. Jetzt ging eine Beängstigung von ihnen aus. Er grübelte eine Weile tief darüber nach; dann aber straffte er Rücken und Nacken. Lautete nicht Gottes Gebot: du sollst deine Väter ehren! Musste man nicht Vergeltung an allen üben, die ihnen entgegen gewesen waren?

Er richtete sich hoch auf, und seine Brauen sträubten sich. Die Bilder aus dem Traum stürmten auf ihn ein. Leibhaftig sah er es vor sich, wie all die Gemeinheit sich verkroch, sobald seine Väter sich zeigten. War es nicht die Furcht vor der schweren Rache der Björndaler, die feiges Pack und wilde Tiere fernhielt, so dass man hier in der Gemeinde ruhig leben konnte?

Dag erhob sich. Er fühlte sich ebenso tief in seiner Sippe wurzeln wie die Riesenbirke vor dem Fenster draußen im Boden. Mochte der Wipfel vom Blitz ein wenig gesengt werden, die Wurzeln saßen fest in ihrem alten Grund. Sie ließen sich nicht auf einmal herausreißen - und diese neuen Gedanken behagten ihm nicht. Seine Ahnen standen ihm beinahe ebenso hoch wie der Herrgott, und jetzt sollte er hier das Urteil abgeben, sie hätten verkehrt gehandelt?

Er ging mit dem Herrgott scharf ins Gericht, aber die Gedanken wanderten, und ihm fiel auf, dass die Sippe nicht, wie im Traum, um ihn stand. Alle waren unter der Erde, und er selbst sicherlich auch verurteilt, hineingesenkt zu werden - schon bald.

Seine Hand glitt tastend am Stuhl hinab, und das kleine Buch, das er jäh fortgeschleudert hatte, kam wieder in seine Finger. Der Lederrücken war alt und eingetrocknet, die Holzdeckel verzogen, so dass sich das Buch ganz von allein öffnete. Und auf einer Seite weit hinten las er: »...Item: ich weiß, ich soll Gott die Rache

geben.« Er sann ernsthaft nach; dass man die Worte der Menschen verschieden auslegen konnte, wusste er wohl; Gottes Wort jedoch war unerschütterlich, und hier stand dies gar gedruckt. Er überlegte. Wenn man jetzt Gott die Rache ließ, war dann unwiderruflich sicher, dass Gott Willen und Zeit besaß...? Ja, Dag saß es im Blut: jedes Unrecht musste früher oder später gerächt werden.

Plötzlich rann es ihm eiskalt vom Schopf den Rücken hinab. Hatte ihm nicht der Herrgott bei der Rache geholfen, ihm Kraft und Glück verliehen, sich damals auf Bohle einer solchen Übermacht zu erwehren? Und hatte es der Herrgott nicht hinterdrein auch so passend eingerichtet, dass er der Mordschuld und den Fesseln entging? Und als sie dann daran arbeiteten, sich Wohlstand zu schaffen, war nicht der Herrgott dadurch zu Hilfe gekommen, dass er den Wald so wertvoll werden ließ? Sie hatten Gottes Hilfe nicht beachtet, darum war das Strafgericht gekommen...

Dennoch brachte er keinen Zusammenhang in die Dinge. Die Sippe hatte so viele Menschengeschlechter hindurch mit Mord und Vergeltung und allerhand Streitigkeiten fortgelebt, und jetzt sollte die Vernichtung für eine Rache kommen, die Tore und er nur in Gedanken geübt hatten?

Stunden vergingen - der Abend sank über Hof und Gemeinde, und immer noch saß Dag in der Alten Stube mit der Faust unterm Kinn und kämpfte trotzig mit seinen Gedanken weiter. Mannespflicht war der Anhaltspunkt, zu dem er jedes Mal zurückkehrte, wenn etwas in ihm scheiterte, und aus diesem Wort erwuchs seine endgültige Meinung. Endlich glaubte er zu verstehen, weshalb das Strafgericht gerade jetzt gekommen war.

Die Pflicht ist nicht immer gleich, sie ändert sich, wie die Zeiten sich ändern. Aus dem Traum von heute kam ihm dieser Gedanke. In alter Zeit war es notwendig gewesen, seine Arbeit gegen wilde Tiere und Taugenichtse zu schützen. Daher hatten seine Väter hart kämpfen müssen und doch Sippe um und nach sich gehabt. Das war jetzt anders. Dag selbst hatte seine Fähigkeit erwiesen, die Talbewohner zu Tode zu erschrecken. Seit jenem Tage wären sie über alle Berge geflohen, wenn er sie nur scharf angeblickt hätte. Und die Hausierer brauchte er kaum anzusehen, da machten sie sich schon Hals über Kopf aus dem Staube. Tore und er besaßen auch die Gabe, andere zu schwerster Arbeit anzustellen und selbst aufrecht umherzugehen und nur auf das zu zeigen, was getan werden sollte.

Ja, die Väter hatten die schwerste Arbeit bereits geleistet; neue Zeiten brachen an, da die endlosen Wälder Wert bekamen. Die Pflichten im Diesseits waren nicht mehr so schwer, da erschwerte der Herrgott sie eben im Jenseits. Es bestand kein Grund, sich noch mit Rachegedanken im

Herzen zu vergnügen. Aber - konnte er dann auch noch leben! Schuldete er nicht seinen Vätern Vergeltung für alle Nichtachtung, unter der sie so viele Menschalter hindurch gelitten hatten? Saß nicht die Verpflichtung zur Rache felsenfest und tief als Erbe in ihm?

Die Dämmerung der Sommernacht webte draußen leichte durchsichtige Schleier, drinnen in der Alten Stube aber kroch pechschwarzes Dunkel aus Winkeln und Wänden und drang mit mancherlei Regungen auf Dag ein. Oben unterm Dachgebälk bekam das Licht von draußen hier und da noch eine blankgeschliffene Kante aus Messing oder Eisen an den alten Waffen zu fassen, die hier seit undenkbaren Zeiten ihren Platz hatten. Irgendwo dort oben sollte ein Langbeil stecken; es war die älteste Waffe auf Björndal, und es hieß, ein silberweißes Kreuz sei in das Eisen gehämmert. Ob das Kreuz Abwehr gegen Unheil oder Zauber bedeutete, wusste niemand mehr zu sagen; und nicht nur Tierblut habe das silberne Kreuz berührt, wurde erzählt. Auch andere Waffen dort oben konnten von scharfen Treffen Mann gegen Mann berichten, von heißen, wilden Reden, von rieselndem Blut und hinsinkenden Leibern, die sich nie mehr erhoben.

Heute Nacht schien ein leises Schwirren unter den Dachbalken zu tönen, ein sterbensweiches Klingen im Eisen. - Als hätten sich elchstarke Männer erhoben und stünden lautlos drohend rings in den Ecken und an den Wänden, so lebte sich das Dunkel in Dag hinein, während er sich bemühte, den neuen Vorsatz in sich zu festigen und alle Rache in Tun und Denken abzulegen. Schienen nicht alle Vorfahren sich fest bei der Hand zu halten, Mann an Mann, vom allerersten bis zum Vater und Tore? Fühlte nicht seine eigene Faust das Zupacken dieser Alten - als eine zuverlässige Handfeste, zusammenzustehen in den Tagen des Lebens wie in der Ewigkeit des Todes? Wollte er seine Hand aus diesem Griff lösen - sich von der uralten Sippenkette losreißen?

Dag beugte sich vor und legte die Stirn auf die geballten Fäuste. Es war, als drängten sich die alten Waffen mit immer stärkerem Klang an die Balken, als bewegten sich raue Männer in der Stube und strömten langsam auf ihn zu.

Da durchschnitt ein ganz leise schnurrendes Knacken im Gebälk über ihm die Stille. Es sauste etwas durch die Luft, knallte kurz wie ein Hammerschlag gegen die Tischkante dicht neben ihm und erstarb in einem Fall auf den Boden. Dag war so in Traum und Unwirklichkeit eingesponnen, dass er Zeit brauchte, seine Gedanken um dieses wirklich Gehörte zu sammeln. Er hob den Kopf, saß halb gebückt, lauschte gespannt. Allmählich richtete er sich auf und blickte auf den Boden. Im Schatten des Tisches, gerade neben seinem Fuß, steckte ein Langbeil mit der Spitze der Schneide tief im Holz. Dag musste kräftig zupacken, um es loszubekommen, so scharf war es niedergegangen.

Er starrte auf das schmale Axtblatt. Es war rauchgeschwärzt und trug tiefe Narben von Blutrost. Und trat nicht in den Rostnarben auf der einen Seite ein Kreuzzeichen deutlich hervor? Er drückte den Daumen fest dagegen und rieb; wirklich, da schimmerte das Kreuz silbergrau aus dem dunklen Eisen. Er hatte von dieser Axt wohl gehört, doch zu seines Vaters Lebzeiten niemals die alten Waffen zu berühren gewagt, mit Ausnahme der Axt, die man ihm lieh, als er seine eigene schmieden wollte. Und später hatte er an so viel anderes zu denken gehabt, dass ihm für Sagen und Geschichten keine Zeit blieb. Jetzt sah er, dass die Sage die Wahrheit sprach: es gab ein solches Beil. Sicherlich war nur ein rostiger Nagel ausgebrochen; aber es war doch merkwürdig, dass es gerade in dem Augenblick geschah, als er zum ersten Mal an diesem Tisch saß, und dass die Axt ebenso dicht neben ihm niedergefahren war wie zuvor der Blitz. Seltsam auch, dass es gerade dieses Beil war, von dem man so bestimmt erzählte, Fäuste aus der Sippe hätten seinen Schaft in Wut und Rache fest umklammert.

Langsam hob er den Kopf wieder; seine Augen glänzten blau auf und sandten einen langen, harten Blick in die Sommernacht hinaus, ohne auf irgendetwas zu verweilen. Die Zähne bissen sich fest zusammen, der Mund zog sich schmal, die Brauen standen gesträubt über den Augen, die Nasenflügel bebten wie bei einem witternden Hunde - das ganze Gesicht sah aus wie bei einer sausenden Fahrt gegen beißenden Wind.

Dass Gott ihn heute hatte züchtigen wollen, daran bestand kein Zweifel mehr. Und wenn es ihm auch ins Herz schnitt, so war es vielleicht doch nicht so unmöglich, sich Gott zu unterwerfen, wie er anfangs glaubte. Gott die Rache zu lassen hieß ja nicht, sie in feiger Schwäche aufgeben. Gott konnte hart genug zupacken, auch wohl die Rache übernehmen, wie geschrieben stand. Ihm zu widerstreben nützte nichts, dafür hatte er wahrlich starke Zeichen erhalten. Seine Väter mochten ihn beurteilen, wie sie wollten, wenn sie ihn jetzt wirklich sehen konnten. - Zur Besiegelung vor sich selbst, vor Gott und anderen, die dort hinten im Dunkel vielleicht Zeuge waren, schlug er das

Beil mit einem sausenden Hieb in den Tragbalken an der inneren Ecke des Windfanges.

Noch lange Jahre später saß das Langbeil dort, wo Dag es eingeschlagen hatte. Niemand vermutete, dass es mit einem einzigen Hieb so tief in das steinharte Eichenholz eingedrungen war. Nur Dag wusste, dass es dort stand, als Grenzstein zwischen alter und neuer Zeit.

Zehntes Kapitel

Nicht nur die große Auseinandersetzung mit dem Herrgott brachte neues Leben in Dag Björndal. Am Morgen nach jener Nacht in der Alten Stube kam ein Brief an ihn. Briefe waren damals selten. Eine Fuhre von Hammarbö hatte ihn mitgebracht, und Dag konnte daher nicht fragen, von wem er war. Man hätte ihn ja öffnen können, aber Dag drehte und wendete ihn in seinen kräftigen Fäusten und wusste sich keinen Rat. Endlich wanderte er damit in die Alte Stube; denn dies war eine feierliche Angelegenheit.

Er öffnete das Westfenster und setzte sich an den gleichen Platz, auf dem er nachts gesessen hatte. Er drehte den Brief noch mehrmals, dann zog er das Messer aus der Scheide und schnitt ihn feierlich auf. Mit demselben Messer, mit dem er oftmals Tierleiber abgezogen hatte, das sein Werkzeug für alles war. Jetzt benutzte er es für den weißen Brief. Er breitete das Papier aus und suchte die Unterschrift. Bebte seine Hand oder war es nur ein Windzug vom Fenster her? Das Papier zitterte so sonderbar in seiner Hand. Der Name, der darunter stand, war - Therese Holder.

Lange saß er und blickte über die große Birke hinweg auf die Höhen im Westen, bevor er zu lesen wagte. Flog eine Erinnerung an eine Nadel aus holländischen Landen durch seinen Sinn? Aber seitdem war ja eine solche Ewigkeit vergangen. Oder dachte er an die Zeiten, da er in der Stadt wohnte und hin und wieder in dem großen Kaufmannshaus zu Tisch geladen war? Wunderte er sich etwa darüber? Nein, daran gab es nichts zu verwundern. Seinem Vater und Tore war dieselbe Ehre erwiesen worden.

Es verhielt sich nämlich mit den Björndalern so, dass sie nur draußen im offenen Lande missachtet waren. Bei sich zu Hause und in der Stadt galten sie etwas. Bei dem Handelsherrn stellten sie wohl ihre Pferde in den Stall wie die anderen auch, aber sie schliefen nicht dort in den Gaststuben für die Bauern. Sie wohnten anderswo und waren ihre eigenen Herren. Sie hatten ein andres Gepräge als andere, nicht nur, dass sie größer waren als die meisten Menschen - sie trugen den Kopf anders - hoch, stark, gleichmütig. Und dann hatten sie ihre rasche Art. Schnell kamen sie, schnell waren sie fort. Man konnte sie nicht einfach zu einem Glas in der Schenke einladen, die Björndaler. Sie gaben sich mit anderen nicht ab, hatten nicht Zeit, in den Ställen herumzuschwatzen und Schnaps zu trinken. Um dieser Sonderstellung willen und als gute Kunden durften sie ein seltenes Mal beim Kaufherrn zu Gast sein. Einen anderen Grund gab es nicht, daher machte sich Dag keine weiteren Gedanken darüber.

Er dachte an die goldene Nadel. Er hatte sie seit langem ganz vergessen, jetzt erinnerte er sich an sie, an das sonderbare Benehmen der Jungfer Therese damals und an alle seine Bedenken.

Später war meistens der Bruder mit der Fracht in der Stadt gewesen; oftmals fuhren auch die Hammarböer. Dag selber verspürte keine Lust. Nach dieser Dummheit mit der Nadel wollte er mit niemandem aus dem Hause mehr sprechen.

Er saß in der Alten Stube und grübelte. Den Brief hatte er gelesen, doch es war nicht daraus klug zu werden. Ein neues, merkwürdiges Gefühl regte sich in ihm, ob es nun von dem Brief herrührte oder von der sommerlichen Luft, die durch das Fenster hereinwehte. Er selber bekam niemals Briefe; so war schon das verwunderlich, dass in der Welt ein Mensch an ihn dachte und ihm schrieb. Vielleicht legte er deswegen mehr in diesen Brief hinein, als er eigentlich enthielt. Die Jungfer Therese wollte ihm also schreiben, weil sie von dem großen Unglück gehört habe und er jetzt in der Welt allein stehe. Auch in der Stadt sei etwas geschehen, ihr Vater sei dahingegangen, und zwar am gleichen Tage, da Tore ertrank. Dies sei wie eine Fügung. Was mochte sie nur damit meinen? Weiter schrieb sie, so einsam wie er sei sie ja nicht. Sie habe ja ihre Schwester und die Familie ihres Oheims und noch andere. Jetzt aber wolle sich der Sohn des Oheims verheiraten und in das Geschäft eintreten, und da sei es nur natürlich, dass er dort wohnen wolle, wo ihre Schwester und sie jetzt wohnten. Also würden sie bald umziehen. Mehr stand in dem Brief nicht. Doch dann fragte sie noch, ob Dag nicht einmal in die Stadt käme. Sie würde gern wieder mit ihm plaudern. Dies war alles, aber es schien doch, als käme sie ihm in dem Brief ganz nahe, fast unbegreiflich nahe. Wie in einer Art Vertraulichkeit mit einem guten Bekannten, und was konnte ein Mensch wie Dag hiervon begreifen?

Auf dem Hofe gab es große Verwunderung, als er zur Stadt fuhr. Es war schon recht lange her, seit man ihn zur Stadt hatte fahren sehen. Dass in Dag auch sonst eine Veränderung vorgegangen war, hatte man schon zu spüren bekommen. Er kümmerte sich wieder um manches, an das er im ganzen letzten Jahre mit keinem Gedanken mehr gedacht hatte. Und da ja vieles nicht war, wie es sollte, bekam er einen so strengen Blick, dass die Leute ihm geradezu auswichen.

Das Holder'sche Haus in der Stadt lag eingezwängt und engbrüstig zwischen anderen Häusern und war von der geschäftigen Straße aus bescheiden anzusehen. Sogar das Schild über der Tür war durch Zeit und Wetter verblichen. Man kam nicht auf den Gedanken, dass dort drinnen große Handelsherren herrschten. Aber so, wie der Kramladen heute war, hatte er seit zwei Menschenaltern Reichtum eingebracht und durfte daher weiterhin so bleiben.

Es war ein zweistöckiges Haus. Zu ebener Erde lag der Laden mit all seinem Leben vom frühen Morgen bis tief in die Nacht, mit dem alten Kontor und den Lagerräumen hinten und im Keller. Im ersten Stock gab es noch ein paar weitere Kontorräume und die Kammern der Gehilfen und Lehrlinge. Von diesem Vorderhaus zogen sich zu beiden Seiten des gepflasterten Hofes zwei Flügel weit rückwärts. Hier waren unten die Ställe und Schuppen für die Wagen und Schlitten, oben die Bauernstuben, der Boden und hier und da noch Lagerräume. An den Außenwänden schob sich ein Gewirr von Treppen, Galerien und Dächern ineinander mit Ecken und Winkeln; man musste schon bekannt sein, um sich darin zurechtzufinden.

Das Hinterhaus, das den Hof hinten abschloss, war anders, als man es erwartete. Es ging ganz bis auf eine andere Straße durch - und dieser stillen Straße zeigte das Haus Holder seinen Reichtum. In diesem Gebäude wohnte »die Familie selbst«.

Auf den Hof hinaus gab es viele Fenster und Küchen in beiden Geschossen. Im ersten Stock lagen auch die Mägdezimmer und darunter das neue Kontor, in dem man die großen Geschäfte abwickelte. Die Vorderseite des Hauses - nach der stillen Straße hinaus - bewohnte die Herrschaft; der ältere Holder das Erdgeschoss, oben hatte sein jetzt verstorbener Bruder gewohnt, und hier verbrachte Jungfer Therese ihre geschäftigen Tage.

Von Jugend auf war sie gewohnt, viel um die Ohren zu haben, seit der Zeit, da ihre Mutter krank wurde; und nach deren Tode herrschte sie in Küche und Keller und überall.

Ihr Vater war ein geselliger Mensch und sah gerne frohe, vergnügte Menschen um sich, je mehr, desto besser.

Ja, da hatte es für Jungfer Therese viel zu tun gegeben. Dann raffte der Tod den Vater plötzlich hinweg, und es wurde seltsam still in den großen Stuben.

Sie lebte jetzt etwa ein Jahr lang in dieser Leere; ihr kam es wie eine Ewigkeit vor.

Es gab Tage, an denen sie das Gefühl hatte, jetzt kommt das Alter. In wachen Nächten, ja selbst bei helllichtem Tage konnte ein Schauder sie durchfahren; denn es war ihr als Möglichkeit, ja als Wahrscheinlichkeit auf die Seele gefallen, dass sie ihre Tage unverheiratet verbringen müsse. Solange der Vater lebte, waren ihre Gedanken so völlig in Anspruch genommen, dass die Jahre über sie hingingen, ohne dass sie Zeit fand, an sich und ihre eigene Zukunft zu denken. Ihr Lebtag hatte sie diese Arbeit daheim beim Vater nur als eine Jungmädchenbeschäftigung betrachtet, die vor dem wirklichen Leben lag, das mit seinen großen, reichen Tagen erst noch zu ihr kommen sollte. Und jetzt war sie plötzlich aus dem Geleise geworfen - verblühend, ehe noch ihr eigenes Leben recht begann.

In ihrer frühen Jugend hatte sie wohl Freier gehabt, doch keiner von ihnen schien ihr ein rechter Kerl zu sein, und sie glaubte auch, noch so herrlich lange Zeit vor sich zu haben. Später kam ihr bestimmtes, entschlossenes Wesen mehr und mehr durch, und keinem, der im Hause verkehrte und sie gut kannte, schien es recht denkbar, Therese Holder zu heiraten.

Sie wird genau wie ihre Großmutter, hieß es, und das wollte etwas besagen. Viele meinten, diese alte Madame Holder habe den Reichtum des Hauses Holder begründet, denn niemand hatte ihresgleichen gekannt. Sie war in derselben Minute draußen und drinnen und überall und hielt alles in Ordnung; aber es war kein Vergnügen, mit ihr verheiratet zu sein. Je mehr Thereses Ähnlichkeit mit der Großmutter hervorzutreten begann, umso seltener wurden die Freier. Manche fanden sie auch in ihrer Ausdrucksweise etwas derb und nicht für jede Gesellschaft passend.

Sie hatte allerdings sehr früh auf eigenen Füßen stehen müssen und in der Jugend zu viel in der Küche gesteckt oder auch einen Abstecher in den Hof hinunter gemacht, wenn es ihr einfiel. Und daher stammten wohl die derben Ausdrücke.

Es hätte ja gleichwohl sein können, dass jemand um ihres vielen Geldes willen gekommen wäre und sich an sie herangemacht hätte; aber keiner wagte es, denn man wusste, dass sie sehr klug war und sich nicht leicht täuschen ließ.

So war es still geworden um Jungfer Therese.

Seit sie erwachsen war, schien es ihr selbstverständlich, dass sie sich einmal verheiraten würde. Aber jetzt sah es nicht danach aus. Diese Stille um sie her - war das die Stille, in der alte Jungfern ihre Tage verbrachten, begann die jetzt für sie?

Sie war ja einunddreißig Jahre alt, und ihr Gesicht zeigte schon einige kleine Fältchen; ob sie wirklich auf dem Wege war, alt zu werden?

Ihre Schwester stand ihr als stete Warnung vor Augen. Sie war fünf Jahre älter, die Jungfer Dorthea, und glich nicht die Spur ihrer Schwester, sondern ganz ihrer weichen Mutter; sie war sehr hübsch gewesen, war es immer noch, wenn sich auch das Alter früh bei ihr angekündigt hatte. Fein, schlank und vornehm, richtig damenhaft war sie in allem. In jüngeren Jahren kränkelte sie leicht, Therese musste nach dem Tode der Mutter den Haushalt führen.

Jungfer Dorthea hatte ihr Erlebnis gehabt. Vier, fünf ihrer besten Jahre war sie mit einem Offizier aus sehr vornehmer Familie verlobt gewesen. Es sollte geheim bleiben, aber die ganze Stadt wusste es. Veröffentlichen konnte man es nicht, denn die Familie des Offiziers fand die Verbindung mit der »Krämerfamilie« unpassend. Schließlich nahm er denn eine andere, die auch Geld hatte und deren Stand seinem adligen Blut besser entsprach. Seitdem bedeutete das Leben nichts mehr für die Jungfer Dorthea.

Als sich des Vaters Tod jährte, bemühte sich der Oheim in eigener Person die Treppen hinauf, um sie zu begrüßen. Es war ja hübsch von ihm, an den Tag zu denken; aber Therese fand bald heraus, dass er schon lange auf das Ende des Trauerjahres lauerte.

Er hatte etwas auf dem Herzen, der Oheim; sein Sohn wollte sich nämlich verheiraten, und er bat sie in Milde und väterlichem Wohlwollen, sich nach einer anderen Wohnung umzusehen, damit sein Sohn hier oben einziehen könne. Taktlos genug nannte er sie »zwei Einsame«, und Therese merkte, dass er annahm, sie würden allezeit einsam bleiben und nicht so viel Platz brauchen. Da sollten sie sich also still in eine billige Einsamkeit zurückziehen, wenig Geld verbrauchen und den Oheim allein über den Reichtum verfügen lassen. Nein, jetzt wollte und würde sie heiraten, und wenn sie selbst auf die Freite gehen müsste.

In allen trüben Stunden des letzten Jahres hatte es einen winzigen Schimmer gegeben, und diesen Schimmer hatte Therese so gehegt, dass er zu einem starken Leuchten geworden war. Er ging von ein paar kleinen Andenken aus, die sie seit Jahren aufbewahrte. Andenken an einen, der ihr einmal eine Nadel geschenkt hatte. Sie besaß viele andere Broschen und Schmucksachen, Geschenke vom Vater oder Erbstücke der Mutter; doch diese Nadel war unvergleichlich in der Form und außerdem von schwerem Gold. Niemals war sie dahintergekommen, weshalb er sie ihr geschenkt hatte. »Zum Dank für gastliche Aufnahme bei Ihnen«, hatte er gesagt; so viele Gäste im Lauf der Jahre auch im Hause waren, von keinem hatte sie eine Nadel oder irgendetwas erhalten. Musste sie da nicht glauben, er verbände eine Absicht damit?

In Stunden verständiger Überlegung machte sie sich klar, dass er diese Nadel verschenkt hatte, weil es so in seiner Art lag. Sie wusste nämlich etwas von ihm. Dag, das war ein hübscher, altertümlicher Name, und sie erwähnte diesen Namen einmal vor einem Pfarrer, der bei ihnen zu Gast und für sein großes Wissen bekannt war. Der sagte, Dag sei ein Häuptlingsname aus alter Zeit, der heute nicht mehr gebraucht würde. Sie kenne aber jemanden, der so heiße, erzählte sie, und habe ihn einmal gefragt, woher er den sonderbaren Namen habe. Er habe darauf geantwortet, er sei von alters her in seiner Familie gebräuchlich. Der

Pfarrer fand dies merkwürdig, gab dann aber zu, dass ja von den großen alten Geschlechtern noch einige leben mussten, wenn sie auch aus der Geschichte verschwunden waren.

Niemals hatte sie Dag etwas von den Worten des Pfarrers gesagt, aber die wenigen Male, da sie ihn sah, dachte sie daran und war überzeugt, er müsse etwas Besonderes sein.

Doch ein solcher Mann würde wohl andere Pläne haben, als eine ältliche Jungfer aus der Stadt zu nehmen. Ihr Geld konnte ihm sicherlich auch nichts bedeuten, denn er stammte selber aus wohlhabendem Hause, so wie sie ihren Vater verstanden hatte.

Ja, meistens dachte sie nüchtern und verständig, die Jungfer Therese, und hätte so leicht nicht solche Träume von einem Manne wie Dag sich einnisten lassen; nur die Nadel und die anderen Andenken konnte ihr niemand nehmen, und so wanderten ihre Gedanken unwillkürlich noch nach langen Jahren häufig zu ihm. Er war anders als alle, er war wirklich ein Mann.

Sie überlegte hin und her, während die Zeit verstrich. Dann kam der Oheim mit seinem Geschwätz, und das wurde ihr zu viel. Seit dem Tage war im Haus mit ihr nicht mehr gut sein, und als der Oheim bald darauf, im Sommer, in derselben Angelegenheit wieder erschien, setzte sie sich unverzüglich hin und schrieb an Dag. Vom Küchenfenster aus hatte sie schon vorher unter den Pferden einen Goldfuchs bemerkt und wusste, dass eine Fuhre von Björndal da war und damit Gelegenheit, Post zu befördern.

Der Brief hatte ihr viel Kopfzerbrechen gemacht. Nach den ersten Zeilen machte sie sich klar, dass es verrückt war, an einen solchen Mann so einfach zu schreiben. Aber - sie hatte ja von dem Unglück mit seinem Bruder gehört, und zwar, dass es an dem Tage geschehen war, als ihr Vater starb; und darüber musste man doch schreiben können. Die Hemmungen, die ihr während des Schreibens noch kamen, schob sie entschlossen beiseite.

Seitdem bereute sie den Brief Tag und Nacht, so dass sie kaum ein Auge schloss und kein Essen hinunter bekam. Das schlimmste war, dass sie sich nicht mehr besinnen konnte, was sie geschrieben und wieviel von ihren Gedanken sie preisgegeben hatte, denn während des Schreibens hatte sie so viel nachgedacht. Gleichwohl verging weder Tag noch Stunde vom frühen Morgen bis an den Abend, ohne dass sie sich in der Küche zu tun machte und in den Hof hinunterspähte. In dem bunten Treiben von Menschen und Gäulen, die kamen und gingen, war der nicht, den sie suchte - und jedes Mal wurde sie traurig und froh zugleich. Ja, auch froh, denn das schlimmste wäre, wenn er wirklich käme; darum hatte sie gebeten, das wusste sie noch genau - und was sollte sie dann sagen und tun?

Die Mägde in der Küche verwunderten sich sehr über dieses ständige Rennen und fanden die Jungfer rein verrückt.

Jungfer Therese und ihre Schwester Dorthea saßen nach dem Mittagessen im Erker. Dorthea mit ihrer ewigen Näherei, Therese aber - das Arbeitstier - tat nichts, guckte nur ein wenig auf die andere Straßenseite ins Nachbarhaus hinüber. Die Sommersonne lag golden über allem.

Jungfer Therese erhob sich. Sollten ihre Tage so vergehen, sollte sie dem Leben unter der Sonne nur Zusehen - von einem stillen Fenster aus? Nein - sie wäre nicht Therese, wenn sie das Leben so an sich vorbeiziehen ließe. Sie reckte sich und presste die Hände über der Brust zusammen.

Sie bereute den Brief trotz alledem nicht.

Wenn er kam - dann würde sie es ihm geradeheraus sagen. Gleichgültig, was Sitte und Brauch war. Niemals war sie damit so genau gewesen, und jetzt stand so viel auf dem Spiel. Kam er nicht - ja, dann musste sie anderweitig Rat schaffen - jedenfalls hatte sie Frieden in dieser Sache - wenn es ihr auch jetzt unmöglich schien, da alle Gedanken um ihn kreisten.

Schwester Dorthea hob ihre schönen, sanften Augen zu ihr auf - und nähte weiter. Sie hatte genug gesehen und in diesem Jahre vieles an ihrer Schwester beobachtet. Sie wusste so genau, dass Therese jetzt denselben Kampf kämpfte wie sie einst in ihrer Weise, den Kampf zwischen dem Leben und dem - lebendigen - Tode.

Im Gang erklangen Schritte. Zuerst schnelle Füße eines Mädchens und dahinter schwere Männerschritte.

Jungfer Therese warf den Kopf zurück und lauschte, und auch Dorthea blickte auf - blickte zur Schwester und zur Tür - aufmerksam und erstaunt.

Das Mädchen öffnete, ließ einen Mann ein, und die Tür schloss sich wieder hinter ihm.

Dag trat gleichsam prüfend, aber entschlossen auf Therese zu und gab ihr die Hand. Dortheas große Augen staunten ratlos, und Therese stand da wie zur Säule erstarrt. Der warme Schimmer, der sich über ihr Antlitz ergoss, und der strahlendfrohe Schein in ihren Augen machten das grobgeschnittene Gesicht beinahe hübsch. Man sagte guten Tag, Gottes Frieden und Willkommen. Therese rückte ihm einen Stuhl hin, und dann folgten die üblichen Einleitungsworte; wie unendlich lange es seit dem letzten Male her sei - und wie es gehe -, und er habe einen so schweren Verlust erlitten, und auch sie hier im Hause - und so weiter. Sie redete weitschweifig mit vielen Worten, wie man es gern tut, wenn bitterer Ernst verdeckt werden soll.

Französischer Wein und Kuchen kamen, und es wurde eine unwirklich gute Stunde mit Gesprächen über alles und nichts. Nach einer Weile erhob sich Jungfer Dorthea und ging still hinaus.

Dag war es ein Traum, hier zu sitzen und Jungfer Thereses munteren Worten zuzuhören, nach all dem Todesdunkel in diesem langen Jahr; er fand sich in einem so merkwürdigen Erlebnis nicht zurecht. Plötzlich wachte er auf. Eine Hand hatte sich auf seinen Arm gelegt, und mit einem Male war es so still bei Therese geworden. Er sah sie groß an. Sie hatte sich im Eifer weit vorgebeugt - eine Hand auf seinen Arm gleich über dem kräftigen Handgelenk, wo das Hemd weiß hervorschimmerte. Auge in Auge saßen sie einander gegenüber, in Thereses Blick stand Todesernst. Ihre Brust atmete schwer. Ihre Lippen bewegten sich leicht, doch es kam kein Wort. Ihre Augen wurden feucht und blank und senkten sich, dann aber hob sie den Blick wieder.

Sie hatte sich zwar sehr verändert seit ihrer Jugend, sie war groß und kräftig geworden und ihr Gesicht etwas streng. Doch in diesem Augenblick kam etwas so unendlich Warmes, Gutes in all das Herbe ihrer Züge, dass sie ihm niemals so schön erschienen war.

Bei ihrem Geplauder hatte sie aus ihm herausbekommen, dass es bei ihm zu Hause, nach dem Verlust der Seinen, öde und leer sei; und die Worte, die sie endlich hervorbrachte, waren:

»Ihr solltet heiraten, Dag Björndal.«

Er saß da, als lauschte er auf etwas in weiter, weiter Ferne. Dann wandte er ihr das Gesicht offen zu mit einem Blick, so zwingend, dass sie ihn wie eine Lähmung durch den ganzen Körper verspürte.

»Dann müsste ich erst eine wissen, die mich haben wollte«, sagte er nur.

Ihre Hand zitterte auf seinem Arm. »Ich weiß eine«, erwiderte sie ruhig.

Dags Augen schlossen sich halb, wie bei blendender Sonne, sein Rücken straffte sich, er schien sich mit aller Kraft gegen eine erdrückende Last zu stemmen. Seine Augen öffneten sich fragend, ratlos, als gelte es Leben oder Tod. - »Ihr meint?«

»Mich selbst- wenn Ihr wollt!«, antwortete sie schnell und leise, wie hingehaucht. Beide erhoben sich zur gleichen Sekunde - zum ersten Male im Leben fühlte sich Therese Holder klein - an Dags breiter Brust.

Draußen wurde es allmählich Abend und in der Stube schummrig.

»Darf ich es Dorthea sagen?«, fragte sie.

»Ist das so nötig?«, erwiderte er schüchtern. »Ja, ja«, fügte er schnell hinzu. Er wusste gar nicht, was er sagte.

Therese ging, um Licht zu holen, und Dorthea kam, gleich einer Fee, zu Dag hereingeschwebt. Glücklich wie ein kleiner Junge nahm er ihre Worte, ihren Händedruck entgegen. Ihre Stimme bebte so seltsam weich. Das Fenster ließ noch Licht genug herein, um Dag erkennen zu lassen, dass sie von dem Ereignis stark bewegt war. Ihr Antlitz zeigte eine so feine Röte, und die ganze behende Gestalt war so jungmädchenscheu und rein, als sie ihn anlächelte und die lieben Worte sprach, dass er die größte Lust verspürte, auch sie an sich zu drücken.

Jungfer Dortheas Augen konnte man nicht wieder vergessen. In ihnen lag ihre größte Schönheit. Sie schlossen sich, ehe sie lächelte - und dann, bei offenen Lidern, schien alle Güte in ihnen gesammelt. Immer, wenn sie lächelte, hatten ihre Augen Tränenspuren.

Für Dag hatte diesen Abend das Dasein neu begonnen. Alles, was zurücklag, zog wie treibender Nebel weiter und weiter fort. Jetzt erst kam das Leben.

Ein Mensch hatte sich ihm hingegeben - in einer unendlichen Güte, deren er sich nicht wert fühlte, und ein zweiter hatte zart und zutraulich wie ein Kind die Wange an die seine gelegt. Liebkosungen und zärtliche Worte gab es selten dort, wo er lebte. Das waren fremde Blumen in seinem Land. Nur harte, entschlossene Menschen der Tat kannte er, alle die Seinen waren so gewesen - und so war auch er.

Sonst sah er nur Neid und kleinlichen Sinn, draußen im offenen Lande. Die Menschen, denen er hier begegnete, erschienen ihm wie aus einer anderen Welt.

Dag gab vor, an diesem Abend in der Stadt noch etwas vorzuhaben; er wollte in sein Nachtquartier, um allein sein zu können. Dorthea war ganz bestürzt, dass er heute noch an anderes denken konnte. Sie hatte den Tisch decken lassen, und er musste zum Essen dableiben. Ja, ja, dachte er, sie wird wissen, was sich gehört - und blieb.

Er saß und plauderte mit Dorthea, während Therese in Küche und Keller zu tun hatte. Doch machte Therese auch manchmal einen Abstecher zu ihnen hinein, als müsse sie sich immer von neuem vergewissern, dass Dag wirklich hier im Zimmer saß. In der Essstube war festlich aufgedeckt, und das wollte im Hause Holder nicht wenig besagen. Mit viel schwerem Silber, mit allerlei kostbarem Tischzeug, köstlichen Südweinen und einem Essen, so vornehm man es nur auftragen kann.

So hatte Dag noch niemals zu Tisch gesessen, nicht einmal in diesem Hause. Bisher hatte er hier nur Alltagsessen bekommen, und er begann zu ahnen, dass es in seiner neuen Welt Schwierigkeiten geben könne.

Wie stellte es sich Therese, die ein so städtisch-feines Leben gewohnt war, auf Björndal vor? Wusste sie, dass es ein düsterer Waldhof war - mit schwarzen Wandbalken und niedrigem Dach?

»Ihr seid so ernst«, sagte Therese plötzlich und legte ihm die Hand auf den Arm.

Dag betrachtete sie lange. Ja, man dürfe wohl aufrichtig mit ihr reden. Und er erzählte, wie anders es daheim auf Björndal sei, ganz anders, als sie es gewohnt sei, und er beschönigte nichts. Ein himmelweiter Unterschied - er wollte noch mehr sagen, aber Jungfer Therese unterbrach ihn. Es lag ein so sorgloses Lächeln auf ihren Zügen und eine solche Wärme im Blick, dass Jungfer Dorthea ganz betreten war. Therese antwortete, sie sei erwachsen und wisse, was sie tue. Nicht mit seinem Hof habe sie sich verlobt; den müsse sie nehmen, wie er sei, und damit zufrieden sein.

Elftes Kapitel

Der Herrgott hatte offenbar wirklich die Rache für die Bosheit der Talbewohner auf sich genommen. Seine Vergeltung kam gewaltig. Sie kam in den ersten Herbsttagen mit einer Hochzeit in der Stadt und zwei Staatsfrauenzimmern und vielen, vielen Fuhren voll kostbarer Dinge. Im Tal drunten wunderten sie sich und waren tief und innig gekränkt. Es war, als glitte ihnen eine uralte Übermacht ganz aus den Händen. Das waren Töchter aus hohem Stande, und was sie mitbrachten, war eine Fülle von Talern und prächtigen Sachen. Selbst die Herrschaft auf Borgland machte sich ihre Gedanken. Den Namen Holder kannten sie schon, und als sie sich vorsichtig - wie zufällig - bei ihren Verwandten in der Stadt umhörten, erfuhren sie von dem großen Reichtum im Hause Holder und dass ein Offizier aus ihrer engeren Familie einst mit einer der beiden Töchter viel zusammen genannt worden sei.

Nicht, dass sie auf ihren eigenen Wohlstand einen Schatten fallen fühlten. Der schien so unermesslich, dass nichts ihn zu beschatten vermochte. Borglands Grenzen waren weit. Dazumal gehörten ihnen ein paar Dutzend Höfe und Kätnerstellen, und außerdem besaß die Herrschaft noch Güter in anderen Teilen des Landes. Was die Fülle des Reichtums anging, war dem nichts anzuhaben. Irgendein Vergleich konnte niemals in Frage kommen; und gleichwohl war es ein wenig ärgerlich mit diesem Hof im Norden. Eine Art Unruhe strömte von ihm aus. Niemand sollte gelten als Borgland und seine Herrschaft allein. Seit Menschengedenken saß alle Macht dort, und niemand hatte hier zu kommen und sich auf den Wegen breitzumachen. Und dies war in letzter Zeit geschehen. Jemand fuhr breit auf den Straßen, ja, trieb seine Gäule an, wenn er denen von Borgland begegnete. Er mäßigte sein Tempo nicht und grüßte nicht ehrerbietig wie alle in der Gemeinde. Nein, scharf und trotzig fuhren sie ihres Weges ohne Augen für andere. Und jetzt stärkte noch der Reichtum dem Trotz den Rücken.

An einem Herbstabend bei Sonnenuntergang fuhr Dag mit seiner Frau und ihrer Schwester Dorthea durch das offene Land nordwärts. Als sie in den dunklen Bergwald kamen, wurden die Schwestern still; Dag bemerkte es, und noch nie war ihm der Weg durch den Wald so lang erschienen wie an diesem Abend. Dort aber, wo sich der Wald gegen die Siedlung hin öffnete, fühlte er sich geborgen nach allen den Tagen in der Stadt; und als er die Sonne in den Fensterscheiben daheim glühen sah, wurde er ruhig und sicher. Er ließ das Pferd langsamer gehen und wies nach Norden, dort sei das Ziel.

Therese wusste, dass sie gegen Abend ankommen würden, und saß schon lange heftig gespannt da. Sie, der das Reden sonst so leicht fiel, war jetzt schweigsam. Sie hielt nur Dags Arm fest gefasst. Jeden Tag, jede Stunde hatte sie an diesen Augenblick gedacht und sah endlich die Stelle vor sich, wo sie ihre schönsten Jahre verbringen, wo ihre Kinder aufwachsen würden, wo sie dereinst ihre Tage beenden sollte. Auch Jungfer Dorthea fand keine Worte; eine Träne stahl sich aus ihren Augen.

Dann lenkten sie die Hänge hinunter, fuhren durch den Hang von Hammarbö und weiter in die Siedlung hinab. Nirgends stand jemand zur Begrüßung draußen, aber sie sahen undeutlich Gesichter und spürten Blicke hinter den Lauben und den dunklen Gucklöchern der Türen auf sich ruhen. Daheim auf Björndal kam der Großknecht und nahm das Pferd in Empfang. Über den Hof fielen lange Schatten von den dunklen Wirtschaftsgebäuden im Westen, und es war öde und still, als wohne hier niemand. Dag hatte zwar gesagt, sie kämen auf keinen Prachtplatz; aber selbst für jemanden, der aus einem großen Stadthaushalt kommt, kann ein alter Landhof merkwürdig groß aussehen. Therese und ihre Schwester durchschauerte ein Gefühl von Kälte bei der Öde, die von den Gebäuden und dem weiten Hofplatz ausging, und sie betraten zögernd und nachdenklich die Laube, als Dag die Tür öffnete und sie das kalte Kreischen der Angeln hörten.

An solchen Gedenktagen des Lebens haften die Bilder so stark, dass sie niemals mehr aus dem Gedächtnis schwinden. Therese und Dorthea erging es später so: sie dachten oft an den warmen Schein von Heimat und Geborgenheit, der ihnen in der Diele vom Kamin her entgegenlohte, als sie das erste Mal den Fuß dort hinsetzten. Die Ermüdung von der Reise schwand im Augenblick, und Therese wollte auf der Stelle hinaus und in weitere Türen gucken. Dag war auch recht ermüdet von all dem Erlebten, fügte sich aber und ging mit. Zahlreich waren die Türen auf Björndal, und Therese war unermüdlich, so dass eine lange Wanderung daraus wurde; als sie wieder in der Diele stand, wo Schwester Dorthea wohlig in der Wärme saß, da fühlte sie sich so reich und geborgen, dass sie die Arme um sie schlang; und ihre Augen füllten sich mit Tränen.

Überall hatte man sich in schweigsamer Ehrerbietung erhoben und sie groß und verwundert angeblickt. Sie war in eine ganze Welt von Menschen und Tieren geraten, nicht zu Reisenden und fremden Gäulen und ähnlichem, wie sie es bisher gewohnt war, sondern zu lauter Menschen und Tieren, die fortan unter ihrer Obhut stehen sollten.

Als sich der erste Sturm in ihr gelegt hatte, fand sie die Sprache wieder und erzählte Dorthea von allem Gesehenen. Dann kam Dag, in der Vorderstube wäre etwas Essen angerichtet und sie möchten damit vorliebnehmen. Dorthea ging voran, und hinter ihr schlang Therese den Arm fest um Dag. »Ich bin so froh über alles«, sagte sie.

Es ist eine alte Regel: wer die Landwirtschaft führen will, muss auf dem Lande groß geworden sein. Und es gab wohl niemanden auf Björndal, der von dieser feinen Frau aus der Stadt eine feste Hand erwartete. Aber mit tüchtigen Menschen ist es sonderbar, sie finden sich zurecht, wohin sie kommen, und lernen manchmal in einem Jahre das, was andere ihr Leben lang nicht lernen. Therese war nicht gewohnt, müßig zu gehen. Sie war zum Zugreifen wie geschaffen; überdies besaß sie einen gewaltigen Lebensmut, für den sie jahrelang wenig Verwendung gefunden hatte. Selbstverständlich konnte man es hier und da bald spüren, dass eine Frau auf den Hof gekommen war, und zwar eine tüchtige. Zuerst zeigte es sich in der Küche und beim Kochen. Die Magd, die während des letzten Jahres dort gewaltet hatte, war alt und unbedacht und in manchem nachlässig geworden. Es kam zu ihrer Zeit häufig vor, dass das Essen verdarb. Daher nützte es wenig, dass sie über die neue Frau böse Worte ausstreute. Gutes Essen ist mächtiger als üble Rede, und das Gesinde merkte schnell, was von der neuen Herrin zu halten war. Dass die Alte über ihre Strenge gelästert hatte, schuf Therese nur Respekt, und als es hieß, sie teile Ohrfeigen aus, da lachte man nur.

Es wurde nicht bloß mit der Wirtschaft in der Küche besser; bald war Therese zu jeder Tageszeit im Stall und beim Kleinvieh zu sehen. Es verstrich einige Zeit, ehe sie sich auch hier einmischte, aber weder draußen noch drinnen fühlte man sich bei Faulheit und Schlamperei mehr sicher.

Als es auf die Weihnachtsvorbereitungen zuging, kamen Weiber aus der Siedlung zum Hof herübergeströmt, Therese verwunderte sich, dass sie sich scheu erhoben und knicksten, als sie in die Küche trat. Sie grüßte bloß wieder und suchte eilig Dag auf, den sie mit Eintragungen in seine Bücher beschäftigt wusste.

»Da sind so viele Weiber auf den Hof gekommen, was wollen sie?«

»Es geht ja auf Weihnachten«, erwiderte er nur.

»Ja, aber was wollen denn alle die fremden Leute hier?«

Da merkte Dag, dass er seiner Frau manches zu sagen vergessen hatte. Er legte die Feder beiseite und erhob sich.

»Das sind keine fremden Leute. Es ist Brauch, dass sie kommen und bei den Weihnachtsvorbereitungen helfen und auch sonst, wenn die Zeit drängt.«

»Das ist ja allerhand Hilfsbereitschaft.« Therese begriff nichts davon.

»Sie gehören hierher«, sagte Dag.

»Aber sie wohnen doch in der Siedlung unten, sie sehen aus wie Frauen von den Höfen und Kätnerstellen.«

»Ja« Dag sah ernst und ein wenig ängstlich vor sich hin. »Diese Höfe und Kätnerstellen gehören auch hierher.«

»Gehören hierher?«, brach Therese aus, »meinst du damit, sie gehören uns?«

»Von alters her ist ganz Björndal unser.«

Eine halbvergessene Erinnerung durchfuhr Therese. Jener Pfarrer hatte ihr einmal etwas über den Namen Dag gesagt. Also war mehr dahinter, als sie geglaubt hatte. Sie wich einen Schritt zurück, und in ihren Blick kam etwas wie Furcht. Viele, viele Taler hatte sie mitgebracht, aber so vielen Menschen eine Heimat zu bieten, schien ihr größerer Reichtum. Sie betrachtete ihren Mann eine Weile, dann wandte sie sich und ging; doch an der Tür hielten ihre Gedanken sie auf.

»Ja, es geht auf Weihnachten. Wir machten zu Hause auch Vorbereitungen, aber hier sind sie wohl anders?«

»Ja, das ist möglich. Ist Ane Hammarbö schon da?«

Therese kannte keine der Frauen beim Namen, und ihr sank zum ersten Mal ein wenig der Mut. Es war zu vieles auf einmal, was sie nicht begreifen konnte.

»Ane kennst du daran, dass sie größer ist als alle anderen. Wenn sie kommt, dann kommt Weihnachten. Vorher darf niemand einen Finger dafür rühren. - Wenn alles gut ablaufen soll«, setzte er lächelnd hinzu.

»Ist sie so gefährlich, diese Ane?«, fragte Therese.

»Nein...«, antwortete er gedehnt. »Gefährlich wohl nicht, aber hier auf dem Hof haben sich ihr immer alle gefügt. Lange ehe ich auf die Welt kam, hat sie bereits die Weihnachtsvorbereitungen hier geleitet und wird an die achtzig Jahre dabei gewesen sein.«

»Achtzig Jahre?«, schrie Therese auf, »dann muss sie ja hundert sein!«

»So alt ist sie wohl nicht, aber ihre neunzig hat sie gut und gern und bei voller Gesundheit.«

»Und sie soll also hier regieren?«, fragte Therese, und ihre Stimme klang ein wenig scharf. Dag sah sie von der Seite an.

»Man hält es hier für das Beste.«

Therese wollte wissen, weshalb; das hörte sich alles so merkwürdig an.

»Wegen der alten Gebräuche. Es muss so vieles beachtet werden - alles am richtigen Tage begonnen -, und alles, was über und unter der Erde lebt, muss behandelt werden, wie es sich gehört. Es gibt so viele böse Mächte, die sich in der Weihnachtszeit bemerkbar machen.«

»Aber das ist doch alles Aberglaube!«, sagte Therese beinahe ängstlich.

»Ja, was wissen wir? Einmal, als Ane Hammarbö vor Weihnachten krank war und nicht kommen konnte, wurde das Bier sauer, und die Lichter wollten nicht richtig brennen, sondern zischten und erloschen. Es geschah noch manches, woran ich mich nicht mehr erinnere.«

Therese sah ganz betreten aus. Als Dag es bemerkte, sagte er, es sei hier gewiss auch sonst noch vieles anders, als sie es gewohnt sei; wenn sie Ane schalten ließe, wie es Brauch sei, dann könne sie ja allerhand aufschreiben und sei selbständig, wenn Ane einmal nicht mehr lebte. Das passte der befehlsgewohnten Therese wenig, aber sie musste mit diesem Rat vorliebnehmen, und damit ging sie.

Dag blieb eine Weile nachdenklich zurück, dann nickte er lächelnd. Er hatte Therese davor bewahrt, sich mit der gefährlichsten Macht im Bezirk zu entzweien; und auch die guten, alten Bräuche würden nun nicht mit Ane Hammarbö sterben. Denn er kannte Therese und wusste, dass sie fortan ihre Ehre dareinsetzen würde, streng auf alles Herkömmliche zu halten und es mindestens so gut zu machen wie zu Anes Zeiten.

Genau dasselbe dachte auch Therese, als sie auf dem Weg zur Küche durch die Diele kam. Im gleichen Augenblick öffnete sich die Außentür, und herein schritt eine große, alterssteife Gestalt - Ane Hammarbö. Therese wusste sofort, dass sie es war.

Mit scharfem Blick maßen sich die beiden - die Alte, die mehrere Menschenalter eine Großmacht in diesem Bezirk gewesen war und jedes Kind in jedem Winkel kannte - die jedes Jahr in der Hauptfestzeit auf Björndal ihre Hand mit im Spiel gehabt hatte, länger, als irgendein lebender Mensch sich erinnern konnte - und die neue Frau, die niemanden kannte, hier aber gleichwohl zu befehlen hatte, vielleicht noch jahrelang, nachdem Ane unter der Erde war.

Ane stand mitten im Schein des Kaminfeuers, so dass Therese ihre Züge deutlich sehen konnte, soweit das Kopftuch sie nicht verdeckte. Das Antlitz schien aus altem, knochenhartem Leder. Nicht ein Fleckchen bewegte sich - nur die Augen blauten scharf und lebhaft unter dem schattenden Kopftuch. Therese hatte sich vorgenommen, Ane aufs Korn zu nehmen, merkte aber bald, dass sie selbst gemustert wurde. Sie trat auf Ane zu, reichte ihr die Hand und bekam eine Hand wieder, trocken und hart und eiskalt vom Winterfrost draußen.

»Ich weiß nicht«, sagte Therese, »ob ich als die Neue jemanden willkommen heißen darf, der so lange auf dem Hofe ist.«

Ane nahm still das Kopftuch ab und faltete es gemächlich zusammen. Sie ließ sich Zeit, und Therese konnte sie betrachten: das silbern schimmernde Haar, das noch immer lockig fiel - die gefurchte Stirn, die lange Hakennase und den schmallippigen, messerscharfen Mund, der, wie mit vielen Stichen genäht, zusammengezogen war-das starke Kinn, das in eine stumpfe Breite ausging, ohne Grübchen, nur mit einem vornehmen kleinen Bogen nach innen. Ein Gesicht so voll ruhiger Kraft hatte Therese noch nie bei einer Frau gesehen. Sie begann sich schließlich zu fragen, ob Ane stumm oder taub sei, da sie kein Wort von sich gab.

Ane hatte unterdessen das Kopftuch fertig zusammengefaltet und richtete den Blick wieder scharf auf Therese, und jetzt kamen die Worte. Nicht als Antwort auf das, was Therese gesagt hatte; es waren eigene Gedanken der Alten.

»Ich sehe, du bist kein Jungvieh mehr.«

So etwas hatte Therese noch nie zu hören bekommen und wusste nicht recht, ob sie es lächelnd oder ernst aufnehmen sollte. Die Alte beachtete ihr Staunen nicht, sondern dachte weiter - dachte laut.

»Ja, das mochte nottun, dass ein strammes Frauenzimmer auf den Hof kam. Und das bist du, wie ich höre. Ohrfeige sie nur. Sie können es brauchen, die Faultiere.«

Therese stieg es hierbei heiß ins Gesicht. Es war also bereits bis ans andere Ende der Siedlung gedrungen, dass sie ein paarmal die Geduld verloren und Ohrfeigen ausgeteilt hatte.

Die Alte sann weiter.

»Soll Ordnung in die Leute kommen, wie in alter Zeit, so muss der das Regiment führen, dem es gebührt. Du gibst den Leuten hier gut zu essen, höre ich - kochst das Fleisch lange - sparst mit dem Wasser im Suppentopf. Das wird dir niemand danken. Gutes Essen macht die Knechte faul. Die Mädchen nähen abends bei dir an ihren eigenen Hemden. Haben sie nicht Ostern, Pfingsten und Weihnachten freie Abende zu so etwas? Willst du den Wohlstand bewahren, dann musst du die Mägde den Spinnrocken treten lassen, bis sie darüber einschlafen, heute wie früher; sonst beißen sie dich aus dem Hause heraus, mein Kind.«

Therese hatte in ihrem ganzen Leben noch keine so ungeschminkte Maßregelung erfahren, aber böse konnte sie Ane nicht sein; sie fühlte, die Alte meinte es gut mit ihrem Rat, und dann schienen die Worte geradeswegs aus vergangenen Zeiten zu kommen, aus den Tagen ihrer eigenen Großmutter, ja aus noch früheren, denn Großmutter wäre jetzt erst achtzig. Fast spukhaft, Worte von jemandem zu vernehmen, der schon zehn Jahre lebte, ehe die eigene Großmutter geboren wurde. Doch das Beste sollte kommen...

Ane Hammarbö maß sie mit den Blicken von oben bis unten und sagte dann: »Du bist jetzt im vierten Monat verheiratet und noch immer schlank. Wenn hier Kinder kommen sollen, musst du die Zeit nützen, solange du jung bist. Ich hoffe, hier noch neues Leben in Empfang zu nehmen, ehe ich unter die Erde komme, aber dann darfst du die Zeit nicht verschlafen!«

Jetzt wusste Therese nicht, sollte sie lachen oder weinen. Niemals hatte sie von diesen Dingen laut reden hören, und doch konnte sie ihr unmöglich böse sein. Sie mochte die alte Ane leiden; auch schien ihr in dem Gesicht etwas Vertrautes, sie konnte aber nicht ausfindig machen, worin diese Vertrautheit lag. »Möchtet Ihr nicht etwas Warmes in den Leib haben nach der Fahrt in der Kälte?«, fragte Therese, um auf etwas anderes zu kommen.

»Ich pflege Suppe zu kriegen, aber du weißt davon nichts, und daher wollte ich es nicht erwähnen.«

Therese fühlte sich ein wenig beschämt, doch fand sie einen Ausweg. »Nein, hiervon wusste ich allerdings nichts; aber wollt Ihr kosten, was die Stadtleute heutzutage trinken? Man nennt es Kaffee, und es wärmt so schön bei kaltem Wetter.«

»Ich habe davon gehört«, antwortete Ane. »Er soll so sündhaft teuer sein.«

»Oh, ja - aber ich habe ihn ja von daheim.«

»Ja, Stadtleute gönnen sich etwas Gutes, habe ich gehört; da lohnt es sich wohl, davon zu kosten.«

Therese war bereits unterwegs, als ihr alle die anderen einfielen, die gekommen waren. Sie wandte sich an Ane und fragte, was man ihnen zu geben pflege.

»Wölfe finden ihren Raub«, entgegnete Ane. »Sie sorgen schon selber für sich, wenn sie kommen und gehen.«

Therese fasste es so auf, als habe sie denen gegenüber keine Verpflichtung, und ging, den Kaffee zu besorgen.

Als sie in die Diele zurückkam, war Ane fort. Therese guckte in die Vorderstube, und da saß Ane schon behaglich am Tisch, als gehöre sie von jeher dahin. Therese holte Kuchen heraus und Tassen, und Anes scharfe Blicke folgten jeder ihrer Bewegungen.

»Du weißt, was sich schickt, wie ich sehe«, war das erste. »Kuchen hast du auch für mich gebacken.«

Therese dachte, sie sollte nur wissen, dass sie sich jeden Sonntag

Kaffee und Kuchen gönnten, Dag und sie. Dann kam der Augenblick, wo die alte Ane Hammarbö zum ersten Mal die Kaffeetasse an den Mund setzte.

War es die Spannung, oder zitterte Anes Hand so, jedenfalls ging es langsam und feierlich vor sich. Ane kostete lange, wieder und wieder.

»Nicht übel, und es wärmt gut«, meinte sie dann.

Zum ersten Mal seit einem halben Jahrhundert lernte Ane Hammarbö in der Kochkunst etwas dazu, und die neue Frau auf Björndal durfte es ihr beibringen.

Dann erhielt Ane das Versprechen, sie solle Kaffeebohnen mit nach Hause nehmen, damit ihr Sohn, der alte Örn, auch kosten konnte. Hiermit gewann sich Therese in der Gegend einen mächtigen Freund und war zeitlebens froh, dass sie Ane die barschen Worte zu Anfang nicht übelgenommen hatte.

Erst als Therese die Schlafkammer betrat, wurde ihr klar, an wen Ane sie erinnerte. An Dag irgendwie, und sie erzählte es ihm.

Er sah sie erstaunt an.

»Hast du so scharfe Augen«, sagte er und lachte ein bisschen, »da muss man sich vor dir in acht nehmen.« Sie verstand es nicht. »Du hast schon recht; es wird behauptet, Ane sei die Vaterschwester meines Vaters; aber das hat nichts zu sagen.«

»Weiß sie das?«, fragte Therese.

»Sicherlich - sie weiß alles von jedem Menschen, die Ane; von den ältesten Zeiten an. Unbegreiflich, wie jemand so viel in seinem Kopf behalten kann. Bei jedem Kindbett, jeder Krankheit, jedem Sterbebett in der Gemeinde hat sie dabeigesessen, und bei solchen Gelegenheiten wird ja viel erzählt.«

»Kann ich nicht versuchen, mich mit ihr zu unterhalten und sie zum Erzählen zu bringen?«, fragte Therese.

»Das bestimmt sie selbst«, antwortete Dag. »Entweder mag sie dich nicht, dann sagt sie kein Wort zu dir, außer ja und nein - oder sie mag dich, und dann kannst du dich vor den Worten in Acht nehmen, auf die sie möglicherweise verfällt. Wenn du dich also in das fügst, was sie sagt, kann sie Zuneigung zu dir fassen, und dann magst du ab und zu etwas von ihr erfahren. Sie erzählt nicht jeden Tag und nicht jedermann.«

Weihnachten war nach Björndal gekommen. Ane Hammarbö hatte die Zügel ergriffen. Vom frühen Morgen bis in die schwarze Nacht wurde geschlachtet und gebraut, gebacken und gekocht, gescheuert und gewaschen, als stünde das Ende der Welt bevor. Das Weihnachtsfest währte damals noch lange, und keine Arbeit, die man vorher verrichten konnte, durfte in den heiligen Tagen von den Frauen angerührt werden, wenn Unglück fernbleiben sollte.

Die Weiber aus der Siedlung und die Mägde gingen in Reih und Glied wie die Soldaten ans Werk, und die Knechte schlachteten und trugen Wasser und Holz und halfen bei anderen groben Arbeiten, ohne zu mucksen. Ane machte nicht viel Worte; ihre Blicke wachten über allem und jedem, scharf und lodernd - und ihre knochigen Finger drohten. Mehr bedurfte es nicht. Es war, als ginge ein Zauber von der knochendürren Gestalt aus; und sie besaß eine gefährliche Macht über diese Menschen. Wer wollte die Schande erleben, ins Kindbett zu kommen, ohne dass Ane Hammarbö dabei war? Wer sollte Krankheit bei Mensch und Vieh heilen, wenn man sich mit Ane überwarf?

Vor langer Zeit einmal hatte jemand Ane widersprochen. Es geschah niemals wieder.

Therese tat es allen anderen nach. Sie folgte Anes Finger, als verstehe es sich von selbst, und dankte Gott, dass sie so klug gewählt hatte. Wie in aller Welt hätte sie mit dem, was hier vor sich ging, ohne Ane fertig werden sollen? Zum Hohn und Spott für Dag und jeden in der Siedlung wäre sie geworden.

In ihrer Schlafkammer schrieb sie auf Tag und Stunde alles nieder, wie es sich abspielte. Ihre Großmutter hatte ihr ein Buch vererbt, in dem auf der ersten Seite mit großen ungelenken Buchstaben geschrieben stand: Kochen, Backen, Destillieren. Hinten im Buch waren noch leere, gelbe Blätter - und dort zeichnete Therese alles Gelernte eifrig auf.

Nicht immer war sie mit der alten Ane in allem einig. In diesem und jenem besaß sie selbst mehr Erfahrung von ihrer Großmutter her oder aus dem eigenen Haushalt; aber davon schwieg sie wohlweislich.

Sie erinnerte sich an Anes kurze Worte: der muss das Regiment führen, dem es gebührt. Zu allen Mahlzeiten kam Ane in die Vorderstube und aß dort mit Dag, Therese und Dorthea.

Eines Tages sagte Ane hier zu Therese: »Du brennst ja bis Mitternacht Licht in der Kammer? Fürchtest du dich im Dunkeln?«

Therese wusste, dass es als Todsünde galt, zur Unzeit Licht zu brennen, und entschuldigte sich damit, sie schriebe alles, was sie von den Weihnachtsvorbereitungen im Gedächtnis behielte, in ein Buch. Lange saß Ane stumm da, den Blick ihrer blauen Augen vor sich hin gerichtet. Therese befiel eine Todesangst, Ane könne ihre Schreiberei missfallen, und sah sie ängstlich an. Und dann kamen Anes Worte: »Schreiben kannst du also auch?«

»Ja«, antwortete Therese.

Anes nächste Worte waren: »Aufschreiben muss, wer ein schlechtes Gedächtnis hat!«

Therese schien es möglich, dieses eine Mal Anes Gedanken zu beeinflussen. Sie schrieb nicht nur für sich selbst in das Buch; der Tag könne kommen, wo sowohl sie als Ane tot seien. Dann könne eine Neue kommen und Nutzen haben, von Anes Weihnachtsvorbereitungen zu lesen.

»Deine Gedanken gehen weit«, sagte Ane, und ihre blauen Augen blickten geradeaus.

Späterhin kam Dag zum Essen. Als Ane sich erhob, sprach sie zu ihm: »Du hast beim Heiraten mehr Verstand gehabt als viele von deinen Leuten.« Dag wunderte sich erst ein wenig, dann begriff er und sah Therese verstohlen an. Ihre Blicke trafen sich, und beide waren vergnügt.

Als Weihnachten näher rückte, waren die Weiber aus der Siedlung fertig und bekamen vom Geschlachteten mit heim; die Arbeit der letzten Tage vorm Fest wurde mit den Hoffrauen bewältigt. Die alte Ane wollte bis zum Morgen des Weihnachtsabends bleiben; auf Hammarbö gäbe es Hände genug. Therese zweifelte nicht, dass sie sich dort genauso regten, wie Ane es sie gelehrt hatte.

Zwölftes Kapitel

Therese - und noch mehr Jungfer Dorthea - hatte sich gewundert, dass noch niemand zur Kirche gefahren war, seit sie auf Björndal lebten. Drei Tage vor Weihnachten kam Therese gegen Abend durch die Diele und begegnete Dag.

»Wir wollen doch zur Weihnachtsmesse in die Kirche, Dag.« Sie hatte soeben Mäntel hervorgeholt und wollte sie lüften. Dags Gesicht wurde plötzlich hart und verschlossen, so dass sie ganz betreten, ja fast erschrocken war. Seine Stimme klang fremd und heiser, als er nach langem Schweigen entgegnete, sie hätten ja Andachtsbücher genug im Hause.

Therese spürte, dass etwas dahintersteckte, wozu ihr der Schlüssel fehlte. Dag war nicht gottlos, das wusste sie; weshalb aber wollte er nicht zur Kirche?

»Dorthea und ich sind hier noch gar nicht in der Kirche gewesen und haben uns auf den Weihnachtsgottesdienst gefreut«, sagte Therese ruhig. Dag stand abgewandt da und setzte sich, die Ellenbogen auf den Knien, vor das Kaminfeuer; seine Fäuste, die er unter das Kinn gestemmt hatte, waren so fest geballt, dass die Knöchel weiß schimmerten. »Es ist bei uns nicht Sitte, Weihnachten zur Kirche zu fahren.« Therese merkte sehr wohl, dass er am liebsten gar nicht mehr darüber gesprochen hätte. Wenn auch etwas in seinem Wesen sogar sie mit ihrer Unerschrockenheit zurückhielt, ihm entgegenzuhandeln, so musste sie immerhin versuchen, dies einzurenken.

»Warum ist es bei euch nicht Sitte, zur Kirche zu fahren?«

Dag saß unbeweglich wie ein Stein. Dass dies kommen musste, hatte er vorher nicht bedacht. Er konnte zwar eine Antwort erfinden, aber Therese würde sich nicht damit abspeisen lassen. Denn dies war für sie und ihre Schwester sicherlich eine ernste Frage. Zur Not konnte er sie ja fahren lassen und selbst zu Hause bleiben; ein triftiger Grund wäre kaum zu finden, ohne von der uralten Waffengeschichte zu erzählen, und mit dergleichen durfte er Therese nicht kommen und Dorthea schon gar nicht. Er saß in schweren Gedanken hier vorm Kamin. Wenn er ihnen von dieser uralten Aufsässigkeit gegen die Kirche erzählte, so würden sie über den jahrhundertealten Starrsinn nur erschrecken. Und ebenso wenig konnte er die alten Zerwürfnisse zwischen Björndal und den Talbauern erwähnen. Sie würden nur Furcht empfinden, und es war gerade genug mit den Waffen in der Alten Stube und vielem, was ihnen sonst vor Augen und Ohren gekommen war. Wozu sie zwecklos verängstigen? Es hatte ihm schon manche schwierige Stunde bereitet, dies und jenes zu erklären; aus dieser Klemme sah er jedoch keinen Ausweg. Zur Kirche fahren wollte er nicht - aus mancherlei Gründen.

Plötzlich hob er den Kopf, als lausche er auf etwas. Alles Neue in diesem letzten halben Jahr hatte seine Kämpfe vom Vorsommer mit sich und dem Herrgott gleichsam zugedeckt. Seitdem war es mit ihm vorwärtsgegangen, und da rückte der Herrgott gern weiter ab; doch jetzt wurde ihm etwas klar, woran er bisher niemals recht gedacht hatte: Die Kirche war ja Gottes Haus - Erinnerungen an die Nacht in der Alten Stube überfielen ihn. Eigentlich konnte der Herrgott schon manchmal Grund gehabt haben, mit seiner Sippe hart zu verfahren. Diese alte Geschichte von der Kirche war ihm damals gar nicht eingefallen; jetzt wurde es ihm klar, und Thereses Worte waren ihm wie eine Mahnung vom Herrgott selbst.

An jenem Abend hatte er in dem alten Andachtsbuch etwas gelesen, worin er keinen Sinn finden konnte; nun ging es ihm auf. Dort stand: Widerspenstigkeit gegen Diener des Wortes sei eine der Todsünden. Heute hatte ihn der Herrgott deutlich darauf hingewiesen, daran bestand kein Zweifel. - Hart von Gott, auch dies von ihm zu fordern. Wie sollte er den Menschen an der Kirche in die Augen sehen, die doch alle wussten, wie seine Vorfahren es mit der Kirche gehalten hatten? Auch würde er zum ersten Male seit jenem Tag auf Bohle einer Versammlung von Talbewohnern begegnen. Das könnte wie eine Abbitte nicht nur beim Herrgott, sondern bei allen Leuten im Tal wirken! Welch höhnisches Grinsen würden sie aufsetzen, dass die Björndaler schließlich hatten klein beigeben und werden müssen wie andere auch! Und was würde Ane Hammarbö sagen?

Bitterschwer war das, ja eine wirkliche Strafe. Aber Dag hatte jetzt Respekt vor dem Herrgott, hatte in seiner Heirat Gottes Weg erblickt, Rache und Wiederaufrichtung zugleich für sein Geschlecht. Das hatte der Herrgott für ihn getan - sich ihm jetzt widersetzen hieße alles Unglück auf sich und die Seinen herabrufen. Es gab keinen Ausweg, er musste zur Kirche, und wenn er auch zeitlebens vor Scham krumm blieb. Denn der Herrgott war ein gestrenger Gott - wie es geschrieben stand.

Dag hob den Nacken so mühsam, als sei es zum letzten Mal im Leben, und sagte mit trockener, tonloser Stimme zu Therese: »Wir fahren - diesmal.« Ohne weitere Erklärung stand er auf und ging durch die Vorderstube in die Schlafkammer. Therese blieb erstaunt zurück.

In dieser Nacht lag Dag lange wach. Wohl hatte er sich einmal vor dem Herrn gebeugt - aber unter vier Augen; sich jetzt angesichts aller Menschen beugen müssen, das war in seiner Familie noch nicht vorgekommen. Das schmerzte seinen Stolz mehr als eine tiefe Wunde.

Am nächsten Morgen schnallte er zum ersten Mal seit seiner Verheiratung die Skier an und fuhr im Neuschnee hinaus; und wie schon so oft, tat der Wald seine Schuldigkeit an ihm.

Als er spät am Abend heimkam, lastete nichts mehr auf seinem Nacken. Im Gegenteil - er hatte wieder die alte Haltung aus der Zeit, ehe sein Bruder starb. Seine Züge waren fest und kalt, und um Mund und Augenwinkel lag ein Lächeln. Er bekam den Großknecht zu fassen und flüsterte ihm etwas zu. Dann machte sich der Knecht eilig ans Werk, spannte an und fuhr davon. Von Hof zu Hof bis nach Hammarbö, und allerorten, wo es Pferde gab, hatte er etwas zu bestellen. Er kam heim und nahm zwei Mann mit zum Holzschuppen und spaltete bis zum späten Abend Kienholz für Fackeln.

Beim Essen in der Vorderstube sagte Dag zu Ane Hammarbö: »Wir wollen zur Kirche fahren, zur Weihnachtsmesse!«

»Das habe ich längst gefühlt«, erwiderte Ane trocken. Was sie im Übrigen dachte, konnte niemand dem knochenharten Gesicht ansehen.

Der Weihnachtsabend kam - der ganze Hof war zum Weihnachtsessen in der Alten Stube versammelt. Das Dreikönigslicht stand mitten auf dem langen Tisch. Zwei neugegossene Wachslichter brannten zu beiden Seiten des großen Bibelbuches, das auf Dags Platz an der Längsseite des Tisches lag. Dag und Therese saßen in den Lehnstühlen, und alle anderen feierlich um sie her. Selbst Dorthea fand es so festlich wie in der Kirche, als Dag den Weihnachtstext vorlas. Therese war auf diesem Hof, und vor allem bei Dag auf vieles gestoßen, was sie sich nicht zusammenreimen konnte. Am rätselhaftesten schien ihr aber doch der Widerspruch zwischen so schönen, seit Menschengedenken geübten Bräuchen - und der Abneigung, zur Kirche zu gehen.

Nach dem Essen spielte Dorthea auf ihrem Spinett in der Vorderstube Weihnachtslieder. Ihr Spiel war so unirdisch zart, dass sich niemand hineinwagte, während sie spielte. Sie sang auch zwischendurch ein wenig, und die Töne hatten in diesen Stuben eine seltsame Macht. Eine neue Zeit, ein lichterer Lebenston schwebte wie Sternenschein durch das strenge Dunkel des Raumes.

Alle gingen hiernach frühzeitig zur Ruhe, denn sie wollten ja am frühen Morgen schon hinaus.

Schwarz war die Nacht draußen, als sie aufstanden. In der Diele hingen Pelze und Felle zum Warmwerden rings um den Kamin. Es roch herb nach alten Truhen, nach Würzkräutern und nach versengtem Haar - irgendwo war glühende Kohle aus dem Kamin gesprungen und in einem der Pelze erloschen. Dag brummte, es dürfe eben nur Kien oder Birkenholz in den Kamin. Dann spränge keine Glut heraus.

Schellengeläut und Lärm von Pferden und Schlitten drangen vom Hof herein. Man zog die Pelze an, und es ging hinaus in die Winternacht. Therese und Dorthea wurden in Fußsäcke und Bärenfelle eingepackt, und Dag saß hinten auf und nahm die Zügel. Die Angesehensten des Gesindes stiegen hinter ihnen in die Schlitten; vier Gespanne waren es. Die Kienfackeln wurden drinnen am Kamin angezündet; Therese und Dorthea bekamen je einen knisternden Brand in die Hände. Das übrige Kienholz wurde in die Schlitten gelegt, damit sie neue Fackeln anzünden konnten, wenn die ersten ausgebrannt waren. Ehe noch die Schwestern sich recht besinnen konnten, ging's fort, dass der Schnee stob. Unten in der Siedlung leuchtete es von Fackeln und bimmelte es leise von den Schlitten der Gehöfte, und je weiter sie kamen, desto stärker das Schellengeläut, desto zahlreicher die Fackeln.

Auf Hammarbö warteten zwei Schlitten. Sie reihten sich hinter dem vordersten Gefährt ein. Therese traute ihren Augen nicht, als sie aus einem Pelz im ersten Schlitten Anes spitzes Gesicht hervorlugen sah. Sonderbar, dass auch die Hammarböer vom alten Brauch ließen und dass Ane selber mitfuhr. Heute merkte Therese, dass es im Bezirk nur ein einziges Gesetz gab - den Willen des Herrn auf Björndal. Ob alt oder jung, wer dort herrschte, der herrschte. Und Therese merkte auch, dass die Worte der alten Ane nicht nur Geschwätz waren, sondern im Leben befolgt wurden. Sie hatte gesagt, der müsse das Regiment führen, dem es gebühre, und wenn Dag Botschaft ausschickte, er wolle mit Geleit zur Kirche fahren, dann hatten sich auch die Hammarböer einzustellen. Ruhig und sicher ging die Fahrt die Hügel von Hammarbö hinauf - in den Bergwald hinein. Es waren viele Schlitten geworden, und das Schellengeläut flog wie ein lebendiger Widerhall durch die Luft, vom ersten Pferd bis zum allerletzten.

Jungfer Dorthea drückte sich an ihre staunende Schwester und blickte zum Sternenhimmel auf, der unverwandt den gleichen Weg wanderte, den die Gäule trabten. Manchen Kirchgang zu Weihnachten, Ostern und anderen Festtagen hatte sie in Erinnerung, solch eine Kirchfahrt hatte sie jedoch niemals erlebt. Sie lehnte ihren Kopf an Thereses Schulter und ließ die halbgeschlossenen Augen der Sternenbahn folgen, während das Schellengeläut wogte und sang.

Plötzlich war der Friede zu Ende. Dag hatte fest in die Zügel gegriffen und scharf dem Pferd ein Wort zugerufen, und damit ging es bergab, in das offene Land hinaus, dass Schnee und Funken um sie stoben. Sie waren aus dem Wald herausgekommen, und Dag hatte einen Schimmer vom Borglandhof erspäht. Dort leuchteten viele Fackeln, und die Schlitten mussten bereits im Begriff sein, in die Allee einzuschwenken. Ein Schein wie aus seligen Jungentagen blitzte in Dags Augen. Seit Menschengedenken war es Sitte, dass sich in der Weihnachtsnacht kein Pferd auf den Kirchweg wagte, ehe die Borglander Gespanne vorbei waren. Adel und Offiziere galten in den Tagen alles, sie waren der Abglanz des Königs, wo sie auftraten.

Es war weit vom Waldhang bis zur Einmündung der Allee in die Landstraße, und es galt, sie zu erreichen, bevor die Borglander Gäule die Allee durchmessen hatten. Es gehörte etwas dazu, wenn das Wagnis glücken sollte; aber Dag war schnell von Entschluss und der Rappe schon in wildester Jagd, ehe das Schellengeläut und die dahinschießenden Fackeln wie ein Wasserfall von Borgland her die Allee herniederbrausten. Es hatte Zeit gekostet, bis die dort hinten zur Besinnung gekommen waren; denn noch niemals hatten sich die Waldleute vom Norden unter die Kirchfahrer aus der Talschaft gemischt.

Auf den nächsten Höfen der Gemeinde verfolgte man gespannt dieses Schauspiel, und noch nach Generationen wurde von dieser Fahrt erzählt. Eine Tollheit war diese Fahrt, denn wenn die beiden Schlittenreihen zusammenstießen, dann mochte Gott den Menschen und Gäulen gnädig sein.

Jungfer Dorthea presste sich an ihre Schwester, und Therese schrie, so laut sie konnte, Dag zu, er möchte die Fahrt mäßigen. Doch hinter ihnen hielt Dag, mehr stehend als sitzend, in seinen Wolfspelz gehüllt, die Zügel mit eiserner Miene, aber mit gefährlich blitzender Lustigkeit im Blick. Näher rückten sie einander und immer näher, und keine Macht der Welt schien verhindern zu können, dass Menschen und Tiere an der Kreuzung aufeinander- krachten. Da ertönte Dags kurzer Zuruf von neuem, und der Rappe streckte sich lang und geschmeidig und griff weit aus.

Als der erste Borglander Schlitten eine Pferdelänge von der Landstraße entfernt war, da brauste der Björndaler vorüber. Die Goldfüchse von Hammarbö waren etwas hinter Dags Pferd zurückgeblieben, und obgleich es für ungehörig galt, in eine Reihe hineinzufahren, drängten sich die Borglander Gäule dazwischen. Dag vernahm raue Männerstimmen, Kreischen von Frauen und Krachen von Schlitten, die aneinander schurrten; aber er bekümmerte sich nicht darum, sondern fuhr drauf zu, dass der Schnee stob.

Dicht hinter sich hörte er das Keuchen nahender Gäule, und ihm wurde blitzschnell klar, welch schweres Stück Arbeit er unternommen hatte. Die Offizierspferde auf Borgland waren gefährliche Gegner, und sein Rappe hatte schon den weiten Weg von Björndal her und zuletzt noch den viel längeren Sturmlauf hinter sich. Der Weg war vor Weihnachten neu gepflügt und wenn auch knapp, doch für zwei Schlitten breit genug, so dass der Borglander ihnen die Bahn kaum abschneiden konnte, wenn sie Vorfahren wollten. In diesem Augenblick erscholl kurz und barsch von hinten her: »Bahn frei, Mann!«; das musste der Hauptmann selber sein. Dag schwenkte beiseite. Er hätte sein Pferd durch einen Zuruf anspornen könne, hier aber war es das beste, Kräfte zu sammeln. Der Weg zur Kirche war noch lang. An seiner Seite erschien ein Brauner, und Dag sah an dem Bau des Kopfes, dass es ein gefährlicher Gegner war. Durch die Funken von Thereses Fackel wurde er etwas zurückgehalten.

»Weg mit der Fackel dort links!«, rief der Hauptmann, und Therese ließ ihren Brand hastig fallen - und dann schob sich der Gaul von Borgland in scharfem Tempo mehr und mehr vor. Die beiden auf dem Vordersitz des Schlittens wandten sich wütend halb nach Dag um - der Hauptmann und seine »böse« Frau. Dag hatte sie schon auf früheren Fahrten getroffen. Sie waren jetzt gerade neben ihm, und er warf seinen Blick auf den Führer des Schlittens, einen stattlichen Kerl mit einem scharfen Adlerprofil - wohl ein Leutnant. Die Fackel der Hauptmannsfrau sengte zischend an Thereses Pelz; da ertönte zum ersten Mal eine Björndaler Stimme gebieterisch im offenen Lande: »Weg mit der Fackel dort rechts!« donnerte Dag, und ganz erschrocken ließ die Hauptmannsfrau ihren Brand fallen. Unwillkürlich wandten beide - die Dame und der Hauptmann - den Kopf und blickten verwundert zurück. Was für eine Redeweise bei einem gemeinen Mann? Und eine Kraft in dieser Stimme, die nicht alltäglich war. Dies war die erste Begegnung zwischen von Gail auf Borgland und Dag Björndal. Noch zweimal sollten sie sich treffen. Seite an Seite sausten die Schlitten weiter. Therese war ängstlich in sich zusammengekrochen, als das zweite Pferd mit harten Hufschlägen ihnen so nahe rückte; jetzt hatte sie Schlitten und Menschen neben sich - da reckte sie sich und setzte ihre stolzeste Miene auf. Möglich, dass sie die Zeit benutzten, einander mit kurzen, scharfen Seitenblicken zu mustern, die böse Frau von Gail auf Borgland und Therese Björndal - selbst bei diesem Tempo, das einem den Atem verschlug.

Da machte der Führer des Borglander Schlittens ein schnelles Manöver. Sein Pferd kam mit einem plötzlichen Satz dem Rappen um ein paar Längen vor, und jetzt peitschte er seinen Gaul zu rasendem Galopp auf. Gleichzeitig lenkte er den Schlitten auf den Rappen zu und klemmte ihn ein, so dass er die ganze Björndal'sche Fuhre in die Schneewehen hineindrängte. Damit war der Borglander Schlitten der erste auf dem Kirchweg zur Weihnachtsmesse wie seit Menschengedenken.

Doch ihm folgte treu wie ein Schatten ein Rappe, und hinten auf dem Schlitten hatte sich ein gewaltiger Mann im Wolfspelz zu voller Größe erhoben. Dags Augen waren nicht mehr vergnügt - sie blinkten wie Stahl. Auch im

Björndal'schen Schlitten gab es eine Peitsche. Dag benutzte sie selten, aber jetzt holte er sie heraus.

Es war auf den Höhen bei Voll, und von dort konnte man die Kirche weit hinten im Dunkel schwach schimmern sehen. Von hier aus ging es ohne Biegung geradeswegs zum Kirchplatz.

»Bahn frei«, donnerte Dag und ließ den Rappen die Zügel locker, doch der Schlitten vor ihnen hielt sich mitten im Wege, ohne zu weichen. Immer hatten die Herren auf Borgland den Zug der Gemeinde zur Weihnachtsmesse angeführt und waren in allem Herrschaft und Zierde des Tals gewesen - und jetzt kam dieser Mann aus dem schwarzen Walde droben und wollte ihnen befehlen: »Bahn frei!« Der Schlitten aus Borgland blieb breit und unerschütterlich mitten auf der Straße.

Dag kannte sein Pferd gut von den vielen, langen Fahrten zur Stadt im letzten halben Jahre, und sie hatten manchen scharfen Trab hinter sich. Er kannte es wie sich selber und wusste, dass es nach dieser kurzen Ruhepause in guter Verfassung war. Wenn er jetzt vorbeikam, dann gab es eine Fahrt! - Aber der Weg schien wie ein Bergsturz zu rasen, und die Kirche war nicht mehr fern. Unmöglich, in Güte vorbeizukommen, und wie es erzwingen? Denn vorbei, das musste er, hatte sich's in den Kopf gesetzt, als erster zur Kirche zu fahren und zu zeigen, dass er nicht nur die Sitten auf Björndal, sondern auch ein wenig die im Tal ändern wollte und dass er wie seine Vorväter eigene Wege ging. Auf diese Art gedachte er das hämische Grinsen auf den Gesichtern unmöglich zu machen. Wenn er das Spiel heute verloren geben musste, dann würde es im ganzen Lande als eine Schande besprochen werden, und überall würde ihm wieder das hinterhältige Grinsen begegnen. Aber wie vorbeikommen?

Jetzt hatte er es. Gut, dass er sich an den Weg so genau erinnerte und sich sogar im flackernden Schein der Fackeln zurechtfinden konnte. Es würde um Tod und Leben gehen, aber hier galt es anderes als das Leben. - Vorbei musste er! Weiter vorn bildete ein steil abfallender Hang den Wegrand. Dort musste der festgepflügte Schnee abgestürzt sein, so dass keine Schneewälle den Weg versperrten. Er schlang die Leine doppelt um seine Linke, denn nun kam jenes Wegstück. Die Peitsche sauste durch die Luft, ein einziger Hieb, und ein schwarzes Teufelsross jagte auf den Absturz neben dem Wege zu. Auf der äußersten Kante bog Dag vor dem Borglander wieder ein. Der Schlitten war mit seinem Schwung schon halbwegs aus der Fahrbahn gekommen, ja, er schwebte einen kurzen Augenblick frei über dem Abgrund, als sie am Borglander vorbeifuhren. Alles ging so rasend schnell, dass keiner Zeit fand, auch nur zu kreischen; als aber der Björndaler Schlitten so rasend daher brauste, da durchfuhr nicht nur Therese und Dorthea, sondern auch die von Borgland ein heißer Schreck.

Dag trocknete seinem Gaul schon gemächlich die Schaumfetzen ab, als die Borglander Herrschaften nahten. Ein Blick traf ihn, finster wie Pest und Tod, doch er - mit seinem gefährlichen Lächeln in den Augen, putzte lange und gründlich das Pferd. So bekommt der Herrgott sein Teil und die im Tal das ihre, dachte er. Dass er, selbst in dem, was er als Buße vor Gott ansah, seinen trotzigen Stolz nicht zu kurz kommen ließ, daran dachte er nicht.

Die übrigen Schlitten liefen nach und nach auf dem Kirchplatz rings um die beiden ersten ein. Dag übergab sein Pferd der Obhut des Großknechts und trat mit Therese und Dorthea ruhig und sicher in die Kirche. Dass er mit dem Tode ein wenig um die Wette gefahren war, das hatte in seinem kalten Gesicht keine Spuren hinterlassen. Die Leute aus Hammarbö und all die anderen folgten. Es waren viele seltene Kirchgänger beisammen, die letzten fanden kaum noch Platz.

Zwei unerhörte Dinge ereigneten sich bei dieser Christmette. Erst einmal wandte sich Frau von Gail im Borglander Kirchenstuhl halb um und sandte einen schnellen Blick dort hinüber, wo Dag Björndal saß. Vielleicht wollte die böse Frau sich den Mann fest ins Gedächtnis prägen, der sie einen Augenblick zum Gehorsam gezwungen hatte. Es war sonst nicht ihre Art, jemandem zu gehorchen.

Und zum anderen trat Herr Diderich, der Pfarrer - er war jetzt alt - an den Björndaler Schlitten heran, als sie heimfahren wollten, und reichte den dreien die Hand ebenso zum Gruße wie der Herrschaft von Borgland. In der Opferbüchse hatte er heute ein schweres Goldstück gefunden, eine ganze Summe Geldes in einer einzigen Münze. Das war ebenso das erste Mal zu seiner Zeit, wie dass die Björndaler ohne dringende Not zur Kirche kamen - noch dazu mit großem Gefolge. Und es war sicher, dass dieses Goldstück mit dem Besuch zusammenhing.

Dreizehntes Kapitel

Ja, viele Fuhren waren mit Therese und Dorthea nach Björndal gekommen. Von alledem, was das Heim ihrer Kindheit zu einem der reichen Häuser in der großen Stadt gemacht hatte, von alledem ließen sie nichts zurück. Selbst Wein und Schnaps, der seit Vaters Zeiten noch in ihren Kellern in Flaschen und Fässern lagerte, war mitgenommen. Aber auf Björndal hatte sich alles anders entwickelt, als Therese gedacht hatte. Das Haus stand schon voller Möbel, und alles, was aus der Stadt gekommen war, wurde auf Tennen und Speichern abgestellt. Therese grämte sich anfangs tüchtig darüber, hatte aber nicht gewagt, gegen Dag etwas davon zu erwähnen.

Zugleich mit Therese langte auch die letzte Fuhre in Björndal an und auf ihr zwei Truhen. Die kleinere kam in die Kammer, in der Jungfer Dorthea wohnen sollte; die größere, an der mehrere Mann schwer schleppen mussten, in die große Kammer, wo die Bettstatt der Eheleute stand. Dag sagte nichts dazu und fragte niemals danach, was diese Truhe enthielte. So blieb sie dort an der Wand stehen. Sie war ringsherum so fest mit Eisen beschlagen, dass fast die ganze Truhe aus Eisen zu bestehen schien. Drei diebessichere Schlösser hatte sie, und vorn stand der Name Holder und die Jahreszahl.

In die Vorderstube war Jungfer Dortheas Spinett gekommen und, was sie wünschte, in ihre Kammer hinauf; dort waltete sie unumschränkt.

Therese hatte gelegentlich mit Dag über Raum für ihre Möbel reden wollen, und ob es nicht möglich sei, dies oder jenes aus den Stuben zu entfernen und dafür etwas von ihren Sachen hineinzustellen. Aber mit der Zeit merkte sie, dass es auf Björndal eine große Angelegenheit war, etwas zu ändern. Alles sollte bleiben, wie es immer gewesen war, und da brachte sie es nicht fertig, Dag etwas zu sagen. Allmählich sah sie auch ein, dass alle Möbel und Gegenstände gut in diese Stuben passten. Von Zeit zu Zeit aber war sie doch recht traurig, dass sie ihre lieben alten Sachen nicht mehr vor Augen haben sollte.

Wein und Schnaps waren im finstersten Keller gut verstaut worden. Niemals kamen Durchreisende oder Gäste - und die vergnügten Flaschen und Fässchen aus dem Holder'schen Keller durften ihre Freuden nicht in das Leben der Menschen auf diesem ernsten Hofe mischen. Auch hierüber grämte sie sich vielleicht etwas. Doch brachten die Tage ihr so viel anderen Reichtum, dass ihr zur Trauer über so etwas nicht recht Zeit blieb.

Sie war bemüht, sich über alles zu unterrichten, was zur Bewirtschaftung eines Hofes gehört. Von den Alten ließ sie sich von allen Arbeiten erzählen, die den Frauen oblagen, fuhr mitunter zu Ane Hammarbö und brauchte hier Augen und Ohren gut. Wer lernen will, findet viele Wege offen, und Therese nutzte alle. Im täglichen Betrieb, in Stall und Pferch, in Küche und Speicher - überall sei sie dabei, überall zur gleichen Minute, wussten die Weiber auf dem Hof zu berichten. Abends surrten wieder die Spinnräder, und die Schiffchen flogen am Webstuhl wie zu allen Zeiten zuvor. Auch anderes gab Thereses Leben Inhalt. Der Winter ging hin, und der Frühling brach mit Macht ein in Björndals Gefilden. Die Sonne hatte so viel Kraft dort zwischen den waldigen Hügeln.

Dieses erste Frühjahr auf Björndal gewann auch sonst für Therese Bedeutung. Eines Tages ließ sie sich zur alten Ane fahren und wünschte unter vier Augen mit ihr zu sprechen. Als sie wieder einsteigen wollte, begleitete Ane sie gegen alle Gewohnheit bis in die Laube hinaus; ihre Hände zitterten stärker denn je, und ihre Blicke hatten einen wärmeren Schein als gewöhnlich. Als Therese abfuhr, schaute Ane noch lange dem Wagen nach, ob er die Abhänge gut hinunterkäme; sie wusste jetzt als einzige außer Therese, dass im Herbst auf Björndal ein Kind erwartet wurde.

Zu Zeiten der alten Frau auf Björndal hatte man Ane wohl bei dringlichen Gelegenheiten, wie Weihnachtsvorbereitungen, Kindbett und Krankheit, auf dem Hof geduldet; sonst bekam sie das Wort niemals. Zu Zeiten der jungen Herrin, Tores Frau, änderte sich daran nichts. Keine von beiden hätte je den Fuß auf Hammarbö gesetzt. Sie wären sie am liebsten ganz los gewesen, ihre Ratschläge, ihre Augen bei jeglichem Tun und Treiben. So hatte Ane es jedenfalls empfunden. Und dann war diese neue Frau gekommen mit Geldmacht und Stolz und Ohrfeigen, und Ane hatte sicher und gewiss das Ende ihrer eigenen, stolzen Aufgaben auf Björndal erwartet, sie sah schon die Tage ihres Alters leer werden. Gleichwohl war sie zur Weihnachtszeit nach Björndal gefahren mit dem Gedanken, dort neue Sitten aus der großen Stadt zu finden und von niemandem begrüßt zu werden. - Aber aufrecht würde sie kommen und aufrecht wieder gehen, und die Stadtfrau sollte die Wahrheit zu hören kriegen, das hatte sie sich vorgenommen. Und dann war alles ganz anders gekommen.

Die anderen Frauen hatten keinen Fuß in die Küche gesetzt, solange die Weihnachtsvorbereitungen im Gang waren. Therese hingegen tat ohne viele Worte mit, saß nachts auf und malte Buchstaben, die niemals aus dem Buch verschwinden würden. Am Morgen vom Heiligabend erhielt Ane einen Dank - zum ersten Mal, seit sie sich erinnern konnte, und zwar ein ordentliches Geschenk. Ein Kopftuch aus weißer Seide mit dicken Rosen, kunstfertig von Jungfer Dortheas Hand gestickt. Nicht zum Gebrauch, nur zum Aufheben, so fein war es. Seide hatte Ane nie zuvor besessen, und jedes Mal, wenn sie das Tuch berührte, erlebte sie eine Freude, es knisterte so sacht unter ihren harten Händen.

Später kam Therese wiederholt nach Hammarbö und holte sich Rat bei ihr; und jetzt ließ sie Ane als erste von dem neuen Leben wissen, das kommen sollte. Bei einer solchen Frau auf Björndal konnte Ane ruhig dem Tag entgegensehen, da ihr Leben erlöschen würde. Ihr Werk lebte nun weiter in Ewigkeit.

Am gleichen Abend teilte Therese Dag mit, wie es um sie stand. Er nickte nur - Worte fand er nicht. Dann ging er zu ihr hin, legte den Arm um ihren Hals und lehnte seine Wange an ihre. Danach blieb er lange mit abgewandtem Gesicht stehen. Er war wie alle vor ihm. Zärtliche Worte brachte er nicht über die Lippen, und in solchen Augenblicken war er unbeholfen. Aber Therese kannte ihn gut genug, um zu wissen, dass ihn die Kunde stark ergriff. Vielleicht benutzte sie deshalb diese Stunde, um etwas vorzubringen. Sie sagte wahrheitsgemäß, sie habe sich in den letzten Nächten nicht wohl gefühlt, und er würde ihr einen wirklichen Gefallen erweisen, wenn er ihr großes

Bett herunterbringen ließe, dass sie von zu Hause mitgebracht habe; denn das Kurzbett hier sei ihr so ungewohnt. - Sie wunderte sich fast, als er hierzu ja sagte und fragte, ob sie es noch heute Abend haben möchte.

Nein, das nicht, denn sie freue sich darauf, all das feine Linnen vorzusuchen, das zu dem großen Bett gehöre, und es bis zum anderen Abend in Ordnung zu bringen. Und am nächsten Tag stand das Bett aus dem Holder'schen Hause in der Schlafkammer. Es war sehr groß und breit, mit vielen Figuren kunstfertig geschnitzt. Vom Betthimmel hing weiches bemaltes Tuch schwer herab - und inwendig war es weiß von Kissen und Betten, alles mit Spitzen und kunstvollen Säumen.

Therese meinte, ihr Ehebett erst jetzt wirklich hergerichtet zu haben. Sie war über dieses erste altgewohnte Stück von daheim höchst beglückt; aber dann geschahen andere, wichtige Dinge.

Eines Tages kam ein Hauptmann in dienstlicher Angelegenheit nach dem großen Borgland und blieb einige Tage da. Sein Name war Klinge. Er hörte von Björndal und erfuhr, dass die Frau dort mit Mädchennamen Holder hieß. Der Hauptmann hatte ein paar Feste im Holder'schen Hause mitgemacht, er bat also um einen Wagen, um nordwärts zu fahren und sie zu besuchen. Von Gail setzte schon ein finsteres Gesicht auf, aber seine Frau fiel energisch ein. Hauptmann Klinge werde wohl das Bedürfnis haben, sich umzusehen. Sie erwartete sich gewiss etwas für ihre Neugier, hoffte von dem geheimnisvollen Hof im Norden zu hören. Und Klinge bekam einen Wagen und fuhr davon. Therese wurde es warm ums Herz, als dieser Gast eintraf. Es war wie ein erster Gruß aus der Zeit, da sie in der Stadt lebte. Dag dachte wohl an jenen Kerl von Leutnant mit der Hakennase, der Weihnachten nicht gerade anständig mit ihm um die Wette gefahren war, und hegte daher auch gegen diesen Offizier ein gewisses Misstrauen. Da ihn aber Therese und Dorthea so freundlich empfingen, machte auch Dag gute Miene dazu.

Klinge war ein vergnügter Herr und weit in der Welt herumgekommen. Er hatte Narben aufzuweisen, sowohl vom Krieg in südlichen Landen wie aus kleinen Scharmützeln mit den Schweden. Er hatte viel gesehen und verstand launig, vom Krieg und auch von Liebe zu erzählen und dabei einen Becher auf sein eigenes Wohl wie auf das anderer zu trinken. Er stieß mit Therese und Dorthea an, auch mit Dag, und leerte sein Glas so schnell und sicher, dass Dag meinte, nie seinesgleichen gesehen zu haben.

Mitten in einer seiner Geschichten brach der Hauptmann plötzlich ab und sah sich verwundert in der Vorderstube um. Dann erhob er sich und guckte in die Alte Stube und in die Diele hinaus. »Ich glaube wahrhaftig, Ihr habt die prächtigen Möbel aus Eurem alten Hause nicht mitgebracht!«, sagte er zu Therese gewendet.

Therese warf einen schnellen Blick auf ihren Mann und merkte, dass ihm diese Frage nicht behagte, obgleich noch ein Lächeln von des Hauptmanns letzter Schnurre auf seinem Gesicht lag.

»Doch«, sagte sie, »wir haben alles mitgenommen; aber hier gab's ja Möbel genug.«

»Dann müsst ihr das Haus vergrößern«, fuhr der Hauptmann vergnügt fort.

»Davon will mein Mann sicherlich nichts wissen«, entgegnete Therese, wiederum mit einem schnellen Blick auf Dag.

Dem gefiel dies alles wenig, und er wurde dunkelrot. »Nein«, sagte er, »es ist gut so, wie es ist.«

Der Hauptmann merkte wohl, dass er hier auf eine gefährliche Bahn geraten war; zugleich fühlte er, dass Therese Sinn für seinen Vorschlag hatte.

»Ja, gewiss ist es schön und gut, wie es ist; aber mancher baut gleichwohl neu, und eine Frau legt vielleicht großen Wert darauf, ihre alten Sachen vor Augen zu haben. Könnte man nicht ein neues Haus neben dieses alte setzen?«

Dags Miene blieb unergründlich, er antwortete nichts.

»Ich kann euch einen Plan zeichnen, wie man heute baut, dann könnt ihr es euch überlegen«, schlug der Hauptmann vor.

Dag lächelte hierzu und sagte, zeichnen und überlegen, das könne man ja.

Der Hauptmann ließ dies gelten und wollte einen Plan schicken, wenn er einmal Zeit hätte. Dann leerte der lustige Hauptmann einen letzten Becher - und fuhr ab.

Jungfer Dorthea brauchte wenig Platz in der Welt. Den ersten Winter sah man sie selten. Bei den Mahlzeiten kam sie zum Vorschein, danach verschwand sie wieder und blieb allen Blicken entzogen. Jeder auf Björndal wunderte sich, womit sie wohl ihre Tage verbrächte.

Doch nach und nach erschien in den Zimmern eine kunstvolle Stickerei nach der anderen und verriet etwas von ihrer Tätigkeit; auch drang der zarte Klang vom Spinett aus der Vorderstube an die Ohren anderer. Die Mägde wussten auch zu berichten, dass sie ein Saitenspiel, wohl eine Laute, in ihrer Kammer habe, darauf spiele und zu den Tönen der Saiten ein wenig sänge.

Im Übrigen blieben ihre Tage nur ein großes Geheimnis.

Als sie nach Björndal kam, hatte man ihr eine Kammer oben an der Treppe angewiesen, die hinten von der Diele hinaufführte.

Es war bisher eine Gaststube gewesen, mit Bett und Tisch als Hauptmöbeln darin - ja, und ein gusseiserner Ofen mit Engeln und Bildern. Jungfer Dorthea hatte Therese gefragt, ob sie wohl ein paar von ihren Sachen hervorsuchen und in die Kammer stellen dürfe; Therese wollte hier nicht entscheiden, Dorthea solle selber Dag fragen, und das geschah in der ersten Woche auf Björndal.

Dag hatte nichts gegen Dortheas Wunsch einzuwenden, nein, im Gegenteil, er schickte ihr Jörn Vielfalt, der tischlerte und mit der Axt bewandert war und einsprang, wo es auf dem Hof etwas zu bessern und zu ändern gab.

Jörn bekam mehrere Tage in der Kammer zu tun, denn er hatte von Dag Weisung erhalten, alles mit Fleiß auszurichten, was die Jungfer geändert haben wollte. Und Jörn verfiel von sich aus auf Vorschläge, und diese gemeinsamen Pläne brachten keine geringe Veränderung. Vorher war es mit den Fenstern in der Kammer schlecht bestellt, weil sie vor allem zum Schlafen und nicht für einen Aufenthalt bei Tage berechnet war. Jörn machte darauf aufmerksam und bat, die Wand ein wenig ändern und größere Scheiben einsetzen zu dürfen, damit mehr Licht in die Kammer fiel. Mit der nächsten Stadtfuhre traf Glas ein - und dann ging Jörn daran, die Wand umzubauen. Jungfer

Dorthea musste mehrere Nächte anderswo schlafen. Als sie wieder hinaufkam und sah, was sich Jörn alles ausgedacht hatte, staunte sie sehr. Jörn hatte sich, ehe er nach Björndal verschlagen wurde, vielerwärts in der Welt umgesehen und viel in sich aufgenommen.

Als er die Wand auszusägen begann, merkte er, dass die Dielenbalken nach draußen so weit überstanden, als habe man dort eine Art Laube bauen wollen. Da zimmerte Jörn kurz und gut eine Laube, schnitt eine ganze Türöffnung in die Wand und versah sie mit Fenstern; so bekam die Kammer, in der Jungfer Dorthea ihr Leben verbringen sollte, eine Laube, die wie ein Nest dort oben an der Wand hing. Man konnte von hier weit über die Siedlung hinblicken, bis nach Hammarbö.

Danach schaffte Jörn mit Hilfe von ein paar Leuten die alte Einrichtung der Kammer hinaus und alles hinein, was Jungfer Dorthea dort zu haben wünschte. Zuerst ein unglaublich feines, großes Bett mit geschnitzten Menschen und Blumen, mit Pfosten und Samtvorhängen. Es war elend schwer, aber es kam an seinen Platz. Dann etwas, was die Jungfer Kabinett nannte, mit vielen Schubladen und Türchen, eine Kommode, Lehnstühle und ein Tischchen - und dann ein Spiegel mit so großem Rahmen, dass kaum noch für das Glas Raum blieb.

Teppiche kamen auf den Fußboden und Vorhänge und Gardinen an Fenster und Glastür - und dann genoß Dorthea die Freude, aus Truhen und Schüben alle die Kleinigkeiten hervorzusuchen, die sie aufstellen wollte. Das Mädchen, das bei ihr saubermachte, erzählte, es gäbe so viel Feines an Bildern und Silber und Kästchen und Schalen und Schmuck, dass es sich kaum zur Tür hineinwage.

An der inneren Bettwand hing ein merkwürdiger Gegenstand, den ihr der Vater aus katholischen Landen mitgebracht hatte. Es war ein Kruzifix. Die Christusfigur bestand aus Elfenbein, das Kreuz aus Silber und die Nägel und Buchstaben aus purem Golde. Eines der Mägde hatte dieses Kruzifix im Dunkeln leuchten sehen. Auch schwebte immer ein Wohlgeruch von Blumen in der Kammer, seit Jungfer Dorthea dort wohnte. Beinahe, wie an einem Sommertag im Garten, sagte sie in der Küche.

Dorthea dankte ihrem Gott aus demütigem Herzen, dass er ihr diesen traulichen Platz für ihr ferneres Leben vergönnte. In einem ihrer Kästchen bewahrte sie drei schwere Goldstücke auf, die sie ebenfalls nach einer Auslandsreise ihres Vaters bekommen hatte - und eine dieser Münzen wollte sie zum Dank opfern, wenn sie das erste Mal zur Kirche kam. Daher hatte Herr Diderich diese Weihnachten eine so unerwartete Opfergabe erhalten.

Zur Winterzeit saß Jungfer Dorthea am Ofen und nähte beim Schein des Birkenholzfeuers. Als Frühling und Sommer kamen, wurde ihr erst richtig klar, was für eine Meister Jörn Vielfalt war. In mancher frühen Morgenstunde oder am späten Abend blickte sie von Jörns Laube über die Siedlung hin. Viel hatte sie in ihrer Jugend verloren, viel aber jetzt gewonnen, das gestand sie sich selbst ein.

Der Herbst kam und der erste kalte Winterhauch.

Ane Hammarbö war nach Björndal gekommen, nicht weil Weihnachten bevorstand, sondern weil neues Leben erwartet wurde, Tage vergingen, und Therese fühlte sich recht schlecht. Ihre ganze Kraft, all ihren Willen brauchte sie, um auszuhalten. In dieser Zeit trafen große Bogen aus der Stadt ein mit Zeichnungen und einem Brief von

Hauptmann Klinge. Er habe sein Versprechen keineswegs vergessen, mancherlei Pflichten nähmen seine Zeit jedoch in Anspruch, schrieb er - und er danke sehr für den Tag auf Björndal, und wenn er mit guten Ratschlägen dienen dürfe - falls aus dem Bauen etwas würde so könnten sie darauf rechnen, dass er mehr als gern käme.

Dag runzelte die Brauen, da ihm der Hauptmann den Gefallen nicht tat, dies Baugefasel zu lassen. Aber Therese vergaß über den schönen Zeichnungen viel von ihrem beschwerlichen Zustand.

Nach einigen Tagen ging es ihr wieder schlechter, und Dag versuchte eines Abends, seiner Frau eine Freude zu machen; sie könnten ja gegen den Sommer hin den Hauptmann hierher bitten und mit dem Hausbau bei kleinem anfangen. Therese war gerührt von seinem guten Willen, der ihn doch hart ankommen mochte, sie weinte und lachte vor Freude und fand keine Worte.

Dann war es endlich soweit. Ein Knabe wurde geboren.

Therese empfand es eigen, dass Anes harte, eiskalte Hände das winzige, warme Leben zuerst berühren sollten; es ging jedoch so sicher und schnell, und nachdem alles gut verlaufen war, dankte Therese ihrem Gott, dass ein so kundiger Mensch wie Ane ihr in der schweren Stunde beigestanden hatte.

Ein Dankesbrief für die Pläne ging an Hauptmann Klinge ab; er wäre herzlich willkommen, wenn er Zeit hätte.

In den ersten Sommertagen kam Klinge, und mit ihm eine neue Zeit auf Björndal. Er schlug vor, einige der alten Gebäude abzureißen; doch dazu sagte Dag rundweg nein. Ganz so, wie es der Hauptmann geplant hatte, fiel es daher nicht aus. Sie bauten das neue Haus an den Ostgiebel des alten an, mit großen Fenstern und viel Licht; und es wurde nicht geteert, sondern im Gegensatz zu allen anderen Häusern auf Björndal gestrichen.

Dag hatte einmal sein Wort gegeben und redete nicht dagegen, aber was geschah, gefiel ihm nicht. Fremde Leute erschienen, um dies und jenes an dem neuen Hause fertigzustellen, und zum Schluss kam jemand, der Bilder an die Wände im großen Saal malen sollte. Der Hauptmann hatte ab und zu wegfahren müssen; jetzt kam er mit dem Maler zurück - und mit noch einem Manne, der große Spiegel zwischen die Fenster setzen und überall Verzierungen anbringen musste.

Aber der Herbst gefiel Dag schon besser; er lernte Karten spielen -und verbrachte mit dem Hauptmann und den Fremden manchen vergnügten Abend.

Zu Winters Beginn stand das neue Gebäude auf Björndal fertig, und die Möbel aus dem Holder'schen Hause wurden von Tennen und Speichern geholt, hergerichtet und im Neubau aufgestellt. Die goldgepressten Lederstühle kamen in Reih und Glied in den Saal, Kronleuchter mit vielen Kerzen spiegelten sich in den Wandspiegeln. Bilder von Thereses Vater und Großvater, Mutter und Großmutter und anderen Familienmitgliedern wurden aufgehängt, und der Künstler, der die Wände bemalt hatte, machte große Bilder von Therese und Dag. Sie glichen ihnen wohl nicht genau, waren aber farbenfreudig und hatten goldene Rahmen.

Die Holder'schen Möbel reichten nicht für alle Zimmer aus, aber Dag weigerte sich, für neue Geld auszugeben. So musste sich Jörn Vielfalt daran versuchen, die feinen Stühle und Tische nachzuarbeiten. Zuerst kam er damit nicht recht zu Rande - sie waren so besonders, diese ausländischen Möbel; doch es galt seine Ehre und den ehrlich erworbenen Namen, denn in der Gesindestube fing man schon an, ihn Jörg Einfalt zu nennen. Es dauerte und dauerte, aber eines Tages hatte Jörn alle Schwierigkeiten überwunden; Stühle auf Stühle erschienen, und Tische dazu. Wenn sie auch den ausländischen nicht aufs Haar glichen, so musste doch jeder staunen, wie kunstfertig sie nachgebildet waren, und Jörn erwarb sich wieder seinen alten Vielfaltnamen. Niemand konnte begreifen, dass in diesen alten krummgearbeiteten Fingern solche Fähigkeiten steckten. - Zum Frühling sollte das neue Haus bis aufs letzte fertig sein; aber die Zeit verstrich, ohne dass sie mit der Schlafkammer umgezogen und sich in dem Neubau niederließen. Therese äußerte nichts - und Dag ebenso wenig.

Eines Tages vorm Essen trafen sich Dorthea und Dag in der Vorderstube. Dag hatte sein verschmitztes Zwinkern in den Augenwinkeln und war guter Laune: »Ja, nun müssen wir wohl dieser Tage mit deinen Sachen in den Neubau hinüberziehen!«

Oh, wie schmerzlich die Jungfer zu ihm aufblickte. Sie wusste ja, dass es eigentlich Therese war, die den Neubau durchgesetzt hatte - und - was sollte sie jetzt antworten?

»Wir haben dort eine hübsche, helle Kammer für dich hergerichtet«, sagte Dag, und es funkelte lustig in seinen Augen.

Da brach Jungfer Dorthea aus: »Ich möchte doch meine alte Kammer behalten.«

»Dachte ich mir schon!«

»Darf ich also bleiben?«, fragte sie gespannt.

»Ganz wie du wünschst - und ich glaube, auch wir ziehen fürs erste nicht um.«

So geschah das Merkwürdige, dass der Neubau beinahe öde stehenblieb. Die große, neue Küche wurde zwar in Gebrauch genommen - und oben auf dem Boden zogen Mägde und Frauen ein. Doch dabei blieb es. Die alte Küche mit ihren beiden Räumen zwischen Diele und Neubau verschwand, und auch auf dieser Hausseite entstand eine Vorderstube. Jörn Vielfalt schnitzte Stühle nach dem Muster der guten, altmodischen auf Björndal und Bänke und Wandschränke, Anrichte und Tische mit Seitenklappen, und die alte Küche wurde zu einem Prachtzimmer.

Therese ging gelegentlich zum neuen Hause hinüber und gab Acht, dass alles blank und sauber war, sie konnte auch zuweilen bei ihren gemütlichen alten Möbeln sitzen und etwas nähen. Ja, im Frühjahr und Herbst ließ sie die Spinnrocken und Webstühle dort hinbringen, um das Licht von den großen Fenstern auszunutzen; aber auch sie fühlte kein Bedürfnis, aus der gewohnten Schlafkammer auszuziehen. - Ihre große Schwäche im Leben war - ihre Liebe zu Dag. Als sie merkte, dass er es am liebsten sah, wenn alles beim Alten blieb, war sie herzensfroh, sich ihm hierin fügen zu können, ohne etwas zu entbehren.

Sie veranstalteten ein kleines Fest mit dem alten Oheim Holder, ihrem Vetter und Hauptmann Klinge und anderen Gästen aus der Stadt; dazu luden sie die Familien von Bohle und Gistad und sonstige Bekannte vom Lande ein, und es gab Musik und Spaß und frohe Festtage im großen neuen Saal; ganz nutzlos stand das Haus also nicht da. Jetzt reichte der Platz gut aus, und die Gäste aus Stadt und Land erzählten überall, was für ein mächtiger Hof Björndal wäre.

Mit dem Holzschlag in den Wäldern wechselte es ganz nach den Zeiten; alles Übrige in der Siedlung ging gut und beständig vorwärts, und Dag sah gewissenhaft überall zum Rechten.

Vierzehntes Kapitel

In den Monaten zwischen Verlobung und Hochzeit war Dag bemüht gewesen, alles auf dem Hof in guten Zustand zu bringen, aber wieder und wieder hatte er sich bei dem Gedanken ertappt, was wohl Tore zu seinem Vorhaben sagen würde. Ja, ihm war, als habe er den Hof nur auf eine kleine Weile geliehen bekommen - so unwirklich schien es ihm, Björndal jetzt allein zu besitzen, Hof und Siedlung, Wald und Feld; noch hatte er doch selbst von all dem Großen um sich her nichts geschaffen. Nach der Heirat fühlte er sich etwas erwachsener, da er nicht mehr allein in der Welt stand. Aber immer noch spürte er gleichsam die wachen Blicke aller Vorfahren, die ihr langes, schweres Leben hindurch gerungen hatten, zu roden, aufzubauen und alles, was heute sein war, instand zu halten. Und aus diesem Grunde rührte er offenbar nicht gern an die alten Gebäude, an die Möbel und alles, was von alters her in den Stuben stand.

Die Heirat und das Neue, was sie mit sich brachte - die Veränderungen, die mit den beiden Frauen auf den Hof kamen, halfen ihm sehr dabei, dem Herrgott das Gelöbnis zu halten: die Rachsucht abzulegen. Aber starker Sinn will seine Wege gehen. Ein Starrsinn mit jahrhundertealter Macht, wie er Dag im Blut saß, kann nicht plötzlich im einzelnen Menschen erstickt werden, er sucht nur Auswege, wie damals auf der Fahrt zur Weihnachtsmesse. Dag wich Gott zwar nicht aus, schwenkte jedoch unverzüglich in die alte Bahn ein, wilder, trotziger als irgendwer zuvor. Mit einem einzigen Gelöbnis und dem guten Willen an einem einzigen Abend wurde man mit so altem Starrsinn nicht fertig, und nach Jahr und Tag wäre er gewiss zu seinen Rachegelüsten zurückgekehrt, wenn sein Gemüt nicht einen Ausweg gefunden hätte.

Papiere trafen zur Durchsicht und Unterschrift auf Björndal ein, Thereses und Dortheas Erbschaft sollte geregelt werden. Dag wurde vorgeladen, um die Sachen zu ordnen. Es handelte sich um erstaunlich große Summen. Viel davon musste weiterhin bei Holder auf den Büchern stehenbleiben, anderes wurde frei. Dag nahm in der Stadt einen Anwalt, um sich beraten zu lassen bei der Anlage des Geldes. Daneben strömten noch viele Taler in seine Kiste im Keller, und allmählich meinte er einen Begriff von der Macht zu haben, die in der Welt herrscht. Der neue Weg, dessen sein Gemüt bedurfte, wurde der harte Weg des Geldes. Vielleicht hing es mit den großen Zahlen zusammen, dass er gegen Dorthea so gefügig war und auch in Thereses Wunsch einwilligte, das neue Haus zu bauen.

Die beiden Schwestern ahnten nicht, dass sie eine Gefahr nach Björndal gebracht hatten - die giftige Gefahr des Geldes. Dag besaß genug vorher - alles, was er für Hof und Feld und Wald brauchte. Das Holder'sche Geld war Überfluss. Überfluss aber heißt Gefahr.

Thereses erster Sohn war über drei Jahre alt, ehe das nächste Kind kam. Auch dieses Mal war es ein Junge, und Ane Hammarbö nahm ihn in Empfang. Der erste war nach Dags verstorbenem Bruder Tore genannt worden; der andere erhielt den Namen Dag, und es gab ein großes dreitägiges Tauffest mit Gästen aus allen Ecken. Es war Winter und dunkle Zeit; noch lange danach ging die Erzählung von den vielen Lichtern, die sie auf Björndal gebrannt hatten. In der Siedlung wurde man nicht müde, zu all den leuchtenden Fenstern hinaufzublicken. Bald darauf kam von Hammarbö Nachricht, Therese möge hinkommen und den Kleinen mitbringen, es gehe der alten Ane seit kurzem nicht gut.

Therese fuhr augenblicklich hin. Auf Hammarbö wurde sie in die Herdstube gewiesen, die sie noch nie betreten hatte. Es gab dort keine Fenster, und auf dem Herd glomm es nur schwach, so dass es beinahe dunkel war. Herber Geruch wie von versengten Kräutern lag in der Luft.

Die Tür schloss sich hinter Therese, sie fühlte sich recht benommen so allein und im Halbdunkel. Noch erschrockener war sie, als sie irgendwo aus dem Dunkel einen Seufzer hörte; aber sie tröstete sich mit dem Gedanken, der Laut komme von dem Gluthaufen auf dem Herd. Plötzlich ließ sie den kleinen Dag beinahe auf den Fußboden fallen: ein Seufzer wie aus den Tiefen der Erde ertönte von irgendwoher. Therese blickte sich erstaunt um, und jetzt hatten sich ihre Augen an die Finsternis gewöhnt. Ihr Blick drang bis in das Dunkel des Bettes drüben im Schattenwinkel auf der anderen Herdseite. Dort saß Ane nach alter Weise im Kurzbett, und ihre Augen leuchteten im Herdschein wie glühende Kohlen im Finstern. Das Kopftuch lag glattgestrichen weit in der Stirn - ihre alterskrummen Finger umkrallten wie Raubvogelklauen die Bettkante; der Mund war wie ein Strich, die Nase scharf wie eine Messerschneide, und das Kinn stand stark und fest vor, unverbrüchlich wie das Gesetz des Lebens.

»Guten Tag, Ane«, sagte Therese, erhob sich und trat, noch halb benommen, an das Bett heran. »Du bist krank, höre ich.« Ane ließ wieder einen Seufzer aus der Tiefe hören, um Luft zu holen, dann kamen die Worte: »Das ist der Tod!«

»An so etwas muss man nicht denken«, antwortete Therese, und ein feuchter Schleier legte sich ihr über die Augen.

»Wenn einer nicht mehr steht, ist es besser, er geht«, entgegnete Ane nur.

»Du warst Weihnachten noch so munter«, warf Therese ein.

Ane erwiderte nichts. Ihre Augen glühten den kleinen Dag starr an. »Leg den Kleinen hierher! Schüre die Glut.« Die Stimme klang hart und unerbittlich.

Halb erschrocken, halb verwundert legte Therese den kleinen Jungen Ane in den Schoß, die mit spitzen, krummen Knien dort unter dem Schaffell saß. Dann schichtete sie Kienholz auf den Gluthaufen und setzte sich wieder neben das Bett. Ane hatte den Knaben mit ihren knochendürren Klauen gepackt; sie saß da wie ein gewaltiger Raubvogel und starrte auf das kleine Wesen nieder. Der Junge gab keinen Laut von sich, guckte nur mit seinen großen blauen Augen wider. Die Glut flammte auf, warf einen roten Schein auf Ane und zeichnete ihren Schatten an die Wand. Er wurde zu einem Tier. Aus Anes Knien wurden Rücken und Schwanz, aus Anes Kopf und Körper Hals und Kopf des Tieres. Es hob seinen Nacken und Kopf, je mehr die Flammen stiegen, wurde groß und drohend wie ein Unheil. Therese sah dem zu, und ihr wurde unheimlich zumute. Sie fuhr zusammen, als sich Anes Stimme vernehmen ließ. Ane starrte unentwegt auf den Kleinen, und ihre Worte richteten sich auch nur an ihn:

»Du hast das Blut. Der andere wird sterben.« Ihre Stimme klang hohl, und der Atem versagte. Dann fuhr sie nach einem tiefen

Seufzer fort: »Du wirst leben, und Geschlechter nach dir... sie werden so hoch steigen, wie es Menschen möglich ist.« Es schienen sich große schwarze Vögel aus ihrem Mund zu schwingen und ins Dunkel zu entschweben.

Therese lauschte mit offenem Munde und starren Augen und beugte sich krampfhaft vor, um die Worte aufzufangen. Sie kamen mit leiser, tonloser Stimme wie eine uralte Geschichte. Jedes Mal gab es eine lange Pause, wenn Ane Luft holte.

»Den König traf Missgeschick... seine Sippe musste fliehen... alle. Manche gingen zu Schiff in fremde Lande... wurden dort Häuptlinge... andere zogen in den Wald... hinein...

Nordwärts nach Björndal kam der erste von deinen Vätern... und siedelte da... Leute aus Hammarbö zündeten ihm das Haus überm Kopf an... Er und einer der Söhne... retteten sich heraus... durch Hitze und Waffen... sie verschwanden... in den Wald hinein... Im nächsten Jahre brannte Hammarbö... bis auf den Grund nieder... mit allem, was da lebte. Neue Häuser erhoben sich im Norden... und stehen seitdem...«

Therese starrte auf das Schattentier an der Wand - es bewegte sich fortwährend. Bei dem letzten Wort hob es hoch und stolz den Kopf...dann senkte es ruhig und würdig den Nacken; leblos blieb es liegen, und kein Wort kam mehr aus Anes Munde.

Therese blickte verstohlen zu Ane hin und fuhr entsetzt auf. Die Alte saß starr wie eine Bildsäule, den Kopf gegen die Bettwand zurückgelehnt - hoch und herrisch wie zeit ihres Lebens. Therese befreite das Kind aus den erstarrenden Klauen, die den Knaben noch im Tode festhielten wie ein rechtmäßiges Eigentum.

Sie bat den Knecht, schnell zu fahren, und atmete erleichtert auf, als sich die Tür auf Björndal wieder hinter ihr schloss. Gegen alle Gewohnheit ließ sie in den Leuchtern in der Vorderstube zwei große Kerzen anzünden und setzte sich dorthin, den kleinen Dag auf dem Schoß. Sie blickte ihn unverwandt an, als fürchtete sie, es könne ihm geschadet haben; er erwiderte ihren Blick nur ruhig, als sei es die einfachste Sache von der Welt, die Blicke und Hände der alten Ane während ihrer letzten Worte auf sich zu fühlen.

Als Dag kam und Therese hier erblickte, die Lichter und ihr Gesicht, fragte er nur: »Tot?«

»Ja, und sie redete so wunderlich, dass ich alles vergaß, was ich zu ihrer Stärkung mit hatte.«

»Was war denn so wunderlich?«

»Ach, es schaudert mich noch. Sie sprach davon, der kleine Dag würde leben bleiben, aber ein anderer sterben, und dann sprach sie von Blut und einem König... und Verwandten des Königs.«

Dag lächelte, aber seine Augen blickten ernst. »Nach allem, was ich weiß, soll Ane dies bisher niemals einem weiblichen Wesen erzählt haben.«

»Nein - sie sprach auch nur zu dem Kleinen«, entgegnete Therese.

»Dann ist sie sich bis zuletzt treu geblieben. Sie fand immer, die Frauen von heute seien nicht wert, solche Worte zu hören. Über dich dachte sie wohl anders - aber sie wollte mit ihrer alten Anschauung nicht brechen. Darum erzählte sie es dem kleinen Mann da, so dass du es hören konntest.«

Therese fühlte sich reich beschenkt, als sie dies erfuhr. Nie hatte ihr Ane auch nur ein liebes Wort gegönnt - und nie einen Schimmer davon verraten, dass sie ihr oder anderen gut war. Wie ein gefühlloses Wesen war sie ihren Weg gegangen - aber an ihrem letzten Tage hatte sie Therese größere Ehre erwiesen als allen anderen Frauen.

»Wie weit kam sie mit ihrer Erzählung?«, fragte Dag. Therese beantwortete seine Frage. Er nickte still und schien zufrieden, dass nicht mehr gekommen war. Ane hätte ja manche wilde, raue Geschichte erzählen können, wenn sie Zeit gehabt hätte. Jetzt war Dag der letzte, der alles aus ihrem Munde wusste. Und konnte selbst bestimmen, was weiterleben sollte von dem, was seit undenklichen Zeiten von alt zu jung berichtet wurde.

»Ist das wahr, was Ane von dem ersten Mann auf Björndal erzählte?«, fragte Therese plötzlich und blickte Dag scharf an.

Dag erwiderte, man könne sich viele Gedanken machen, wenn man jedes gesprochene Wort für wahr halten wolle. Aber Therese dachte sich ihr Teil - und schrieb am selben Abend nieder, was sie von Anes Worten behalten hatte.

In dem allerersten - dass der kleine Dag »das Blut« habe und leben werde, während ein anderer sterben müsse, hatte sie keinen Sinn finden können; anders Dag. Ane hatte von ihm und seinem Bruder dasselbe gesagt, und seine Brüder waren ohne Nachkommen gestorben.

Vielleicht stand er darum an diesem Abend lange am Bett seines ältesten Sohnes und war fortan nachgiebig gegen Tore und ließ ihm von klein an seinen Willen. Also glaubte Dag Anes Worten offenbar mehr, als er es anderen eingestand.

Anes Begräbnis wurde groß - und am Leichenschmaus auf Hammarbö nahm sogar die Familie aus Altbjörndal teil. Streng und ohne Gnade war Ane; aber sie hatte bei der Geburt fast eines jeden in der Siedlung geholfen und hatte allezeit als eine sichere Macht gegen Krankheit und alles Unheil gegolten. Keiner konnte fassen, dass sie wirklich fort war. Jeder schien auf ihre Rückkehr zu warten. Aber nach und nach begriff man, dass sie nie mehr groß und knochendürr bei Not und Krankheit zur Tür hereintreten würde. Ane Hammarbö war auf immer gegangen - und eine dumpfe Leere senkte sich über die Siedlung und wuchs zur Angst.

Dies gab Therese zu denken, und als Kinder zur Welt kamen und infolge von unkundiger, nachlässiger Behandlung starben, da spürte sie, dass ihr Ane ein Erbe hinterlassen hatte. Das eine oder andere aus Anes Wirksamkeit hatte sie sich gemerkt, sie besaß auch selber einige Erfahrung bei Krankheiten und dergleichen - zum Teil aus den Aufzeichnungen ihrer Großmutter. Therese Björndal begann also, über Leid und Kummer in jedem Haus der Siedlung ihre mächtige Hand zu halten. Bei Krankheit und Tod kam sie, half mit Essen und Kleidern aus, wo es not tat, und brachte allerorten Beruhigung mit. Man hatte sie wohl vom ersten Tage an geachtet, aber jetzt staunte man in Hütte und Hof, wie sie alles bedachte.

Bei dem großen Betrieb auf dem Hof und allem, was nun noch dazukam, wurde sie kurz und bündig im Reden und in ihrem Tun streng. Nur so vermochte sie alles zu bewältigen. Viel tat sie selbst, viel verlangte sie von anderen: »Ehe noch das Wort ausgesprochen ist, soll die Arbeit schon in Gang sein«, war einer ihrer Leibsprüche. Die Leute sagten, es sei das ganze Jahr hindurch Weihnachtsbetrieb um sie.

So wuchs sie an Macht und Ansehen und wurde bis weit ins Tal hinaus voller Ehrfurcht genannt.

Häufig fuhr sie zur Kirche, aber jedes Mal ärgerte sie des greisen Pfarrers lässige Art, und sie verspürte größte Lust, die Leitung auch im Gotteshaus ein wenig zu übernehmen.

Bei all ihrer Geschäftigkeit und Strenge trug sie ständig an der einen großen Schwäche, ihrer Liebe zu Dag. In ihrer Fürsorge gingen die Gedanken zuerst zu ihm, und er wäre schön verwöhnt worden, wenn ihm dies gelegen hätte. Es gab aber für ihn genug zu tun, und er wanderte seine eigenen Wege und blieb der einzige, den Therese niemals völlig in ihre Obhut bekam.

Selten fanden sie Zeit, miteinander zu sprechen, und selbst wenn Dag Muße dazu gefunden hätte - er gewöhnte sich im Alltag eine immer größere Wortkargheit an. Er bewirtschaftete den Hof mit fester Hand, fuhr zum Holzschlagen und zur Jagd in die Wälder und blieb tagelang aus. Dann wieder reiste er zur Stadt und ordnete die Geldangelegenheiten - seine eigenen wie die von Therese und Dorthea. Er legte das Geld vielerwärts an, damit es größtenteils gerettet wurde, falls es an einer Stelle schiefging. Hierfür hatte er eine sichere Witterung. Silber besaßen sie zwar auf Björndal genug, aber wenn es sich gerade traf, kaufte er neues dazu und brachte manchmal Ketten und Armringe aus schwerem Gold für Therese und Dorthea heim. Sie freuten sich, dass er ihrer in dieser Weise gedachte, Dag jedoch mochte seine Hintergedanken haben. Silber und Gold behielt seinen Wert, auch wenn die Zeiten sich änderten, und verlieh Glanz, wo sich Menschen festlich versammelten. Möglich, dass Dag auch hieran dachte. Es war ihm nicht unangenehm, wenn vergnügte Menschen auf den Hof kamen; sie selbst waren häufig eingeladen, sogar in die Stadt - und trafen mit manchem zusammen. Sie ließen jetzt auch einen Schneider, der für Thereses Vater gearbeitet hatte, aus der Stadt kommen, der nähte für Dag Staatskleider nach der Mode, die man in den Städten trug.

Drei Jahre nach Anes Tod kehrte Therese eines Abends von einem Krankenbesuch aus der Siedlung heim und fühlte sich nicht wohl. Sie ging mit einem Kind im siebenten Monat; das Unglück wollte es, dass es noch an diesem Abend kam. Es war ein Mädchen - aber es war tot. Therese trauerte sehr darüber und lag acht Tage zu Bett. Sie fasste es als eine Strafe des Himmels auf und ging in die Kirche zum Abendmahl, um sich von ihren Sünden zu entlasten. Etwas milder gegen die Leute wurde sie danach - ein halbes Jahr lang; dann war sie wieder die alte.

Jungfer Dorthea nahm sich das Unglück mit dem kleinen Mädchen mehr zu Herzen als Therese - sie wagte sogar eine Mahnung an ihre Schwester. Dies geschah in Thereses milder Zeit, und Dorthea hielt ihr vor, sie müsse sich in acht nehmen, falls sie noch einmal mit einer solchen Gottesgabe gesegnet würde, und sie dürfe sich nicht so abhetzen, bis es schiefging. Jungfer Dorthea war tief betrübt. Einen größeren Segen konnte sie sich auf Erden nicht vorstellen als so ein kleines Mädchen, das man umhegen konnte, in dem man selbst lebte. Auch um die beiden kleinen Jungen kümmerte sich Dorthea am meisten. Seit sie groß waren, dass sie Worte verstehen konnten, durften sie jeden Samstagabend nach dem Baden in ihre Kammer hinaufkommen, und dort gab es gute Sachen und Märchen und mitunter ein Liedchen. Schönere Stunden als die in der Kammer ihrer Tante kannten die kleinen Kerle nicht.

Fünfzehntes Kapitel

Jahre vergingen, die Zeiten änderten sich draußen in der Welt; doch auf Björndal blieb alles beim Alten. Dag fuhr zwar seltener zum Wald und häufiger zur Stadt oder anderswohin. Er hatte viel mit Geld und Hypotheken auf Gütern und anderen Werten zu tun; man fing an, über seine Schlauheit in Geldgeschäften zu reden und - über seine Härte. Daheim auf dem Hof herrschte Therese in immer größerer Machtvollkommenheit - mit Beköstigung und Wirtschaft, mit Leuten und Vieh lief alles in der guten alten Art weiter. Jahre verstrichen.

Eines Tages erschien ein Weib mit einem halbwüchsigen Mädchen auf dem Hof und wollte mit Therese sprechen. Dass solche Leute kamen, gehörte zur Tagesordnung; diese stammten aber nicht aus der Gegend, sondern aus dem offenen Lande. Es war die Frau des Tambours Kruse, der weit draußen auf einer Kätnerstelle saß. Dort waren zehn Kinder, und dieses Mädchen war das älteste. Zu Hause hätten sie es so knapp, dass sie die Kinder zeitig in die Welt hinausschicken müssten; und wenn die älteste zu einer so großartigen Hausfrau wie die Frau vom Björndalhof käme, gute Lehren erhielte und tüchtig würde, dann könne man auch die anderen leichter unterbringen. Das Weib redete wie ein Pfarrer, und es war nur menschlich, dass Therese gern von der Achtung erfuhr, die sie in so weiter Ferne genoß. Vielleicht war ihr im Laufe der Jahre auch einiges über das Verhältnis zwischen Siedlung und offenem Land aufgegangen, und sie hatte nichts dagegen, wenn dieses geschwätzige Weib im Lande herumlief und stolz von der Stelle erzählte, die ihre Tochter hatte. So kam Christine Kruse in ihrem dreizehnten Lebensjahr nach Björndal, sechzehn Jahre nach Thereses Heirat.

Therese merkte bald, wes Geistes Kind ein Mensch war, und mit diesem neuen Mädchen musste es wohl eine besondere Bewandtnis haben; denn Therese gab ihm abends zeitiger frei als üblich, und es durfte die Freistunden benutzen, um oben auf Jungfer Dortheas Kammer lesen und schreiben zu lernen. Möglich, dass Therese meinte, Dorthea könne zur Unterhaltung jemanden brauchen. An so vielerlei dachte Therese.

Christine lernte auch feine Näherei und leise sprechen und anders gehen, stehen und sitzen als die meisten Leute, und dann lernte sie ebenso herzensgut fühlen wie Jungfer Dorthea. Denn es kam zu schöner Vertraulichkeit, ja fast zu Freundschaft zwischen den beiden. Dorthea war glücklich, Stine - wie sie genannt wurde - zur Gesellschaft abends in ihrer Kammer zu haben. Sie hatte nicht viele Menschen zum Austausch ihrer Gedanken gehabt und war etwas außerhalb ihres Lebens geblieben.

Allerdings gab es Gäste und Festlichkeiten auf Björndal, und auch Dorthea konnte ihr Vergnügen daran finden; aber am täglichen Leben hatte sie wenig teil. Sie war von zu Hause her gewöhnt, dass Therese alles regierte, und hier war es ja auch nicht anders. Sie konnte sich bei den Mahlzeiten mit ihr unterhalten; doch nie in ruhigen Stunden, denn Therese hatte anderes im Kopf als sie. Zu wirklicher Vertraulichkeit konnte es niemals kommen.

Dag sagte ihr ein paar freundliche Worte, wenn sie sich begegneten, und oft verspürte sie Lust, ein wenig mit ihm zu plaudern. Dass er sich über vieles tiefe Gedanken machte, wusste sie genau; aber es traf sich selten, dass sie sich allein sahen, und dann war etwas an ihm, durch das sie nicht hindurch zu finden vermochte. Eine Art Scheu, etwas Großes, Kühles hielt sie in Abstand. An den Knaben fand sie gute Kameraden, solange sie klein waren. Bald aber waren sie halb erwachsen und viel zu sehr mit anderen Dingen beschäftigt, um noch ihre Märchen anzuhören. Sie liebten sie gewiss noch ebenso, und beide waren höflich und gut gegen sie, es machte ihr das Herz warm, wenn sie sie nur sah, so hübsch und frisch waren sie; aber ihre Gedanken mit ihnen teilen - das konnte sie nicht.

So waren Jungfer Dortheas Tage dahingegangen, ohne dass sie mit einer Seele vertraut geworden wäre.

Daher wurde ihr Stine so lieb. Manchen Abend saß sie und wartete ungeduldig darauf, die raschen Füße auf der Treppe und das behutsame Klopfen an der Tür zu hören. Wenn Stine dann eintrat, sauber und freudestrahlend nach getaner Arbeit, durchströmte Dorthea eine große, warme Freude.

Stine teilte ihre Lust am Nähen und anderer Handarbeit und konnte Dortheas Gedanken so gut verstehen. Auch liebte Dorthea es, sich jeden Abend von Stine ein wenig berichten zu lassen, was sie im Lauf des Tages getan und gesehen hatte. So nahm nun auch Dorthea auf ihre Weise am täglichen Leben des Hofes teil.

Dorthea setzte es durch, dass Stine ihre eigene Kammer erhielt; und sie ließ ihr von Jörn Vielfalt einen kleinen Schrank tischlern und bezahlte ihm einen silbernen Taler dafür.

Dass eine Magd eine eigene Kammer bekam, war zu jener Zeit etwas so Unerhörtes, dass sich Therese bekreuzigte, als sie es erfuhr. Doch richtete es Dorthea so ein, dass Dag bei dem Gespräch zugegen war, und von ihm erwartete sie Hilfe. Keiner könne Therese in ihren alten Tagen so nützlich werden wie Stine. Mit ihrer guten Auffassungsgabe könne sie in allem angelernt werden. Ob es da nicht klug sei, sie etwas herauszuheben; sie werde schon nicht übermütig werden - dafür wolle Dorthea schon sorgen.

Therese murrte zwar, aber Dag entgegnete, Dorthea habe vollständig Recht. »Therese, es können Tage kommen, wo du froh bist, eine solche Stütze zu besitzen, die jung ist und flink bei der Hand.«

Therese fügte sich sogleich, als sie Dags Meinung vernommen hatte - Stine erhielt ihre eigene Kammer oben auf dem Flur, nahe bei Dorthea. Jede Bevorzugung von Stine rief zwar beim Gesinde Neid hervor; sie wussten aber, dass sie unter Thereses Fittichen stand, und hüteten sich, etwas merken zu lassen. Stine lebte Jungfer Dortheas Ermahnungen und Bibelworten nach, sie wurde nicht stolz, sondern ging still und demütig unter dem Gesinde einher. Die Anspielungen, die sie hin und wieder zu hören bekam, kümmerten sie nicht.

Von den beiden Söhnen auf Björndal ist zu berichten, dass ihnen das Waldleben im Blute lag und dass sie alle freie Zeit hinauszogen. Von klein auf durften sie mit dem Vater auf Jagd gehen, und als kleine Kerle erprobten sie bereits die Büchse. Therese erhob Einspruch, und Dorthea wurde schreckensbleich, Dag jedoch lächelte nur vergnügt. Wenn sie Männer werden wollten, mussten sie noch ganz andere Sachen aushalten als einen Büchsenknall; und es geschah, wie Dag es wollte.

Als die Knaben noch klein waren, versuchte Dorthea ihnen etwas beizubringen, in späteren Jahren unterrichtete sie zuweilen ein Hauslehrer, aber sie stahlen sich - wie Jungen es gern tun - meistens fort. Sie gingen also in den Wald und auf die Jagd. Tore, der ältere, erinnerte in manchem an jenen Tore, der damals ertrank; er war breit und schwer von Gestalt und dunkler als Dag; in den gefährlichen Augen glomm ein fremder Schimmer, den der Vater nicht unterzubringen wusste - und auch in seinem Wesen war etwas Unbekanntes. *Holder'sches Blut*, dachte Dag.

Tore war knapp fünfzehn Jahre alt, als er anfing, nach den Mädchen auf dem Hof zu schauen und ihnen auch wohl einen Kuss zu rauben, wenn es sich so gab. Therese erfuhr davon und hatte eine ernste Unterredung mit seinem Vater. Sie nahm es sehr schwer und brauchte strenge Worte. Dag hörte es mit kühler Ruhe an; nicht, dass er selber so gewesen wäre oder irgendeiner aus seiner Sippe, soweit er wüsste. Sie hatten länger gewartet damit.

Von seinem Verdacht, in dem Jungen stecke womöglich etwas von Thereses Vater, erwähnte er nichts. Er sagte nur ausdrücklich, als sei es sein letztes Wort in dieser Sache: »Das gibt sich wohl mit dem Jungen. Ich will überlegen und dann mit ihm sprechen.«

Hiermit ging er. Sicherlich dachte er auch an Ane Hammarbös Ausspruch; danach war anzunehmen, dass der Junge nicht allzu lange leben würde. Er sollte es gut haben, solange das Leben ihm vergönnt war. Doch gefiel ihm dies sehr wenig an seinem Sohn.

Am nächsten Tage nahm er sich Tore vor und stellte ihn zur Rede. Der Junge wurde blutrot und wusste vor Scham nicht, wohin. Der Vater war sein Höchstes; schlimm, dass er dies erfahren musste.

»Lass das künftig«, sagte Dag nur. »Es läuft schlecht ab, wenn man sich nicht beherrscht - dazu ein kleiner Junge wie du.«

Ob er sich davon jetzt fernhielt oder ob es den Eltern verborgen blieb - jedenfalls hörten Vater und Mutter lange nichts von diesem Zug bei dem Knaben.

In Dag sah der Vater seine eigene Kindheit wieder aufleben. In diesem Jungen fand er so viel von sich selbst wieder, dass er manchmal ganz betroffen war. Wie der Sohn ging oder stand oder sich bewegte, immer entdeckte der Vater sich selbst, mit dem einzigen Unterschied, dass ihm der Knabe feiner und heiterer schien, als er in seiner harten Jugend gewesen zu sein glaubte. Aber an Kühnheit fehlte es ihm ebenso wenig. Ja, es kam vor, dass Klein Dag sie rein erschreckte, indem er sich so tief in den Wald hineinwagte, dass er über Nacht fortblieb - er war Jäger mit Leib und Seele. Immer kehrte er mit Vögeln oder Tieren, die er erlegt hatte, zurück. In seinem vierzehnten Jahre blieb er einmal drei Nächte im Walde, und bei der Heimkehr trug er ein Bärenfell auf dem Rücken. Vater Dag, wie man ihn jetzt auf dem Hof nannte, war so stolz auf den Knaben mit dem Bärenfell, dass er die Tränen kaum zurückhalten konnte; stolz, weil der Junge so ganz das unbändige Blut seiner Väter hatte.

Erst gab er dem Sohn zu verstehen, es sei töricht, als junger Bursche allein auf die Bärenjagd zu gehen, und danach tadelte er ihn mit scharfen Worten; die Mutter und er hätten wegen seines Unverstandes zwei Nächte keine Ruhe gefunden.

Bevor der Junge heimkam, hatte Dag ihm - falls er mit dem Leben davonkäme - bestimmt eine gehörige Tracht Prügel zugedacht, aber daraus wurde nichts. Nach der scharfen Rüge musste der Junge von seiner Fahrt berichten.

Der Knabe hatte das Fell fallen lassen, fingerte verlegen an der Büchse herum und sah zu Boden. Dann hob er den Kopf und blickte seinen Vater einfach und gerade an - und begann: »Dein Vater ist auch auf den Bären gegangen - allein.«

»Ja-a-a«, entgegnete Vater Dag und musste sich zusammennehmen, um seine Freude zu verbergen, »da war er aber kein so kleiner Fant mehr.« Dann musste der Junge erzählen und tat es mit wenigen Worten; aus den knappen Sätzen entstand das Bild eines Burschen, der bei der Roisla-Alm eine Bärenfährte aufgespürt hatte und sie, ohne zu schlafen und zu essen, wie ein Hund Tag und Nacht verfolgte, bis der Schuss fiel.

Dag selbst hatte seinen ersten Bären mit sechzehn Jahren geschossen und im Ganzen sieben erlegt; und gut konnte er sich die Fahrt des Jungen über Berg und Tal, auf und ab und durch die Wälder vorstellen. Zu dem Knaben sagte er nur: »Mach dich zurecht und geh in die Küche, damit du etwas in den Leib bekommst!«

Dag schilderte Therese, wie er sich den Hergang dächte, und sie war sehr ärgerlich und ängstlich - vor allem aber stolz. Das Ende vom Liede war, dass der Junge versprechen musste, nicht mehr nachts im Walde zu bleiben und in so jungen Jahren nie wieder allein auf die Bärenjagd zu gehen.

Sechzehntes Kapitel

Vater Dag kam mit der Zeit immer seltener in den Wald, und bald betrat er ihn überhaupt nicht mehr. Immer häufiger fuhr er zur Stadt und auch öfters über Land. Das Geld fordert so viel von seinem Besitzer, es fordert seine Seele, wenn er nicht auf der Hut ist.

Der Anwalt hatte Dag einmal einen Wink gegeben, seine Gelder allmählich aus dem Holder'schen Geschäft herauszuziehen und sie in Höfen auf dem Lande anzulegen, am vorteilhaftesten in seiner Gegend. Man solle sich an die Werte halten, von denen man etwas verstünde und die man beaufsichtigen könnte. Und Dag begriff ihn. Als Vetter Holder, der das Geschäft längst allein führte, merkte, was vor sich ging, ließ er verlauten, Anwälte seien nicht gerade Engel, und man müsse sich vor ihnen hüten. Darauf antwortete Dag nur mit seinem harten Lächeln, er selber sei ja auch keiner.

Noch immer stand eine große Summe auf Holders Büchern, das meiste aber als Anteil oder auf Pfand, auch auf Höfen im offenen Lande. Dags Härte fand hierin einen neuen Ausweg, und er wurde durch Scharfsinn und lange Erfahrung ein Meister darin, das Geld zum Wachsen und Gedeihen zu bringen. Von seinem Anwalt lernte er das einfache Gebot, dass der Weg des Geldes Härte ist; und seine Väter hatten niemals Milde walten lassen, wo sie sich im Rechte glaubten. Baten Dags Schuldner um gütlichen Aufschub, dann entgegnete er, das Recht müsse seinen Weg nehmen.

Mit den Jahren kroch wieder die kalte Angst vor dem dunklen Hof im Norden über die Südgemeinden hin wie zu alter Zeit. Dag tat zwar niemandem unrecht und handelte nie unredlich; doch von seinem Recht ließ er niemals ab, wie schlecht es dem Schuldner auch gehen mochte. Das Recht nahm seinen eisernen Lauf, wo Dag Björndals Gelder im Spiel waren, und in mageren Jahren ging ein kleiner Hof nach dem anderen in seine Hand über - ja auch größere. Die Björndal'schen Rappen kündeten wieder Unheil auf den Straßen. Keiner liebte ihren harten Hufschlag vor seinem Hof.

Auch in der Waldsiedlung selbst wehte Kälte um Dag. Er äußerte sich kurz und knapp, und die Alten behaupteten, er sei Ane Hammarbö merkwürdig ähnlich. Ja, manche meinten, ihr Geist sei in ihn gefahren, als sie starb.

Von Jugend auf hegte er ein eingewurzeltes Misstrauen gegen die Bewohner des offenen Landes und alle Fremden, und dieses verschärfte sich bei seinen Geldgeschäften. Die Menschen offenbarten ihre Falschheit schnell, wenn es um Geld ging. Sie schmeichelten sich bei ihm ein und versuchten es auf mancherlei unredliche Weise. Dadurch bekam er von ihnen jene Meinung, die man bei reichen Leuten oft treffen kann. Sie sehen die Menschen so oft in tiefster Erniedrigung, getrieben von bitterster Not, wenn nicht noch schlimmer: als Raub der Begierde. Auch auf Dags Antlitz erschien allmählich ein misstrauischer Zug, ja, er sah jeden innerlich und äußerlich schief an. Da er größer war als die anderen, beugte er beim Sprechen den Kopf hinunter und wandte dann das Gesicht halb ab. Dabei zog er die seinem Gegenüber zugekehrte Braue ein klein wenig hoch, so dass dieses Auge streng und forschend blickte, während in dem anderen, über das sich die Braue tiefer senkte, ein lauernder Zug saß. Es zuckte oft in der alten Narbe über der Schläfe, und der zusammengekniffene Mund zog sich schief, wenn er den Leuten auf ihr Anliegen antwortete.

So stark wirkte das Gift des Geldes in ihm, dass es sein Inneres und Äußeres allmählich formte. Selten fand er ein gutes Wort für andere und hatte meist nur Blick für Geld und Geldeswert.

Und was dachten die Seinen davon? Therese spürte sicherlich, dass Dag gegen die Leute in der Siedlung hart war, aber sie hegte weiterhin diese große Liebe für ihn und fand für alles eine Entschuldigung. Auch gönnte sie sich wenig Zeit, hierüber nachzudenken. Lieber half sie, wo es am bittersten not tat; dies lag ihrer tätigen Natur mehr, als mit Grübeln über anderer Leute Fehler die Zeit zu vergeuden. Die Nachbarn aus der Siedlung begannen sich nunmehr an Therese zu wenden, wenn etwas in Ordnung zu bringen war. Das Leben in Hof und Siedlung begann Dag zu übergehen. Seine neue Welt schloss ihn mehr und mehr ein.

Die Seinen lebten in ihrem eigenen Kreis. Die Knaben gingen ihre Wege, Therese hatte jede Stunde des Tages vollauf zu tun, und Dorthea blieb meistens in ihrer Kammer. Doch selbst im härtesten Menschen schlummern weiche Züge, und Dag war kaum der ganz glückliche Mensch, für den die Welt ihn hielt. Wenn er abends mit seiner Familie zusammensaß, konnte es vorkommen, dass er den Blick von seiner Arbeit hob und ihn über die Umsitzenden hinwandern ließ. Dann lag etwas adlerhaft Einsames über seinem erhobenen Kopf, und seine Augen schienen nach Verlorenem zu suchen. Manchmal hob sich dann auch eines der anderen Gesichter, und die Blicke trafen sich. Es waren Jungfer Dortheas Augen. Eine kurze Sekunde konnten ihre Blicke sich kreuzen, dann senkten sie beide das Antlitz auf ihre Arbeit.

Im Schutz des alten Hauses, wo der Hügel gegen die Siedlung abfällt, blühten von alters her Rosen. Zu Thereses Zeiten waren neue hinzugekommen, aus Holland und anderen Ländern, und jetzt wurde der Rosengarten auf Björndal erst richtig schön. In sonnenlosen Tagen waren es weiße Rosen - blasse Rosen weißgelbe und rote - blassrote vor allem; wenn aber die Sonne am Himmel stand, waren es schimmernde leuchtendweiße Rosen aus Gold und aus Seide mit schwacher Rötung, und Rosen so rot wie Blut. Und ihr süßer Duft zog weit umher.

Jungfer Dorthea wanderte in der Abendsonne gern durch den Rosengarten zu einer Bank an seinem unteren Ende. Es war, als sänge hier der Sommer, man hörte das Summen vieler Insekten, vom wimmelnden Surren kleiner Fliegen bis zum lauten Brummen der Hummeln. Als sie eines Abends unterwegs war, blieb sie plötzlich mitten im Garten stehen und blickte verwundert vor sich hin. Dort unten auf der Bank saß Dag, Vater Dag. Jungfer Dorthea wollte seinen Abendfrieden nicht stören und schickte sich an, umzukehren und behutsam zurückzugehen. Da wandte er den Kopf und nickte ihr zu; sie musste ihren gewohnten Weg zur Bank nehmen und sich neben ihn setzen. Wie es kam? Dags Arm, sein sicherer, kräftiger Arm legte sich um ihre bebenden Schultern. Seine Augen gingen anderswohin, hinüber zu den blauen Waldhügeln im Osten.

»Die Rosen duften heute Abend so süß«, sagte er, »und du machst deinen täglichen Gang hierher?«

»Es ist hier so friedlich«, erwiderte Dorthea leise, und ihre Stimme zitterte.

»Hat es dich oft gereut, dass du nach Björndal gekommen bist?«

Jungfer Dorthea schloss die Augen. Sie erwiderte, noch keine Stunde habe sie es bereut, sondern Gott und ihnen allen ständig dafür gedankt, dass sie hier sein durfte.

»Du bist in letzter Zeit so bleich«, sagte Dag. »Hast du Kummer?«

Dortheas Gesicht überzog sich mit einer feinen Röte, und sie vermochte die Tränen nicht mehr zurückzuhalten. Dag hatte also über sie gewacht und nachgesonnen, was ihr wohl fehlen könne, und sich auf die Bank gesetzt, um hier ein wenig mit ihr zu plaudern. Er konnte also auch anders sein.

»Nein«, erwiderte sie schließlich, »Kummer habe ich nicht. Alles ist hier so schön. Aber - vielleicht ist mein Befinden nicht so wie früher. Hier in der Brust, wo das Herz ist, da sticht es oft, und ich kann nur mühsam atmen. Wenn ich die Treppe hinaufsteige, werde ich schon fast schwindlig.«

War es, dass die Sonne hinter den westlichen Hügeln sank, oder war es Dortheas Klage? Es fiel ein Schatten über Dags Gesicht, und die Furchen in seiner Stirn vertieften sich.

»Vielleicht solltest du einmal liegenbleiben«, riet er, und im Stillen beschloss er, jemanden nach dem Arzt in die Stadt zu schicken.

Die Sonne war fort, als sie sich erhoben, und die Schatten senkten sich auf die Rosenbüsche. Den Arm nahm Dag nicht fort; es war, als trüge er sie über die Gartenwege hin.

Zur Sommerszeit stand die Tür zur Diele immer offen, um Licht
und Luft einzulassen, und bleicher Sommerabendschein fiel bis dort hinüber, als Dorthea an der Treppe zu ihrer Kammer stehenblieb und sich zu Dag wandte:

»In letzter Zeit habe ich viel an meinen Vater denken müssen - und an dich«, sagte sie sanft. »Vater hatte auch so viel zu tun - mit seinen Geldsachen - und - starb dann plötzlich.«

Ein Ruck durchfuhr Dag; erahnte, was hinter ihren Worten lag, und es war das erste Mal, dass jemand etwas wie einen Vorwurf gegen ihn wagte. Jedes Mal, wenn er über die gesenkten Köpfe der anderen hinweg Dortheas Augen begegnete, hatte er sich über ihren Blick gewundert. Er schien von Tränen des Mitleids zu blinken, und er konnte keinen Grund dafür finden. Deshalb hatte er in ihrem Gesicht geforscht und den leidenden Zug wahrgenommen, der ihn zu dem Weg in den Garten bewog, um ein wenig mit ihr zu plaudern. Jetzt dämmerte es ihm, was der Ausdruck in ihren Augen bedeutete. Er hielt den Kopf noch schräger als gewöhnlich, und um seinen Mund lag ein halbverlegenes Lächeln: »Dein Vater wird nicht an seinen Geldsorgen gestorben sein.«

Dorthea hielt den Blick gesenkt und zitterte, als koste es sie große Anstrengung, ihre Meinung offen zu sagen und die lähmende Ehrfurcht zu bekämpfen, die sie, wie jeder andere, vor Dag empfand. Dann aber sprach sie ihre Meinung vorsichtig, doch deutlich aus: »Nein, Dag«, erwiderte sie flüsternd, aber wunderbar klar, »daran starb mein Vater gewiss nicht; aber der Tod kann schnell kommen-zu jedem von uns. Man soll sich darauf vorbereiten und die Gedanken nicht zu viel anderwärts haben.«

»Vorbereiten kann man sich wohl - nebenher...«, sagte Dag, und es klang eine Spur beleidigt. Dorthea stand mit gesenktem Blick wie bisher. Sie atmete schwer, als brauche sie ihre ganze Kraft, um durchzuführen, was sie sich schon manches Mal vorgenommen hatte, wozu sie aber erst heute Mut und Anlass fand. Sie hob die Augen wie in stiller Bitte zu ihm auf und sagte leise, aber bestimmt: »Geld macht hartherzig, Dag!«

Menschen, die dem Leben fernstehen und an Taten und Reden anderer nicht teilhaben, können jede geringste Kleinigkeit wahrnehmen lernen, mit mehr Verständnis Schlüsse ziehen als mancher mitten im Getriebe. Dag nahm sicherlich, wie jeder andere, an, Dorthea stände gänzlich außerhalb, und ihre Worte trafen ihn daher empfindlich. Er kannte ihre behutsame Sprechweise gut genug, um zu wissen, dass sie mehr beabsichtigte, als sie in ihrem rücksichtsvollen Gemüt laut hervorzubringen vermochte. Also ahnte sie mehr von ihm, als er für möglich hielt. Der beleidigte Ton war jetzt aus seiner Stimme geschwunden, und er schien bemüht, seiner Antwort Festigkeit zu geben: »Ein rechtschaffener Mensch weicht nicht von Mannespflicht ab.« In dieser schwierigen Lage suchte er sich auf seines Vaters Worte zu stützen. Dorthea hatte schon den Fuß auf die unterste Treppenstufe gesetzt - da wandte sie sich Dag nochmals zu und mahnte leise und eindringlich: »Dag, die höchste Pflicht heißt Barmherzigkeit!«

Am nächsten Morgen fanden sie Jungfer Dorthea tot im Bett. Still, wie sie auf Erden gewandert war, ging sie auch in den Tod.

Therese war untröstlich über den Verlust der Schwester und warf sich vor, dass sie sich nicht genug um sie gekümmert habe. Die Söhne und der ganze Hof trauerten von Herzen um Dorthea, aber am allertiefsten trauerte doch Stine Kruse. Tag für Tag weinte sie stundenlang bitterlich und betete inständig, auch sterben zu dürfen.

Unter großem Geleit aus der ganzen Siedlung wurde Jungfer Dorthea zu Grabe gebracht. Und die Tage kamen und gingen wie zuvor. Doch als der Herbst mit seinen Schatten über Haus und Garten zog, sahen die Leute die Jungfer im Garten einhergehen und wie früher draußen in ihrer Laube stehen und über die Felder hin blicken. An stillen Abenden glaubten sie auch aus der Vorderstube die Klänge des Spinetts zu vernehmen.

In der Talschaft und noch weiter südlich lag so mancher mit kaltem Schweiß auf der Stirn im Nachtdunkel wach und dachte in Todesangst an jemanden in der Waldsiedlung droben - an einen, der ihn in der Gewalt hatte. Andere, die noch nicht in seiner Macht waren, mochten wach liegen aus Furcht, ihre Schuldverschreibungen könnten den Besitzer wechseln, in Dag Björndals eiserne Faust kommen. Niemals, selbst in ältesten Zeiten nicht, hatte die Angst vor Björndal so tief gesessen wie jetzt. Ja, das Dunkel verfährt seltsam mit den Menschen. In manchem weckt es etwas, das bei Tageslicht schlummert, etwas, das Gewissen heißt. Nach Dortheas Tode geschah es, dass in Dag etwas wach wurde und ihn lange Nächte hindurch nicht schlafen ließ. Es konnte Vorkommen, dass die Finsternis der gleichen Nacht ihn und seine Schuldner wach hielt; und die Ursache aller dieser Leiden war die gleiche: das Geld. Denn Geld regiert Welt und Menschen, die Armen, die es nicht haben, und die Reichen, die sich zu seinem Sklaven machen.

Nach Jungfer Dortheas Tode geschah es also, dass im Nachtdunkel allerlei Gedanken Dag überfielen, an so manches ihrer lebendigen Worte und am häufigsten an das eine - ihr letztes: Barmherzigkeit. Sie hatte es nur geflüstert, aber es barg in sich selbst so viel Klang, so viel lastende Wucht.

Allein - nur im Dunkel vernahm Dag dergleichen. Bei Tageslicht hörte er es nicht. Da blieb es ein Feiertagswort, das in den Alltag nicht passte. Nein, für Dag nicht, grade jetzt nicht; denn er verfügte von jetzt an auch voll über Dortheas Vermögen, und vieles, was er vordem nicht unternehmen mochte, weil er ihre Unterschrift dazu brauchte, griff er nun eifrig an. Früher hielt er Dortheas Vermögen von seinen eigenen Geldern getrennt; jetzt schlug er alles zusammen, den alten Reichtum von Björndal und die großen Vermögen der Holder'schen Töchter, schlug sie zusammen zu einer Riesensumme, genug für das Auskommen vieler Menschen. Und Reichtum stumpft ab; er stumpfte auch Dortheas Worte und die schwache Erweckung in Dags Gewissen ab.

Siebzehntes Kapitel

Hauptmann Klinge, der einst so muntere Herr, war alt geworden. Gicht und alte Narben, Andenken aus Kriegs- und Jugendtagen, machten seinem Körper zu schaffen. Er hatte sich zu sehr dem Becher ergeben und trotz seiner guten Anlagen den Dienst wohl nicht gebührend versehen. Weiter als bis zum Hauptmann hatte er es jedenfalls nicht gebracht-und wurde auch diesen Dienst frühzeitig los. Seine Majestät hatten ihm gnädigst ein paar lumpige Taler jährlich gewährt und es ihm im Übrigen selbst überlassen, davon zu leben oder zu sterben.

Er bewohnte bei der Witwe des Schulmeisters Maren Jens in der großen Stadt ein Zimmer und wanderte hier den ganzen Tag hin und her wie ein Tier im Käfig. Es wäre so still auf der Welt geworden, fand er. Die Menschen wären so schwerfällig und abgestumpft - und wüssten sich nicht mehr zu freuen. Nichts wäre mehr wie in seiner Jugend.

Der alte Hauptmann begriff nicht, dass nur zu ihm die Stille gekommen war. Viele seiner Freunde waren tot, und die noch lebenden nahmen ihn nicht gerade freudig auf, wenn er erschien, um sich einen Taler für den Lebensunterhalt zu borgen.

Sogar mit seinem besten Kameraden im Dienst und beim Wein, mit Barre, dem trefflichen Degen, war nichts mehr anzufangen. Er hatte es zwar bis zum Major gebracht, aber dabei war es auch geblieben, und dann erhielt er auch in allzu jungen Jahren seinen Abschied, mit ein paar Gnadentalern zum Verhungern.

Es ging auf Weihnachten, und Hauptmann Klinge befand sich in größter Not. Nicht eine Mark besaß er, um sich über Weihnachten durchzuschlagen, und das schlimmste war, dass die gestrenge Wirtin drohte, er müsse etwas von der Miete abzahlen, wenn er Weihnachten ein Dach überm Kopfe haben wolle.

Er ergriff seinen Stock und stieg in dem verschlissenen Rock die knarrende Treppe hinunter. Er machte seinen täglichen Weg durch die Straßen und sann nach. Vielleicht wäre es ebenso angebracht, sich etwas Pulver und eine ehrliche Kugel für die alte Pistole zu kaufen. Ja, zuweilen sah es düster in ihm aus; er war aber, bei all seinen Fehlern, kein gottloser Kerl, und es widerstand ihm, seinen Posten im Kampf ums Dasein zu verlassen. Die Zeiten konnten sich wenden, jetzt waren sie ja rein verrückt. Alles so still und öde, so konnte es doch nicht bleiben... Diese Witwe würde wohl so viel christliche Barmherzigkeit aufbringen, dass sie ihn übers Fest wohnen ließ; aber wovon sollte er in all diesen Tagen leben, bis einmal, lange nach Weihnachten, die nächsten Taler eintrafen - und womit sollte er den Ofen heizen? Tabak hatte er seit einer Ewigkeit nicht gekostet - und einen Becher - das war schon fast ein Kindheitstraum, so weit lag das zurück...

Die Kälte zwickte in den Ohren, und seine Augen tränten so, dass er sie in einem fort trocknen musste. Er hatte gerade wieder einmal den Fausthandschuh vor den Augen, als er von einem großen Kerl im Wolfspelz beinahe überrannt wurde, der eilig aus einer Seitenstraße um die Ecke bog.

Beide blieben stehen und musterten einander. Hm - der Hauptmann erinnerte sich seliger Tage vor einem halben

Menschenalter, da er auf dem reichen Landsitz aus und ein ging. Diesen Mann würde er unter Tausenden sofort herauskennen. So hielt kein anderer seine Schultern, niemand trug seinen Kopf so - aber der Hauptmann sah zur Seite - vorbei. Dieser Mann würde einen solchen armen Teufel wie ihn ja doch nicht wiedererkennen. Da ertönte ein Wort: »Klinge!« - Und ein dicker Fausthandschuh streckte sich ihm entgegen. Der Hauptmann blickte schnell hoch, ihre Augen trafen sich, ihre Hände begegneten sich.

»Ihr verleugnet einen alten Mann nicht«, sagte der Hauptmann und las beschämt in Dag Björndals Augen, dass sie sein Geschick schon aus dem vergrämten Antlitz und den verschlissenen Kleidern erraten hatten.

»Gewiss nicht«, antwortete Dag, und sein strenger Blick wurde freundlicher. »Warum sollte ich einen lustigen Freund nicht wiedererkennen?«

Ein kalter Wind pfiff ihnen um die Ohren - und Dag stellte sich mit einer Wendung so, dass er mit seinem breiten Rücken den Wind abfing. Was er hier entdeckte, beschäftigte seine Gedanken und weckte mancherlei Erinnerungen. Ihm wurde wunderlich zumute. Diese Weihnachten würde Dortheas Platz leer sein. Sicherlich entsprach es ihrem Wunsch, wenn ein anderer ihn einnahm und Freude davon hatte. Traurige Leere war über den Hof gekommen seit Dortheas Fortgang. Ja, er durfte es wagen. Und fragte den Hauptmann, ob er sich verheiratet habe oder noch immer der einsame Adler sei - und als Klinge hierauf antwortete, bedauerte er, morgen früh um acht heimfahren zu müssen; er hätte den Hauptmann sonst gebeten, mitzukommen.

Ja, gewiss, es wäre schön gewesen, ja, richtig schön, die alten Stätten der Freude wiederzusehen, erwiderte der andere.

»Vielleicht könntet Ihr Eure Angelegenheiten heute noch schnell in Ordnung bringen, damit Ihr morgen mitfahren könnt?«, fragte Dag.

Mm-doch, das sei denkbar - sei nicht ausgeschlossen. Ja, wenn er es richtig überlege, so stände dem nichts im Wege - gar nichts.

Am nächsten Morgen fuhr ein Schlitten mit einem Rappen breit und sicher durch die dunklen Straßen aus der Stadt heraus, darin saß Hauptmann Klinge in Fellen und Pelzen verpackt an Dag Björndals Seite.

So ging es zu, dass Klinge auf Björndal Weihnachten feierte, und in diesen Tagen bekam Dag einen Einblick in die Geldverhältnisse und die traurige Lage des Hauptmanns.

Am Vorabend des Dreikönigstages saßen die beiden behaglich in der Diele am Kamin, mit Schnaps im Glas und Tabak in der Pfeife - und Dag war ungewöhnlich gut gelaunt. Der Hauptmann hatte seine Abreise von Tag zu Tag verschoben; heute Abend musste er sie unbedingt zur Sprache bringen, und seine Munterkeit war verflogen. - Endlich brachte er es heraus; morgen müsse er Abschied nehmen und abfahren.

»Wenn du nun alles andere liegen ließest und mir den Gefallen tätest, hierzubleiben und mir ein wenig bei der Schreiberei zu helfen, dann könnten wir es auf Jahre hinaus weiter so nett haben.« Da erhob sich Klinge und starrte an Dag vorbei in die Glut; auf seinem Gesicht lag ein solcher Ernst, wie Dag ihn dort noch nie bemerkt hatte. Er war einst ein so stolzer Soldat gewesen, der Hauptmann, und der Stolz war es, der jetzt in ihm zerbrach. Mit einem Schluchzen in der Stimme erwiderte er, er danke für ein so edles Anerbieten, doch es sei zu viel, ja viel zu viel, als dass ein Fremder, wie er, es annehmen könne.

Dag antwortete nicht sogleich; er ließ Klinge Bedenkzeit, und auch er bedurfte der Muße, um über die sonderbaren Gefühle nachzusinnen, die seit Dortheas Tode in ihm kamen und gingen und ihn gerade jetzt wieder berührten. Als er antwortete, hörte man es seiner Stimme an, dass er es ernst meinte: »Du sollst mir diesen Gefallen tun, weil ich anderes vorhabe, als Bücher zu führen; und es könnte sich noch allerlei andere Beschäftigung finden; du siehst, ich bitte dich um meinetwillen.«

Der Hauptmann wusste kaum eine Ausflucht, ja, besser gesagt, gar keine, und das Ende vom Liede war, dass er einwilligte - bis auf weiteres. So kam es, dass Hauptmann Klinge auf Björndal blieb.

Für Dag bekam diese Geschichte dreifachen Wert. Einmal rechtfertigte er sich damit vor Dortheas Wort. Dann brauchte er jemanden zum Schreiben, und drittens war es nichts Alltägliches, einen Hauptmann auf seinem Hof zu haben. Vielleicht begann die Geldmacherei ihm zu Gewohnheit und Überdruß zu werden, und da keimt ja die Machtgier gern in mancherlei Gestalt auf. Einen Hauptmann zu *besitzen*, war kein geringer Machtbeweis, selbst wenn er etwas heruntergekommen war.

Die Jahre gingen hin.

An einem Frühlingstag mit Frost nach mildem Wetter trug es sich zu, dass Therese auf dem Glatteis ausglitt und sehr schwer stürzte. Seitdem wollten die Beine sie nicht mehr tragen. Der Arzt kam aus der Stadt, aber alle seine Tropfen und Künste halfen nichts. Das Rückgrat schien beschädigt zu sein, und mit Thereses flinken Tagen war es aus. Sie lag eine Zeitlang zu Bett, doch bald wollte sie wieder aufstehen und sich betätigen. Jetzt segnete sie die Stunde, da Stine Kruse auf den Hof gekommen war; denn Stine lag es ob, sie zu pflegen.

Jörn Vielfalt fertigte einen kunstvollen Rollstuhl für sie an, in dem sie herumgefahren werden konnte; Therese freute sich über diese Erfindung wie ein Kind und machte Jörn durch ihre Lobesworte und zwei blanke Taler ganz stolz und froh.

War sie sonst von früh bis spät treppauf, treppab auf den Beinen gewesen, so ging's jetzt allerdings langsam, und meistens musste sie still in der Vorderstube sitzen. Dort hatte sie ihren Platz am Fenster und konnte jeden über den Hof gehen sehen.

Anfangs glaubte sie noch an ihre Wiederherstellung; mit der Zeit wurde es ihr klar, dass es so bleiben würde. Sie nahm es als Strafe Gottes, weil sie nur an das Zeitliche gedacht und das Ewige so außer Acht gelassen hatte. Jetzt fand sie Muße zum Nachdenken und musste dankbar sein, dass sie noch zu rechter Zeit eine so gründliche Warnung erhielt. Tage und Wochen und gar Monate grübelte sie, dann kehrten ihre Gedanken in die alten Bahnen zurück, begannen wieder in Küche und Stall umherzuwandern und wo sie sich sonst am häufigsten aufgehalten hatte. Da musste Stine den ganzen Tag lang ihre flinken Füße brauchen, wie es Therese einfiel, musste mit Aufträgen hierhin und dorthin laufen und dann gründlich berichten, was ihre Augen unterwegs erblickten.

Auf diese Weise währte es nicht lange, bis Stine Kruse alles mit Thereses Augen sah, mit ihren Ohren hörte und die gestrenge Meinung mit Thereses eigenen knappen Worten kundgab. Stines ganzes Wesen bekam etwas altväterlich Strenges, denn sie hatte auch einen scharfen Verstand und gutes Begriffsvermögen

Nach Beendigung der ärgsten Tagesarbeit musste sie bei Therese bleiben und ihr Gesellschaft leisten, und dadurch war jede Minute besetzt. Therese lehrte sie alles Erdenkliche, was sie in ihrem langen, arbeitsreichen Leben an Kenntnissen gesammelt hatte.

Anfangs fiel es dem Gesinde schwer, sich mit den gestrengen Worten aus Stines jungem Munde abzufinden; doch als sie merkten, dass sie in allem wohlbewandert war und weit über den Durchschnitt Bescheid wusste, nahmen sie es leichter hin.

Stine hatte vieles von Jungfer Dortheas Sachen geerbt, und bald unterschied sie sich in ihrer Tätigkeit und Kleidung, ihrer Redeweise und ganzen Haltung von allen Frauen und Mädchen auf dem Hof. Da sie die Kleider der Jungfer trug, begann man, sie Jungfer Kruse zu nennen, zuerst wohl zum Spott; dann aber bürgerte es sich ein, und bald hieß sie bei allen so.

Über Björndal ging Jahr und Tag hin - und die Söhne konnten als erwachsen gelten.

Der junge Dag war meistens im Walde, im Herbst und Winter zum Holzschlagen und Abfahren; im Sommer zog er auf Jagd und strich weit hinaus, unendlich weit nach Westen und Norden, ja bis zu den Almen ins Hochgebirge hinein. Wie seine Väter wurde er bald das gefährlichste Tier im Wald - und Bär und Wolf, Luchs und Elch, Fuchs und Marder, Adler und Habicht, alle nur erdenklichen Tiere jagte und erlegte er.

Mit Tore war es anders. Auch er hatte den raubtierstarken Körper seiner Väter und deren mächtige Gestalt, aber er war heiterer und neigte mehr den Freuden des Lebens zu.

Zu wiederholten Malen hatte ihn der Vater vor seiner großen Schwäche, seinem Hang zum schönen Geschlecht, gewarnt; sie trat mit den Jahren immer stärker hervor, und bald ging von ihm das Wort über das ganze Land, noch sei die Jungfer nicht geboren, die sich vor der Macht seiner Augen retten könne.

Obgleich jeder es wusste und man glauben sollte, er sei ein Schrecken für alles Weibervolk, umflatterten ihn doch Frauen und Jungfrauen wie Motten das Licht, wo er auch auf Fahrten oder Einladungen auftauchte.

Er wurde in die Stadt geschickt, um mehr als ein gewöhnlicher Bauer zu lernen - vielleicht auch, um eine Weile aus der Gegend wegzukommen; es ging in der Stadt nicht besser als zu Hause, und er kam wieder heim.

Man sagte ihm nach, es habe sich seinetwegen so manche Jungfer die Augen ausgeweint, in Stadt und Land, weit und breit.

Achtzehntes Kapitel

Seit die neue Straße nach Björndal bestand, betrat keines Menschen Fuß mehr den alten Weg. Keiner war seitdem mehr beklommenen Herzens am Abgrund des Jungfrautals vorbeigefahren oder gewandert, aber von der Schlucht wurde mit den Jahren nur umso mehr geredet, und ein jeder wusste von dem alten Wege. Westlich davon stiegen die Felsklippen wie schwarze Trolle gen Himmel, östlich stürzte der Abgrund ins Dunkel hinab. Droben in den Klippen schrien Eulen und andere unheimliche Wesen, und Steine, durch Frost und Sturzbäche gelockert, polterten die Halden hinunter. Am Wegrand drunten lag ein kleines Gebirge von großen und kleinen Steinen, die Frost und Feuchtigkeit von Jahrtausenden hatten hinabrollen lassen. Bäume wuchsen auf den größten Blöcken, die wie kleine Berge aus dem Jungwald ringsum aufragten. Zwischen diesen Steinen wuchsen Blumen und Kräuter, Farne, vor allem Schlangen und Kröten, Eidechsen und allerhand Getier wimmelte und lebte im Schatten zwischen Gestein, Gebüsch und Farnen. Zur Herbst- und Frühlingszeit und an sommerlichen Regentagen sickerte, tropfte und rann es hier von Wasser... Den Boden der Schlucht östlich des Weges konnte keines Menschen Blick erreichen, Bäume und Büsche verdeckten ihn, Blumen und Pflanzen wucherten herauf. Und aus dem Abgrund stiegen Tag und Nacht wunderliche Laute. Viele meinten, es sei ein Wasserlauf, der sich dort unten schlängele und unter den Schatten in der Tiefe riesele und gluckse - aber die Alten wussten es besser...

Allenthalben in der Gegend wurde die Schlucht nur voller Furcht erwähnt, und kein Christenmensch durfte sich mehr dorthin wagen. In alter Zeit hatten sich unvernünftige Menschen bei sinkendem Abend doch auf diesen Weg getraut. Niemand sah sie je mehr wieder. Ja, die Alten konnten etwas erzählen...Geschändete Jungfrauen, die sich oder ihrem Kinde das Leben genommen hatten, und andere Unglückliche, die nicht in geweihter Erde ruhten - die wohnten im Abgrund des Jungfrautals. Damm vermochte kein Blick die Schatten hier zu durchdringen, darum hörte man dort unten Tag und Nacht Weinen. Selbst bei klarstem Wetter konnte abends Nebel über der Tiefe aufsteigen. Wer scharfe Augen hatte, sah, dass es keine Nebel waren, sondern nackte Jungfrauen, die mit gelöstem Haar tanzten. Dann stiegen so selig lockende Klänge auf, dass kein lebender Mensch ihnen zu widerstehen vermochte. Wenn es droben an der Steinhalde rumpelte und donnerte, trieben Huldren, Trolle und verirrte Seelen ihr Unwesen, und dann mochte sich bekreuzigen, wer es hörte.

Auf Hovland, dem großen Gut östlich der Borglander Straße, stimmte man die Geigen zum Fest. Die gesamte Jugend der Gegend war geladen - alles, was etwas bedeutete.

Auch aus Björndal kam ein Wagen. Er brachte nur einen Gast, und das war Tore.

Alle Blicke folgten ihm bei der Ankunft. Einen so hübschen Menschen sah man nicht alle Tage. Sein Blick war Gefahr, sein ganzer Körper Kraft und Schwung. Doch heute Abend war diese Gefahr nicht groß; denn es wurden viele vornehme Gäste erwartet, sogar von Borgland her.

Dort weilte zurzeit viel Besuch; feine Leute aus der Stadt, und alle waren nach Hovland geladen.

Sie kamen nicht zu Wagen, sie kamen den kurzen Weg zu Fuß - denn für junge Leute ist es ein Vergnügen, auf ein Fest zu wandern-und dann vom Fest wieder heim. Es glänzte von Uniformen und blitzte von blanken Stiefeln; Knöpfe und Schnallen funkelten, junge forsche Augen strahlten, Säbel rasselten, als die Jugend von Borgland einzog, und voran, wie von dieser ganzen leuchtenden Pracht getragen, Elisabeth von Gail auf Borgland, die Schönste von allen.

Oh, nein - in dieser strahlenden Gesellschaft drohte an dem Abend keine Gefahr von Tore Björndals Augen. Hier waren Offiziere aus den vornehmsten Familien des Landes, Söhne alter Geschlechter, Soldaten im Heere des Königs.

Wer beachtete an einem solchen Abend einen Sohn dieser Gegend - ja einen Sohn des dunklen Waldes im Norden?

Schlank und schweigsam stand Tore mit gekreuzten Armen, als die Herrschaften von Borgland hereintraten. Alle, die auf Hovland versammelt waren, warteten ungeduldig - warteten einzig auf die Borglander. Alle Lust, alle Reden dämpfte die Spannung.

Alle erhoben sich von den Stühlen, alle Gesichter wandten sich zur Tür, als sie kamen.

Nur einer stand unbeweglich still, und das war Tore. Er stand mit dem Rücken gegen die Tür, die Arme über der Brust - und rührte weder Hand noch Fuß für die Ankommenden. Wie auf gemeinsame Verabredung grüßten die Borglander mit unnahbarem Nicken und herablassendem

Lächeln alle schon Versammelten. Nur die Wirte auf Hovland begrüßten sie mit Händedruck.

Tore sah sie vorbeigleiten, gewahrte das gnädige Nicken und stand wie zuvor. Sie gingen ihn nichts an.

Aber - ging vielleicht er sie etwas an? War sein Name bis nach Borgland gedrungen?

Fräulein Elisabeths Augen hatten auch ihn gestreift, jetzt kehrten sie mit forschendem, wachem Blick zu seinem Platz zurück. Sie kannte ihn vom Sehen in der Kirche, aus jüngeren Jahren. Daher wusste sie, wer er war.

War das Gerücht vom Wohlstand auf Björndal Fräulein Elisabeth zu Ohren gekommen oder was man sich von der Macht seiner Augen und seinem gefährlichen Treiben bei den Frauen zuflüsterte?

Fiedeln und Gamben und Geigen sangen,
Klarinetten, Oboen und Flöten klangen...

Tore stand immer noch mit gekreuzten Armen da, als Fräulein Elisabeth aus dem Licht des Saales auf die Tür zur Diele zuschritt. Streiften ihn nicht ihre Blicke im Vorübergehen? Und ging ihr Fuß diesen Weg um seinetwillen?

Bedeuteten ihr alle diese Kavaliere so wenig? Oder hatte sie alle hier in ihrer Gewalt, nur diesen einen nicht? Nahm dieser eine deshalb ihren Sinn gefangen? Sie ging in die Diele hinaus, kehrte jedoch schnell wieder zurück.

Ihre Augen sprühten Feuer, als sie sich ihm zuwandte.

»Warum tanzt Ihr nicht?«, fragte sie und trat, ohne eine Antwort abzuwarten, dicht auf ihn zu. »Tanzt Ihr einen Tanz mit mir?«

Er nickte und hob den Blick - er begegnete voll dem ihren. Da spürte sie die Gefahr dieser Augen, auch sie, Elisabeth von Gail. Alles Gerede war also nur zu wahr.

So sind des Schicksals Wege.

Tore hatte nun die ganze Zeit dagestanden und über seines Vaters Worte nachgedacht - über seine Mahnung, sich nicht gehenzulassen und ehrlicher Leute Töchter nicht zu verführen. Es war, als hätte ihn eine Hand zurückgehalten, heute Abend zu tanzen. Und jetzt reizte gerade seine tiefe Nachdenklichkeit und Versunkenheit die stolze Elisabeth. Ihrer Kavaliere müde, mit denen sie sich schon Tag für Tag beschäftigte, wollte und musste sie gerade mit ihm tanzen, der sich von dem hellen, festlichen Saal fernhielt.

Arme Elisabeth von Gail! Sie war stark wie so mancher Mann und schwach wie so manche Frau.

Sie besaß ein schönes Pferd, das liebkoste und streichelte sie gern. Aber dann wieder schlug sie es mit der Peitsche und stachelte es mit scharfen Sporen an, dass es vor Schmerz zitterte. Auch einen feinen, hübschen Hund hatte sie. Auch den streichelte sie oftmals wild mit der ganzen Hitze ihres Blutes. Und dann peitschte sie ihn durch. Sein angstvolles Heulen half ihm nichts, sie peitschte ihn umso mehr.

So war Elisabeth von Gail, und sie hieß, wie schon ihre Mutter, die *Böse*. Die Männer aber nannten sie die *Schöne*.

Sie liebte es, die Männer zu erobern, sie heiß und toll zu machen - und sie dann gleichmütig durch einen einzigen Eisesblick erstarren zu lassen. Das war ihre Art.

Suchte sie etwas im Leben? Suchte sie etwas unter den Männern? Ja, das tat wohl auch sie. Aber alle wurden willenlos weich, wenn sie mit Blicken und Worten schmeichelte.

Darum suchte sie vielleicht einen Willen, so stark wie den ihren, oder einen noch stärkeren. Einen Mann, der Mann war - auch ihr gegenüber. War dies der Grund, dass sie aller Sitte zum Trotz ihn aufsuchte, der den Freuden des Tanzes nur zusah?

Dachte sie an das, was sie über ihn gehört hatte? Gelüstete sie, seinem gefährlichen Blick zu begegnen und die Stärke seines Willens zu erproben?

Dann tanzten sie in den Saal hinein, Fräulein Elisabeth und Tore. Weshalb folgten ihnen alle Augen?

Etwa, weil sie schöner waren als alle anderen, oder, weil sie so prächtig zusammenpassten? Der Gründe gab es wohl viele...

Generationen hindurch saßen die von Borgland und Björndal in dieser Gegend - niemals hatte man sie sich grüßen sehen. Missachtung und Hass hatten es verhindert. Und jetzt tanzten die Jungen zusammen, in diesem Saal, an diesem Abend...

Alle verwunderten sich - denn Fräulein Elisabeth verschwendete lächelnde Blicke und spielende Worte, und auch Tores Antlitz strahlte und glühte, und seine Augen funkelten herrlich wild.

Sie tanzten diesen Tanz zusammen, sie tanzten mitunter auch mit anderen, meistens aber miteinander, und oft standen sie und wechselten leichte Scherzworte.

Doch auf Hovland gab es eine Tochter, ein reifes erwachsenes Mädchen. Ihretwegen war Tore hierher eingeladen worden. Sie war ihm schon vorher einmal begegnet und hatte eine tiefe Liebe zu ihm gefasst. Daher war sie schnell bei der Hand, als sie Tore einmal allein fand, und dann tanzte er mit ihr.

Fräulein Elisabeth tanzte immer noch jeden einzelnen Tanz, aber ihr Lächeln war verschwunden. Folgten nicht ihre Blicke dem einen einzigen, wenn er vorüberglitt, wurden nicht ihre Wangen bleich vor Zorn, wenn sie seine Tänzerin betrachtete?

Zwischen den Tänzen gab es Erfrischungen, und lauter und immer lauter klang das Lachen und Reden durch den hohen Saal.

Noch vor Ende des Festes brach Fräulein Elisabeth auf. Sie fühlte sich nicht recht wohl, sagte sie, und bat ihren letzten Tänzer, sie nach Hause zu begleiten; es war der Löwe des Abends, Leutnant Ludwig von Margas.

Es machte sich so - offenbar hatte sie es so eingerichtet -, dass sie Tore Björndal streifte.

Sie warf im Vorübergehen ein paar Worte hin; es lag Trotz in ihren Augen und Hohn um ihren Mund - und der Leutnant neben ihr lachte laut. Tore blieb lange schweigend stehen. Dann wandte er sich um und ging ihnen nach.

Elisabeth und der Leutnant bogen soeben in die Allee von Borgland ein, als sie jemanden mit schnellen Schritten hinter sich herkommen hörten. Sie blieben stehen und sahen sich verwundert nach dem Kommenden um. Der Riese von Leutnant stellte sich fest zwischen Elisabeth und Tore.

Tore bat, mit Fräulein Elisabeth allein sprechen zu dürfen, wenn sie es gestatte. Er wollte ihr gewiss etwas auf ihre letzten Worte erwidern. Doch Schön Elisabeth hatte ihr letztes Wort gesprochen und war nicht gesonnen, mehr zu sagen. Sie hob ihren stolzen Nacken, kalte Verachtung blitzte aus ihren Augen. Dann ging sie einfach weiter - in den Schatten der Allee hinein.

Als Tore folgen wollte, legte ihm der Leutnant von Margas seine riesige Faust auf die Schulter, um den Zudringlichen beiseite zu schleudern. Da fiel ein Schlag, schnell wie der Blitz, und hart fast wie der Tod - und Tore ging allein die Allee hinauf, während der Leutnant in seiner ganzen Länge auf dem herbstlich kühlen Wege lag. Der Wind sauste durch die Bäume und fegte welke Blätter über Tores Fuß. Auf der Allee mitten zwischen der Landstraße und Borgland schritt Fräulein Elisabeth stolz wie eine Königin daher, als Tore sie erreichte. Weiß wie Kalk wurde ihr Antlitz im Mondschein, als sie gewahrte, dass nicht der riesenstarke Leutnant gegangen kam, sondern Tore Björndal, den sie mit höhnischen Worten tödlich verwundet hatte. Ein Blick zurück zeigte ihr, dass der Leutnant fort war.

»Ihr danktet mir beim Hinausgehen, dass ich Euch ein so vergnügliches Spielzeug gewesen sei«, sagte Tore mit bebender Stimme; »und ich könne jetzt weiterspielen mit solch blödem Weibervolk, wie es mein Geschmack sei. Ihr sagtet, es habe Euch Spaß gemacht, aus lauter Langeweile ein bisschen mit mir zu spielen...« Tore trat dicht an sie heran. »...aber Ihr gabt mir keinen Kuss, als Ihr gingt, Fräulein von Gail.«

Mitten in der stolzen Borglander Allee legte Tore den Arm um Elisabeth von Gail. Sie war vor Zorn und Angst halb von Sinnen und brachte keinen Ton heraus.

Trotz allem Widerstand lag sie wie eine seidene Puppe in seinem mächtigen Arm, und während der Mond bläulich-bleich schien und das Herbstlaub auf dem Wege raschelte, küsste Tore Fräulein Elisabeth, dass ihre Lippe aufsprang und ihr Mund blutete.

»Auch ich danke somit für das Spiel, schöne Jungfer«, sagte Tore, verbeugte sich artig und ging.

Er schritt an ihr vorüber-die Allee von Borgland entlang. Ohne Mantel - in der stattlichen Festkleidung, mit wilden Locken um den Kopf. Dann bog er nach Norden ab, wo der alte Weg nach Björndal an der Schlucht vom Jungfrautal vorüberführte.

Nach diesem Erlebnis mochte er nicht nach Hovland zurückkehren. Der Wagen konnte ja am nächsten Morgen abgeholt werden.

Fräulein Elisabeth stand starr und stumm, dass Spitzentuch vor ihrem blutenden Mund, wie eine Bildsäule mitten auf dem Wege. Vielleicht war es nicht nur ihre Lippe, was blutete. Hart und hochmütig ging sie bisher ihren Weg, voller Spott über alles und alle. Noch immer hatte sie ihren Willen durchgesetzt - bis zu dieser Stunde. Jetzt bekam sie ihre Strafe.

Zum ersten Male war sie jemandem begegnet, der ihren Willen kräftig beiseiteschob und Hohn mit Hohn vergalt. Hasste sie ihn deshalb?

Jemand kam eilig die Allee herauf, und sie wandte sich Borgland zu und setzte ruhig ihren Weg fort. Es war der Leutnant, der nach dem fürchterlichen Schlag endlich wach geworden war.

»Hat er Euch etwas angetan?«, fragte er mit heiserer, verzweifelter Stimme.

»Fragt ihn selbst, tapferer Ritter«, entgegnete sie und wies dorthin, wo Tores Spur zu finden war.

Darauf ging Elisabeth geradeswegs heim, während der Leutnant von Margas seinen Degen zog und die Richtung zur Schlucht einschlug. Flammende Röte kam und ging auf seinem verstörten Gesicht - und der Mond beschien seinen Weg.

Der Wind war stärker geworden. Er fegte klagend durch die Bäume der Allee, scharrte das Laub in Haufen zusammen und wirbelte es wieder auseinander. Irgendwo weit draußen im Tal heulte ein Hund, und der Uhu schrie von den Felsen über dem Abgrund.

Der Leutnant kam zurück. Den Degen trug er noch in der Hand, aber er blinkte jetzt nicht mehr so hell im Mondenschein. Als er die Allee betrat, erwachte er nach dem wilden Taumel zum Leben. Er starrte entsetzt auf die blutige Klinge und griff sich mit der Linken an die Stirn.

Um des Himmels willen - zu welcher Untat hatte er sich hinreißen lassen? Des Königs Waffe in der Hand eines Offiziers - gegen einen Waffenlosen!

Tapferer Margas. Die böse Elisabeth hatte seinen Namen für ewige Zeiten befleckt, seine Laufbahn beendet - sein Leben vernichtet. Wie im Traum ging er vom Weg ab und stieß den Degen bis an den Griff in die Erde. Dann putzte er ihn und trocknete seine Hand im Grase. Danach aber stand er, schwer an einen der Alleebäume gelehnt, wieder still. Nur ein einziges Mal stöhnte er auf - und eine namenlose Qual lag in diesem Stöhnen.

Da plötzlich war es, als schlügen Himmel und Erde zusammen; der Baum, an den er sich lehnte, schwankte, und die Erde unter ihm bebte. Von dort hinten, wo er seine Untat verübt hatte, ertönte ein Krachen wie ein Dutzend

Donnerschläge zugleich - und dann fuhr es dröhnend hinab wie in die Ewigkeit.

Kreideweiß - am ganzen Leibe zitternd, blieb er stehen und rang nach Atem. An Gespenster glaubte er kaum; dass aber in dieser Nacht die Pforten der Hölle offenstanden, das war gewiss.

Das Fest auf Hovland musste gerade zu Ende sein; denn er hörte Menschenstimmen näher kommen. Da stahl er sich eilends in den Schatten der Bäume und verschwand auf Borgland zu.

Die ganze Nacht lag er wach und überlegte, was am nächsten Tage zu tun sei. Sollte er es dem Obersten berichten - und ihm die Entscheidung überlassen - oder was in aller Welt sonst?...

Am Morgen war er frühzeitig auf mit zitternden Händen, bleich wie der Tod.

Der erste, den er traf, war der Oberst.

»Habt Ihr schon gehört, was heute Nacht geschehen ist?«, fragte der Oberst.

Ist es schon an den Tag gekommen? dachte von Margas, und seine Zunge klebte trocken am Gaumen.

Aber der Oberst wartete die Antwort nicht ab:

»Der Gipfel der großen Klippe hat seine Form verändert. Ein Block wie ein Berg ist ins Jungfrautal hinuntergestürzt. Ja, wir haben es lange kommen sehen; nur merkwürdig, dass es jetzt im Herbst geschehen ist. So etwas kommt ja sonst im Frühjahr bei der Schneeschmelze vor, aber der Felsblock hat den ganzen Sommer übergehangen, und heute Nacht hat ihn der Sturm ins Rollen gebracht.«

Der Oberst redete weiter, und der Leutnant entnahm daraus, dass der Fels gerade an der Stelle abgestürzt sein musste, wo in der Nacht... Nach Stunden konnte er endlich aufatmen.

Doch seine Qualen waren hiermit nicht zu Ende.

Später am Tage kam ein Mann mit einem Rappen auf den Hof gefahren. Es war der alte Dag - zum ersten Mal seit Urzeiten hielt hier ein Pferd von Björndal. Er wollte mit Fräulein Elisabeth sprechen und mit einem Leutnant von Margas. Der Oberst selbst erschien mit kühler Miene. Um was es sich handle?

Er wolle nur mit ihnen sprechen, und zwar sehr dringlich.

Dies war das zweite Mal, da sich Dag Björndal und von Gail begegneten. Dag fragte, ob es stimme, dass sein Sohn den beiden heute Nacht von Hovland hierher nachgegangen sei? Das habe er im Bezirk in Erfahrung gebracht.

»Ja«, antwortete Fräulein Elisabeth. »Er nahm den alten Weg nach Norden. Dort, wo der Felsen heute Nacht herabgestürzt ist«, fügte sie hinzu.

Von dem Bergsturz wusste Vater Dag bereits, und seine Stirn furchte sich tief; im Übrigen verzog er keine Miene.

»Mehr habt Ihr mir nicht zu sagen?«, fragte er düster.

»Nein, mehr nicht. Ist - ist er nicht heimgekommen?«, fragte Fräulein Elisabeth - und auf ihren Zügen schien Freude mit düsterer Trauer zu kämpfen.

»Nein, er ist nicht heimgekommen.«

Danach verweilte sein Blick lange auf Fräulein Elisabeths schönem, aber hartem Gesicht - lange auf des Leutnants unruhigen Augen und seiner zitternden Hand. Dann nahm Dag Björndal sein Pferd und fuhr-den alten Weg zum Jungfrautal. Weithin sah man die Verwüstung. Der

Felsblock hatte den größten Teil des Weges fortgerissen, als er in die Tiefe niederrollte.

Dag stieg ab und kletterte so weit wie möglich in den Abgrund hinunter. Von Tore keine Spur, aber das Felsstück war so riesig, dass es fünfzig Mann auf ewige Zeiten unter sich hätte begraben können. Der Weg war weiterhin nicht mehr fahrbar, er musste wenden und über Borgland zurückkehren.

An der Wegkreuzung an der Allee stand Fräulein Elisabeth.

»Habt Ihr ihn gefunden?«, fragte sie.

»Nein.«

»Wart Ihr auch im Abgrund drunten?« Und ihre Stimme bebte vor Grauen - oder vor Freude?

»Ja«, erwiderte Dag nur und fuhr davon.

Leutnant von Margas hörte von Fräulein Elisabeth, dass sich keine Spur gefunden habe.

Sie sah wohl, dass sich Friede über seine gequälten Züge legte - und fügte hinzu: »Habt Ihr ihn etwa hinterrücks erstochen?«

Sein Antlitz wurde aschfahl, er wandte sich um und ging.

Hatte Fräulein Elisabeth ihn zurückkommen und den Degen abwischen sehen, ehe der Bergsturz niederging?

Margas erfuhr es niemals; er reiste noch am gleichen Tage ab und kehrte nicht wieder.

Fräulein Elisabeths Lippe wollte nie recht heilen. Bei kaltem Wetter sprang sie auf und blutete, und auch zu anderen Zeiten blutete sie. Oder hielt sie die Wunde offen - zum Andenken an den einzigen Mann, dem sie begegnet war?

Weit und breit im Lande steckten die Leute geheimnisvoll die Köpfe zusammen, wenn die Rede auf Tore Björndal kam. Dass er von denen, die im Jungfrautal hausten, geholt worden war, stand fest, so wie er den Jungfern auf Erden mitgespielt hatte - und obendrein noch in die Schlucht zu steigen bei Mondenschein! Dass ein Mensch so tollkühn sein könne, hätten sie nicht gedacht - und es war ja auch schlimm ausgegangen...

Auf Björndal hinterließ Tores Tod tiefe Spuren.

Vater Dag nahm es am ruhigsten von allen; jedenfalls ließ er sich wenig merken. Ane Hammarbös Worte hatten sich erfüllt. Er hatte es erwartet und war darauf vorbereitet. Aber dass der Sohn nun nicht in geweihte Erde kommen sollte, das schmerzte ihn. Den jungen Dag trieb es seitdem noch stärker zum Walde, und er wurde ganz tiefsinnig. Nur selten erschien er daheim.

Therese traf es am schwersten. Ihr Rücken verschlimmerte sich, und die Kräfte der starken Frau begannen ernstlich nachzulassen. Eines Abends gegen Ende des Winters kam Jungfer Kruse ruhig wie immer in die Diele hinaus; Dag plauderte mit dem Hauptmann. Sie solle Dag bitten, zu Therese zu kommen. Er erhob sich und eilte in die Vorderstube, wo Therese im Sessel saß. Sie streckte ihm die Hände weit entgegen, und seine Augen wurden seltsam feucht, als er auf sie zutrat. »Bald ist es Zeit mit mir. Es zieht mir so kalt über den Rücken. Das Leben friert jetzt aus mir fort.« Dag holte sich einen Stuhl und setzte sich ihr gegenüber. Sie nahm seine beiden Hände, ihr Kopf senkte sich hilflos und müde.

»Dank, Dag, innigen Dank für alle die guten Tage, die wir miteinander hatten. Und ich hoffe, der liebe Gott wird mir vergeben, was ich gefehlt habe.«

Dag umfing ihre Hände so behutsam, als seien es junge Vögel. Sein Kopf sank immer tiefer, wie unter einer erdrückenden Last, und seine Stimme zerschmolz in ein weiches Schluchzen: »Ich bin es wohl, der zu danken hat für alle Tage, die du hier für mich und die Meinen gesorgt hast.«

Jungfer Kruse hatte sich offenbar in den letzten Tagen Gedanken gemacht und schon jemanden nach dem jungen Dag in den Wald geschickt; und gerade, als der Vater diese Worte sprach, öffnete sich die Tür, und still wie ein Geist schlich der Sohn herein und sank am Stuhl der Mutter in die Knie. Er war schnurstracks vom Wald nach Hause gelaufen, so dass es ihm fast die Brust gesprengt hatte. Therese spürte ihn noch durch den ersten Todesschleier hindurch, der jetzt bereits über ihren Augen lag.

»Bist du es, mein Junge«, sagte sie und legte ihre zitternde Hand auf seinen Kopf. »Gott segne dich, dass du gekommen bist.«

Das waren Therese Björndals letzte Worte. Der Junge weinte zum ersten Mal, seit er erwachsen war. Er weinte lange um seine Mutter. Er hätte noch so vieles mit ihr zu reden gehabt - und tausend liebe Worte, die ungesagt blieben. Es war zu spät. Seine Mutter war für immer gegangen.

Ein Begräbnis wie das Therese Björndals hatte man in dieser Gegend noch nie erlebt. Obgleich sie während der letzten Jahre vollkommen an den Stuhl gefesselt blieb, waren die Leute doch zu ihr gewandert und hatten in Sorge und Not Rat und Hilfe geholt; mit ihrer inneren Festigkeit war sie bis zum letzten Tage Herr über ihre eigenen Leiden wie über die Sorgen des ganzen Bezirks geblieben. Wer Pferde besaß, fuhr, und wer sich den Fahrenden nicht anschließen konnte, ging zu Fuß, Groß und Klein, Alt und Jung - den weiten Weg zur Kirche. Ja, selbst aus dem offenen Lande kamen sie und reihten sich in das Geleit ein.

Danach entstand eine lähmende Stille. Stille in der Siedlung und auf dem Hof. Die Menschen gingen lautlos umher und blickten scheu um sich.

Der junge Dag zog in den Wald, niemand wusste recht, wohin. Jungfer Kruse verrichtete still wie ein Geist ihre Arbeit, und der alte Hauptmann blätterte behutsam in seinen Büchern und Papieren. Und Vater Dag? Er, der Dortheas letzte Herzensworte und ihr Andenken mit dem Klingklang des Geldes betäubte, der auf Borgland vorfuhr und sich dem Träger der alten Macht, dem Obersten von Gail, Auge in Auge gegenüberstellte, der in die Schlucht beim Jungfrautal hinabstieg, die nie eines Menschen Fuß betreten hatte - sollte der nicht auch mit der Erinnerung an seine Frau fertig werden?

Wanderte er nicht genauso sicher auf Erden, fuhr er nicht gleich unberührt über die Wege und über das Glück der Menschen hin? Wer beinahe drei Jahrzehnte lang an der unheilbaren Krankheit des Lebens getragen hat, wird nicht mit einem Tage gesund.

Nein, bei Therese Björndals Tod geschah kein Wunder wie am Grabe der alten Heiligen. Kein Kranker wurde an ihrem Sterbetag geheilt. Aber gute Menschen sind stark; es kommt vor, dass sie umgehen mit Worten und Werken, vor allem aber mit ihrem Herzen.

Vater Dag verspürte nun nach Thereses Fortgang einen Hauch jenes Gefühls, das ihn in seiner Jugend bei des

Bruders jähem Tod überwältigte. Therese siechte langsam dahin und starb nicht unerwartet; ein Geldmensch aber spürt nicht einmal die Vorzeichen des Todes. Daher kam Dag Thereses Sterben fast überraschend, und er wurde in ihrer Todesstunde und in den Tagen danach von längst vergessenen Regungen heimgesucht. Tief, tief in ihm löste sich etwas, das einst Gefühl gewesen und auf dem harten Wege des Geldes gelähmt worden war.

Ja, auch Dag verlangsamte nach Thereses Scheiden seinen Schritt; er spürte die Stille und trauerte auf seine Art - über seine eigene lahme Trauer, die keine Trauer war. Trauerte darüber, dass er um einen solchen Menschen wie Therese nicht richtig trauern konnte. Er begann hierüber nachzudenken, und so geschah dennoch ein Wunder - Dag fing bei Thereses Tod an, seine eigene Krankheit allmählich zu bemerken.

Gute Menschen sind stark, nicht nur im Leben, nein auch nach dem Tode; und Therese ging um - in Dags Gedanken, in einsamen Nachtstunden.

ZWEITER TEIL

Erstes Kapitel

Wieder wurde es Frühling auf Björndal. Birken und andere Bäume an den Hängen trugen junges Laub - Schwalben jagten jubelnd durch die Luft, und Blumen nickten lächelnd im Grase, wie in jedem Frühjahr. Der Tod kümmerte sie nicht.

Der junge Dag ging düster in schweren Gedanken, aber seine Augen waren wach und nahmen alles wahr, wie zuvor. Den ersten Huflattich und den bläulichen Schimmer der Leberblümchen an den Wegsäumen im Walde; seine breite Brust sog den Duft von Frühling und lebendigem Leben ein, und sein Herzblut pochte stark und gesund in dem jungen Körper. So ist es mit dem Leben.

Klinge, der alte Soldat, hatte die ganze Winterszeit seine Gicht an der nie erlöschenden Kaminglut gewärmt und sich in Fellen im Bett wohl geschützt; als nun die Frühlingssonne Hügel und Wege vergoldete, da reckte er sich und marschierte ohne Stock einher. Vater Dag hatte in den ersten Wochen nach Thereses Tod wenig geschlafen, hatte wach gelegen und über vieles nachgedacht.

Ihm schien die Zeitspanne von Thereses Einzug in Björndal bis zu ihrem Tode so unglaublich kurz - und doch waren es dreißig lange Jahre; er meinte, kaum Muße gehabt zu haben, mit ihr zu reden, so schnell waren sie vergangen. Ja, er glaubte, sie kaum gekannt zu haben, bis zu der Stunde, da sie starb. Damals überkam ihn ein Gefühl quälender Scham, warm wie rieselndes Blut, und er konnte es nicht wieder loswerden, dieses Gefühl einer Schuld gegen sie, die er nie mehr bezahlen konnte, da sie heimgegangen war.

Er, der für seine Schuldner nie Erbarmen kannte, war jetzt selbst in Schuld geraten. Worin sie bestand, wurde ihm nicht klar, vielleicht nicht einmal, dass es eine war. Nur tief, tief in ihm, wo das wächst, was Gefühl heißt - da schmerzte es dumpf und fern: Scham... Schuld...

Wohl fuhr er zur Stadt und suchte die Kirchspiele wie früher auf. Die Rappen liefen scharf, brachten Todesangst, wohin sie kamen, und ließen finstere Verzweiflung hinter sich, wie allezeit. Er fuhr jedoch mehr aus alter Gewohnheit umher und schwerlich mit der früheren Freude daran; denn es geschah immer seltener und konnte Vorkommen, dass der Björndal'sche Rappe nicht zur gewohnten Zeit auftauchte.

Eines Tages erschien ein alter Mann auf Björndal. Jungfer Kruse wusste sich keinen Rat, der Greis hatte keine Heimat und flehte so inständig, dass sie sein Anliegen Dag schließlich unterbreiten musste. Dag blickte sie erst kühl an, dann zuckte es leise in seiner alten Narbe über der Schläfe, er biss die Zähne fest zusammen, hob das eiserne Antlitz und starrte ins Weite. »Mache das, wie es zu Thereses Zeit üblich war!« Jungfer Kruse tat, wie Therese zu tun pflegte; der Greis erhielt Unterkunft, und auch andere nach ihm. Durch den Hof und weit durch die Siedlung und die ganze Landschaft ging ein Staunen und Wundern. Dag trat jetzt manchmal aus dem Hofplatz heraus. Nur wenige Schritte, aber es war in langen Jahren nicht geschehen.

Dann blieb er, die fest ineinander gekrampften Fäuste auf dem Rücken, mit tief gesenktem Kopf stehen, als lausche er auf etwas. Und zwar meistens, wenn vom Wald her der Wind dumpf über den Hof brauste.

Eines Tages im zeitigen Frühjahr erteilte Dag Jungfer Kruse den seltsamen Auftrag, für zwei Mann Tagesproviant zurechtzumachen, und für ihn und den Hauptmann alte Kleider und Elchlederstiefel hervorzusuchen. Man traute seinen Augen nicht, als man am nächsten Morgen Dag den Ranzen Überwerfen und mit seinen gewohnten langen Schritten - Klinge im Gefolge - auf die Bergweiden und den Wald zu marschieren sah. Für den alten Hauptmann war es eine harte Plage, und er musste oftmals ausruhen; denn Dag legte los, wie er noch nie einen Menschen hatte ausschreiten sehen. Als die Sonne am höchsten stand, erreichten sie ein großes Wasser, Dag nannte es Roisla. Am nördlichen Ufer lag eine Sennhütte, aus deren Rauchloch sich lichter Rauch kräuselte. Sie gingen darauf zu und traten ein; der junge Dag war gerade dabei, sich in der Glut zwischen den Herdsteinen ein Gericht Fische zu braten. Er erhob sich eilig und lächelte ihnen verwundert entgegen. Vater und Sohn sahen einander nicht an, und in beider Züge war etwas wie Verlegenheit... Ja, dies war eine seltsame Begegnung - als träfen sich der alte und der neue Herr des Waldes zum ersten Mal. Beide beschäftigte der gleiche Gedanke, wann sie wohl zuletzt gemeinsam im Walde gewesen waren. Nicht mehr, seit Dag ein kleiner Bursche war; und inzwischen hatte er die Wälder in Besitz genommen, so weit sie reichten.

Jetzt kam der Alte wieder heraus, er, der in der Jugend gewaltiger hier geherrscht hatte als je einer vor ihm. Der

Sohn stand verlegen da und wusste nicht, was er davon denken sollte; und der alte Herrscher über zahlreiche Höfe, Wälder und Menschen weit und breit stand hier, als bäte er ganz bescheiden, sich in einer alten Sennhütte einen Augenblick setzen zu dürfen.

Der Junge ging hinaus, draußen lagen noch mehr Fische und ein Birkhahn, der gerupft werden musste. Es war das Beste, sich etwas zu tun zu machen, das erleichterte alles. Klinge ließ sich nieder und zog die Stiefel aus, er hatte sich wund gelaufen. Auch Vater Dag setzte sich. Zuerst hielt er den Kopf merkwürdig gesenkt, doch dann streiften seine Blicke suchend in die Runde, und seine Nase witterte wie die eines Hundes.

Hierher hatte er den Sohn gestern Nachmittag aufbrechen sehen und vermutet, dass er einen Tag lang oben bleiben würde, um zu fischen. Was wollte aber der Vater von dem Sohn? Und weshalb zerrte er den armen Hauptmann so weit mit?

Den Alten trieb kaum eine feste Absicht hierher, sondern eine Erinnerung an seine Jugendzeit. Damals machte er, wenn er aus dem Gleichgewicht kam, stets einen Weg in den Wald. Und heute war bei ihm vieles aus dem Gleichgewicht. Möglich, dass ihn irgendetwas zu seinem Sohn - zu seinem und Thereses Sohn - zog. Und den Hauptmann wollte er mithaben, um nicht mit Dag allein sein zu müssen; denn der Alte und der Junge, Vater und Sohn, sie waren sich so fremd, wie es oft bei verschlossenen Menschen der Fall ist.

Vater Dag machte sich natürlich oft seine Gedanken über diese Jugend, die neben ihm zu voller Größe und leuchtendem Blau der Augen heranwuchs. Eines Tages würde er heiraten, und dann galten von alters her Vater und Sohn als ebenbürtig. Das behagte dem Alten nicht; er war so herrisch, dass es in seinem Herzen keinen Raum für Ebenbürtige gab - noch auf lange hinaus nicht. Nun war er ausgezogen, um seine Gedanken einmal unter die alten Töne des Waldes hinauszutragen, hauptsächlich aber, um einem jungen Menschen vom eigenen Fleisch und Blut nahe zu sein und zu erproben, ob ihm dies in seiner langen, tiefen Einsamkeit helfen könne.

Der junge Dag bemühte sich, die bedrückenden Gefühle fernzuhalten. Er putzte den Fisch, packte ihn in Lehm und schob ihn schnell und geschickt in die Glut; zugleich briet er den Birkhahn am langen Spieß über ihr. Er war hochbeinig wie ein Elch, weich und geschmeidig wie ein Tier, wie seine Beschäftigung es erforderte. Der Hauptmann ruhte sich von der Anstrengung aus und blickte wehmütig auf den jugendlichen Schwung in allen Bewegungen des Burschen. Der Alte kramte unterdessen aus seinem Ranzen Brot und Butter, verbeulte Becher aus Silber und Zinn und eine Flasche Branntwein hervor, und es verrann eine gemütliche Stunde, die keiner der drei je vergaß.

Der Hauptmann aß Fisch, Geflügel und Brot, goss Schnaps hinterdrein, dass der Fisch zappelte und der Hahn kluckte, wie er sagte. Der Junge regte sich flink und gewandt und fand, während er selbst aß, noch Zeit, von neuem Fisch und Geflügel für die Alten zu zerlegen. Allmählich richtete sich der Kopf des Vaters aus der gewohnten schiefen Haltung auf, seine Züge klärten sich, die Falten in den Augenwinkeln zogen sich zusammen und verliehen den Augen einen warmen, gutmütigen Zug.

Vater und Sohn richteten kein Wort aneinander. Was sie zu sagen hatten, erzählten sie Klinge, und er vermittelte nach beiden Seiten. Mit diesem Tag begann Vater Dag häufiger, kleine Wege in den Wald zu machen. Tief hinein - nicht nur so weit, bis er sich setzen und in die Ferne blicken konnte, er wollte den Hauch der großen Wälder um sich fühlen, mit Tannenduft und Windesbrausen und lebendigen Erinnerungen an seine Jugend.

Er suchte in seinem Inneren nach etwas Verlorenem. Vielleicht hoffte er, es im Walde wiederzufinden. Einstmals hatte er so stark empfunden, Kummer und Freude, Hass und Zorn und Scham, Liebe zu Sippe, Hof und Siedlung. Das war es, was geschwunden war - der Mensch in ihm. Möglich, dass der Wald ihm half und die kleinen Wurzelfäserchen seiner Gefühle noch einmal zum Ausschlagen brachte. Trieben sie nicht gar schon winzige, blässliche Schösslinge? Bekamen mehr Farbe und Leben, wenn er dieses lebensfrische Land seiner Jugend fleißig durchwanderte?

Ein wenig weckte ihn Therese, als sie starb. Sie hatte im Leben an so manchem Krankenbett gesessen. Nach dem Tod saß sie in den Nächten am Bett ihres Mannes.

Schon nach dem ersten Gang in den Wald bekam Dags Kopf eine andere Haltung als in den letzten Jahren, nicht so geneigt, nicht so schief. Man merkte deutlich, wie der Vater auflebte, wenn der Sohn daheim war. Oft streifte ein langer, suchender Blick verstohlen den Jungen, als sei er erst jetzt gewahr geworden, dass er einen Sohn besaß.

Zweites Kapitel

Es wurde Sommer und Herbst und Winterszeit - und wieder Frühling und Sommer - über allen Wäldern und Tälern.

Auf Borgland gab es Besuch in den Sommertagen. Der eine ging, der andere kam. Gegen Ende dieses Sommers traf ein Major Barre auf Borgland ein und brachte seine Tochter Adelheid mit. Dieser Major und der Oberst waren Kameraden und hatten in der Jugend manchen vergnügten Tag miteinander verbracht; jetzt aber lebten sie in sehr verschiedenen Verhältnissen. Während Oberst von Gail auf dem großen Borgland saß, musste Major Barre in der Stadt mit Armut und Schulden kämpfen.

Die Sommertage gingen zu Ende, und Herbstnebel begannen über Wege und Felder zu ziehen. Bald würden der Major und seine Tochter in die Stadt zurückkehren, aber es eilte nicht gerade, der Major hatte dort nichts zu versäumen und die Tochter ebenso wenig.

Sie wandelten im Garten und auf der Landstraße, Fräulein Adelheid und Fräulein Elisabeth. Doch bestand offenbar keine große Freundschaft zwischen ihnen. Fräulein Elisabeth hatte einst schweren Kummer erlebt, sie hatte sich in einen einzigen Mann verliebt, und der war gestorben, nachdem er ihre heiße Liebe geweckt hatte. Seitdem blutete ihr Mund hin und wieder; dann trocknete sie die Lippen mit ihrem Spitzentuch und starrte auf die Blutflecke. Fräulein Adelheid, die Majorstochter, hatte ein wechselvolles Dasein gehabt. In ihren ersten Jahren wohnte sie auf dem Lande, ihr Vater war damals Dragonerleutnant, später Hauptmann, und wenn er daheim war, begleitete Adelheid ihn überall, draußen und drinnen. Sie lernte fahren und reiten wie ein Knabe. Mit jedem Tier war sie gut Freund, und alle Kinder scharten sich um sie. Von ihr ging alles Leben aus - damals.

In Adelheids zehntem Lebensjahr reiste die Mutter mit ihr zur Großmutter, der Witwe des Bischofs, und Adelheid bekam ihren Vater nicht wieder zu Gesicht, solange Mutter und Großmutter lebten - viele Jahre lang. Aus kleinen Bemerkungen entnahm sie, dass mit dem Vater etwas nicht stimmte - eine Dame - und Geld der Mutter, das er durchgebracht hatte. Nach dem glücklichen Leben auf dem Hauptmannshof kam Adelheid jetzt in Großmutters strenge Obhut. Die Großmutter war eine vornehme, recht herrische, selbstbewusste Natur, die in der Erinnerung an die Herrlichkeit vergangener Tage lebte, da ihre Familie zu den ersten des Landes gehörte. Sie wurzelte so in alten Familienerinnerungen, dass sie wie ein Gespenst aus einer längst versunkenen Zeit umherging. Sie hielt sehr auf Formen und wurde wegen ihres gemessenen Wesens und ihres unerbittlich strengen Blickes allgemein gefürchtet. Von ihrem Vermögen mussten jetzt alle drei leben, und wer die Mittel besitzt, hat auch die Macht. So wurde Adelheid im Geist der Großmutter erzogen.

Täglich wurden ihr die alten Anschauungen von Rang und Stand eingeimpft, und ihr junges Gemüt nahm alle Standesgefühle der Großmutter gründlich in sich auf. Die Erinnerung an ihre lebendige Kinderzeit verdorrte in diesem steifen Dasein und starb dahin.

Adelheid sollte viel lernen; Musik und Handarbeit, Französisch und Deutsch, ja, sogar von Latein und Griechisch müsse sie etwas verstehen, meinte Großmutter, deren eigene reiche Kenntnisse aus der gestrengen Zeit stammten, da die adligen Mädchen alles können mussten. Es gab im Hause viele Bücher aus den Tagen des Bischofs, und Adelheid blieb keine Zeit, von Glück und Kindheit zu träumen.

Mutter und Großmutter hatten bittere Enttäuschungen durchgemacht und ließen das junge Mädchen oft hören, Liebe und dergleichen sei falsches Lügengebilde; und die Mutter sagte ihr, Männer seien rücksichtslose Heuchler, von denen man sich gänzlich fernhalten müsse.

Als Adelheid zwanzig Jahre alt war, starb die Mutter und kurz darauf die Großmutter - und nun blieb ihr keine Wahl, sie musste zum Vater ziehen, den die Mutter sie nur tief verachten gelehrt hatte. Gerade damals ließ man ihn wissen, dass man seine Dienste in der Armee nicht mehr benötigte, und es stand bei Adelheids Ankunft traurig um sein Einkommen wie um seine Stimmung. Er wollte keinen Menschen im Hause haben, der ihn - noch verbitterter als früher seine Frau - bei all seinem Tun und Treiben mit richtenden kritischen Blicken verfolgte. Gleichwohl musste der Major seine Vorzüge haben; denn trotz allem Missgeschick hatte sich sein alter großer Verkehrskreis nicht von ihm zurückgezogen. Ja, ein entfernter Verwandter half ihm auf mannigfache Weise, und so wurde allmählich alles erträglicher für ihn, sowohl der Abschied aus der Armee wie die Rückkunft der Tochter; seine alte gute Laune begann langsam wiederzukehren. Er erhielt wie bisher Einladungen zu Festlichkeiten, und seine Tochter musste dabei sein. Lag es nun an Adelheids Jugend oder an der Berührung mit der heiteren Seite des Lebens - sie fing sichtlich an, sich zu entwickeln. Als sie den Schnitt ihrer Kleider und ihre Haartracht etwas änderte und ihr Benehmen gewandter wurde, machte man den Major eines Tages darauf aufmerksam, dass er eine Schönheit im Hause habe. Von diesem Tage an betrachtete er seine Tochter mit Respekt; denn Schönheit war etwas, was ihm Achtung einflößte. Jetzt erst merkte er, dass sie ihrer Großmutter vornehme Miene und daneben etwas von seiner eigenen flotten Haltung aus der Jugendzeit besaß. Der Major begann nun noch fleißiger an seinen Ausgaben zu sparen, damit seine Tochter mehr auf ihre Kleidung verwenden konnte, und damit fing Adelheids Siegeszug an. Alle Blicke folgten ihr, überall, aber... ja, es gab ein Aber. Die Zeiten hatten sich gewandelt; Geld und Geldeswert hatten ungeheure Bedeutung gewonnen, und hiervon besaß Adelheid nichts. Noch schlimmer war, dass ihr eigentümliches Wesen gleichsam einen Panzer von Unnahbarkeit um sie legte. Dazu ihre reichen Kenntnisse, ihr kühler, kritischer Blick - all das rief eine Art Scheu vor ihr wach.

Der Major hegte anfangs sicherlich Hoffnungen für ihre Zukunft, aber er konnte keine gute Partie unter den zahlreichen Bewerbern erspähen, die ihre ungewöhnliche Schönheit trotz allem um sie scharte. So waren bereits fast sieben Jahre vergangen, und gerade, ehe sie im Sommer aufs Land reisten, nahte endlich Adelheids Schicksal in Gestalt eines Apothekers. Er hatte zwar seine Jugend zum größten Teil hinter sich, galt jedoch für wohlhabend. Hier kam es zu einem Zusammenstoß zwischen Vater und Tochter. Sie wollte von dem Apotheker nichts wissen, sich überhaupt nicht verheiraten. Der Major wurde fuchsteufelswild und gab ihr zu verstehen, in solchen Zeiten müsse man Vernunft annehmen. Ja, er ging so weit, zu erwähnen, dass er bis über beide Ohren in Schulden stecke und bald keinen Ausweg mehr sehe. Adelheid war tief entrüstet, dass der eigene Vater ihre Schönheit als Unterhaltsquelle betrachtete. Durch all ihren anerzogenen Hochmut hindurch hatte sie in diesen Jahren in der Stadt doch nach und nach entdeckt, dass das Leben nicht nur aus alten Formen und Großmutters Standesgefühl bestand, ja, dass in der neuen Zeit Adel und Stand nicht mehr so viel bedeuteten und nichts mehr war wie früher. Die Armut hatte auch wohl ihre Wirkung auf sie nicht verfehlt - aber dieser Apotheker... nein! Sie stampfte mit dem Fuß auf, wenn sie nur an ihn dachte.

So sah also das Leben für Adelheid Barre aus, als sie in der schönsten Blüte ihrer Jahre kalt und verbittert mit Elisabeth von Gail umherspazierte. Sie waren nicht sehr vertraut, nein, hatten sich aber allerlei zu erzählen. Adelheid verkehrte viel in den Kreisen der Stadt, und davon wollte Elisabeth gern hören.

Mitunter trug es sich zu, dass sie, in ihre Unterhaltung und Gedanken vertieft, bis zur großen Landstraße wanderten und schnell vor einem Gespann beiseite springen mussten, das vom Norden herkam. Die Gäule waren rabenschwarz und griffen gewaltig aus, und die Insassen fuhren ohne Gruß vorbei. Alle anderen grüßten Fräulein Elisabeth mit großer Ehrerbietung, doch diese mit den Rappen jagten nur vorbei, als brenne es hinter ihnen.

Adelheid hatte mehrmals gefragt, woher diese Pferde kämen; immer bekam sie nur das eine zur Antwort: von Norden. Hieraus war nicht klug zu werden, und daher erwachte ihre Neugier.

Da geschah es eines Morgens, dass sie frühzeitig im Garten Bruder Lorenz begegnete. Anders hieß er bei den Menschen nicht. Er war zwar des Obersten leiblicher Bruder, aber ein Sonderling und durfte sich dem Besuch nur selten zeigen. Deshalb ging er morgens früh in den Garten.

Er trug seinen Kopf eigentümlich schief, der Bruder Lorenz - als lausche er beständig und sei vor Gefahren auf der Hut. Er fürchtete sich vor allem, und man machte ihm überdies noch Angst, um ihn vor den Leuten verborgen zu halten; einesteils wegen seiner Verwirrtheit, und dann, weil es ihm einfallen wollte, absonderliche Dinge zu erzählen: er habe früher viel Geld gehabt, Gold, Silber und Papier, und alles verloren; und anderen Unsinn.

Der Oberst musste wohl seine Gründe haben, Lorenz von den Menschen fernzuhalten.

Auch Adelheid wusste von seinen Eigentümlichkeiten und fürchtete sich daher nicht, als er auf einem Gartenweg vor ihr auftauchte. Am Ende war sie gerade deshalb so zeitig hinausgegangen, um Bruder Lorenz zu treffen? Es war womöglich nicht das erste Mal, dass sie ihre Neugier bei ihm zu befriedigen gedachte, wenn man ihr etwas verheimlichte. Sie begrüßte den armen Kerl freundlich mit ein paar allgemeinen Redensarten, es sei kalt und werde bald Winter. Bruder Lorenz blinzelte unruhig wie bei starker Sonne und entgegnete, er fände Adelheid bedeutend hübscher als Elisabeth - nicht nur den Namen - und Elisabeth sei überhaupt bösartig, und der Teufel werde sie noch mal bei lebendigem Leibe holen.

Adelheid wurde es etwas unheimlich, so ganz verrückt schien er ihr aber nicht zu sein. Dann senkte sie die Stimme und flüsterte vertraulich; sie wusste nämlich, dass man flüstern musste, um seine Spannung zu erregen, sonst irrten seine Gedanken auf etwas anderes ab. Sie flüsterte, sie habe fürchterliche Rappen in rasendem Tempo vorbeifegen sehen, und fragte gleichsam entsetzt, woher sie kämen.

Lorenz lauschte mit offenem Munde und antwortete so leise, als verrate er das größte Geheimnis der Welt: Die Gäule kämen von einem Hof Björndal oben in der Waldsiedlung; und um das Geheimnisvolle noch zu steigern, fügte er hinzu, was man ihm zur Abschreckung weisgemacht hatte: »Sie haben dort einen Hauptmann, Klinge heißt er. Der ist oben eingesperrt - und es ist da kalt und finster. Er bekommt niemals geheizt und kein Licht. Elisabeth hat es erzählt, und mich werden sie auch dorthin schicken, wenn ich nachts in der Kammer laut rede.«

Adelheid hatte mehr erfahren, als sie erwartete. Diese Geschichte mit dem Hauptmann musste sie ihrem Vater mitteilen, der forschte ja schon weit und breit nach seinem alten Freunde. Sie bedankte sich bei Bruder Lorenz, und er durfte ihr die Hand küssen - das einzige Überbleibsel von Galanterie aus seinen Kavalierstagen -, und hocherhobenen Hauptes ging er stolz seiner Wege.

Adelheid dachte über den alten Hauptmann nach. Weshalb war er hier? Allerdings stimmte etwas nicht ganz bei ihm. Er musste wohl getrunken haben. Er sei hart behandelt worden, allzu hart, sagte ihr Vater - denn er sei ein so guter Kamerad gewesen, der Hauptmann Klinge; doch weshalb sollte der arme Kerl auf jenem Hof eingesperrt sein?

Sobald sich später am Tage Gelegenheit bot, nahm Adelheid den Vater beiseite und berichtete, was sie von Bruder Lorenz erfahren hatte. Das schlug ein, Major Barre wurde Feuer und Flamme. Wenn sein alter Herzensfreund noch am Leben war und hier in der Nähe eingesperrt, dann wollte er auf der Stelle hin. Adelheid hatte es ihm erst mittags erzählen können, und Oberst von Gail hegte Bedenken, den Major nordwärts zu dem Freund fahren zu lassen. Der Major musste Adelheid versprechen, Bruder Lorenz nicht zu verraten, denn dann bekam er Schelte, Daher erwähnte er nicht, dass der Hauptmann eingesperrt sein sollte - und beschränkte sich darauf, dass er von dessen Aufenthalt auf Björndal wisse und ihn vor seiner Rückkehr in die Stadt besuchen müsse. Der Major bemerkte nicht, wie rot der Oberst wurde, als von einer Fahrt nach Björndal die Rede war; er drängte eifrig und bekam schließlich Pferd und Wagen. Zu aller Verwunderung und Elisabeths Ärger hatte sich auch Adelheid zum Mitfahren fertiggemacht. Elisabeth gab ihr zu verstehen, es schicke sich nicht für sie, mit auf einen solchen Hof zu fahren, ihre Stimme klang warnend und bitter, aber es nützte nichts.

Also geschah es zum zweiten Male, dass ein Wagen vom großen Hof Borgland nordwärts fuhr. Der Major hielt, wie jeder Fremde, auf Hammarbö, erkundigte sich nach Björndal und Hauptmann Klinge - und dann ging's weiter.

Die Straße nach Björndal, den steilen Hügel hinauf, war für ein fremdes Pferd schwierig. Sie kamen nur langsam voran und hatten Zeit, die alten knorrigen Bäume und moosbewachsenen Steinwälle zu betrachten, die von Stamm zu Stamm aufgerichtet waren. Sie gelangten durch ein Tor aus ungeheuren Stämmen in den Hof, der ordentlich aussah, blankgefegt wie eine Tenne, mit einem Schleier von grünem Rasen und der dreistämmig ragenden riesigen Eiche in der Mitte. Jungfer Kruse, wachsam wie immer, trat in die Laube hinaus. Da der Wagen von Borgland gefahren kam, lag Staunen auf ihrem Gesicht, aber bei der Frage nach Klinge nickte sie freundlicher. Es war immer düster in der Diele, denn sie hatte kein Fenster, und der Schein des Kaminfeuers wirkte nur schwach, wenn man vor Einbruch des Abenddunkels von draußen kam. Die beiden Ankömmlinge konnten sich hier nur mühsam zurechtfinden, aber sie sahen eine schwere Männergestalt von der Bank am Kamin aufstehen und bekamen einen festen Händedruck. Gleichzeitig kam der Hauptmann die Treppe im Hintergrunde herunter; er konnte sie gut erkennen, da sie vom Kaminfeuer beleuchtet dastanden. Er musste sich vor Erstaunen über den Anblick am Geländer festhalten. »Nein - was sehen meine Augen!«, brach er aus. »Lieber, lieber Barre - du bist es wirklich - alter Gauner - und das schöne Fräulein Adelheid!« Und der Major und der Hauptmann blickten einander an und lagen sich in den Armen. Barre musterte Klinge genau, ob er bleich und eingesperrt aussähe; doch sein Antlitz war von Sonne und Wind so frisch gebräunt wie in den Soldatentagen seiner Jugend. Also war das mit dem Eingesperrtsein nur dummer Schnack. Adelheid hafte sich an die Tür zurückgezogen, als sei sie auf dem Sprunge, wieder zu gehen, als Jungfer Kruse mit zwei Lichtern zurückkam, die sie auf den Kaminsims stellte.

Alles, was der Major und seine Tochter von sofortigem Wieder- fortmüssen versicherten, nützte nichts. Sie mussten ablegen und sich setzen - in die Stube könnten sie keinesfalls, da sie vor Anbruch der Dunkelheit wieder abfahren wollten. Doch es war nicht so einfach, auf Björndal nur so zu kommen und gleich wieder zu gehen. Wenigstens nicht für Major Barre - denn jetzt kamen Gläser auf den Tisch und Pfeifen und Tabak. Der Major zog die Brauen hoch und machte große Augen, als er das erste Glas gekostet hatte. Was in aller Welt schmeckte seine geübte Zunge! Er kostete nochmals, und das genügte. Wie war es möglich? So weit draußen auf dem Lande, ja im Wald, und ein so ausgesucht alter Kognak! Er kostete noch einmal, zögerte mit dem Hinunterschlucken. Dann blickte er verwundert zu Vater Dag hin, der bedächtig seine Pfeife rauchte und in die Glut sah.

Auf Borgland wurde in Gegenwart der Gäste niemals ein Wort vom Bärental und seinen Bewohnern erwähnt; daher konnte der Major nicht ahnen, dass es hier im Keller so viele vornehme Flaschen aus dem Holder'schen Stadthaushalt gab. Alt waren viele von ihnen sicherlich schon, als sie kamen, und in allen den Jahren, seit sie hier lagerten, nicht jünger geworden. Jungfer Kruse hatte bei ihrer gestrengen Herrin gelernt, sie gut zu pflegen, und da heute so feiner Besuch erschien, holte sie sogleich vom Allerbesten herauf.

Wo es im Glase blinkt, da lösen sich die Zungen, und bald flogen die Worte über den Tisch. Der Major erholte sich von seinem ersten Staunen und wurde zum munteren, gewandten Plauderer. Auch Dag taute auf, und der alte Hauptmann fühlte sich vollends wie im Paradiese.

Am Kamin stand ein breiter Armstuhl mit hoher Rückenlehne, aus grobem Holz, aber reich mit Fellen und Kissen ausgestattet. Hier saß Adelheid - tief im Schatten, etwas abseits von der Gesellschaft der Männer. Sie hatte ein großes Glas süßen Wein bekommen und es auf die Armlehne gestellt. Ob sie sich nun langweilte oder ob ihre scharfen Blicke die Herren dort drüben beobachteten - sie saß jedenfalls ungemein still.

Oh, nein, Adelheid Barre war keine, die sich langweilte, wenn man sich nicht mit ihr beschäftigte. Sie lehnte so recht behaglich in diesem großen Stuhl, so ganz für sich im Schatten. Nur in dem Weinglas auf der Armlehne glühte der Schein des Kaminfeuers. Ein Weinkenner wie ihr Vater war sie zwar nicht; aber dass sie einen edlen Tropfen im Glas hatte, merkte auch sie. Ihre Gedanken verweilten eine Zeitlang hierbei, und der kostbare Wein schien ihr gut hierher zu passen. Über dem Ganzen lag eine gewisse, ihr allerdings fremde Vornehmheit. Vielleicht tat es das Altertümliche des Raumes, vielleicht rührte es daher, dass sich ihre Augen dem Halbdunkel anpassten und allmählich mehr von allem erkannten. An der einen Wand hing ein Wandbehang; alt, aber unendlich kunstvoll gewebt, mit feinen Figuren und schönen Farben. Und dann die Tür, durch die man hereinkam - eine ganz ungewöhnliche Tür. Schwer und wuchtig mit kunstvollen Schnitzereien, und die Eisenbeschläge mit großer Kunst gehämmert. Ja, hier gab es viel zu betrachten, und Adelheid hatte offene Augen.

Draußen war Wind aufgekommen. Sie hörte ein fernes Sausen und einen dumpfen, tönenden Gesang dahinter. Das waren gewiss die Wälder. Sie lauschte und fühlte etwas Neues in sich einströmen von diesem Raum wie von dem Gesang des Windes draußen. Alles war so anders als das, worin sie sich müde gelebt hatte. Eine stetige, ruhige Kraft über allem, das Leben selbst näher, denn dieses Leben war größer und anders, als es ihr vorher begegnet war.

Drüben am Tisch wurde flott eingeschenkt. Der Major sprudelte von lustigen Reden, und Klinge lauschte den Geschichten, die ihn so lebhaft an gute alte Zeiten erinnerten. Da ertönten Schritte in der Laube, und die Außentür wurde schnell aufgerissen. Die Gestalt eines Mannes zeichnete sich gegen das Dunkel draußen ab. Dann schloss sich die Tür, und es stand jemand mit der Büchse in der Hand drinnen und blinzelte ins Licht, ein seltsamer Bursche mit zerrissenem Zeug und wildem Haar. Es war der junge Dag, der aus dem Wald heimkehrte. Er grüßte zum Tisch hinüber, wo sein Vater abends mit dem Hauptmann zu sitzen pflegte; heute aber saßen hier drei. Er musste herantreten und die Hand zum Gruß reichen und erfuhr, wer der dritte war. Und der Hauptmann stellte ihn dem Major als Sohn des Hauses vor. Dann bedeutete man ihm, dass die Tochter des Majors im Stuhl am Kamin säße, sie beugte sich ein wenig vor und nickte kühl, und der junge Mann erwiderte den Gruß. Adelheid hatte nie etwas so Merkwürdiges gesehen, ihr erstes Empfinden war Schrecken, beinahe hätte sie laut aufgeschrien; da er jedoch grüßte und den Männern zulächelte, änderte sie ihre Meinung, denn dieses Lächeln war freundlich, und als sie bei genauer Betrachtung die kühnen, herrischen Züge bemerkte, kroch sie in den Schatten, um ihn unbeobachtet mustern zu können.

Dag nahm sich einen Schemel und setzte sich mitten vor den Kamin, rieb sich die Hände und dehnte sich, als täte er sich in der Wärme richtig gütlich. Sie fragten, ob er ein Glas Kognak haben möchte, das goss er hinunter, mehr wollte er nicht. Ein alter Hund, der in der Kaminecke neben dem Hauptmann lag, kam freudig winselnd und bellend angehumpelt und legte sich vor Dag nieder, witterte den Waldgeruch und leckte seine streichelnden Hände.

Adelheid saß tief im Schatten; niemand konnte bemerken, dass sich ihre schönen Augen nicht von dem jungen Mann loszureißen vermochte. Was sie anfangs erschreckte, waren seine wirren Haare und Kleider. So hatte sie noch nie jemanden unter ordentlichen Menschen auftreten sehen; doch dann verriet ihr die Büchse, dass er geradeswegs aus dem Wald kam. Wams und Hosen waren schäbig, ja etwas zerschlissen und an den Kanten blankgescheuert. Das linke Hosenbein war bis zum Knie hinab aufgerissen. An den Beinen trug er alte, abgewetzte Ledergamaschen, aber sie passten merkwürdig gut dorthin. In all dieser Zerschlissenheit gewahrte sie die blendendweiße Hemdkrause; sie stach hart gegen den wettergebräunten Hals ab. Sie blickte auch auf seine Handgelenke und fuhr plötzlich zusammen - um das linke Gelenk und weit den Arm hinauf saß ein Verband, und der Ärmel des Wamses war aufgekrempelt. Der Verband musste einmal weiß gewesen sein, doch jetzt war er von Blut getränkt. Sie blickte auf sein Gesicht, während er sich mit dem Hund beschäftigte. Ein wetterhartes, willensstarkes Gesicht mit einem jungen, gutgelaunten Zug. Seine Gestalt wirkte zum Erschrecken, und wenn er sich bewegte, geschah es mit einer ihr fremden, leichten, tierhaften Geschmeidigkeit, Ihr Blick kehrte zu dem Handgelenk zurück, aber sie wagte nicht zu fragen. Doch dann sprach er so freundlich zu dem Hund und lächelte ihm zu, und in diesem Lächeln lag etwas so Jungenhaftes, dass sie es gleichwohl wagte: »Habt Ihr Euch im Wald den Arm verletzt?«

»Ach, ich war ein wenig ungeschickt... mit einem Adler.«

Mit einem Adler? Sie riss die Augen auf. Sie hatte zwar von Adlern gehört und gelesen, sie auch abgebildet gesehen, aber in ihrer Vorstellung lebten sie in einer ganz anderen Welt, meilenfern der ihren, und nun saß dieser Mann neben ihr und sprach von einem Adler wie von etwas ganz Alltäglichem.

»Habt Ihr Euch mit einem Adler gerauft?«, fragte sie gespannt.

»Nicht gerauft, aber ich schoss auf ihn. Und da stürzte er herab. Er war flügellahm geschossen, und als ich hinzukam, da hackte er.«

»Und dann habt Ihr ihn getötet?« Sie schauderte am ganzen Leibe.

»Ja«, erwiderte er nur.

Der Major fing die letzten Worte auf und wandte sich um.

»Einen Adler - habt Ihr einen Adler gesehen?«

»Erlegt«, antwortete Adelheid.

Das war gerade etwas für den Major, wenn er wieder in die Stadt kam.

»Habt Ihr ihn hier?«, fragte er neugierig.

Ja, er habe ihn mit auf den Hof gebracht. Natürlich wollte der Major den Adler sehen und von dem Vorgang hören. Aber der junge Dag wusste von seinem kleinen Erlebnis nichts zu erzählen, alles war so merkwürdig einfach zugegangen.

Jungfer Kruse kam auf einen Augenblick herein, um nachzusehen, ob an der Bewirtung nichts fehle, und Klinge flüsterte ihr ins Ohr, der Major wolle gern den Adler sehen, den Dag mitgebracht habe. Sie nickte nur und ging still hinaus.

Fräulein Adelheid konnte ihren Blick nicht von dem verbundenen Handgelenk abwenden. Sie wusste nicht, weshalb. Sie verspürte gleichsam Lust, an dem Verband etwas zu richten; sie hatte auch das gelernt. Aber sie blieb still in ihrem Stuhl sitzen.

All das Neue durchfuhr sie wie ein Sturmwind, und sie empfand ein Gefühl von Entbehrung, von Hunger nach echtem, lebendigem Leben. Denn echt konnte es sein, das spürte sie hier.

Ach, wie unendlich weit entfernt war doch das wirkliche Leben von dem Dasein ihrer Kreise! Erinnerungen an Bekannte zogen vorüber, an lächelnde Gesichter, vertraulich mit ihr tuschelnde Frauen, die im nächsten Augenblick anderen Bekannten abfälligen Klatsch über sie zuflüsterten, an Kavaliere, die ihr mit Verbeugungen und galanten Redensarten die Hand küssten, um sich gleich danach über ihren Armeleutestolz lustig zu machen. Ja, sie kannte sie alle mit ihrem falschen, hohlen Leben.

Es klopfte dröhnend an der Außentür, und herein schloff ein seltsames Wesen. Ob Mensch, ob Tier, ob Troll ließ sich schwer erkennen, jedenfalls schloss es die Tür hinter sich. Es war der »Meister«. Wie Jörn Vielfalt seinerzeit Meister in allem war, was man aus Holz herstellen konnte, so war dieser hier Meister in allem, was mit Tieren und Fellen zu tun hatte. Man hatte ihm den

Adler wohl überlassen, um zu sehen, was damit anzufangen sei, denn er bekam die unglaublichsten Dinge fertig. Jetzt hatte Jungfer Kruse nach ihm geschickt, in der Diele säßen Herrschaften, die den Adler gern sehen würden, und nun brachte er ihn angeschleppt.

Der Meister war nicht groß, der Adler ein Staatskerl mit gewaltigen Schwingen, die um des Meisters kurze Beine baumelten. Der watschelte gemütlich durchs Zimmer und hob den riesigen Vogel an beiden Flügeln hoch, so dass er sich richtig ausnahm. Der Meister sah so vertrauenerweckend aus, dass niemand ihm eine Hinterlist zutraute. Doch er trug seinen Namen kaum ohne Grund. Er hatte den Adler offenbar zum Vorzeigen hergerichtet, ihm ein Eisen durch den Hals bis vorn zum Schnabel gestoßen und stand nun hinter ihm, hielt das Ende des eisernen Stabes zwischen den Zähnen und wippte ein wenig damit. Der Adler schwebte mit ausgebreiteten Schwingen vor dem Kaminfeuer, mit wild aufgerichtetem Kopf und hackte mit dem furchtbaren Schnabel. Er wirkte geradeso grausig, wie der wilde König der Lüfte sein soll. Dann ließ der Meister die Erscheinung wieder zusammenfallen und fegte damit ins Dunkel hinaus. Ein kalter Windstoß stieß herein, als er ging. Der junge Dag saß vorm Kamin mit dem Rücken zu dieser Schaustellung und plauderte mit dem Hund. Er runzelte unwillig die Stirn, als er den Vorgang bemerkte, drehte sich jedoch nicht um. Dies war nicht sein erster Adler. Während der Major von Adlern redete und das Gespräch am Tisch wieder in Gang kam, saß Adelheid stumm da und betrachtete Dags wildgelockten Kopf. Jungfer Kruse meldete, der Tisch sei gedeckt; aber dies mahnte den Major und seine Tochter nur daran, dass der Abend allzu weit vorgeschritten war und dass sie stehenden Fußes aufbrechen mussten.

Im Kamin loderten die Flammen hoch auf, und die Lichter auf dem Sims warfen ihren hellsten Schein über Adelheid Barre, da sie vor der Tür Abschied nahm. Der junge Dag sah sie lange an, und sogar der Alte, der jahrelang für so vieles blind gewesen war, auch er betrachtete ungewöhnlich fest und lange den Wohlgestalten Gast, der so geborgen im Kaminschatten gesessen hatte.

Das Jahr ging auf die kurzen Tage und langen Nächte zu, und der Winter kam mit Schnee und kalten Winden über das Bärental und die Siedlungen. Eis legte sich auf Teich und Moor, die Leute zogen mit Axt und Säge in die Wälder, und am Abend und vor Morgengrauen strich blauer Rauch über die Hütten in der Waldesstille. Starke Männer fällten Bäume, und Pferde schleiften die Stämme zu Haufen. Ruhig und sicher lief das Leben, wo Dag herrschte. Und die Rappen machten ihren Weg zur Stadt breit und stark wie alle, alle Jahre.

Drittes Kapitel

Die Uhr schlug, der Abend ging in die erste Nachtstunde über. In der Barreschen Wohnstube saß Adelheid einsam über ihrer Stickerei. Die Hände hatten Nadel und Faden sinken lassen und ruhten willenlos auf dem Tisch. Der schlanke Rücken lehnte leicht an der Stuhllehne, etwas Ungewohntes lag über ihr. Der stolze Nacken war heute Abend gebeugt, ließ die straffe Haltung vermissen, die er sonst zur Schau trug. Die kleine Halskrause verlieh ihr ein neues, frauliches Gepräge. War sie hinter der strengen Linie, die sie der Welt zeigte, vielleicht gar nicht so kalt? Die Lider lagen halb gesenkt über den schönen Augen, die über dem Tisch in die Ferne träumten.

Plötzlich kam Leben in die ruhenden Hände. Sie kramte die Stickerei zusammen, während ihr Blick auf den Uhrzeiger starrte. Wieder ein Tag zu Ende. Ihr Nacken richtete sich ruhig, fast unmerklich auf, und das weiche Bild von soeben schwand. Sie erhob sich schnell und ging zum Spiegel; es war halb dunkel in der Stube, nur eine einzige, dünne Kerze brannte, und doch trat ihr schönes Gesicht, ihr kräftiger Hals wie ein leuchtendes Bild aus dem dunklen Grund des Spiegels heraus. Unter der reinen Linie der Brauen strahlten ihre Augensterne still und sicher. Der Mund war entschlossen und schön geschwungen. Lange stand sie wie in schweigender Begegnung mit sich selber. Wieder ein Tag zu Ende. Ein Tag ihrer besten Jugendzeit, Eine Spur von Müdigkeit strich über Mund und Blick, flüchtig wie ein Hauch, aber im gleichen Moment kehrte ihr stolzer Trotz zurück,

Ihre Gedanken gingen hin und her, wie jede Stunde des Tages, jede wache Nachtstunde seit Wochen, ja Monaten. Sollte dasselbe Geschick sie treffen wie ihre Mutter, das Los aller Frauen aus ihrer Familie, wie man es ihr prophezeite? Sollte sie das Land wohl sehen, aber nicht betreten dürfen?

Weshalb nicht das Geschick ihrer Mutter...wie eiskaltes Wasser rieselte es durch ihre Adern... Mutter war die schöne Tochter des großen Bischofs, und wenn nicht reich, so doch wohlhabend. Und dennoch... Als vergessene Frau eines armen Offiziers beschloss sie ihre Tage. Adelheid erinnerte sich voller Grauen an den letzten Händedruck der Mutter, an ihre letzten Schmerzensworte: »Gott behüte dich, meine Tochter, und erspare dir ein solches Schicksal.« Und mit welchem Recht durfte sie ein besseres erwarten? Ihre Mutter war eine gute Partie aus einem weitbekannten Hause - sie nur die Tochter eines verschuldeten Offiziers. Nur ein Gespött und Gelächter. Wie alle Frauen ihrer Familie konnte sie sich nicht von der Einbildung freimachen, etwas Besonderes zu sein - hübscher, klüger, reifer als andere -, und sie trug sich dabei doch nur mit den dummen Gedanken einer Durchschnittsfrau. Und damit nicht genug - sie baute törichte Luftschlösser... Weil sie ein lumpiges Mal auf dem großen Waldhof gewesen war, hatte sich diese Hoffnung in ihre eitle Seele eingenistet. All ihren Verstand schob sie beiseite vor einem Traumbild, so widersinnig, wie es je ein Mädchen erträumte. Und doch, wie sollte sie diesen Traum loswerden?

Weshalb sang der Wald so dunkel, als sie dort in der Diele saß? Weshalb fühlte sie damals eine ungeahnte Wärme und Kraft in sich, als sie ersehnte, den Verband von dem blutigen Arm lösen und die Wunde pflegen zu dürfen. Weshalb besann sie sich besser auf jenen breiten Hofplatz mit der tiefschattenden Eiche als auf den Borglander Hof, wo sie so viele Tage zugebracht hatte? Weshalb erinnerte sie sich an jede kleinste Kleinigkeit, an das Flackern der Kienholzflammen im Kamin wie an das Knarren in den Wandbalken, als der Abendwind aufkam?

Plötzlich war der Spiegel ihrem Blick entschwunden. Etwas Seltsames ging mit ihren Augen vor; feucht und warm rieselte es über ihre Wangen. Da wandte sie sich jäh vom Spiegel ab und suchte ihr Taschentuch hervor; ein kurzentschlossenes Wischen - und Tränen und Gedanken waren fort. Adelheid richtete den Nacken auf und gewann ihre stolze Haltung wieder.

Aber heute Abend vermochte sie über dem starken Strom ihrer Gedanken den Kopf nicht lange oben zu behalten. Die Nackenlinie wurde wieder weich und immer weicher, ihr Haupt senkte sich von neuem. Alles, was Wärme, alles, was Herz, alles, was Frau in ihr war, wollte den Traum festhalten.

Was sie je von der Kehrseite der Ehe sah und hörte, von den Lügen der Liebe, hatte sie täglich als Panzer gegen alle warmen Empfindungen getragen, kalt und ruhig auf jeden Liebesgedanken geblickt. Die Kavaliere auf den Bällen, die lustigen Ritter auf den Kahnfahrten zogen an ihren Blicken vorüber. Jegliche galante Huldigung, jedes vornehme Werben hielt sie für leere Possen. Alle die kühnen Herren von Festen und Gesellschaften waren ihr nur Figuren in einem Spiel, das sie nichts anging. Mit zwanzig Sommern hatte sie ihren ersten Korb ausgeteilt. Sie verlachte den Mann laut und herzlos. So bedeutungslos schienen ihr seine heiligen

Beteuerungen. Dann kamen andere. Mit Schrecken dachte sie daran. Zuletzt dieser Apotheker, ältlich, verlebt, aber reich. Ihr eigener Vater hatte sie mit kräftigen Ausdrücken überschüttet und ihr zu verstehen gegeben, Welt und Leben sei Geld, und nicht Stolz und Herzenstraum. Fuchsteufelswild war er gewesen, als sie den Apotheker gehen hieß. Aber der kam immer wieder, lag auf der Lauer, wartete offenbar, bis die Armut ihren Stolz brechen und ihren steifen Nacken beugen würde. Und heiraten musste sie schließlich doch einmal. Tante Eleonores trauriges Los lockte sie nicht.

Ja, so hatte sie immer gedacht und dachte wohl noch so, wenn sie bei Vernunft war. Aber ihr Herz, das sie kalt und streng behütete, seit sie erwachsen war, hatte jetzt geklungen, nur ein einziges Mal, doch es zitterte noch immer in ihrem ganzen Körper nach.

Das geschah an jenem Abend, als sie in der dunklen Diele im Kaminschatten saß. Da spürte sie diese große Macht im Leben zum allerersten Mal. Ein Verlangen war in ihr aufgekommen - tief aus ihrem innersten Innern -, das blutige Handgelenk vorsichtig zu ergreifen, ja, sie spürte das Bedürfnis, sich über diese Hand zu beugen und die herrischen Augen auf sich ruhen zu fühlen. Zum ersten Male empfand sie Lust, zu geben, gut zu sein, Dank und Wärme zu ernten.

Und wenn sie seitdem hieran dachte, dann begriff sie, wie falsch ihre bisherigen Vorstellungen von dem feierlichen Worte Liebe gewesen waren. Sie hatte darüber gespottet, weil es so viel zu ge- ben verheißt, während sie von zu Hause und von anderen wusste, dass dergleichen Hoffnungen doch nur bitter enttäuschen. Was sie jetzt fühlte, hatte mit der Hoffnung, etwas zu erhalten, wenig zu schaffen. Konnte sie denn von jemandem mit so hartem Ausdruck, wie diesem jungen Mann vorm Kamin, irgendwelche Herzlichkeit erwarten? Nein, sie empfand nur ein unsägliches Bedürfnis, zu geben, gut zu sein. Und das war sicherlich Liebe.

So dachte Adelheid Barre und dünkte sich vielleicht auch hierin besser und verständiger als andere. Aber sie vergaß wohl, sich zu fragen, wodurch dieses Bedürfnis, zu geben, in ihr wachgerufen worden war. Wünschte sie sich nicht, Dankbarkeit aus den bezwingendsten Augen, denen sie je begegnet war, strahlen zu sehen? Und sah sie nicht damals ein Lächeln wie einen goldenen Schein über sein Antlitz gleiten - ein Lächeln, das gerade auf diesen strengen Zügen so ganz besonders hell wirkte? Fühlte sie nicht das Verlangen, dieses Lächeln möchte auch einmal, viele Male, ihr selbst gelten? Hatte sie nicht zwei starke Hände mit einem Hund spielen sehen - und freundliche Koseworte gehört - und die treue Freundschaft beobachtet, die dem guten, alten Hundevieh aus dem Blick des jungen Burschen entgegenleuchtete?

Arme Adelheid Barre! Sie war an den Bruder eines Mannes geraten, dessen Blick viele Frauen schwach gemacht hatte, und dieser war noch gefährlicher, denn er wirkte gewaltiger, und es lag die zuverlässige Biederkeit über ihm, die dem Bruder gefehlt hatte. Adelheid sann und kämpfte gleich vielen Frauen, um aus sich selber klug zu werden. Von jenem Abend war so vieles in ihrem Gedächtnis haftengeblieben. In den Augen ihrer Großmutter galt es als das Unverzeihlichste auf der Welt, sich nicht sauber und ordentlich zu kleiden. Gleichgültigkeit in dieser

Richtung war der Welt größtes Laster. Und Adelheid selber hatte diesen Anschauungen nachgelebt und sich in den letzten ärmlichen Jahren Tag und Nacht gequält, ihre und ihres Vaters Sachen tadellos instand zu halten. Nun saß sie dort auf Björndal, als der Sohn des Hauses in den Frieden hereingeschneit kam mit wild zerrissenen Kleidern und wirrem Haar - so ganz gegen alles, was sie bis zu diesem Augenblick für anständig gehalten hatte. Und gleichwohl meinte sie gerade in diesem Mann so viel Wert zu finden, dass ihr Herz davon erwachte. Nach vielem Nachdenken hierüber war sie zu dem Schluss gekommen, dass er geradeso echt war wie die anderen falsch und daher genauso, wie sie sich Menschen wünschte. Und Adelheid traute ihrem Gefühl.

Oft hörte sie sagen, sie sei eine echte Tochter ihrer mütterlichen Familie, und sie wusste, was die Leute hinterher tuschelten, wenn sie das behaupteten. Von diesen Frauen ging die Rede, sie wären alle hübsch, groß und stattlich anzusehen - klug und vielseitig begabt; ihre Herzen aber wären kalt und ihr Stolz nicht zu beugen und alle das Unglück ihres Mannes.

Es war schauderhaft. Sie erinnerte sich auch an Tante Eleonores Ausspruch, die Frauen ihrer Familie wären zwar stolz, aber kaltherzig wären sie nicht. Und dann - das Unheimliche, in der Erinnerung gerade jetzt so Bedrückende - dieser Stolz käme aus dem Herzen; daher könnten sie nur ein einziges Mal in Liebe entbrennen und diese Liebe nie wieder vergessen. Nähmen sie dann einen anderen Mann, so geschähe es nie aus Liebe, und das wäre an dem Unglück schuld. Deshalb habe sie nicht geheiratet, sagte Tante Eleonore, und Adelheid sollte es auch nicht tun. Denn sie alle verfolge das Schicksal: niemals den zum Mann zu bekommen, den sie liebten. Eine aus der Familie müsste sich wohl so schwer gegen Gott versündigt haben, dass er sie auf ewige Zeiten hierzu verurteilt hätte.

Adelheids Kopf ruhte schwer in der Hand. So war es denn sicherlich auch ihr Schicksal, diesen einen zu sehen und sich in ihn zu verlieben, den sie nicht vergessen und nicht bekommen konnte. - Ihr Schicksal, jenes eine Mal nach Björndal zu kommen, um dort den Kummer ihres Lebens zu finden. Es war also nun auch mit ihr soweit. Weshalb sollte sie, in ihrer Armut, als erste der Frauen ihres Geschlechts von jenem Fluch frei bleiben? Die anderen hatten ihres Wissens auch den Blick nicht höher erhoben, als ihnen zukam. Und erhob denn sie selbst ihn zu hoch? »Ein Bauer«, würde man in ihren Kreisen sagen und entsetzt die Hände überm Kopf zusammenschlagen, würde sich bekreuzigen - und sich heimlich an ihrem Fall weiden.

»Adelheid Barre, jetzt lügst du!...«

Laut und schneidend klang es durchs Zimmer, so dass sie auffuhr. Die Worte waren aus ihrem eigenen Munde gekommen. Ihre Ehrlichkeit hatte sie ihr auf die Lippen gezwungen. Sie reckte sich und blickte umher, als wäre sie nicht mehr allein. »Ja«, wiederholte sie leiser, »du lügst. Du willst dir etwas verhehlen. Du tust, als kreisten deine Gedanken nur um Liebe und Schicksal, und du schweigst ganz vom irdischen Mammon. Du tust, als lebtest du zu Großmutters Zeiten, und willst dir weismachen, in deinen Kreisen würde man das Wort *Bauer* aussprechen, wenn sich dein Wunsch erfüllen sollte.«

»Nein, meine liebe Adelheid.«

Wieder sprach sie laut. Ihr war, als sei die Stimme der Großmutter erklungen, sie fuhr zusammen und krampfte die Hände unruhig um die Stickerei. Du weißt genau, dass sich die Zeiten geändert haben und viele in deinen Kreisen über ihre Armut seufzen. Du weißt, dass Adel und Stand nicht mehr so viel bedeuten wie vor einigen Jahren. Du weißt, dass sich manch hochgeborenes Fräulein heute glücklich preisen würde, wenn es sich in einen der alten Bauernhöfe hineinsetzen könnte. Und weißt aus Andeutungen, die du in Borgland aufgeschnappt hast, und aus dem, was dein Vater danach in der Stadt erfahren hat, dass Björndal ein mächtiger Hof ist. So hätschelst du am Ende nur deinen Stolz, deinen Traum vom Reichtum. Allen, die du für deine heimlichen Neider hältst, gönnst du es, den Tag zu erleben, da sich deine Armut in Wohlstand wandelt, gönnst ihnen den Ärger, dass du selbst in Sicherheit sitzen kannst, während die schweren Zeiten, von denen man jetzt allgemein munkelt, über das Land und über sie hingehen.

Sie erhob sich feierlich wie in der Kirche, faltete die Hände, presste sie fest zusammen und flüsterte leise Worte - zu Gott.

»Ich weiß, dass ich meinen Blick hoch erhebe. Ich weiß, dass Björndal groß und mächtig ist, aber nichts wusste ich und keine Ahnung von alledem hatte ich, als ich das Verlangen verspürte, für ihn etwas zu sein. Gott im Himmel, du weißt, dass es wahr ist. Prüfe mich - hilf mir von allem, was mich kleinlich und schlecht macht. Lass mich ihn Wiedersehen, lass mich die Seine werden. Lass mich zeigen, dass ich seine Frau sein will in guten und bösen Tagen, in allem - und strafe mich, wenn ich versage...«

Sie war in den Stuhl gesunken, das Gesicht hatte sie in die Stickerei vergraben und die Arme über den Tisch gestreckt wie im Krampf. Und sie flüsterte noch andere Worte, heiße, eindringliche Bitten...

Die schöne, ehrliche Adelheid - sie schlief über dem Tisch in der Wohnstube ein, und ihre stolze Haltung schwand dahin. Die Uhr, die einst von England herübergekommen war, tickte und ging, und auf dem Zifferblatt standen nur die beiden Worte: Memento mori.

Das war Kirchenlatein und hieß etwa, man solle an den Tod denken. Für Adelheid aber bedeutete es von jeher: sei ehrlich, denn dazu war sie niemals angehalten worden, und daher war dies das strengste Gebot, das der Gedanke an den Tod ihr auferlegte. Und die Uhr ging und ging und schlug ihren Schlag Stunde um Stunde.

Sie hatte gerade zwei geschlagen, als der Schlüssel in der Außentür rasselte und der Major eintrat. Er war bei guten Freunden in vergnügter Gesellschaft gewesen und leicht angeheitert. Der Nachtwächter hatte ihn im Vorbeigehen mit großer Ehrerbietung gegrüßt, und alles in der Welt war im Lot - außer, dass er in seinem Fenster Licht sah; das war so ganz gegen alle Gewohnheit und wirkte daher fast wie ein böses Omen.

Er sang gerade eins der guten alten Lieder aus deutschen Landen, wo er einst gekämpft hatte - da bemerkte er dieses Licht, und zwar im Wohnzimmer, in dem sein Bett stand. Wäre es noch in Adelheids Stube gewesen; sie war ja in letzter Zeit so unberechenbar. Er öffnete behutsam die Tür - und schloss sie ohne unnötiges Geräusch. Aha, sie war über ihrer Näherei eingeschlafen. Dann kam sie also wegen des Apothekers langsam zur Vernunft und machte sich ans Nähen. Dem Major wendete sich leicht alles zum Guten. Er war kein tiefer Kenner der menschlichen Seele, hatte aber die gute Seite, dass er sich über die Fehler der Menschen wenig ärgerte und schnell etwas Erfreuliches an ihnen herausfand. Und vielleicht hatte er seine Gründe, sich über andere zu freuen, denn mit sich selbst war er wenig zufrieden. Jetzt stand Weihnachten vor der Tür, die Groschen waren betrüblich knapp und die Zeiten schlecht. Nicht einer seiner Freunde hatte ihm dieses Jahr ein Wort geschrieben, dass er als Weihnachtsgast willkommen sei. Es graute ihm vor Weihnachten; Adelheid in dieser trübseligen Laune, und dann die ganzen Festtage einsam im Elend zu Hause herumsitzen zu müssen.

Er ließ seinen Blick auf der Tochter ruhen und empfand ein wenig Mitleid mit ihr - aber solche Regungen fassten bei ihm nicht Fuß. Dort lag ein Brief an ihn. Der Major bekam öfters Briefe, denn er besorgte Geschäfte für Offiziere draußen auf dem Lande und hatte daraus kleine Einnahmen. Er riss den Brief auf, aber beim Lesen wurden seine Züge nachdenklich.

»Adelheid!«, sagte er mit ziemlich lauter Stimme. Sie fuhr auf, blickte verwirrt um sich - und ihr Blick streifte das Zifferblatt. Es zeigte fast halb drei. Als echte Frau wartete sie nicht des Vaters Strafpredigt ab, dass sie einschlief und das Licht unnütz brennen ließ. Er ergriff zuerst das Wort: »Kommst du so spät?«

»Die Stimme der Tochter, die Worte der Mutter«, erwiderte der Major heiter. Adelheid strich sich über die Augen und starrte auf sein selbstzufriedenes Gesicht. Sie hatte geträumt, und zwar, dass sie mit dem Vater darüber spräche, ob sie nicht Weihnachten nach Borgland fahren könnten. Sie waren im Sommer mehrmals halb und halb dazu eingeladen worden. Wenn auch nur aus Höflichkeit, so war die Aufforderung doch ausgesprochen worden, und da sich ihnen kein anderes Reiseziel bot, konnten sie schließlich nach Borgland gehen. Als sie jetzt des Vaters gutgelaunte Miene sah, fand sie, am Ende könne sie ebenso gut gleich fragen.

Der Major räusperte sich unterdessen und erzählte, er habe einen Brief erhalten. »Ja«, erwiderte Adelheid, »das weiß ich ja.«

»Aber kannst du erraten von wem?« Sie merkte, dass es kein gewöhnlicher Geschäftsbrief sein konnte, und ging in Gedanken alle durch, von denen sie sonst Briefe erhielten, aber sie kam nicht darauf.

»Kannst du es nicht raten?«, fragte er vergnügt.

»Nein«, aber im selben Augenblick durchfuhr sie ein eisiger Schreck.

»Ist er - ist er - aus - Borgland?«, stieß sie hervor.

»Nicht schlecht geraten«, antwortete der Major.

Adelheid schloss die Augen und sandte einen Gedanken zum Himmel. Hatte sie nicht Gott heute Abend darum gebeten? War es wirklich so, dass aufrichtige Gebete erhört wurden? Aber sie kam schnell von diesen Betrachtungen ab, denn der Major erklärte mit lustigem Lächeln, sie müsse noch einmal raten. Nein, Adelheid wusste keinen anderen Ort mehr. Ihr Haupt senkte sich so müde, es war ihr gänzlich gleichgültig, woher der Brief kam, wenn nicht aus Borgland. Der Major begriff diesen Wechsel zwischen sprühender Lebendigkeit und düsterer Gleichgültigkeit gewiss nicht; wenn er es aber recht bedachte, dann bedeutete es für sie vielleicht nicht dasselbe wie für ihn. Ja, womöglich wollte sie nicht einmal etwas hiervon wissen, und was tun, wenn sie zum Inhalt dieses Briefes ein glattes »Nein«, sagte?

Er ließ den Kopf hängen, und der Brief wurde gleichsam welk in seiner Hand. Wenn sie wenigstens böse würde, dann hätte er Grund, grob zu werden und zu sagen, er wolle es so und damit basta. Die Stärkung durch manches Glas und der Rauch von mancher Pfeife stiegen dem Major zu Kopf. Er sah offenbar nicht mehr ganz klar, denn Adelheid, die stolze Dame, verflüchtigte sich ihm zu einem bloßen Schatten. »Hm, die Uhr ist halb drei, und wenn du nicht raten willst, dann muss ich es eben sagen. Der Brief ist nur von dem armen Kerl, dem Klinge.« Der Major blickte auf das Papier, um die wichtigsten Zeilen zu suchen, und dies ersparte ihm einen überwältigenden Anblick.

Adelheid veränderte sich völlig, aus einem Schattenwesen wurde eine Löwin. Sie vergaß alles, Vernunft, Rücksicht, sie warf sich im Stuhl nach vorn und klammerte sich mit beiden Händen an die Armlehnen. »Von Klinge«, flüsterte sie.

»Ja«, sagte der Major und suchte weiter in dem Brief. »Ich weiß es, du bist enttäuscht, aber du musst dich fügen. Er ist doch mein guter, alter Freund und Waffenbruder, und dies Jahr bleibt uns keine Wahl. Harte Zeiten, wenig Geld, wenig Lebensart. Da müssen wir vorliebnehmen.«

Adelheid hatte sich gefasst, hatte sich lautlos wieder in den Stuhl zurückgelehnt. Ihr Nacken hob sich wie sonst, ihre Hände aber hielt sie gefaltet, so fest, dass die Knöchel weiß wurden.

Der Major las ihr den Brief vor. Er enthielt die Einladung, Weihnachten nach Björndal zu kommen. Am Schluss riet Klinge, wie sie die Reise wegen der Kälte am besten einteilten. Sie könnten wohl von Björndal Pferde bekommen, doch dann hätten sie unterwegs die langweiligen Wartezeiten. Daher sei es günstiger, von Station zu Station neue Pferde zu nehmen; am letzten Wechselplatz würde dann der Björndaler Schlitten warten. Sie möchten ihre Antwort bei Kaufmann Holder abgeben, die nächste Fuhre nähme dann den Brief mit.

Adelheid hatte für Weihnachten noch nichts vorbereitet, ehe der Brief von Klinge kam, und deshalb war dann vieles zu waschen und zu nähen, herzurichten und zu bügeln, sowohl an des Majors stark mitgenommenen Sachen wie an ihren eigenen. Alles, wovor ihr sonst graute, ging ihr diesmal so sonderbar leicht von der Hand, und die Tage vor dem Fest waren genauso voll spannenden Herzklopfens, so voller Glücksstimmung wie in ihrer schönsten Kinderzeit.

Die Pferdeschellen hatten einen freudigen Klang in solchen Tagen, wo sie auf der Fahrt zum Weihnachtsbesuch klingelten; und für Adelheid hatten sie noch nie so geläutet wie an dem Morgen, als das Pferd die ersten Schritte auf dem langen Weg nach Björndal machte.

Viertes Kapitel

Es war Nacht auf Björndal, die Nacht zum 23. Dezember. Jungfer Kruse schloss lautlos die Küchentür. Endlich konnte sie verschnaufen. Dazu hatte sie im ganzen letzten Monat noch keine Zeit gefunden. Der Weihnachtsbetrieb auf Björndal war für einen gewöhnlichen Menschen nicht zu bewältigen, und Jungfer Kruse dankte ihrem Schöpfer, dass sie kein gewöhnlicher war. Alle um sie her waren an den letzten Abenden müde geworden und eingeschlafen, sie allein bewahrte unbegrenzt ihre Kräfte. Tag und Nacht, festtags und alltags war sie auf den Beinen. Jeder brauchte sie, alles und alle musste sie beaufsichtigen und in Gang halten. Ihre Macht war unbeschränkt in Küche und Keller, in Stall und Schuppen und Vorratshaus.

Sie schritt zur Diele, hob die Laterne und sah sich prüfend um. Alles aufgeräumt und gefegt, und morgen sollte noch Wacholder auf die Böden gestreut werden. Das machte die Luft so schön frisch. Sie stocherte im Kamin, um zu sehen, ob unter der Asche noch Glut war. Dann hob sie die Laterne wieder und stieg leise die Treppe hinauf.

Die Weihnachtsvorbereitungen waren, wie jedes Jahr, mühsam gewesen. Alles sollte sein wie zu Thereses, wie zu Ane Hammarbös Lebzeiten. Jungfer Kruse wusste von Ane, ihr Name lebte in Hof und Siedlung fort. Jetzt war es geschafft, auch dieses Jahr. Ein paar Kleinigkeiten waren morgen noch zu erledigen, dann kam der Weihnachtsabend und blieben nur noch das Heizen der Badestube, das Baden und dies und jenes. Müde stieg sie die Treppe hinauf, aber höchst befriedigt. Alles war dies Jahr gelungen, sogar das Mälzen hatte ganz ausgezeichnet geklappt. Ja, und Schlackwurst und Presskopf waren fest und fein zu schneiden wie Käse; das Gebäck war eine Freude zu sehen und zu kosten, selbst das Flachbrot war so dünn und spröde wie dürres Laub, und das war das Heikelste von allem. Sie hatte aber auch von Anfang bis zu Ende die Augen nicht von der Back-Marte gelassen, damit sie nicht wieder einschlief wie letztes Mal.

Ja, diesmal ließ sich Weihnachten ganz besonders gut an. Sie wollte nicht zu Bett gehen, ohne ihrem Herrgott für alles Wohlwollen gedankt zu haben, und wenn sie noch so müde war. Sicherlich gönnte er ihr alles Gute, weil er wusste, was für Besuch sie bekamen. Denn Jungfer Kruse machte sich über diese Gäste ihre eigenen Gedanken. Sie hatte in ihrem Leben allerhand feine Leute gesehen - aber so etwas wie die Majorstochter noch nie. Dass jemand so unwahrscheinlich Schönes, Vornehmes wegen dieses armen Hauptmannes hier hereinschneien sollte, war doch wohl Fügung. Und jetzt sollte das Fräulein wiederkommen. Jungfer Kruse dachte sich hierüber ihr Teil. Der junge Dag war ja längst heiratsfähig, und in ihren Augen schien für ihn keine zu gut. - Sie würden doch wohl kommen, der Major und seine Tochter? In ihrem Brief hatten sie nur so halbwegs zugesagt; der Hauptmann meinte, sie kämen, aber so ganz sicher war auch er nicht.

Es schauderte sie etwas bei dem Gedanken, wie trostlos Weihnachten ohne Besuch sein würde. Der Hauptmann würde sich grämen, dass er nicht einmal ein paar Gäste hatte beschaffen können, und der Alte spielte abends gern Karten und würde den Major ebenfalls vermissen. Ja, wenn sie recht bedachte, verknüpfte sich auch ihr das ganze Fest mit Fräulein Barre, kam sie nicht, dann war die halbe Freude über das gute Gelingen dahin.

Jungfer Kruse wusste auch, dass es das Ende ihrer eigenen Glanzzeit auf Björndal bedeuten könnte, wenn das Fräulein hierherkäme. Sie hatte sie letztes Mal genau angesehen und beobachtet, wie sie den Kopf trug; und Menschen mit einer solchen Haltung ließen nicht mit sich spaßen.

Doch nicht an sich selber denken - das hatte sie von Jungfer Dorthea gelernt. Gott segne ihr Andenken. Schwer für den Menschen, nach Jungfer Dortheas Lehren zu handeln. Und auch Jungfer Kruse war ein Mensch, wenn auch niemand darüber nachdachte. Auch sie hatte eine Liebe, ja, Gott verzeihe es ihr, sogar zwei. Die eine war: Jungfer Kruse auf Björndal zu sein, was nicht wenig besagte, wenn Dag ihr die Aufsicht über den ganzen Haushalt übertrug - und das hatte er getan. Das war eine Ehre, die sie umglänzte; etwas, das ihre zungenfertige Mutter und ihr versoffener Vater draußen nicht verschwiegen, wenn sie unter die Leute kamen. Denn es verlieh auch ihnen etwas Glanz. Ihre zweite Liebe war der junge Dag. Niemals hatte er ihr Zärtlichkeiten gesagt oder zugeraunt, die ihre Liebe hätten nähren können; aber es kam vor, dass er sich für dies oder jenes bedankte, und davon zehrte Jungfer Kruses Liebe. Er pflegte für den Wald Mundvorrat bei ihr zu holen und reine Hemden; denn hierin war er sehr eigen. Wenn er gewusst hätte, mit welch unendlicher Geduld die feinen Säume an den Hemden genäht und wie fleißig diese an der Sonne gewendet wurden! Alles dies konnte Fräulein Barre an sich reißen. Schwer war es, nach Jungfer Dortheas Gebot Mensch zu sein, schwer, seinen Nächsten zu lieben.

Jungfer Kruse war den Gang hinauf und in ihre Kammer gelangt. Hier blieb sie gedankenvoll stehen, dann kehrte sie plötzlich um und ging zurück bis an die Tür der Jungfernkammer. Sie trat ein und schloss hinter sich zu. In den letzten Tagen hatte sie schon manches Mal hier in der Kammer zum Rechten gesehen, aber sie wollte, solange es Zeit war, noch einmal alles überprüfen. Ging es mit diesem Besuch, wie sie dachte, dann konnte es nichts schaden, gegen das Fräulein aufmerksam zu sein. Sie sah sich genau um. Groß war die Kammer nicht, aber die Gastzimmer im Neubau schienen Jungfer Kruse so wenig gemütlich, und sie wählte lieber die Jungfernkammer, dieses herrlichste Zimmer der Welt - denn hier hatte Jungfer Dorthea gewohnt. Sie hatte ihr so vieles zu verdanken; eine so edle Seele begegnete einem wohl sonst nie auf Erden. Sie hatte einen Brief hinterlassen, nach ihrem Tode solle Christine Kruse ihre Uhr bekommen, und die war aus kostbarstem Gold und so schön, dass sie jedem, der sie sah, wie ein Heiligtum erschien; und sie war aus Holland gekommen. Jungfer Kruse blickte sich in der Kammer um. Doch, hier war alles in Ordnung. Das Bett stand fertig aufgeschlagen, damit sich das Bettzeug glattzog. Dieses Bett war einfach ein Himmelreich. Die Wände waren mit schöngeschnitzten Figuren verziert, Säulen und Himmel mit Blumen und Schnörkeln, schöner als in der Kirche. Diese neu aufgesteckten Vorhänge waren hier auf dem Hof gewebt und die Spitzen und Kappen von Jungfer Dorthea selbst gehäkelt und gestickt. In den Kissen und Decken waren Eiderdaunen, leicht und weich wie Luft, und die Kissenbezüge und Laken von blendendstem weißen Leinen, wie es auf dem Hof gebaut und zubereitet, gesponnen und gewebt - und auf dem Rasen von Björndal gebleicht wurde. Vor dem Bett lag ein Luchsfell, das weichste und wärmste, auf das man seine Füße nur setzen konnte.

An den Wänden hingen Bilder und Kleinigkeiten und über der Kommode ein schöner Spiegel; unter ihm hatte Jungfer Kruse einen Kranz aus gelben Immortellen und Zittergras befestigt. Solche Kränze wand sie im Sommer, um für dunkle Wintertage einen Schmuck zu haben.

Jungfer Kruse schnupperte im Zimmer umher; sie hatte drei Tage lang gefeuert, um alles durchzuwärmen, und frisches Fichtengrün in den Ofen gelegt, das die dumpfe Stubenluft vertreiben sollte. Ja, das Fräulein konnte gern kommen und sehen, dass man es hier aushielt, wenn man es auch noch so fein gewohnt war.

Am nächsten Morgen, bevor noch die kleinste Spur des Tagesgrauens über den Wäldern im Osten stand, knarrte die Tür der Gesindestube, eine Laterne schwankte über den Hofplatz und verschwand in der Stalltür. Es war kein Geringerer als der Großknecht Syver Hintenauf, der den Tag begann.

Heute solle es eine Staatsfuhre geben und er selber fahren, hatte Dag bestimmt. Er müsse einen Major und dessen Tochter holen - der Major sei im Krieg gewesen, in vielen Ländern, ein strenger Herr, ein Dragonermajor. Da dürfe an Fahrzeug und Pferd kein Makel sein, mahnte Jungfer Kruse; er musste also den großen Hengst nehmen, auch wenn der noch so schlechter Laune war. Für einen Dragonermajor gehörte sich ein mutiger Gaul und rasche Fahrt, das war sonnenklar.

Ja, er musste den »Bären« nehmen. Der hatte im ganzen Stall die breiteste Brust und lief wie das Donnerwetter. Nur schade, dass ein solches Pferd so von Kobolden besessen war, dass ein Christenmensch ihm kaum mehr nahe kommen konnte. Daher wagte auch niemand recht, mit ihm zu fahren, und er stand still und wuchs sich so übermäßig groß und wild aus, dass sich sogar Syver manchmal überlegte, ob er mit ihm anbinden sollte.

Syver schlurfte durch den Stall. Es dröhnte von Hufschlägen und rasselte von Ketten, während er seine Arbeit verrichtete. Leise wieherte es aus den Ständen. Zuinnerst hob der »Bär« den Kopf über seine Box weg und schnaubte ihm mit geblähten Nüstern und weißschielenden Augen entgegen. Aha, der »Bär« hatte heut Nacht wieder Besuch bekommen. Syver machte sich vorsichtig in die Box und lugte in den Trog. Natürlich - sogar Heu hatten die Kobolde zurückgelassen. Der »Bär« hatte so viel gekriegt, dass er nicht damit fertig geworden war. Er guckte ihn von der Seite an. Mähne und Schwanz, noch gestern so schön gestriegelt, waren ganz kraus und strubbelig. Die Kleinen mussten die ganze Nacht daran herumgeflochten und gepfuscht haben, das sah man ja. Syver ging quer durch den Stall zu Borka. Sie wieherte, sah hungrig und verstört aus, und ihre Krippe war leer und ausgeschleckt. Arme Borka, die Kobolde nahmen ihr alles fort und gaben es dem »Bären«, so dass er immer dicker und dicker wurde und Borka mehr und mehr abmagerte. Sie mochten wohl die Falben nicht, die Kleinen, aber mit dem »Bären« trieben sie es, dass es rein grässlich war. Und wie sauber sie seine Box hielten. Bei jedem anderen fiel nachts Dreck und Heu auf den Boden, bei ihm blieb es fein sauber. Wenn Mist dagelegen hatte, dann war er in den Mittelgang hinausgeschafft worden - alles wie geleckt.

Plötzlich fuhr Syver zusammen. Kicherte da nicht jemand? Es klang fast wie zärtliches Miauen von Katzen. Entsetzt flüsterte er schnell ein Vaterunser vor sich hin. Er wusste, danach waren sie machtlos bis zur nächsten Nacht, Dann tränkte und fütterte er den *Bären* - als er jedoch versuchte, ihm den Striegel in die Mähne zu setzen, da warf *Bär* den Kopf herum und schnappte mit fletschenden Lefzen und bleckenden Zähnen nach ihm, dass es nur so knallte. Richtig, es hatte ihn heute Nacht wieder schön aufgeregt, dies Zwergenpack. Jetzt konnte er getrost darauf schimpfen, denn nach dem Vaterunser hörte es ihn nicht.

Nachdem er seine Runde durch den Stall beendigt hatte, füllte er den Hafersack für die Fahrt und prüfte nochmals Geschirr und Schellenkranz. Dann wurde es im Stall wieder still und dunkel; nur das einschläfernde Geräusch von Pferdezähnen im Heu oder ein Schlag auf die Planken von schweren Huftritten unterbrach die Stille. Die Laterne und Syver schwankten durch die Stockfinsternis auf die Küchentür zu; er durfte schon Hoffnungen hegen, wenn er vor einer Fahrt in der Küche einen Imbiss bekommen sollte. Und heute fing ja Weihnachten schon fast an. Das musste einen Leckerbissen geben, der sich sehen lassen konnte.

Ein schwacher grauer Tagesschimmer stand am Himmel, als Syver Hintenauf sich daranmachte, den Schlitten herauszuziehen. Er ließ sich zwar helfen, aber nur zum Schein; wo Syvers gewaltige Tatzen zupackten, blieb für andere nicht mehr viel zu tun. Heute wollte er den breiten Reiseschlitten nehmen.

Dann kam der Augenblick, wo der »Bär« aus dem Stall sollte. Herrgott, gab das einen Tanz. Er schlug und bockte, dass es lebensgefährlich war, ihm nahe zu kommen. Doch Syver hatte von der Jungfer einen trefflichen Schluck Branntwein gekriegt, und da half dem *Bären* kein Widerstreben. Wohl tanzte er im Schnee, dass der umherstob, aber Syver hielt ihn mit seinen Riesenfäusten an Stirnlocke und Mähne gepackt und konnte jetzt leichtfüßig mit dem Gaul um die Wette tanzen, wie der sich auch drehte und wendete. Oho, er war Pferdeknecht, Syver Hintenauf. Mitten im wildesten Tanz bekam der *Bär* das Gebiss ins Maul, und ehe er sich's versah, lag ihm das Geschirr überm Rücken, dass es klirrte. Und wenn das erst geschafft war, dann gab sich der *Bär* vorläufig langsam zufrieden. Er schien stolz auf all das blitzende Riemenzeug und die blanken Schnallen. Doch als er eingespannt werden sollte, ging das Unwesen von neuem los, er bäumte und sträubte sich und stampfte, dass der Schnee flog. Saß aber das Geschirr erst einmal fest, dann war Syver gewisslich Herr und Meister. In die Deichsel musste er.

Syver hatte den Schlitten gestern nachgesehen, und jetzt brachten die Mädchen unter Jungfer Kruses Aufsicht alles hinaus, was bei dieser Kälte nötig war. Die Pelzdecken und Felle wurden im alten Vorratshaus verwahrt, vor Mäusen geschützt und gut hinter Schloss und Riegel; nur mit Jungfer Kruses großem Schlüsselbund konnte man heran. Syver zog Schaftstiefel und Wolfspelz an und stieg auf und - war Syver »Hintenauf«, wie die Siedlung und das ganze Land ihn kannten, mit Zügel und Peitsche in Händen und dem schnaubenden Rappen im Geschirr.

Jungfer Kruse blickte ihm kopfschüttelnd nach. Einen Augenblick sah es aus, als wolle der Gaul geradeswegs in den Himmel fahren, aber dann ging es über den Hofplatz durch das Tor davon. Da lachte Jungfer Kruse und schloss die Tür. - Die sollten eine Fahrt erleben, der Major und das Fräulein.

Im Laufe des Tages legte sich über den Hof von Björndal eine Unruhe, die vom alten Dag ausging. Immer wieder lief er aus dem Haus und blickte über die Siedlung - zu den Hängen von Hammarbö hinüber. - »Glaubst du, dass sie es auf sich nehmen, in der Kälte so weit zu reisen?«, fragte er Klinge. Der alte Hauptmann wurde von dieser Unruhe recht angesteckt, und seine Hände zitterten heute tüchtig; aber er reckte sich, legte sie auf den Rücken und tat würdevoll. »M-ja - da muss anderes her als Kälte und langer Weg, um Barre abzuschrecken - wenn der kommen will«, setzte er vorsichtig hinzu.

Die Brauen des Alten lagen tief über den Augen. Er tat zwar immer so, als handle es sich hauptsächlich um das Kartenspielen; doch schien etwas Ernsteres mit ihm los zu sein, und ihm graute sehr vor der Möglichkeit, Weihnachten ohne Gäste verbringen zu müssen. Es würde für ihn ein trauriges Fest geben, wenn sie keinen Besuch bekämen. Die Weihnachtszeit weckte manche Erinnerung, und da er sich tagsüber, ja gar nachts vielerlei Gedanken machte, wäre es hart, in der ganzen langen Weihnachtsstille einsam zu bleiben. Und wie ärgerlich, ohne einen einzigen Gast zur Kirche zu fahren! Mit dem Major und seiner Tochter hätte sich Staat machen lassen. Dies - und vielleicht auch noch anderes - war der Grund, weshalb Dag dieses Mal Syver Hintenauf ungern mit leerem Schlitten hätte zurückkehren sehen. Nach der unklaren Antwort des Majors war er bedenklich geworden und noch unsicherer, seit die Kälte eingesetzt hatte. Der Schnee seufzte richtig unter Schlittenkufen und Füßen, und die Luft war vom Frost so dick, dass man die Sonne nur als einen roten Fleck sah.

Draußen beim Posthalter auf Korsvoll wurde Syver großartig aufgenommen wie immer, wenn jemand aus Björndal einkehrte. In dem großen Stuhl hinterm Tisch ließ sich Syver wie ein Pfarrer oder Schreiber nieder und erhielt Essen und Schnaps. Das waren seine größten Tage, wenn er mit Fuhre durchs Land fahren konnte. Er bekam von Dag Geld mit, um etwas zu verzehren, und keine geringe Summe; er hätte getrost etwas davon behalten können, aber Syver war ein ehrlicher Kerl und mochte gern mit solch einem piekfeinen Fahrzeug, stattlichem Pferd und viel Geld daherkommen. Dann war auch Syver Hintenauf einmal der große Mann. Er aß, wie gewöhnlich, gut und lange und legte sich danach in der Kammer zur Ruhe. Dort wollte er geweckt werden, wenn die Gäste aus der Stadt ankamen.

Es dauerte und dauerte, und der Tag begann sich zu neigen. Der Posthalter war ein dutzendmal zum Südfenster gelaufen, ohne auf den Wegen ein Lebenszeichen zu entdecken. Der Frost hatte dicke Eisblumen an die Scheiben gemalt, so dass er dagegenhauchen und das Eis mit dem Fingernagel fortkratzen musste, um hinauslugen zu können. Vielleicht waren sie der Kälte wegen umgekehrt, die Leute aus der Stadt, die nach Björndal wollten. Wenn sie jetzt nicht bald kamen, musste er Syver wecken, er wollte womöglich heimfahren, ehe es Nacht wurde. Noch einmal ging er zum Fenster, hauchte und kratzte. Das Eis war mit jedem Mal schwerer fortzubekommen.

Was? War das nur ein Schatten an der gefrorenen Scheibe, oder trottete dort ein Gaul mühsam die Wegbiegung daher? Ja, es war ein Pferd, jetzt sah er es deutlich. Der Schlitten war schmal und kippelig, er schlingerte und schaukelte, und der uralte Gaul lief nur ruckweise. Das war wirklich der älteste, elendeste Klepper vom Wechselplatz Rodmyr.

Major Barre und Fräulein Adelheid waren in die Stube auf Korsvoll getreten, und er brummte, es sei höchste Zeit. Er war vor Wut fast nicht mehr Herr seiner Stimme. Beide waren ausgehungert, und der Major schimpfte schon den ganzen Weg über Pferd und Schlitten und Kutscher und über die ganze Reise. Das Fräulein war blass und erschöpft. Ihre Mäntel eigneten sich für eine Reise bei solcher Kälte nicht; zu Hause hatten sie zwar dickere Sachen, sie schienen aber nicht mehr so im Stand, um damit auf Besuch zu fahren. Die Schlitten waren auch nur spärlich mit Pelzdecken versehen gewesen, so dass sie sich unterwegs halbtot gefroren hatten. Am schlimmsten stand es mit den Füßen, die fühlte man gar nicht mehr. Der Major wetterte und fluchte. - Ob jemand den Schlitten von Björndal gesehen habe, wollte er wissen, und seine Unzufriedenheit legte sich ein wenig, als er hörte, das Pferd warte schon seit Stunden, sei gut ausgeruht und bereit zu fahren, sobald es dem Herrn passe.

»Was meinst du?«, fragte er mit einem Blick auf seine Tochter. »Wollen wir nicht gleich weiter? Es geht doch stark auf den Abend zu.« Ja, ganz wie er wolle. Der Posthalter machte sich sogleich auf die Beine, und es wurde in

Kammer und Stall lebendig. Die Reisenden zogen ihre Mäntel wieder an, und dann ging's auf den Hof hinaus.

Draußen dunkelte es bereits, der Major konnte jedoch noch so viel erkennen, dass ihm die barschen Worte über die Kälte wegblieben. Das erste, was Blick und Zunge fesselte, war ein gewaltiger Rappe, so ungebärdig, dass er nicht zwei Beine zugleich stillhalten konnte - mit stolz erhobenem Nacken, so von Kraft und Leben sprühend, dass er am ganzen, Leibe zitterte und zuckte. Das Geschirr blinkte und blitzte märchenhaft, und der doppelte Schellenkranz läutete und klirrte bei jeder Bewegung des Pferdes. Ein Stallbursche hielt es mit aller Kraft am Kopf gepackt, aber es stampfte und riss vorwärts, rückwärts, seitwärts, nie stand es einen Augenblick still. Beim Schlitten machte sich Syver Hintenauf mit Pelzen und Felldecken zu schaffen. Groß, breit und Schwergliedrig ragte er in Schaftstiefeln, Pelzmütze und Wolfspelz im Halbdunkel wie ein Troll.

Ob das Fräulein nicht lange Socken überziehen wolle? Ob nicht der Major Schaftstiefel haben wolle? Dann folgten Pelze, so schwer, dass das Fräulein unter ihrem Gewicht beinahe in die Knie sank, und im Schlitten lagen zwiefache Fellsäcke für die Beine. Als sie saßen, bekamen sie drei Pelzdecken; erst einen Schafspelz, dann einen Wolfspelz und zuletzt ein mächtiges Bärenfell. Und wie band und knöpfte Syver alles an Ecken und Enden fest!

»Jetzt ist es wohl bald genug«, sagte der Major; aber die Fürsorge, die ihnen zuteilwurde, missfiel ihm keineswegs.

»Wir fahren schnell«, antwortete Syver nur, »und da wird die Nachtkälte droben im Lande scharf.« Als er dann fest und sicher Zügel und Peitsche ergriff und hinten aufstieg, da merkte der Major, dass dies hier eine richtige Fahrt geben sollte. Im selben Augenblick ließ der Bursche den Kopf des Pferdes los - und der »Bär« griff aus wie ein Sturmstoß der Schlitten machte einen Satz, dass ihnen fast der Atem wegblieb, und in fliegender Fahrt ging es ab. Aus dem Hof heraus auf nur einer Kufe, einen Moment stoben sie durch eine Schneewehe, dann waren sie auf der Hauptstraße. Der schwere, breite Schlitten fuhr so fest und zuverlässig, dass sie nach all dem bisherigen elenden Fahren aufatmeten. Die gute Laune des Majors kehrte schnell zurück; er befreite sich aus Pelzen und Decken, um zu seiner Tochter hinüberzugucken, und auch sie konnte sich so weit herausarbeiten, dass sie einander sahen.

»Unvergleichlich...«, sagte der Major. Sie nickte starr und still, aber ihre Augen leuchteten. Dann glitt der Major wieder in seinen Pelzberg zurück und murmelte nochmals: »Unvergleichlich!«

Jeder Gedanke Adelheids war von Freude erfüllt gewesen, nach Björndal zu kommen, und wenn sie es jetzt recht bedachte, so war es vielleicht schlimmer, dort alles zu sehen - und dann wieder zu verlieren. Mit welchem Recht durfte sie hoffen, Dag würde sich in sie verheben? War das Ganze nicht überhaupt ein unfassbarer Traum? Vielleicht zerbrach alles schon jetzt, wenn sie ankamen? Vielleicht war er gar nicht so, wie ihre Träume ihn immer malten, gar nicht der, den ihr Herz begehrte? Ja, so kreisten ihre Gedanken, aber das neue in ihr, das irgendwo in der Brust so dunkel läutete, kümmerte sich um ihr Denken nicht, das ging seinen eigenen Weg - warm und freudig geradeaus, wie dieses riesige Pferd in der Deichsel.

Der Gaul nahm es eine Zeitlang ruhiger. Das Schellengeläut murmelte nur wie ein Winterbach - und die Kufen schaukelten und knirschten im Schnee.

Mit einem Male griff das Pferd aus, der Schlitten machte einen Satz, und der Major und das Fräulein fuhren beide aus ihrer schläfrigen Ruhe auf. Die Schellen bimmelten stürmisch, und der *Bär* trabte, dass der Schlitten fast durch die Luft zu schweben schien. Fräulein Adelheid lugte hervor und sah sich um. Dunkel war es, doch die Lichter der Höfe zeichneten ein Bild von der Gegend, die sie durchfuhren. Sie kannte das Land hier, es war das offene Tal.

Der Wind war hier Herr über die Felder und schnitt ihr beißend kalt ins Gesicht. Sie verkroch sich wieder in ihren Pelz. Die reichen Höfe des offenen Landes flogen zu beiden Seiten vorbei; gewaltige Schneeflächen und einzelne winterschwarze, nackte Laubbäume hier und längs der Bachläufe unterbrachen die Einförmigkeit. Stattlich lagen die dunklen Häuser der Höfe zwischen den Feldern und lugten mit ihren kleinen gelben Lichteraugen in die Nacht hinaus. Abweisend und fern vom Wege lagen sie da, und der Wind fegte mit Schneestaub und eisiger Kälte über das weite Land hin. Es ging an Kirche und Pfarrhof vorbei, und der Weg stieg und senkte sich mit den Höhenzügen. Dann kam der Augenblick, da man die Lichter von Borgland sehen konnte. Beide blickten hin, aber kein Wort fiel. Fräulein Adelheid duckte sich in ihren Pelz; ihr Herz hämmerte heftig. Jetzt fuhren sie ins Märchen hinein - in Leben oder Tod - in freudiges Glück oder bitteren Kummer - doch herrlich hineinzufahren -, in das Land des Schicksals. Dann schüttelte sich der »Bär« gewaltig, die

Schellenkränze läuteten einen letzten Gruß über das offene Land hin, und der Schlitten verschwand im Bergwald.

Es ging in Björndal auf die Nacht zu.

In der Diele wanderte Hauptmann Klinge auf und ab, die zittrigen Hände auf dem Rücken. Im Stuhl vor dem Kamin saß Vater Dag und starrte in die Glut. Einsam war er in der Welt, niemand von allen den Menschen, die auf dem Hof, in den Siedlungen und draußen im Lande von ihm abhingen, stand ihm nahe. Manches Geschick hielt er in seiner Hand und verspürte ein Verlangen nach Leben und Menschen, ja nach Menschen, bei sich, dicht bei sich; doch alle waren ihm so fern. Er hatte so fest darauf gehofft, dass diese Gäste wenigstens zu Weihnachten die Einsamkeit von ihm nehmen würden. Und jetzt kamen sie nicht - Jungfer Kruse hatte Bier gebracht, damit sie sich die Wartezeit verkürzen konnten, aber es stand noch unberührt auf dem Tisch. Stundenlang saß der Hauptmann im Neubau am Fenster und spähte wie ein Habicht nach Hammarbö hinüber, dann nahm ihm das Dunkel die Sicht, und Dag ging den ganzen Tag lang aus und ein, aus und ein. Seit Stunden war kein Wort mehr gefallen.

Da kam Jungfer Kruse zur Tür herein; sie meinte, unten auf dem Weg Schellengeläut vernommen zu haben. Sie war schon wieder draußen, fast ehe es ausgesprochen war, und der Hauptmann stand mit offenem Munde da. Dag rührte sich nicht, verzog nur den Mund zu einem leisen Lächeln und sagte, Syver könne ja nicht bis in alle Ewigkeit in Korsvoll hängenbleiben; es sei also nicht verwunderlich, wenn er wieder heimfuhr. Und seine Stimme klang tief enttäuscht.

Da hörte man plötzlich das Schellengeläut des *Bären*. Es klang nicht mit der Sanftmütigkeit einer vergeblichen Reise, es brauste heran mit Freudenklang. So fuhr Syver nicht für sich allein. Immer näher kam der Glockenton, und selbst Dag wandte den Kopf und lauschte gespannt, als könne er von den Erwarteten Nachricht bringen. Tatsächlich - es lag eine Verheißung in den Schellen, so laut sangen sie über den Hofplatz hin. Wieder lauschten beide, erkannten Syvers Stimme und hörten Jungfer Kruse sprechen - dann nahm der Hauptmann die Hände vom Rücken und reckte sich, die Kommandostimme des Majors war an sein Ohr gedrungen. Vater Dag erhob sich ebenfalls, beide gingen zur Tür und öffneten. Der Winter strömte bitterkalt herein; sie beachteten es nicht. Und da trat der Major in voller Reiseausrüstung in die Laube.

Fräulein Adelheid war noch nie so unbeholfen gewesen wie jetzt. Sie wühlte sich aus Pelzen und Decken und Säcken und Socken heraus, aber es ging langsam. Als wehre sie sich dagegen, dass ein schöner Traum zu Ende sei, sie brauchte offenbar Zeit, noch einmal ihre Gedanken zu ordnen, ehe sie dieses Haus betrat. Bergauf, bergab war ihr das Bangen gefolgt vor diesem Wiedersehen, das in ihrem Denken und Träumen einen so unendlichen Raum einnahm.

Der Mond war schwach zwischen den Wolken sichtbar, als sie in den Hof einfuhren. Alles sah ebenso groß und seltsam aus wie in ihren Träumen, die Gebäude, der Hofplatz, die langen blauen Schatten. Noch aber stand ihr das Schwerste bevor - die Begegnung mit denen da drinnen. Der dunkle Pelzmantel ihrer Mutter schmiegte sich gut um ihre schlanke Gestalt. Da ihr warm war von allen den Pelzen und - der Spannung - auch wohl noch aus einem anderen Grunde -, hatte sie den Mantel über der Brust aufgeklappt, wo der gelblichweiße Spitzenschal voll um den schönen, kräftigen Hals fiel.

Langsam trat sie in die Laube, feierlich, wie es sich für jemanden geziemt, der dem Entscheid über Leben und Tod entgegengeht, und endlich stand sie in der Diele. Ihr Blick suchte offenbar ein Gesicht, er irrte so ratlos umher. Er war nicht da. Der Alte begrüßte sie und den Hauptmann, und dann war ihr Vater da und Jungfer Kruse. Aber nicht der junge Dag. Ihre Augen wurden vor Trauer blank, und das Zimmer verschwamm ihr in Dunkelheit. Da ging die Außentür hinter ihr auf, der Winter stürmte noch einmal herein, und dann schloss sich die Tür. Sie wandte langsam den Kopf und blickte aus nächster Nähe geradeswegs in die Augen des jungen Dag.

Er hauste meistens in einem alten Hause, das allein lag und von der Seitenwand der Alten Stube halb auf den Hofplatz vorsprang. Es hieß allgemein nur »das Haus« und sollte das älteste Gebäude auf Björndal sein. Der Herd stand mitten im Raum, und die Wand hatte keine Fenster, nur ein Rauchloch im Dach. Dag war in seinen Jungentagen darauf verfallen, hier zu wohnen, und seitdem fühlte er sich dort am wohlsten, bei seinen Skiern und Waffen, seinen Hunden und den Fischereigeräten. Jetzt kam er, weil er das Schellengeläut und die fremden Stimmen vernahm. Ob seine scharfen Augen, die jedes kleinste Waldgewirr durchdrangen, wohl auch alles gewahrten, was es an Fräulein Barre zu sehen gab? Das bleiche Antlitz, das sich so plötzlich rötete, die großen, schönen Augen, die erst so traurig glänzten und dann so lebhaft aufleuchteten, den

Hals mit den Spitzen und die schlanke Gestalt? - Er neigte den Kopf zum Gruß, und als er ihn hob, sah er ihre Augen noch immer in demselben Ausdruck verharren. Aber in diesem Moment kam Jungfer Kruse mit ruhigen Worten und hilfreichen Händen, und Fräulein Barre musste ihr die Treppe hinauf folgen.

Von einer anstrengenden, langen Reise bei Kälte und Wind ins Haus zu kommen - was in der Welt gleicht wohl diesem Gefühl? Das Herz des Majors schwoll wehmütig, als er so herzlich willkommen geheißen wurde wie noch sein Lebtag nicht. Der Alte drückte ihm die Hand, dass die Knochen knackten, der Sohn besaß ebenfalls eine kräftige Faust, und der alte Klinge legte seine zitternden Hände, so fest er konnte, um seine Hand und watschelte dann hinter ihm her, wo er ging und stand, klopfte ihm auf Schultern und Arm und sagte, herrlich, dass er da sei. Der Major hatte in der Stadt von dem unermesslichen Reichtum auf dem Hof allerlei erfahren. Er erwartete daher, hier viele Gäste vorzufinden und selber mit seiner Tochter, nur aus Gnade und Barmherzigkeit aufgenommen, abseits von den reichen Leuten bei dem kümmerlichen Hauptmann im Winkel hocken zu müssen. Und jetzt wurde er wie ein Ehrengast empfangen, und der Alte, der doch ein so hartherziger, hochmütiger Herr sein sollte, begrüßte ihn mit so herzlichem Blick und Händedruck, dass dem Major dieses Gerücht schwarze Verleumdung schien.

Fräulein Adelheid drohte schon in der Diele umzufallen - vor Müdigkeit nach der langen Reise und dem scharfen Wind - und aus Enttäuschung, dass er nicht da war. Als er kam und sie das Gesicht ihrer Träume, ja ein noch stärkeres wiederfand, da hatte sie das Gefühl, sie müsse ihm entgegensinken.

Ja, im Herzen drängte es sie wohl hierzu, aber Verstand und Wille beherrschten sie, und sie hielt sich aufrecht. Zwar hatte sie in dieser schwachen Stunde nicht so viel Gewalt über sich, ihren Blick geziemend schnell wieder abzuwenden; doch dann kehrten ihre Kräfte zurück, mit raschem Schritt stieg sie die Treppe hinauf und trat in die Kammer ein, in die Jungfer Kruse sie wies.

Fräulein Adelheid war in manchem großen Hause zu Gast gewesen und vornehm und schön aufgenommen worden; doch dieser Jungfernkammer glich kein Gastzimmer auf Erden. Von ihrer strengen Mutter war sie gelehrt worden, um keinen Preis ihre Gefühle oder Gedanken vor Dienstboten zu verraten. Diese Jungfer Kruse konnte man kaum dazu zählen, und Fräulein Adelheid wusste ihre Herzenswärme und ihr Denken heute Abend so wenig zu zügeln. Sie wandte sich zwar ab, um zu verbergen, wie blank und feucht ihre Augen wurden. Doch ihrem warmen Herzen entquollen Worte, die sich nicht zurückdrängen ließen.

»So schön soll ich wohnen«, sagte sie, und der Klang ihrer Stimme verlieh ihren Worten einen lieben Ton. - Ja, wenn das Fräulein vorliebnehmen wolle, antwortete Jungfer Kruse nur. Da lächelte Adelheid Barre ihr liebliches Lächeln und richtete ihren feuchten Blick offen auf Jungfer Kruse: »Wenn man hiermit nicht vorliebnehmen wollte, dann verdiente man kein Dach überm Kopf.« Und diese Worte bewahrte die Jungfer gut in ihrem Herzen.

Fünftes Kapitel

Fräulein Barre blieb allein in der Kammer zurück. Ein Mädchen kam mit einem Krug warmem Wasser zum Händewaschen und einer Schale heißer Fleischbrühe nach oben. Dann verriegelte Adelheid die Tür hinter ihr und fühlte sich geborgen. Das Licht auf der Kommode brannte hoch und ruhig, und im Ofen sauste das brennende Birkenholz. Zarter Tannenduft, oder was es sein mochte, mischte sich mit dem Geruch der Birkenscheite - über allem schwebte ein reiner Dürft von - ja, wovon? Doch, sie erinnerte sich, in Großmutters Schubladen hatte es so geduftet. Sie ließ sich in den großen, tiefen Stuhl sinken und lehnte den Kopf zurück an die blendendweißen Kappen. Nie in ihrem Leben hatte sie sich irgendwo so richtig heimatlich gefühlt. Ihre Mutter war streng und unnahbar gewesen und hatte ständig kalte Schatten auf ihr eigenes Dasein und das anderer geworfen. Jeder Sinn für Behaglichkeit war in ihr bereits erstarrt, bevor Adelheid das Licht der Welt erblickte - und Adelheid selbst - Gott sei's geklagt - dachte auch nur an sich und ihr Teil. Hier in dieser Kammer verspürte sie nun Jungfer Dortheas feines, stilles Wesen, und Jungfer Kruses Fürsorge strahlte ihr wärmend aus jedem Winkel entgegen.

Wollte doch dieses Weihnachtsfest lange währen, lange, wie noch keins bisher.

Sie erhob sich und trat an die Kommode und zum Spiegel. Sie redete mit ihm, rührte an die Gegenstände auf der Kommode und ließ die Finger über die Stickerei der Decke gleiten. Dann wusch sie sich und ordnete vor dem Spiegel

Spitzen und Locken, und schon knarrte die Treppe, und es klopfte an die Tür. Jungfer Kruse meldete, es sei angerichtet, wenn es dem Fräulein recht sei. Und Jungfer Kruse ging voran und wies ihr den Weg durch die Diele in die Vorderstube.

Eine solche Stunde hatte Adelheid noch nie durchlebt. Die Begegnung in der Diele war nur wie ein Vorbeistreifen gewesen, jetzt aber sollte sie mit ihrem Schicksal zu Tisch sitzen, Zeit haben, ihn gründlich zu betrachten und selber gesehen zu werden bei vollem Licht. Sie war glücklich und ängstlich zugleich. Wie im Nebel sah sie die anderen vor sich, als sie eintrat, erst allmählich gewöhnte sich das Auge. Für ihren Vater und den Hauptmann hatte sie keinen Blick; es waren der Vater und vor allem der Sohn, deren Bild sie sich fest einprägte. Beide waren anders und ihrer eigenen Welt jedenfalls äußerlich näher, als sie erwartet hatte. Dass sie für ihre Staatskleider einen Schneider aus der Stadt kommen ließen, konnte Adelheid nicht wissen und wunderte sich daher, wie stattlich sie aussahen. Der Sohn schien sich hierin nicht sonderlich wohl zu fühlen, aber mit dieser Gestalt, dieser Haltung wurde keine Kleidung fertig. Und doch war er wie in ihren Träumen, anders als alle. Der Alte, der wohl vielerwärts gewesen war und doch so bodenlos reich sein sollte, der trat ganz natürlich auf mit kühler Ruhe und Macht in seiner Erscheinung und ließ seine Augen von oben her auf allen ruhen, tief und unergründlich. Diesem Alten gegenüber fühlte sie sich so klein und demütig wie noch nie. Es lag in seinem Auftreten etwas, als habe er sämtliche Fragen des Lebens ergründet und betrachte sie und alle Welt mit forschendem Misstrauen.

Sie saßen zu Tisch, wie es sich gerade traf, Adelheid an ihres Vaters Seite, dem jungen Dag gegenüber. An die andere Tischseite setzte sich Hauptmann Klinge und ans obere Ende der Alte. Er thronte zwar auf keinem Hochsitz mit Pfosten und dergleichen, wie die alten Bücher berichteten, aber sein Stuhl war der größte, den sie je gesehen hatte, mit allerlei geschnitzten Figuren geschmückt. Gerade so sitzend stellte sie sich die großen Häuptlinge der Vorzeit vor, von denen sie gelesen hatte. Die anderen Stühle waren auch so schwer, dass ihr Vater mit zugreifen musste, um den ihren heranzurücken. Alles im Zimmer schien ihr uralt und fremd wie aus Tagen, da andersartige Menschen lebten. Nur das Spinett an der Wand gehörte in ihre eigene Zeit. Sie empfand eine bedrückende Ehrfurcht vor den Gegenständen wie vor den Menschen. Als sie diese Gefühle überwunden hatte und quer über den Tisch blickte, da war sie höchlichst erstaunt.

Keine der festlichen Tafeln, die sie im Leben gesehen hatte, glich dieser hier. Der Weihnachtstisch stand in der Vorderstube gedeckt, ganz wie in Ane Hammarbös Jugend mit einigen Zusätzen aus Thereses Zeit. Eigentlich sollte er erst am Weihnachtstag gedeckt sein, doch wenn Besuch kam, so begann damit Weihnachten, und die Tafel wurde am ersten Abend zum Willkommen festlich hergerichtet. Von alters her musste sie zeigen, was Küche und Keller zu bieten hatten, so dass alle nach Herzenslust essen konnten und jeder fand, was er am liebsten mochte. Ja, der Weihnachtstisch auf Björndal blieb, was er gewesen war - Essen wohl für hundert Mann, ganze Schinken und große Braten, alles, was Wald und Wasser und Hof hergeben konnten, von Schwein und Kalb und Rind und Schaf und Lamm, von Gans und Geflügel, Hase und Schneehuhn, die der junge Dag dort oben holte, wo die Zwergbirken sich an das Hochgebirge ducken. Und da gab es gedörrtes Fleisch vom Elch und geräuchertes vom Bären und alle Sorten Fisch aus Fluss und See, Brot und verschiedene Käse, Butter und Honig, Kuchen und Eingemachtes. Und dazu starkes Bier und Branntwein zu trinken.

Die schwere Truhe, die Therese einst in die Schlafkammer hatte stellen lassen, stand noch immer dort, und der Alte verwahrte die Schlüssel. Bei Festlichkeiten musste Jungfer Kruse aus der Truhe holen, was sie brauchte, denn dort lag kostbares Tischzeug und Silber aus Thereses Heim in der Stadt und jetzt auch das alte Björndal'sche Erbsilber. Heute Abend sah man es dem Tisch an, dass Jungfer Kruse an der Truhe gewesen war. Auf allen Schüsseln prangte schweres Silber, und die weißen Tücher leuchteten festlich.

Adelheid fühlte sich hier anfangs stark von Ehrfurcht und feierlichen Empfindungen beklommen und war von Herzen froh, als Vater Dag die tiefe Stille unterbrach. Er sprach davon, dass sie von weit her zu Besuch gekommen seien, und dankte ihnen, dass sie die lange Reise nicht gescheut und sich getraut hätten, Weihnachten am fremden Ort zu verleben. Darauf hieß er sie alle willkommen und wünschte fröhliche Weihnachten. Dann wurde der erste Schnaps getrunken und hiermit Zunge und Lebhaftigkeit gelöst.

Adelheid war nach der Reise tüchtig hungrig, und das Essen schmeckte ihr besser denn je.

Der Branntwein war gut und das Bier frisch und stark und der Major herrlich durstig nach so vielen trockenen Tagen in der Stadt. Röte stieg in sein Gesicht und Glut in seine Soldatenaugen. Seine Stimme donnerte immer lauter, und wenn er lachte, dann lachte er aus vollem Halse. Der alte Dag gehörte zwar zu denen, die stets ihre Ruhe und Würde bewahren, aber auch bei ihm spielte heute eine herzliche Lustigkeit um die Augenwinkel. Nach dem langen Warten und düsteren Missmut war er aus Freude über die Ankunft seiner Gäste richtig aufgetaut und ließ den Major nicht ein einziges Glas allein trinken. Der Hauptmann schien der Schwächste in diesem Kreise; aber schließlich war nur einmal im Jahre Weihnachten, da griff auch er getrost zu. So kam es, dass es bei lautem Reden und schallendem Gelächter in der Vorderstube lustig zuging. Auch die jungen Leute wurden vom Essen und Trinken und der allgemeinen guten Laune unversehens warm. Fräulein Adelheid bekam rosige Wangen, und ihre Augen blitzten wie Sterne, während der Blick des jungen Dag sich zu gefährlicher Tiefe verdunkelte und seine wettergebräunte Haut sich noch stärker färbte. Und es geschah, dass sein Blick schnell Adelheids Gesicht streifte oder gar der ihre sich behutsam zu einem flüchtigsten Blitz über den Tisch erhob. Mehrmals trafen sich ihre Blicke und verweilten einen Atemzug lang ineinander. Lächeln ging über ihre Züge; er hob sein Glas und trank ihr zu.

»Das ist stark«, sagte Adelheid, um etwas zu sagen.

»Ja«, erwiderte Dag, »das ist stark.« Und dann blickte er schüchtern zur Seite und senkte die Augen. Und das war alles, was die beiden an diesem Abend sprachen.

Man ging gleich nach Tisch zu Bett. Die weitgereisten Gäste brauchten Ruhe. Der Major hatte sich oben in seiner Kammer, höchst zufrieden mit der Welt, in Schlaf gebrummt. Aber fiel nicht dort ein Lichterschein von der dunklen Hauswand auf die Siedlung? Brannte nicht in der Jungfernkammer Licht? Ja, Fräulein Barre war noch auf. Sie wollte ihre Sachen in die Kommode räumen und alles am ersten Abend in Ordnung bringen, damit sie jeden einzigen Tag, den sie hier sein durfte, genießen konnte. Auch musste das Haar für die Nacht zurechtgemacht und die Haube aufgesetzt werden. Die Müdigkeit mochte kommen, wenn dazu Zeit war. Und diese Kammer - kein Wunder, wenn sie einen wach hielt. Wie ein Märchen war sie mit ihren vielen, anheimelnden Sachen. - Aber jetzt musste sie endlich das Licht löschen und ihre Augen ausruhen. Nur keine müden, matten Augen am Morgen. Sie trat mit nackten Füßen auf das Luchsfell. Wie gemütlich hier alles war. Sie blickte in das trauliche Innere des Bettes. Und hier sollte sie also schlafen? Die arme Majorstochter im Prinzessinnenbett?

Mit einem Male schrak sie ängstlich zusammen. Was leuchtete ihr dort drinnen an der Wand so seltsam entgegen? Sie starrte mit großen Augen darauf. Ja, jetzt erkannte sie es. Wie in der Kirche - der Erlöser am Kreuz. Aber weshalb leuchtete es so sonderbar? Lange stand sie von dem Anblick wie verzaubert; endlich dämmerte es ihr - ein Lichtstreifen fiel durch den Bettvorhang an die Wand. Doch den ersten Eindruck eines übernatürlichen Scheines konnte sie nicht loswerden, und sie blickte benommen auf das vergilbte Elfenbein und die goldenen Buchstaben.

Sie sprach Abend für Abend ein Gebet, ein kleines, kindliches Gewohnheitsgebet zu einem Gott, der fremd und fern war, unendlich weit fort; doch jetzt fanden sich ihre Hände zusammen und falteten sich fest, und sie betete flüsternd, eindringlich zu Gott droben im Himmel, vor allem aber zu dem nahen Bild an der Wand. Und dies war wohl kaum das erste inbrünstige Gebet, das dieses Kruzifix an der Bettwand heraufbeschwor.

Dann verschwand auch der letzte Lichtschein an der dunklen Hauswand auf Björndal, und die Nacht wanderte über das Gewölbe des Himmels und über die Welt der Menschen hin.

Sechstes Kapitel

Am Fenster der Jungfernkammer saß Adelheid im großen Stuhl und nähte ein paar Stiche. Es ging auf den Abend zu, auf den Weihnachtsabend. Die Nadel flog mit raschen Blitzen, aber die Gedanken flogen schneller als sie. Adelheid dachte an Dag. Er war den ganzen Tag nicht erschienen, und sie hörte nichts von ihm. Zu fragen wagte sie nicht. Wo konnte er nur heute am Weihnachtsabend sein? Gewiss besuchte er eine - das fiel ihr erst jetzt ein -, eine, die er gern sehn wollte. Sicherlich hatte er eine, die er liebte, so alt, wie er war. Sie erhob sich und blickte bleich zur Fenstertür. Draußen wurde es Abend. Ja - dann gab es wohl eine, die er besuchte, die er liebte...

Bei Morgengrauen waren Skier über den Hofplatz geglitten nach Nordwesten, dem Walde zu. Nach unruhigen Träumen und schlechtem Schlaf trieb es Dag in den Wald hinaus; wie noch nie hungerte er nach den Bergen, noch nie war er so verwirrt gewesen wie m dieser Nacht Er blieb auf dem Elgkollen stehen und schaute auf Hof und Siedlung unendlich tief unter sich. Der Sonne erstes Glühen lag blutig über der Bergkette im Osten.

Er war jetzt erwachsen, mehr als erwachsen an Kräften, stark wie ein Bär in Schultern und Rücken, sicher auf den Füßen wie ein Pferd und geschmeidig wie ein Tier des Waldes - er wusste, was er vom Leben zu halten hatte, und machte sich klar und sicher Gedanken über alles. Und trotz alledem gingen sie ihm in der letzten Nacht völlig durcheinander. Er hoffte wohl hier draußen, wo sich nichts änderte, mit sich selber ins Reine zu kommen. Der

Wald sauste und brauste, der Wind flüsterte über den Schneewehen und sang leise drüben an den westlichen Hügeln bei Utheim. Er hatte sich jedoch gründlich verrechnet, wenn er glaubte, hier leichter mit diesen Empfindungen fertig zu werden. Diese funkelnagelneuen Gefühle passten noch viel weniger in sein Jünglingsdasein hier draußen als daheim auf den Hof.

Schon einmal war es ihm so ergangen; damals im Herbst schien es nur ein flüchtiges Empfinden, als dieser Major mit seiner Tochter zum ersten Mal kam. Seltsam, wie gut er ihr Antlitz seitdem in Erinnerung hatte. Ihm war es nicht zuwider, als er von ihrem Kommen zu Weihnachten erfuhr. Sie war nicht die erste, die er wohlgefällig betrachtete, er war ja oft genug im Holder'schen Hause und anderwärts auf Gesellschaften gewesen, und als die Mutter noch lebte, kamen häufig Gäste auf den Hof. Ja, mit lächelnden Blicken und mancherlei List suchten sich Frauen bei ihm einzuschmeicheln, aber ihn hatte nichts tiefer berührt. Und seines Bruders Leben stand sicherlich als abschreckendes Beispiel vor ihm. Allerdings war er immer oft nach Utheim gewandert, und zwar aus einem ganz bestimmten Grunde - das war nicht zu leugnen. Borghild, die Tochter, hatte so große, sanfte Augen und einen so roten, weichen Mund. Ihr Atem ging immer gleich kurz und heiß, und ihre Brust hob und senkte sich unruhig, wenn er dort am Tisch saß und mit ihr plauderte, und Borghild war schlank um die Hüften und kräftig zu Fuß, wenn sie durchs Zimmer lief. Noch war es nicht so weit gekommen, dass er sie angerührt oder etwas gesagt hätte, aber er begann, ernstlich dergleichen zu überlegen.

Mit dieser Majorstochter war es ganz anders. Konnte er bei ihr an so etwas denken? Nie und nimmer. Und doch - wurde er nicht ganz schwach vor lauter Freude, wenn er ihr nahe war? Weshalb empfand er diese heiße Freude, wenn er nur ihren Blick auf sich ruhen fühlte? Und was sollte es bedeuten, dass er sie im Herzen trug, als gehöre sie ihm?

Er und Fräulein Barre? Was sollte das? Ihre Hand nehmen konnte er allenfalls. Sie gab allen die Hand, Aber sich auszudenken, sie auch nur am Handgelenk zu fassen - unmöglich. Wie ein Schatten würde sie ihm entgleiten. Borghild auf Utheim, die war zu so etwas da, die konnte man anfassen. Aber Fräulein Barre mit diesem Nacken, diesen Augen - sie konnte man nicht mit Händen berühren. Ihre Augen waren nicht kalt, im Gegenteil; sie waren bei allem Stolz so sonderbar gut. Sie schienen alles zu verstehen. Wie kam er zu dieser Meinung von ihr? Er hatte sie noch nicht ein einziges Mal richtig anzusehen gewagt. Heute Abend wollte er es tun, im vollen Licht, und nicht so gelähmt dasitzen wie gestern. Er wusste zwar nicht, worüber er mit ihr sprechen sollte, aber es musste dazu kommen, er wollte ihre Stimme hören, ihre warme, weiche Stimme.

Er kratzte sich am Kopf. Dies war soweit gut und schön. Wenn er nur heute Abend nicht noch geschlagener war als gestern. Ob er sich nicht über Weihnachten lieber fernhielt, im Wald blieb? Mit dem Heimkommen wartete, bis sie wieder fort war?

Fort? - Ein Ruck durchfuhr ihn-ja, so würde es kommen. Eines Tages würde sie fortreisen.

Er richtete den Nacken auf. In was verwickelte er sich da? Natürlich reiste sie wieder fort, wenn Weihnachten vorbei war. Jetzt wurde es ihm deutlich bewusst, er konnte nicht daran denken, dass sie abreisen, fort sein sollte, anderswohin fahren, auf Bälle und Feste womöglich, anderen begegnen, umgefasst werden und tanzen sollte - mit irgendjemandem. Und dann eines Tages würde sie heiraten- einen Offizier oder Pfarrer -, einen aus der Welt, in die sie gehörte.

Er blickte auf seine Hände; sie waren vom Wald gezeichnet, von Axt und Säge, von Splittern und Harz, von Ruß und Hitze - vom Stochern im Herdfeuer der Hütten - ja, von Fisch und Vogel und Pulverdampf und vom Blut und Eingeweide kleiner und großer Tiere. Knochenstark und hart, so bis auf Haut und Sehnen von Luft und Hochgebirgsleben verwittert. Er dachte an des Pfarrers Hände, an die des Hauptmanns, des Majors - und andere, die er kannte. Wie weiß und rein die waren! - Er reckte sich und ließ seinen Blick fest über Wald und Siedlung schweifen. Geringer als der Pfarrer, der Hauptmann und der Major - und wer sonst noch alles - war er nicht. Das wusste er sehr wohl, und dennoch bestand ein großer, deutlicher Unterschied. Aber wozu alle diese Gedanken? Sie war eben nicht zum Heiraten, nicht zum Anrühren - für niemanden in der Welt.

Sicherlich war es nicht ganz ohne Einfluss auf seinen Charakter geblieben, dass seine Mutter aus bequemen städtischen Verhältnissen stammte, nicht aus solchen, in denen man sich wie seine Familie abhärten konnte. Auch Tante Dortheas feines Wesen war kaum spurlos an ihm vorübergegangen. Doch er hatte seines Vaters Blut und artete ihm und dessen Vorfahren nach, Waldleuten und Jägern. Und so gut er die Menschen in seinem Bezirk und Wald begriff, so wenig verstand er sich auf Leute anderen Schlages. Er scheute sich einfach vor allem Fremdartigen wie ein Tier.

Doch Adelheid Barres Augen wurde man nicht wieder los. Man konnte Adelheid nicht abreisen lassen. Was aber tun? Was wollte er? Er lenkte die Skier westlich zum Hügelkamm. Steil lag der Abhang vor ihm, tief unten floss der Bach, auf der anderen Seite erhob sich ein neuer Bergzug, und dahinter lag Utheim. Blauer Rauch stieg dort über den Bergrücken, und der Wind trug den Geruch bis zu ihm her. Er wollte den Weg über Utheim nehmen, Borghild besuchen und dann im Walde bleiben. Es gehörte sich zwar nicht, Weihnachten fort zu sein; wenn aber alles so aus dem Gleichgewicht kam, so war das Nebensache. Hitzig warf er sich nach vorn - und verschwand im stiebenden Schnee den Abhang hinunter; über den Bach ging's weiter und den jenseitigen Steilhang hinauf. Auf Utheim aß er eine Kleinigkeit, denn das hatte er morgens ganz vergessen. Borghild tischte auf wie so manches liebe Mal vorher. Der Alte aß auch mit und plauderte von alltäglichen Vorkommnissen. Es war so geruhsam für Dag, hier zu sitzen und alles seinen gewohnten Gang gehen zu sehen. Und Borghild war wie immer; ihr frisch gewaschenes Haar stand hellblond um den Kopf, und ihre Augen schimmerten warm vor Freude, groß und weich und blau.

Ja, auf Utheim beim alten Gunder und bei Borghild, hier war Sinn in allem. Es gab nichts, was die Gedanken verwirren konnte; er war auf diesem Waldhof gut bekannt, er lag in seinem Reich. Hier war er Häuptling. Niemand raubte ihm seine Kraft und machte ihn klein und unsicher.

Gleichwohl schien es heute nicht ganz wie sonst. Fräulein Barres Augen waren überall bei ihm, auch hier.

Der Saal auf Björndal - das war ein Saal! Er lag in dem Haus, das immer noch der Neubau hieß, obgleich er länger als ein Menschenalter stand.

Fräulein Adelheid mochte sich wundern, als sie zum Weihnachtsessen dorthinein gewiesen wurde, vielleicht merkte sie auch nur, was für ein gewaltiger Saal es war; denn ihre Gedanken weilten anderswo, und sie achtete wohl allein auf die Menschen. Sie ließ den Blick über die vielen Leute vom Hof hingehen, die miteinander flüsterten oder ehrerbietig schwiegen; und endlich musste sie etwas Schönes entdeckt haben, denn ihre Augen leuchteten plötzlich groß und strahlend auf.

War der junge Dag also doch noch zum Weihnachtsabend heimgekommen? Ja. Tief im Wald draußen war er gewesen; doch als der Tag sich neigte, verspürte er eine unbezwingbare Sehnsucht - nach Hause, nach dem festlichen Weihnachtsabend - und nach einer, die er sehen musste. Schnurstracks war er heimgelaufen; und noch im Saal, nachdem er sich zurechtgemacht und Festkleider angelegt hatte, war sein Gesicht gerötet, und seine Augen blitzten von der raschen Heimfahrt.

Sie trafen einander, als sie zum Tisch schritten. Den ganzen langen Tag hatte sich Adelheid gelobt, gegen ihr Schicksal anzukämpfen; wenn er abends kam, wollte sie ihm mit strahlendem Lächeln unter die Augen treten und viele freundliche Worte sagen. Ach, wie leicht, sich so etwas zu geloben; aber es zu halten - das war nicht gerade leicht, jedenfalls nicht für jemanden, der dazu erzogen war, vornehm und zurückhaltend durchs Leben zu gehen. Auch strömten Dags ernste Miene und hohe, sichere Gestalt Kälte aus. Er war so anders als alle. Als sie sich am Tisch begegneten, blickte er ihr gerade in die Augen, und in diesem Blick lag etwas, das sie an seinen Vater erinnerte, als er sie gestern betrachtete. Eine Frage gleichsam - wonach - das konnte sie nicht erraten. Dag erging es nicht besser. Vielleicht war er mit dem Wunsch heimgekehrt, sie möchte ihm so begegnen, dass er nicht mehr an sie zu denken brauche. Wenn sie nur, wie es ihrer Natur sicherlich entsprach, etwas hochmütig auftreten - und kalt dreinschauen wollte, dann würde sie ganz aus seinen Gedanken verschwinden. Aber daraus wurde nichts.

Schlank wie eine Königin kam sie, blickte auch kalt, ja fast hochmütig drein, als sie durchs Zimmer schritt, doch dann - am Tisch - erbebten ihre langen Lider - und die Sonne ging auf. Herrgott, was für schöne Augen - und ihr Lächeln, wie seltsam weich wurde das, wenn es ihn traf.

Auf Björndal herrschte die alte Sitte, dass alle vom Hof am Weihnachtsabend miteinander zu Tisch saßen. Früher reichte die Alte Stube aus, mit den Jahren aber waren der Hofbewohner so viele geworden; und jetzt fand das Essen bereits seit zwanzig Jahren im Saal statt. Er stammte aus einer Zeit, als das Rokoko noch lebte und über den nordischen Landen lachte, und war für Feste gebaut, mit vielen großen Fenstern und weißen Gardinen, hoch und licht, mit Figuren und Bildern und Spiegeln an den Wänden. Stühle gab es genug für alle, und die meisten waren fein und prächtig. Einige sollten aus Holland, andere aus England sein, wieder andere waren in Norwegen gefertigt, ja manche einstmals sogar auf Björndal selbst von Jörn Vielfalt.

Sie glichen sich nicht alle, denn sie stammten aus verschiedenen Zeiten. Die feinsten hatten hohe Lehnen und goldgepresste Lederbezüge, und deren gab es achtzehn.

Früher waren in diesem Saal Feste gefeiert worden mit Tanz und Musik; aber das schien Adelheid lange her zu sein; denn er wirkte heute Abend so ernst.

Die Kronleuchter an der Decke waren nicht angezündet, Wände, Fenster und Winkel lagen im Dunkel. Alles Licht sammelte sich auf dem Tisch; dort standen die heiligen Weihnachtskerzen aufgereiht in Leuchtern aus Silber, Messing und Eisen, mitten auf dem Tisch das Heiligedreikönigslicht in einem schweren silbernen Leuchter und davor die Bibel mit hohen Wachslichtern zu beiden Seiten - wie in der Kirche.

Adelheid nahm wohl von alledem nicht viel wahr, aber die Feierlichkeit dieser Stunde ergriff auch sie. Es war ganz still im Saal - trotz den vielen Menschen.

Vor jedem Platz standen Gläser mit Branntwein und Bier, und das Essen wurde aufgetragen. Dann verlas der alte Dag das Weihnachtsevangelium wie jedes Jahr. Hände falteten sich, Häupter senkten sich still. Der Major, der alte Soldat, legte die Hände nur übereinander, die Linke auf die Rechte, dann die Rechte auf die Linke - schließlich faltete auch er sie. Adelheids Blick streifte den jungen Dag. Seine Hände waren, hart wie Eisen in Eisen, ineinander gepresst; er saß neben ihr - leicht vornübergebeugt mit gesenktem Kopf, als lausche er auf etwas aus weiter, weiter Ferne.

Des Alten Stimme trug die Worte der Schrift fest und feierlich in den Raum hinaus, und das Knistern der flackernden Flammen neben ihm war der einzige Laut. Ein schwerer Geruch von Essen, von Lichtern und Festlichkeit und feiertäglichen Menschen erfüllte die Luft. Adelheid nahm alles in sich auf - sie saß, wo sie zu sitzen begehrte; und eine ungekannte Glücksstimmung von Fest und Weihnachten durchdrang sie. Die Bilder der Bibel - mit Hirten und Stern, mit Stall und Krippe und den Königen aus dem Morgenlande - standen ihr so lebendig vor Augen wie in den glücklichen Jahren der Kindheit.

All die vielen Menschen rings um den Tisch, die seit langem zu Björndal gehörten, sahen heute Abend den alten Dag verwundert an; seine Stimme klang so ungewohnt, von dunklerem Ernst durchtönt als sonst zu Weihnachten. Feierlich schloss der Alte die Bibel und sagte amen, und dann wurde es laut: Scharren von Stühlen und Atmen von Menschen, und im gleichen Augenblick aßen sie alle. Wie stets zu Weihnachten begann das Essen mit Grütze als Unterlage, und dann kam das Fleisch, solange jemand kauen konnte; der Branntwein war gut und das Bier stark wie immer. In Stadt und Land ging es Weihnachten dieses Jahr karg zu, ja, eine schwere Zeit zog über Norwegen hin. Nur auf Björndal ging alles unverändert seinen Gang; denn der Alte hatte so gewirtschaftet, dass die Nöte von draußen in sein Reich nicht vordringen konnten. Ja, ein Weihnachtsabend auf Björndal, das war ein Abend!

Nachdem man den ersten Bissen gekostet hatte, ergriff der Alte sein Glas und blickte über den ganzen Tisch hin. - Manche Erinnerung wecke dieser Abend, sagte er, an so viel Gutes aus dem ganzen, langen Jahr. Jeder möge dem Lenker droben dankbar sein, und er selbst wolle danken, dass er gesund sei und auch diesmal alle um sich versammelt sehen dürfe. Darauf wünschte er Gottes Frieden über das Haus und jeden. Hiermit war das Zeichen gegeben, die

Branntweingläser zu ergreifen. An allen Ecken begann die Unterhaltung zwischen den Tischnachbarn, leise noch und zaghaft, aber der ganze große Saal wurde lebendig, die Schatten an den Wänden bewegten sich, und auf der Tafel zwischen allen den Menschen und Schatten stand die blinkende Lichterreihe. Manches Auge war blank geworden; wo die Frauen saßen, wurden die Taschentücher hervorgeholt, und wer kein Tuch hatte, fuhr sich mit der Hand über die Augen - oder auch unter die Nase.

Adelheid lugte vorsichtig unter ihren langen Wimpern hervor und prägte sich die mannigfaltigsten Bilder fest ein. Nie hatte sie mit so vielen verschiedenen Menschen Tisch und Essen geteilt. Wäre das früher und anderwärts geschehen, dann hätte sie den Kopf zurückgeworfen und die Nase gerümpft; doch heute kam sie einmal mitten ins Leben hinein, bunt und vielfältig, wie den Menschenkindern das Los fällt. Unten an der Tür saß hauptsächlich fahrendes Volk, darunter weißhaarige, altersschwache Kerle. Einige blickten scheu, mit gebeugtem Nacken, andere äugten lauernd und gierig nach dem Essen auf dem Tisch und aßen, als sei es zum letzten Mal auf Erden. Sicherlich ist das Leben hart mit ihnen verfahren, und sie haben selten gutes Essen zu sehen bekommen - und so schenkte Adelheid allem, was sie sah, einen freundlichen Gedanken. Ja, zu der Zeit gab es viele, sehr verschiedene Leute auf Björndal, und alle saßen hier versammelt. Der *Hässliche Hans* und der *Lumpen-Espe*, der *Raufpeter* und der *Lange Ola*, der *Stumme Jens* und die *Bettelsack-Annette*. Ja, die und noch viele; mancher, der zu nichts mehr taugte und von niemandem beachtet wurde. Und andere, die mit ihrer Arbeit noch etwas Nutzen stiften konnten, wie Jörn Vielfalt, der einst so flinke Schreiner. Trotz seiner jetzt so schwachen Augen und zittrigen Hände fand er noch Verwendung, konnte allerlei ausbessern und behielt seinen festen Platz auf Björndal bis ans Ende seiner Tage. Er gehörte zu denen, die vom alten Dag Sachen erbten, und ging feiertags geradezu fein gekleidet einher. Ferner gab's den Meister, der sich auf so vieles verstand und sich selber unentbehrlich vorkam.

Und dann saßen sie hier um den Tisch, alle die Jungen, Starken.

Syver Hintenauf und die anderen Knechte, tolle junge Leute mitunter, doch hier nahmen sie sich in Acht. Die Waldarbeiter waren auch da, sogar der »Axt-Martin«, der zäheste Axtschwinger im Walde. Sein Gesicht strahlte vergnügt von Luft, Gesundheit und Kraft, und seine Schultern wiegten sich breit und zuverlässig. Und Schmiede, Stallmägde und Frauen und manchen anderen sah man.

Stühle scharrten und Schuhe klappten, als man sich vom Tisch erhob. Nach Rang und Ordnung ging jeder an Dag vorbei, dankte ihm mit einem Händedruck für das Essen und wünschte frohe Weihnachten. Und der Alte erwiderte den Händedruck dieses Jahr so merkwürdig fest, jeden einzelnen. Dann stellte man die Stühle an die Wand oder in andere Zimmer, Speisen wurden abgetragen, und alle kehrten in ihre Behausung auf dem Hof zurück.

Siebtes Kapitel

Vater und Sohn begaben sich mit ihren Gästen in die Alte Stube; der Major und seine Tochter kannten sie noch nicht und wunderten sich gewiss etwas. Es war nicht überall Sitte, ein neues Haus zu bauen und das alte stehenzulassen, wie es stand. Die Alte Stube war seit Urzeiten unverändert geblieben, mit Tischen und Stühlen, mit Schränken und Wandbehängen, geschwärztem Kamin und blinden Scheiben in Bleifassung, mit Waffen oben unter dem Gebälk, steinernen und zinnernen Krügen, hölzernen Gefäßen und eisernen Leuchtern.

Jungfer Kruse brachte selbst Kaffee und Gebäck auf einem silbernen Tablett. Man ließ sich um den Tisch vorm Kamin nieder, Jungfer Kruse schenkte Kaffee ein, und der Hauptmann kam mit Tabak und Pfeifen. Nach dem Kaffee holte Jungfer Kruse einen Krug starken Punsch und für Fräulein Barre etwas Wein.

Der Major vermutete, Dag wünsche am Heiligen Abend eine gewisse Zurückhaltung; daher sprach er nicht laut, aber seine Redseligkeit ließ sich nicht aufhalten. Er redete vom Saal und allen, die dort versammelt gewesen waren, fragte nach diesem und jenem, und Dag antwortete nicht ungern und erzählte von allerlei, was den Major berührte.

Der Sohn hatte neben Adelheid die Schwelle zur Alten Stube überschritten, aber Worte fand er nicht - heute Abend nicht. Sie versuchte wohl, ihn in Schwung zu bringen, und sprach davon, wie festlich es im Saal gewesen sei. Er erwiderte zwar, ja, es sei festlich gewesen - aber das war alles, und seine Wortkargheit lähmte auch ihr die Zunge.

Ob der Alte nun merkte, dass die jungen Leute still waren, oder ob er an anderes dachte - jedenfalls wandte er sich an seinen Sohn: »Wenn Tante Dorthea noch lebte, dann hätte sie uns ein Weihnachtslied auf dem Spinett gespielt.« Der Junge hob den Kopf verwirrt, als würde er aus völlig anderen Gedanken herausgerissen. Der Vater war heute Abend so wunderlich in allem - »Tante Dorthea« -, antwortete er, und ein warmer Schimmer kam in seine Augen - »Ja, dann hätte sie gespielt.« Schrak nicht Fräulein Adelheid zusammen? Nein, doch wohl nicht. Starr wie eine Statue saß sie da.

Was war nur mit dem Hauptmann los? Seine Blicke flogen zwischen Adelheid und dem Major hin und her. Er wandte sich an den Major, ob nicht seine Tochter etwas von der musikalischen Begabung der Mutter geerbt habe? Adelheid hob abwehrend die Hände, aber der Vater war schon im Zuge. Doch, Adelheid sei in der Musik nicht ohne Übung. Vater Dag wendete sich ihr mit gutem, festem Blick zu; Adelheid errötete und blickte ihn flehend an, dann erhob sie sich und ging in die Vorderstube.

Still war es in der alten Stube. Der Wind sang leise um die Wände - und das Kaminfeuer flackerte auf. Vater Dag lauschte gespannt, als Adelheid den Stuhl hinstellte und den Deckel des Spinetts aufschlug. Der Sohn saß vornübergebeugt, die Ellenbogen auf den Knien, die Hände unterm Kinn, und starrte in die Glut.

In Jungfer Dortheas Spinett schlummerten ja so zarte Töne; jetzt schlug Adelheid ein paar Tasten an und lockte die Töne hervor. Dann glitten die Töne in eine Melodie über und wurden zu Liedern, zu den alten lieben Liedern, die mit Dorthea gestorben waren. Sie schwebten wie altbekannte Bilder durch den stillen Abend.

Nicht für alle waren es nur Bilder. Für den jungen Dag gehörten sie zu den schönsten Erinnerungen - an einen Engel auf Erden; und dem Vater waren sie heute offenbar ebenso teuer, denn er blickte ganz hilflos drein. An einem solchen Abend stürmten gewiss viele Erinnerungen auf ihn ein. Solche Töne waren in diesen Wänden nicht erklungen - seit Dorthea starb - seit Therese starb. Als das Spinett zum letzten Mal ertönte, lebten beide noch.

Der Junge tat einen langen, tiefen Atemzug, vielleicht hatte er eine Weile zu atmen vergessen. Dann wandte er sich im Stuhl um und konnte jetzt Fräulein Adelheid von seinem Platz aus sehen - nur halb von der Seite - aber was für ein Bild...

Jungfer Kruse hatte die beiden Wachskerzen angezündet, die immer auf dem Spinett standen, und sie beleuchteten Adelheids Gesicht. Das Haar schimmerte wie dunkles Gold, und ihre Hände - ihre feinen, guten Hände - strichen weich über die Stelle hin, von der die Töne kamen.

Das Gesicht des jungen Mannes war finster wie die Nacht. Also auch das konnte sie, Lieder spielen - wie Tante Dorthea - und noch mehr als sie.

Immer höher über andere stieg sie in seiner Vorstellung, weiter und weiter fort von ihm und seiner eigenen Welt.

Des Majors Stimme ertönte laut, wie ein Befehl: »Adelheid, du singst uns doch zum Schluss noch etwas?« - Dags Augen vermochten sich von dem Anblick in der Vorderstube nicht loszureißen. Er sah sie unter ihres Vaters Worten wie verstört zusammensinken; dann richtete sie sich auf und bog den Kopf zurück. Die Hände lockten neue

Töne hervor - und dann sang sie. Ihre Stimme war schön und schmiegsam mit reiner weicher Aussprache, und in Worten und Tönen zitterte ein Wehmutsklang. Nur das eine Lied sang Fräulein Adelheid, dann schloss sie das Spinett; sie erhob sich und kam still zum Tisch zurück.

Vater Dag stand auf - wortlos - und ging in die Vorderstube. Nicht in die Diele, sondern zur Tür der Schlafkammer; dort holte er die Schlüssel und schloss Thereses große Truhe auf. Er kramte eine Zeitlang in den kleinen Schachteln, dann verschloss er die Truhe und kam wieder in die Alte Stube. Er setzte sich auf seinen alten Platz, wendete aber das Gesicht Fräulein Adelheid zu.

Der Sohn hatte immer große Achtung vor dem Vater gefühlt, heute Abend aber staunte er ihn fast wie ein Wunder an. Er selbst saß stumm da und wagte nicht einmal einen Blick zu Fräulein Barre hinüber; der Vater jedoch wagte alles - er blickte sie nicht nur an -, er sprach zu ihr wie zu einem gewöhnlichen Menschen, ja als wäre sie sein Kind.

»Ich könnte Euch manches sagen, Fräulein Barre, aber ich bin alt - lassen wir es drum. Ich habe so viele Weihnachtsabende erlebt, hab' manchen lieben Menschen verloren, einen nach dem andern. Als Ihr spieltet, sah ich sie alle um mich hier in der Stube. Ihr seid so jung und schön. Die große Welt steht Euch offen, und Ihr habt gute Anlagen, könnt Dank und Freude ernten, wo Ihr auch hinkommt. Und seid doch hierhergekommen. Es mag Euch langweilig scheinen, aber Ihr sollt wissen, dass dieser Weihnachtsabend mit Eurem schönen Spiel und Gesang eine Erinnerung für uns bleiben wird. Gott segne Euch dafür. Ich hab' hier eine kleine Gabe - wenn Ihr sie nicht verschmähen wollt - zum Andenken an die Zeit, da Ihr in Eurer Jugend auf Björndal weiltet.«

Etwas golden Schimmerndes blitzte aus Dags harter Faust in Adelheids weiße Hand hinüber. Nur eine Nadel, aber von aparter Form und außerdem aus schwerem, reinem Gold. Sie war einmal aus Holland gekommen; der Alte hatte sie in seiner Jugend der Jungfer Therese Holder geschenkt. Seit Thereses Tod lag sie in der Truhe und war ihm wohl eingefallen, als Fräulein Adelheid die alten Erinnerungen wachspielte.

Adelheid flüsterte verwundert einen Dank, und so etwas könne sie nicht annehmen - doch da sah sie auf und begegnete dem Blick des Alten - und wusste, sie hatte sie anzunehmen.

Was war das? Weshalb erbleichte sie, stand auf und ging hinaus - die Treppe hinauf, in ihre Kammer?

Adelheid war im Unglück stark, im Kummer und Missgeschick. Dabei fand sie keine Tränen. Aber ein freundliches Wort - das törichte Schmeicheln der Kavaliere auf Bällen berührte sie nicht; aber ein freundliches Wort aus dem Herzen... Wann in der Welt hatte sie das zu hören bekommen? Und jetzt sagte ihr Vater Dag an diesem stimmungsvollen Abend, als ihr Gemüt so empfänglich war-viele gute Worte. Da verlor sie die Fassung, und auf dem Bett in der Jungfernkammer weinte sie ihren Kummer aus über alle die Tage, die sie freudlos und ohne ein liebes Wort gelebt hatte. Und das erste, seit sie erwachsen war, sollte aus dem gestrengsten Munde kommen, den sie je gesehen hatte. Wie seltsam war die Welt - wie seltsam die Menschen...

Und alles dies nur, weil sie, wie schon so oft, ein paar Melodien gespielt und ein einziges kleines Lied gesungen hatte. Dass ihr empfindsames Gemüt dem Spiel eine so ergreifende Macht verlieh und ihrem Gesang eine so heiße Glut, das ahnte sie nicht, und ebenso wenig die Wirkung der Töne in der niedrigen Alten Stube. Ihr stehe die große Welt offen, sagte er.)a, die Welt, wo sie Schlechtes über sie tuschelten. Die große Welt! Glaubte er denn, sie wüsste nicht, wo sie sich jetzt befand? Die Zeiten hatten sich während der letzten Jahre so gründlich geändert. So viele, die früher groß waren, die waren heute klein. Reichtum wandelte sich in Armut in Stadt und Land. Die große Welt... Ach, von wie vielen wusste sie, bei denen die Großartigkeit nur obenauf saß, die Not aber im Innern nagte, so dass innerhalb weniger Jahre alles in Trümmer zu sinken verdammt war. Sie hatte so manches raunen hören.

Hier drängte sich einem die Großartigkeit zwar nicht auf, doch mit jeder Stunde, jedem Tage wuchs alles größer vor einem empor. Hätte sie das vorher geahnt, dann hätte sie niemals zu denken gewagt wie im Herbst auf der Fahrt hierher. Heute Abend hatte sie es gesehen, im Saal mit allen den verschiedenen Menschen in den großen prächtigen Räumen. Ein großartiger Rahmen um das Leben großer Menschen.

Ihre Hand presste die kostbare Nadel, diese Erinnerung an ihren Aufenthalt auf Björndal in der Jugend, wie Dag sagte. Ja, so würde es wohl kommen - sie würde gewiss ein teures Andenken sein, diese Brosche - an damals, als ihr Herz kalt wurde.

In der Alten Stube hatte keiner etwas bemerkt. Wirklich nicht? Als Adelheid hinausging, sah der junge Dag erstaunt auf, begegnete dem Blick seines Vaters - und wusste: es sollte nichts geschehen sein. Die Augen des Hauptmanns gingen denselben Weg und wurden dasselbe gewahr. Es gab nur einen Herrn auf Björndal, und ereignete sich etwas, mit dem man nicht recht fertig werden konnte, dann beobachtete man, wie er es aufnahm. Und wenn der Alte ruhig vor sich hin blickte, als sei alles in Ordnung, dann war eben alles in Ordnung. Der Major sah die anderen an und fluchte innerlich über die Launen aller Frauenzimmer. Doch auch er fühlte: hier hieß es schweigen.

Niemand bemerkte, dass Adelheid wieder eintrat - groß und still.

Sie ging zu Vater Dag und streckte ihm die Hand hin: »Wie soll ich nur für eine so kostbare Gabe danken?«

Er nahm die Hand und sah Adelheid an, mehr nicht - seine Augen waren jedoch sprechend, so ausdrucksvoll, und Adelheid fühlte, dass er ihr das Geschenk und noch vieles mehr gönnte... Gut, wenn man nicht alles weiß. Hätte sie geahnt, dass der Mensch, der dem Alten das Liebste auf der Welt war, diese Nadel vierzig Jahre hindurch als schönsten Schmuck getragen hatte - dann hätte sie der Gabe vielleicht zu viel Bedeutung beigemessen.

Auf Regen folgt immer Sonnenschein, und jetzt schien für Adelheid die Sonne im Dämmer der Alten Stube. Leichtfüßig ging sie zu ihrem Vater und zeigte ihm die Nadel, die sie sich angesteckt hatte. Der Major zog die Brauen hoch, und seine Augen weiteten sich bedenklich; er dachte gewiss an die vielen Taler, die sie wert sein mochte. Der Hauptmann erkannte die Nadel offenbar, denn er machte ein ganz erschrockenes Gesicht. Der Alte unterbrach die Stille; sie würden doch morgen alle mit zur Messe fahren wollen? Wenn auch der Major kein Kirchgänger war, so hielt er doch als alter Soldat drei Dinge geziemend in Ehren: Gott, König und Vaterland. Auch hatte ihm der Hauptmann schon einen Wink gegeben, dass es hier seine einzige Pflicht sei, am Weihnachtsmorgen mit zur Kirche zu kommen; also erwiderte er, an einem so guten, alten Brauch müsse man festhalten. Vater Dag teilte mit, er würde die Ehre haben, den Major im ersten Schlitten mitzunehmen. Die jungen Leute sollten miteinander fahren und Syver Hintenauf mit dem Hauptmann und Jungfer Kruse im dritten Schlitten. Adelheid stieg die Glut in die Wangen; sie schloss die Augen und lehnte sich im Stuhl zurück. Auch das hatte Vater Dag so eingerichtet...

Dann erhob sich Dag; wenn sie morgen beizeiten aus den Federn wollten, so müssten sie wohl jetzt zu Bett gehen; und es wurde gute Nacht gesagt und das Licht gelöscht.

Der Alte ging als letzter zur Ruhe. Er machte seinen gewohnten Gang in die Diele, um die Außentür zu verschließen. Alle Schritte waren verklungen, und die Stille der Nacht ruhte über dem Hause. Plötzlich schrak er zusammen. Hatte er sich verhört, rührten diese merkwürdigen Töne vom Sturm her, oder hörte er wirklich Schellengeläut? Ja, da bimmelten Schellen, immer näher, und jetzt klingelte es auf dem Hofplatz - und hielt vor der Tür.

Wer in aller Welt kam mitten in der Weihnachtsnacht auf den Hof gefahren? Schritte von beschneiten Stiefel erklangen auf den Stufen und in der Laube - und dann flog die Außentür krachend auf.

Dag regte sich nicht- Angst kannte er nicht er starrte nur auf die offene Tür, durch die Wind und Schnee hereinstoben; aber niemand kam. Er ging zur Tür und spähte hinaus. Der Mond schimmerte zwischen jagenden Wolken, so dass man etwas erkennen konnte. Kein Pferd, kein Schlitten - keine Spur im Schnee, weder von Pferden noch Menschen.

Er trat in die Laube und lauschte. Der Sturm brauste über die Wälder hin. Weit hinten sang es und über den nächsten Feldern. Heute Nacht sind sie los, die tot sind und nicht los können, pflegte Ane Hammarbö zu sagen; aber sie glaubte an so vieles in der Weihnachtsnacht: da redeten die Tiere in ihrem Stand, und die Kobolde wirtschafteten in Tenne und Stall, und alles Unerlöste ging um und rumorte über und unter der Erde.

Er kehrte ins Haus zurück und legte Schloss und Riegel vor, dann blieb er plötzlich stehen. Auch vorige Weihnachten wollte man das gleiche gehört haben wie heute - Jungfer Kruse hatte damals davon erzählt, ohne dass er sich darum kümmerte -, aber heute dachte er anders. Er hatte einen Sohn, der tot unter dem Felsen in der Schlucht des Jungfrautals lag - der nicht in geweihte Erde gekommen war. Besuchte etwa der sein Vaterhaus auf diese Weise? Wenn der nun irgendetwas wollte?

Dag stand lange Zeit lauschend da - doch jetzt war es nur der Sturm, der draußen wütete. Er sann mit tiefgefurchter Stirn nach. Dann reckte er sich - ja, das wollte er tun; vom Schmied ein eisernes Kreuz schmieden lassen und das mit zum Pfarrer nehmen und in der Kirche darüber beten und den Segen sprechen lassen. Dann musste er selbst in die Schlucht hinabsteigen, kein anderer würde es wagen wollen, musste in den Felsblock ein Loch bohren und das Kreuz aufstellen. Vielleicht bekam der Junge dann seinen Frieden.

Der Alte deckte Asche über die Glut im Kamin, löschte die Lichter am Spinett und trat in seine Schlafkammer. Warum blieb er im Dunkeln stehen? Musste er noch über anderes nachdenken? Legte er sich jetzt zur Ruhe oder schritt er zur Alten Stube? Dachte er an die Erinnerungen, die Fräulein Barre mit ihren Melodien geweckt hatte? - An Dorthea und Therese? An ihre warme Menschlichkeit? An alles, was sie anderen ringsum gegeben - auch ihm -, und dachte er daran, wie wenig er wiedergegeben hatte - wie wenig er ihnen gewesen war? An Tausende von einsamen Tagen - in seinen besten Zeiten? An alle die verlorenen Werte - an die vielen guten Jahre, die für ihn und die Seinen ohne Wärme geblieben waren durch seinen harten Weg des Geldes?

Gute Menschen sind stark. Sie können nach dem Tode umgehen in so manchen Erinnerungen, auch in den Tönen eines Spinetts.

Von dieser Weihnachtsnacht an spukte es auf Björndal.

Jemand wollte in der Alten und in der Vorderstube die ganze Nacht hindurch tastende Schritte gehört haben, und ein Weib, das durch die Laube zum Neubau gegangen war, schwor, es habe im Mondschein ein bleiches, verzweifeltes Antlitz mit hohlen Augen hinter den Fensterscheiben der Vorderstube gesehen. Und es sei das Gesicht der Ane Hammarbö gewesen. Andere vernahmen um Mitternacht einen wilden Schrei, und das Weib, das Anes Gesicht gesehen haben wollte, leugnete, selbst geschrien zu haben. Jedenfalls konnte sie sich nicht daran erinnern.

Also spukte es auf dem alten Hof, mit tastenden Schritten in den Stuben und bleichen Gesichtern hinter den Fenstern und unheimlichem Schreien um Mitternacht...

Achtes Kapitel

Der Morgen begann mit einem Schnaps auf nüchternen Magen, mit einem Imbiss und einem Trunk im Bett, und dann ging's in die Kleider und im Dunkeln in die Schlitten.

Kein Wunder, dass man im Borglander Stuhl lange Hälse machte, als der Major und Adelheid mit den Björndalern die Kirche betraten; und Jungfer Kruses aufmerksame Augen sahen das Gesicht der bösen Elisabeth weiß wie ein Laken werden, da sie Adelheid an der Seite des jungen Dag erblickte. Was konnte das bedeuten? Ehe sie von der Kirche abfuhren, mussten der Major und seine Tochter natürlich ihre alten Freunde begrüßen und einige Worte mit ihnen wechseln; einen so kühlen Gruß wie hier hatten sie noch nie bekommen - Adelheid bemerkte auch, dass die Borglander und Björndaler Familien sich nicht zu sehen schienen.

Bei der Heimkehr stand der Tisch in der Vorderstube so reich gedeckt wie am ersten Abend.

Die festlichsten Stunden waren der Heilige Abend und die Frühmesse. Gleich danach begann das vergnügte Weihnachten mit dieser Tafel in der Vorderstube. Draußen herrschte noch Halbdunkel, und auf dem Tisch standen viele Lichter. Eine so lustige Morgenstunde hatte selbst der Major sein Lebtag nicht verbracht, und er freute sich schon jetzt auf alles, was er nach seiner Rückkehr in die Stadt würde erzählen können. Da wiegte man sich in dem Glauben, von Essen und Trinken etwas zu verstehen und die Kunst des Schnapstrinkens zu beherrschen; nun kam man nach dem Bärental und erhielt eine Lektion darin.

Hier kriegte man schon am frühen Morgen eine Herzstärkung in den Leib, ehe man noch die Augen auftat - und einen Imbiss mit Gepökeltem und Bier, noch bevor man aus den Federn kroch. Dann gab es eine flotte Fahrt in langem Zuge mit Fackelschein und klingenden Schellen und einer Feierstunde in der Kirche; und bevor noch andere sich den Schlaf aus den Augen reiben konnten, war man hier schon frisch und munter von kräftigem Essen und starkem Getränk. Dies war ein Leben nach dem Herzen des Majors, und er äußerte deutlich seine Meinung. Vielerlei Menschen habe er in Norwegen getroffen und in fremden Reichen, doch einem so durch und durch tadellosen Kerl wie Dag Björndal sei er noch nirgends begegnet, und da mochte sein vornehmer Freund auf Borgland mit seinem steifen Gruß zum Henker gehen. Manchen Strauß hatte der Major ausgefochten, mit der Waffe wie mit dem Becher in der Hand; aber dieser heute in der Vorderstube wurde ein schweres Stück Arbeit selbst für ihn. Er hatte so viel gegessen, dass er sich die Weste aufknöpfen musste, und der Alte hatte ihm so häufig und gleichmäßig zugetrunken, dass er zuletzt kaum noch nachzukommen vermochte. Gerade da erhob sich der Alte; er gedenke, hiernach ein Nickerchen zu machen, und die anderen möchten es halten wie er, wenn sie Lust hätten. »Jungfer Kruse weckt uns schon, wenn wir wieder Essen brauchen!«

Arm in Arm stiegen sie die Treppe hinauf, der Major und der Hauptmann, alle beide etwas wacklig auf den Beinen. Der Alte ging in die Schlafkammer, mit sicherem Schritt und fester Haltung, aber schon bei Tisch hatte in seiner Laune etwas Krampfhaftes gelegen, und jetzt sah er todmüde aus. Vielleicht hatte er in der Nacht nicht gut geschlafen.

Der junge Dag hatte mit Maßen getrunken und Adelheid nach dem ersten Glas reichlich genug gehabt, doch auch sie gingen. Zu sagen wussten sie sich nichts und waren ebenfalls müde von dem frühen Kirchgang.

Die Zeit verstrich behaglich und gemütlich, und Adelheid zählte schweren Herzens die Tage. Dag holte auch jetzt seine Skier vor und lief mitunter, wenn er mit seinen Gedanken gar nicht fertig wurde, einen Tag lang in den Wald. Die Kluft zwischen Adelheid und ihm vergrößerte sich täglich. Nun kam auch noch heraus, dass sie ein Instrument spielen und noch feiner nähen konnte als Jungfer Dorthea, und der Hauptmann erwähnte einmal, sie verstände die Sprachen, die man in Deutschland und Frankreich spräche.

Ja, Fräulein Adelheid trauerte über jeden Tag, der zu Ende ging. Dass sie doch ihr Schicksal nicht selbst zu lenken vermochte! Vielleicht gab es einen anderen auf Erden, der es konnte? Es geschah etwas Unerhörtes...

Ein Bote von Borgland kam nach Björndal, um Vater Dag etwas auszurichten. Jungfer Kruse flüsterte Dag etwas zu, und er ging hinaus in die Diele. Der Bote hatte den Auftrag, die Björndaler zum Weihnachtsball nach Borgland einzuladen. Sie alle seien willkommen; und wenn nicht alle kommen könnten, dann erwarte man jedenfalls Fräulein Barre und den Sohn, da es vor allem ein Ball für die Jugend sei. Jungfer Kruse, die ihm Schnaps und Gebäck brachte, ließ beinahe das Tablett fallen. Wenn eine solche Aufforderung erfolgte, dann war der Jüngste Tag nicht mehr fern.

Und der Alte? Sperrte auch der die Augen auf und fragte vor lauter Staunen nochmals nach? Nein - Dag kannte die Welt und wusste genug von den Wegen der Menschen. Der Bote sollte nicht die Nachricht heimnehmen dürfen, der Alte auf Björndal habe ein verwundertes Gesicht gemacht. Er drehte sich dem Feuer zu, und als er sich wieder umwandte, erhielt der Mann die Antwort, man werde morgen Nachricht geben, ob jemand kommen könne; er möge einstweilen ihren Dank bestellen.

Der Bote und Jungfer Kruse waren gegangen, und Dag setzte sich vor den Kamin. In jüngeren Jahren hätte er sich kaum einen Tag lang wegen einer Antwort zu bedenken brauchen. Damals hätte er mit einem raschen Nein geantwortet, aber seitdem hatte sich manches in der Welt geändert. Überdies weilten jetzt Gäste im Hause, und die Rücksicht auf diesen Besuch ging allem vor. Der Major und seine Tochter hatten das Recht, auf den Ball zu fahren; und wenn sie Begleitung wünschten, dann war es ungehörig, nein zu sagen. Stärker stürmten andere Gedanken im alten Dag, Erinnerungen aus vielen langen Jahren stiegen in ihm auf.

Er kannte die Welt, ja - und vielleicht besser, als man ihm zutraute. Er hatte in der Stadt einen Anwalt, der Dokumente schrieb und sich mit Geldern und Hypotheken abgab - für ihn und andere. Möglich, dass Dag durch ihn etwas davon wusste, dass die Not der Zeit jetzt auch Borgland erreicht hatte. Sie nahmen hin und wieder auf einen ihrer Höfe Geld auf. Vielleicht hatte auch Dag selbst irgendwo aus zweiter Hand einen oder mehrere Anteile auf Land aus ehemaligem Borglander Besitz aufgekauft.

Er dachte mit gefurchter Stirn unausgesetzt nach, und seine Brauen zogen sich merkwürdig finster zusammen. Weckte irgendetwas die Erinnerung in ihm an einen Tag in den Wäldern, in seiner Jugendzeit, an eine Jagd auf einen Fuchs oder Luchs? Seine Augen sahen aus, als lauerten sie auf geschmeidige, tückische Tiere. Viele waren in den letzten Jahren aus anderen Bezirken und Höfen zu ihm gekommen, Leute, die er von früher kannte, und andere, die er nie gesehen hatte. Sie kamen mit mancherlei Anliegen, aber schließlich steckte hinter allem: das Geld.

Und heute war jemand von Borgland dagewesen - mit der Einladung zum Weihnachtsball...

Er erhob sich und ging ein paar Schritte umher. Die Strümpfe spannten um die Waden, die tierstarken Muskeln zitterten, und die Schuhschnallen blitzten, wie altes Silber blitzt. Der Rock saß fest um die breiten Achseln und über dem Rücken. An Brust und Handgelenken stach das gefältelte weiße Hemd gegen die wettergebräunte dunkle Haut ab, und das Haar flutete in unbändigen silbernen Locken um den Kopf. Er reckte sich. Sein Rücken war im Laufe der vielen Jahre steif geworden; doch als er ihn jetzt dehnte, ging ein mächtiger jugendlicher Schwung durch seine Schultern.

Veränderlich ist des Menschen Sinn - schwierig zu zähmen wie das Raubtier des Waldes.

Da hatte Dag nun dreißig Jahre lang seine Rachsucht zu bekämpfen versucht und im letzten Jahr gute Schösslinge in sein Herz gepflanzt, die frisch gediehen. Und in den Weihnachtstagen eine Frau vor Augen gehabt, die ihn an Jungfer Dortheas stille Güte und zugleich an Thereses starke Natur gemahnte. Sie spielte Erinnerungen wach, so dass er sich in aufrichtiger Reue seiner Scham und Schuld gegen die Dahingegangenen bewusst wurde. Ja, er schien bereits auf so gutem Wege. Und dann kam der Bote gefahren, der Name Borgland fiel lärmend über ihn her... und das raue Gemüt des Alten kehrte um auf seiner Bahn - kehrte völlig um. Es war so schön zahm den Weg zu mildem Frieden gewandert, jetzt aber lebte die Rachsucht wieder auf, regte sich zuckend in den tiefsten Schlupfwinkeln seines Innern, und eisige Kälte breitete sich über alle die guten Schösslinge. Was bedeuten dreißig Jahre Zähmung, was ein einziges Belehrungsjahr und ein paar friedliche Weihnachtsgedanken - auf der wilden Bahn eines uralten Geschlechts?

Eine endlose Schar rauer Jäger glitt Mann auf Mann rings um Dag in die Diele und zwang ihn, denselben Weg zu sehen, den sie jahrhundertelang verfolgt hatten. Und vor seinem Blick stiegen die alten Erzählungen auf, seine eigenen Erinnerungen an die bitteren Zeiten seiner Sippe: harter Kampf ums Dasein, mit der Bosheit des offenen Landes allerwegen gegen sich. Und Borgland war die starke Festung in Feindesland gewesen. Er dachte an das einzige Mal, da er dort abgestiegen war - an die eisige Verachtung des Obersten...

Dags Augen waren fest und starr demselben Ziele zugewandt wie die seiner Väter vor ihm - wie die seiner Väter in ihm. Rache für alles Unrecht... Schlag um Schlag... endlich! Er legte die Fäuste fest auf dem Rücken zusammen und ging weiter auf und ab. Botschaft von Borgland... Kam sie wegen des Majors und der Tochter? Kaum. Jedenfalls Fräulein Barre und der Sohn, lautete die Einladung. Seinem Blick entging nichts; er hatte in der Kirche ein Antlitz erbleichen sehen, das des bösen Fräuleins Elisabeth. Und heute diese Aufforderung zum Ball für die jungen Leute... Dag kniff die Augen drohend zusammen, sie schimmerten eisig blau.

Erspähte er jetzt den Luchs - das tückische, blutgierige Tier? Einmal hatte es gerissen, ein Leben von seinem eigenen Fleisch und Blut - wollte es wieder zuschlagen? Und galt es diesmal Leben oder Geld? Bei seinen Geldgeschäften bekam er auch mit Adligen zu tun. Sie glaubten immer, ihm mit Herablassung und schönen Redensarten kommen zu können. Da waren ihm Ane Hammarbös Erzählungen gut zustatten gekommen. Er brauchte keine Herablassung, nein, seine Wurzeln reichten tiefer in Norwegens Erde als irgendwelche. Es gab da einige Geschichten, auf die seine Leute stolz sein konnten - die waren sicher ein halbes Jahrtausend älter als der Adelsstolz der anderen.

Er wankte zum Kaminfeuer, sein Haupt neigte sich, sein Rücken dehnte sich ins Ungeheure. Kam der Luchs - hier begegnete er dem großen Elch mit ausladendem Geweih.

Er hob den Kopf und nickte. Und der Oberst widersetzte sich der Einladung an die Björndaler nicht! Er verkaufte Land aus dem uralten Besitz. Das tat er neuerdings, ja schon seit Jahren, vielleicht länger, als Dag davon wusste. Ruhig richtete er sich auf und ging nach den Stuben hinüber. In seinen Augenwinkeln blitzte es vergnügt auf, aber es war ein gefährliches Blinken.

In der Alten Stube saß der Major mit dem Hauptmann bei einem Kruge Bier. Im Lichtschein des westlichen Fensters blätterte Adelheid in einem Buch. Der Alte ließ sich im Stuhl nieder, nahm einen Schluck Bier und blickte dann zu ihr hinüber. »Hättet Ihr Lust zu einem Weihnachtstanz, Fräulein Barre?«, fragte er.

Adelheid fuhr herum und sah ihn groß an. Was meinte er? Wollte er hier einen Weihnachtsball abhalten? Sie hatte ein Kleid mit, in dem sie sich gern zeigen würde - einem einzigen - Es war allerdings nicht neu, aber hübsch mit schönen selbstgenähten Ziersäumen, und stand ihr gut. Und sie erwiderte, ja, sie würde gern tanzen.

»Es ist eine Einladung da«, wandte er sich an den Major. »Ich selbst bin zu alt und fühle mich daheim am wohlsten, aber wie steht's mit euch Kriegern?« Der Major schob Bauch und Unterlippe vor. Da freute er sich, Weihnachten hier in Ruhe verbringen zu können, und sollte sich nun womöglich abmühen und den Kavalier spielen... bei dünnem Punsch, dem süßen Gelabber, statt ehrlichem Branntwein und mit Frauenzimmern und anderen über die schlechten Zeiten faseln, wo er hier bei Essen und einem Männertrunk im Fett sitzen und alle Sorgen des Daseins vergessen konnte.

»Melde gehorsamst, dass ich Euch Gesellschaft leiste und im Guten nicht vom Platz weiche«, sagte der Major und bemerkte die Freude in Vater Dags Augen. Der Hauptmann meinte, auf dem Ball habe doch niemand etwas von seinen alten Knochen, so melde er sich zum gleichen Dienst wie der Major. »Da müsst Ihr mit Dag als Kavalier vorliebnehmen«, sagte der Alte und blickte über die Schulter zu Fräulein Adelheid, Sie fragte, das Gesicht zum Fenster gewendet, wo der Ball denn sein solle, und Dag antwortete trocken: »Auf Borgland.«

Neuntes Kapitel

Der Tag und der Abend waren da. Syver Hintenauf mühte sich schweißtriefend, den *Bären* zu halten, während Adelheid und Dag in den Schlitten stiegen. Wenn der junge Dag schon einmal fuhr, dann wollte er ein mutiges Pferd haben. Der Alte und Jungfer Kruse schleppten Säcke und Pelze und Decken heran wie zu einer weiten Reise. Die jungen Leute hatten ein tüchtiges Glas französischen Kognak in den Leib bekommen, damit sie warm wären und in guter Stimmung, wenn sie zum Tanz führen, sagte der Alte, und das nicht ganz ohne Hintergedanken.

Adelheid saß da, den Mantelkragen hochgestellt, mit einem seidenen Schal um den blendendweißen Hals, mit lächelndem Mund und großen, strahlenden Augen. Der Blick des jungen Dag weilte wieder und wieder auf ihr, und der Branntwein entzündete einen wilden Mut darin; im Schlitten, in der Kälte ging ihm der feurige Tropfen ins Blut. Sie sollten sich hüten, ihn so anzulächeln mit diesen warmen Blicken. Auch er war nur ein Mensch, da könnte er sie unterwegs an sich ziehen und ein bisschen zerdrücken. Aber so gut meinte es das Schicksal mit Adelheid Barre nicht. Ihr Blick streifte ihn, als er die Arme ausstreckte und die Leine ergriff, herrische Kraft in den Zügen. Der *Bär* zog an, Hofplatz, Bäume und Torpfosten flogen wie der Blitz vorbei, und der Schnee wogte wie ein Meer. Adelheid blickte wieder zur Seite. So hatte sie ihn noch nie gesehen, und nirgends offenbart sich die Natur des Menschen besser als in einer Tätigkeit. Die Pelzmütze saß hoch über der Stirn, der Kragen stand weit offen, das

Gesicht zeichnete sich hart und leuchtend gegen den Himmel ab. Und ihr schwand jeder Zweifel, ob sie sich zu ihm selbst hingezogen fühlte oder ob all das Große um ihn her sie lockte - er allein war es, alles übrige nur ein mächtiges Brausen rings um ihn.

Dags Gedanken liefen immer die gleiche Bahn. Heiß und kalt war ihm geworden, als er sie in der Diele stehen sah. Konnte er denn je denken - nein, so dumm war er nun doch nicht -, dass sie hier bleiben werde, lange, lange? Nein, heute hatte er alles gesehen... Sie war nur eine Erscheinung, musste entschweben, fort aus seiner ganzen schwerfälligen Welt. Nicht ihre Augen allein - nein - er durfte gar nicht weiter denken, die Wangen, der Hals - Kinn und Mund, alles hatte er erst heute entdeckt. Der Mund schloss sich nicht ganz - nur ein paar weiche, bebende Lippen -, und ein Lächeln, nein, eine Freude lag um ihn.

Wo war er? Woran dachte er? Dachte er überhaupt? Nein, er fuhr, hielt die Zügel. Sie waren schon draußen in der Siedlung. Alles spielte sich außer seiner selbst ab.

Auf dem Hofplatz von Borgland standen Reihen von Schlitten. Überall glänzten Lichter, und in den Händen der Stallburschen schaukelten Laternen. Hände griffen zu, alles wickelte sich rasch und geübt ab mit Pferden und Schlitten, und in Pelz gehüllte Menschen traten in das große Portal. Die Damen wies man nach oben, die Herren legten die Reisekleider in der Diele ab. Menschen kamen und gingen an Dag vorüber, während er auf Fräulein Barre wartete; Offiziere in Uniformen und Damen in leichten Kleidern strichen vorüber, aber er sah sie nur wie Schatten, er war so aller Wirklichkeit entrückt - in einer ihm fremden

Welt. Da stand er, Dag Björndal, in der Diele des großen Herrenhofes Borgland. Was hatte gerade er hier zu suchen? Von allen, die seiner Sippe je feindlich gesinnt waren, zeigte ihnen Borgland stets die tiefste Geringschätzung. Auch Dag hatte davon erfahren. Und jetzt stand er hier, als Gast, in seinen Staatskleidern, die ihm der Stadtschneider im letzten Herbst angemessen hatte. Sie saßen so stramm, dass er sich kaum bewegen konnte, und der elende Kragen und die verdammte Halsbinde lagen ihm wie ein Strick um die Kehle. Morgen wollte er weit in den Wald hinaus und sich in seinem bequemen Zeug tüchtig tummeln. In diesen feinen Kleidern fühlte er sich steif wie ein Stock.

Nein, heute Abend schien alles zu unwirklich; schon dass er hier war - und der Anzug, und auch sie, auf die er wartete. Was hatte er eigentlich mit ihr zu schaffen? Hierher gehörte sie, zu allen diesen Offizieren und luftigen Damen, an die nicht heranzukommen war - nicht mit Händen wie den seinen.

Alle Vorübergehenden betrachteten ihn. Damen sahen sich um, und selbst die Herren blickten ein- oder zweimal verstohlen zu ihm hinüber. Man tuschelte, wer wohl dieser stattliche Mensch sein könne. Unter den Gästen waren auch Leute aus der Nachbarschaft, die ihn erkannten und leise erzählten, er sei von da oben und Erbe großer Reichtümer. Von alldem ahnte Dag nichts. Die Waffen und Bilder, die kunstvollen Wandleuchter und den übrigen Staat nahmen seine Augen zwar auf, es drang ihm aber nichts ins Bewusstsein. Das blieb gegen die Außenwelt abgeschlossen. Was wollte er bloß hier?

Da geschah etwas in der Diele; eine Dame kam aus den Zimmern grüßend zu den Gästen, eine stolze, schöne Dame. Es war die Wirtin des Balles, Elisabeth von Gail. Sie hatte Dag schon früher ein seltenes Mal in der Kirche gesehen - auch jetzt zu Weihnachten wieder; aber immer aus der Entfernung und in Mänteln vergraben. Und dann war Fräulein Elisabeth etwas kurzsichtig. Jetzt trat sie lächelnd an ihn heran und bekam ihn zum ersten Male aus der Nähe zu Gesicht.

Weshalb weiteten sich ihre Augen vor Entsetzen, weshalb wurde ihr Antlitz danach aschfahl, wie im Tode? Weshalb schwankte sie, gleich einem Baum im Sturm, ehe sie eine Stuhllehne erfassen konnte? Und trat nicht ein Blutstropfen auf ihre Lippe? Endlich konnte sie tief Atem holen, und ihre Farbe begann zurückzukehren, aber ehe sie wieder ganz zu sich kam, flössen viele Sekunden der Ewigkeit zu. Fräulein Elisabeth hatte ein Gespenst aus dem Reich der Toten gesehen; einer, den sie in den Tod getrieben hatte, war wiedergekehrt, größer und schöner als damals. Inzwischen war es ihr zur Gewissheit geworden, dass dieser einzige ihre heiße Liebe entfacht hatte, jener Mann, der in der Schlucht des Jungfrautals verschwunden war. Und jetzt war er wiedergekehrt und blickte streng und herrisch auf sie nieder. Kälte durchschauerte sie, als sie auf Dag zuschritt und ihm die Hand zum Willkommen reichte.

»Ihr habt doch Adelheid mitgebracht?«, fragte sie mit leiser, trockener Stimme. »Ja, Fräulein Barre ist oben«, erwiderte Dag. Ob er beobachtet hatte, was sich soeben vor seinen Augen abspielte? Kaum, aber er sah Elisabeth kommen. Er wusste, dass sie die »Böse« hieß und irgendwie mit dem Verschwinden seines Bruders an jenem

Abend zusammenhing; deshalb begegnete wohl sein Blick dem ihren so scharf und aufmerksam.

Leichte Schritte auf der Treppe, und Adelheid, mit einem dünnen seidenen Schal über nackten Armen und Schultern, nahm Dags Blick ganz gefangen. Elisabeth begrüßte ihre Freundin zwar freundlich, aber ohne jede Wärme. Dann gingen sie mit den anderen zusammen ins Zimmer. Dag war ganz verwirrt; denn jetzt hatte er Adelheid in ihrer Festtracht erblickt, und es hieß ja, sie sei zu Festen geboren. Schön war sie auch im Alltag, immer, aber auf einem Fest war sie unvergleichlich. Ihre Augen strahlten siegesgewiss, die Wangen waren zart gerötet, und der Mund war wie ein Kuss. Und alle diese lockende Schönheit umwehte ein Zug stolzer Würde, so dass sich ihr niemand zu nähern wagte. Hals, Busen, Schultern, Arme und ihr Kleid, das sich seidig um sie schmiegte - alles sah Dag und war wie geblendet.

Nie wieder durfte sie von Björndal fort!

Wie Schattenbilder aus einer anderen Welt zog dieses strahlende Treiben an Dag vorüber. Die Lichterkronen an der Decke, die Wandleuchter, die Spiegel und alle die festlich schönen Menschen verschwammen in wesenloser Ferne. Aber man traf auf andere Gäste, die Adelheid aus der Stadt oder von früherem Aufenthalt auf Borgland kannten; es gab Begrüßungen und Händeschütteln und freundliche Worte, und Dag musste in die Welt hinein, die bisher nie sein Fuß betreten hatte. Musste grüßen und antworten, genau wie alle anderen. Und sie stießen auf einen alten Herrn in glänzender Uniform, es war der Oberst, der mächtige Herr auf Borgland. Er begrüßte Fräulein Adelheid warm und fand Zeit zu ein paar ungewöhnlich liebenswürdigen Worten an Dag. Ja, als der Willkommenspunsch herumgereicht wurde, setzte er sich mit den beiden an einen der vielen Tische. Er fragte nach Major Barre, ob es ihm gutgehe - und plauderte gewandt. Erst mit Adelheid; dann richtete er das Wort auch an Dag: »Ihr im Norden spürt wohl die schweren Zeiten nicht so?«

»Schwere Zeiten? Nein, gibt's denn schwere Zeiten?«, fragte Dag verwundert.

Der Oberst hob den Kopf und kniff die Augen zusammen. Hielt der junge Mann ihn zum Besten? Dags Gesicht war aber so ernst, dass dies nicht glaublich schien. Der Oberst zog sein Taschentuch heraus und trocknete Stirn und Kinn mit zitternder Hand. Er fühlte sich heute so qualvoll beengt um die Kehle. Er wandte sich Dag wieder zu: »Ist Euer Vater gesund? Erledigt er noch alles selbst?« Dag sah den Oberst eine Weile an; ihm war niemals der Gedanke gekommen, dass des Vaters Gesundheit sich einmal ändern und er nicht mehr allein mit allem fertig werden könne. »Ja, Vater ist bei guter Gesundheit.«

Der Oberst nickte vor sich hin - trank ihm noch einmal freundlich zu und äußerte etwas von Hausherrnpflichten - er müsse nun weiter.

Fräulein Adelheid wunderte sich; sie glaubte, es bestände eine Art Feindschaft zwischen den beiden großen Gütern, und deshalb hätten die Borglander sie bei der Kirche so kühl behandelt. Jetzt kam der Oberst und begrüßte Dag als einen der ersten. Es war ihr unverständlich. Dag trank ihr zu, und sein Blick streifte ihre runden Schultern, den lächelnden Bogen ihrer Lippen und - ihre Augen.

Diese Augen von Adelheid Barre! Bläulich das Weiße - wie durchsichtiges Porzellan - mit geheimnisvollen Schatten unter den langen Wimpern - und drinnen, aus all den Schatten heraus, Sterne des Himmels.

Dag blinzelte wie von der Sonne geblendet. - Nie wieder durfte sie von Björndal fort!

Musik ertönte - von weit her. Irgendwo wurde in die Hände geklatscht, jetzt sollte das Tanzen beginnen. So wanderte Dag wieder mit dem Strom der Menschen durch die Zimmer, hinaus in die Diele, die Treppen hinauf. Seine Hand und sein Mund grüßten Adelheids Bekannte. Er hörte das Geräusch von Menschen, die ihn nichts angingen, Namen wurden genannt, er behielt keinen einzigen. Die Musik lockte alle in den großen Saal. Dieser Saal auf Borgland galt als der prächtigste rings im Lande. An der einen Wand erhob sich ein schwerer Kamin mit riesigen, steinernen Figuren; darüber hing ein Spiegel, und zu den Seiten standen die beiden Ritterrüstungen, die einst von Männern aus der Familie getragen worden sein sollten, vor ganz undenklichen Zeiten. An den Wänden hingen viele Spiegel, Waffen und Wappenzeichen, von Galls eigenes Wappenschild und die anderer eingeheirateter Familien aus Dänemark und Deutschland. Und Familienporträts - der Oberst und seine böse Frau - und viele Vorfahren in langer Reihe.

Die Musik spielte, der Tanz war im Gange, Adelheid und Dag verloren sich im Gewimmel - und sie tanzte eben mit einem Offizier, als Dag sie wieder zu Gesicht bekam. Also, ganz wie er erwartete. Wohl hatte er sich keine Hoffnungen gemacht, mit ihr zu tanzen; aber es berührte ihn so wunderlich, sie mit einem anderen tanzen zu sehen.

Aus dem Saal führten Türen in Räume, wo ältere Leute beim Glase saßen - und auch die Jugend kam hier vorbei und holte sich zwischen den Tänzen etwas zu trinken. Dag suchte sich einen Platz in einem der hintersten Nebenräume und bekam wie jeder ein Glas süßen Punsch. Leute, die gerade niemanden zum Zutrinken hatten, erhoben die Gläser gegen ihn, sonst sah und hörte er nichts, nur als ein unklares Getöse die Musik aus dem Saal. Im späteren Abend wurde zur Festtafel in den unteren Räumen gebeten, und Dag folgte dem Strom; er tat sich - nur zum Schein - etwas auf, denn essen, das konnte er nicht. In der ganzen Zeit sah er von Adelheid nichts. Sie saß wahrscheinlich im letzten Zimmer, während er als einer der Nachzügler in der Vorderstube untergekommen war, zwischen lauter Leuten, die mehr aus Höflichkeit und nachbarlichen Beziehungen geladen waren. Er stand auch zeitig wieder vom Tisch auf und stieg in das Nebenzimmer hinauf. Wie fernes Brausen hörte er die vielen Stimmen und das Trappeln auf der Treppe, als die Gäste in den Saal zurückkehrten, dann ertönte die Musik drinnen, und der Tanz begann von neuem.

Er stellte sich mit dem Rücken gegen die Tür und schenkte sich eben neu ein, als eine Hand seinen Arm berührte. Er wandte den Kopf - und sah in Elisabeth von Galls schönes Gesicht. Denn Elisabeth war es, die ihn strahlend anlächelte und dieselben Worte zu ihm sprach wie einst zu seinem Bruder: »Tanzt Ihr einen Tanz mit mir?«

In der heutigen Stimmung war Dag alles andere gänzlich gleichgültig. Seine Gedanken hatten sich müde gelaufen - alles diente nur zur Betäubung. Da war es gleich, mit wem er tanzte, und er schritt an Fräulein Elisabeths Seite in den Saal.

Elisabeth hatte seit jenem Morgen in der Kirche schwere Stunden hinter sich und hasste ihre ehemalige Freundin aus tiefster Seele. Wie in aller Welt ging es zu, dass Adelheid auf Björndal war und die ganze Weihnachtszeit hier zubrachte? Das Fest währte dort lang - gefährlich lang - und Adelheid Tag für Tag dem Sohn vor Augen. Um keinen Preis - nur nicht dies. Niemals durfte das geschehen, dass sie dort Herrin wurde.

Alles, was Björndal heute noch ausschloss - halbvergessener Klatsch, Überbleibsel alten Makels. Wenn eine Dame von Stand und Namen wie Adelheid Barre dort Herrin wurde, mit ihrem Takt und Verstand, mit ihren Beziehungen, die sich ihr sofort wieder öffnen würden, wenn sie es für gut befand, in diesen Kreis zurückzukehren - und sicherlich tat sie das, sobald ihre drückende Armut unter Björndals Reichtum begraben lag -, was sollte dann Björndal noch ausschließen? Es würde in Adelheids feinen Händen in Staub zerfallen, breit und stark würde Björndals Macht über die Siedlungen hinziehen - und vielleicht sogar Borgland in Schatten stellen, ihr Borgland. Und das zu ihren Lebzeiten! War das die Strafe für ihren Übermut - und für - für alle ihre bösen Taten in der Welt? Niemals durfte das geschehen. Aber wie konnte man es verhindern? Elisabeth hatte ihrem Vater vorgeschlagen, wegen der Barres auch die Björndaler zum Weihnachtsball einzuladen. Der Oberst war höchlichst verwundert, dann aber seltsam zugänglich. Elisabeth hegte zwar noch keinen bestimmten Plan, doch: kommt Zeit, kommt Rat.

Jetzt war der Abend da und manches anders, als Fräulein Elisabeth erwartete. Vor allem bekam sie einen tödlichen Schrecken, weil der junge Mann seinem Bruder so ähnlich, ja in vielem so gleich war. Nur schien dieser noch hübscher - ein Hüne von Gestalt - und vornehm in allen Bewegungen; und über ihm lag ein strenger Ernst, der dem Bruder gefehlt hatte. Immer wieder folgten ihre Blicke ihm unauffällig, und schließlich verdrängte er den um den Bruder erlittenen Schmerz. Heute Abend war sie nicht Herr ihrer selbst. Sie vernachlässigte ihre Pflichten und gab denen, die sie anredeten, sonderbare Antworten. Ihre Gedanken arbeiteten und arbeiteten den ganzen Abend. Sie sah, dass er nicht tanzte; auch darin war der Bruder nicht anders gewesen - und vielleicht wollten sich Adelheid und er nicht zu offen zusammen zeigen. Sie waren ganz bestimmt ineinander verliebt. So kam es, dass sie den Mut fasste, ihn aufzusuchen. Sie war ja die Wirtin des Abends - sie hatte ein Anrecht auf einen Tanz, und dann würde man ja weitersehen...

Adelheid hatte sich für diesen Abend mit seltener Sorgfalt geschmückt, um die festlich strahlende Adelheid zu sein, die aller Blicke auf sich zog, wohin sie auch kam. Ja, noch mehr wollte sie heute sein-für ihn, den einen einzigen. Sie hatte ihre Erscheinung im Spiegel des Damenzimmers gemustert, und zum ersten Mal in diesen Weihnachtstagen verspürte sie ihre alte Macht, deren Wirkung sie sich wohl bewusst war, deren sie sich jedoch nie absichtlich bedient hatte, weil sie noch keinem begegnet war, auf den sie sie hätte anwenden mögen. Dann sah sie Dag in der Diele - auch ihn festlich gekleidet -, und wieder sank ihr neben ihm der Mut, und das festliche Feuer wollte langsam in ihr erlöschen. Sie hatte sich darauf gefreut, seine Blicke, wenn auch nur einen Abend lang, zu fesseln;

und nun war er es, der die ihren stärker als je gefangen hielt.

Adelheid schien der erste Tanz eine Qual - ach, wie fern war ihr Gemüt allem Tanzen und Lächeln. Und wo blieb Dag? Nirgends konnte sie ihn erblicken. Oh, nein-was bedeutete ihm Tanz! Wieder und wieder musste sie in den Saal; alte und neue Bekannte, alle wollten mit ihr tanzen. Als der Abend fortschritt und Dag ständig unsichtbar blieb, wurde ihr das Herz immer schwerer. Es war also doch nur Einbildung gewesen, dass sie glaubte, eine Wärme in seinem Blick zu spüren, ein einziges Mal. Nichts bedeutete sie ihm. Nach Tisch, als der Tanz von neuem begann, kam es wie ein Rausch über sie. Bis in den Tod verzweifelt stand sie inmitten der lustigen Gesellschaft. Es erschien ihr wie ein Abschiedsfest, ein Abschied von Freude und Leben und allem; ihr allerletzter Ball. Denn niemals mehr würde sie sich freudig zum Fest schmücken, heute war es das allerletzte Mal. Deshalb flammte sie plötzlich auf. Sollte sie Lebewohl sagen - nun gut - aber mit lächelndem Munde; niemand sollte ihren Nacken sich beugen sehen. Und dahin schwebte sie zwischen Lächeln und bewundernden Blicken - die Königin des Balles - zum allerletzten Mal.

Adelheid tanzte - doch ohne irgendeinen Gedanken; denn alle Freude auf Erden war tot. Da durchfuhr sie dröhnendes Brausen, Sehkraft und Denken kehrten wieder - sie hatte ein Bild aufgefangen. Dag tanzte - und mit ihm Elisabeth mit gefährlich strahlenden Augen. Seine Gestalt war wie zum Tanzen geschaffen, leichtfüßig und geschmeidig wie ein Tier. Adelheids Gedanken schmerzten -

dies war das allerschlimmste. Ihr letzter ärmlicher Trost war gewesen, dass er mit keiner einzigen tanzte.

Sie hörte ringsum Flüstern und sah, dass die Köpfe sich wandten. Er war es, über den alle tuschelten, er, auf den alle blickten.

Also hatte er nur auf sie gewartet, die er liebte - auf Elisabeth -wie konnte sie so blind sein! Weshalb hatte sie noch nie daran gedacht? Die beiden wohnten ja ihr ganzes Leben lang zusammen hier; und deshalb grüßte auch Elisabeth neulich so kühl, als sie sich trafen.

Es gab eine Tanzpause mit Punsch und Kuchen und anderem. Adelheid wurde zu den Stühlen geführt, und die Kavaliere warteten ihr auf - mit allem, was sie sich nur wünschte. Sie lehnte sich zurück, und die Wärme des Glases und die Ruhe zogen wie ein Hauch von Leben in ihr verwundetes Gemüt. Sie brachte Satze zusammen und ganze Reihen von Betrachtungen. Voller Mut war sie nach Björndal gekommen - kämpfen wollte sie, stolz sein gegen alle Welt, nur gegen ihn nicht. Ihm wollte sie unter die Augen treten, weich wie eine Frau und gut. Alle Waffen zu brauchen hatte sie sich gelobt. - Und nun war dieser Abend, diese Nacht beinahe zu Ende, ohne dass sie einen einzigen Griff in das Gewebe des Schicksals gewagt hätte. Die Musik klimperte und flötete und brauste von neuem los. Adelheid tanzte und tanzte - keinen Tanz blieb sie frei - und ihre Augen mussten Dag tanzen sehen - Tanz auf Tanz mit Elisabeth. Wieder und wieder sah sie ihr gefährliches Lächeln ihm gerade ins Gesicht lächeln und ihren Mund schmeichelnde, süße Worte flüstern, sah Dags weiße Zähne zur Antwort lächeln - wie im Rausch.

Der Schwertertanz kam.

Alle Offiziere, vom alten Oberst bis zum jüngsten Leutnant, zogen ihre Degen und stellten sich in Reihen auf, zwei und zwei sich gegenüber mit gekreuzten Degen.

Die Lichter der Kronleuchter blinkten in den kalten Stahl und schimmerten auf der Seide der Damen, während sie sich aufstellten.

Die Erste, wer sollte die Erste von den Schönen sein? Wer die Ballkönigin? Namen wurden laut - einer und zwei und mehr - auch mitunter Fräulein Elisabeth - aber immer mehr, und schließlich riefen alle: »Adelheid Barre!« Bleich wie der Schnee draußen schritt sie voran - schritt mit königlicher Haltung als erste unter dem Gewölbe der Degen allen voran - zum allerletzten Mal. Dann schlossen sie den Kreis und schwangen sich rundum - und sangen den alten Sang - in Borglands großem Saal.

Die Musik holte zum allerletzten Schlage aus - vor dem allerletzten Tanz. Sie klimperte und flötete und probierte - zum allerletzten Mal. Adelheids Stirn wurde heiß und kalt und ihr Denken düster wie die Trauer selbst. Der Leutnant neben ihr glühte leicht angeheitert. Er flüsterte die gleichen heißen Worte wie alle Kavaliere vor ihm. Er hatte heute Abend so viele Tänze von der Ballkönigin bekommen - er fühlte sich seiner Sache sicher. Um den letzten Tanz bat er gar nicht mehr, heute Abend war sie sein...

Drinnen in seinem Winkel saß immer noch Dag Björndal. Dies war der dunkelste Tag seines Lebens; doch jetzt hatte er sich warm getanzt - und mehr getrunken als je; jetzt hatte er Mut.

Sie war an ihm vorübergetanzt - jeden einzelnen Tanz. Einer nach dem anderen legte den Arm um sie - und tanzte mit ihr. Das hätte er wissen müssen - nicht ein einziges Mal kam sie in seine Nähe. Nur Offiziere - die ganze Zeit. Elisabeth von Gail war freundlich gegen ihn gewesen, ja, sie hatte merkwürdige Reden geführt. Was sollte er davon denken? Zum Teufel mit ihr - und allen ihren Schmeicheleien. Fort mit allen Offizieren - heute Abend soll's noch einen Tanz geben!

Dag erhob sich und ging zum Saal.

Letzter Tanz - scholl es ihm entgegen, als er eintrat. Schnell wie ein Raubtier des Waldes erspähte er seine Beute und schritt in den erleuchteten Saal.

Der Leutnant an Adelheids Seite zog gerade an seinem Koppel etwas zurecht und wandte sich seiner Dame zu. Adelheid tat einen stillen Herzensseufzer - und setzte einen Fuß vor, um sich zu erheben. Der erste Takt der Musik scholl herein. Da erklang gebieterisch eine Stimme: »Fräulein Barre!«

Sie fuhr zusammen und drehte sich um.

»Darf ich um einen einzigen Tanz bitten - um diesen letzten?« Es war Dag.

Adelheid wusste von keinem Leutnant mehr. Wie in einem unfassbaren Traum stand sie auf; ihre Brust hob und senkte sich in bebenden Atemzügen - und ein goldener Rausch durchbrauste sie heiß. Behutsam, als berühre eine Feder sie, nahm Dag ihre Hand, und sein anderer Arm umfasste sie vorsichtig, aber fest. Wie die Musik jubelte bei dem letzten Tanz! Wie die Lichter flammten - über dem letzten Tanz! -

Der *Bär* trabte seinen stolzesten Trab, der Schlitten sang auf den Wegen. Das offene Land lag hinter ihnen - sie fuhren durch den Wald.

Adelheids Augen waren weit geöffnet. Die Fichten im Wald flogen vorbei - die Sterne segelten über sie hin, während sie im Traum noch tanzte - den einzigen Tanz - vielleicht den letzten auf Erden.

Schlagartig überfiel es sie, die Qual und Angst des Abends und - und der Tanz am Ende - und als sich der Wald weitete, wo man in die Einfriedigung einschwenkte, als sie die Lichter in den Stuben auf Björndal sah - und in ihrer Kammer oben - und der Schlitten den Hügel hinabschoss - da überwältigte es sie. Sie sank zusammen, Schulter und Kopf lehnten sich an Dags struppigen Wolfspelz - und sie brach in leidenschaftliches Weinen aus.

Ruhig, als ob nichts geschehen sei, nahm Dag die Zügel in seine Linke - die war immer noch stark genug - und legte den rechten Arm um Adelheids Schulter. Er blickte sie erstaunt an - aber auf so etwas verstand er sich nicht. Er zog mit der Rechten die Decke gut um sie. Ein anderer hätte vielleicht gefragt, was ihr sei; aber so war Dag nicht. Bei solcher Qual durfte man nicht fragen. Wenn er selber einen Kummer hatte, dann schmerzte es so tief und heiß in ihm, dass es nicht auszusprechen war - mit vielen Worten nicht - und weshalb fragen, wenn es keine Antwort gab? Er war nur recht gut zu ihr, legte Arm und Decke um sie, dann wusste sie, er wollte ihr so viel Gutes wie nur möglich.

Während der Schlitten seine Bahn ging, wurde das Weinen still; doch sie lehnte sich wie bisher dicht an ihn, als friere sie. Das stolze Fräulein Adelheid, das niemals über das Weh des Lebens weinte - jetzt weinte sie an diesem Weihnachtsfest schon zum zweitenmal. Als sie durch die Siedlung fuhren, waren ihre Augen noch feucht, aber nicht mehr vom heftigen Weinen - nein, denn es war wie ein Märchen, so mit ihm zu sitzen, dicht neben ihm, während der Schlitten auf den Wegen sang und das Sternengewimmel über den Wäldern stand.

Als der *Bär* an der Straße zum Hof über die Brücke donnerte, richtete sie sich eilends auf; doch erst drückte sie einen leisen Kuss in den struppigen Wolfspelz. Das erfuhr ja kein Mensch auf der Welt.

Das vorige Mal, als einer von Björndal zum Tanz auszog, war er niemals wiedergekehrt. Vielleicht war Vater Dag deshalb noch auf im erleuchteten Hause - um die jungen Leute wohlbehalten heimkehren zu sehen, bevor er zur Ruhe ging. Oder saß er aus einem anderen Grunde auf, erwartete er vielleicht, noch etwas zu hören? Der Major und Klinge sollten nichts verloren haben mit ihrem Verzicht auf den Ball. Darum hatte Jungfer Kruse heute einen richtigen Herrenabend mit den leckersten Gerichten - und Wein, Branntwein und Bier veranstaltet. Danach hielten sie sich mit Karten und Schnaps wach; so recht ein Abend für einen alten Soldaten, sagte der Major. Sie gingen in die Diele hinaus, als sie die jungen Leute kommen hörten, und man redete vom Ball und den Bekannten, die Adelheid getroffen hatte. Dann wurden die Lichter gelöscht, und es war Nacht auf Björndal.

Doch draußen auf dem großen Borgland, da weinte ein stolzes Fräulein bittere, salzige Tränen.

Die Weihnachtstage näherten sich dem Ende, Sankt-Knuts-Tag kam - und an diesem Abend hob der Major sein Glas und dankte bewegt für alles Gute in der langen Zeit, und jetzt müsse er in die Stadt zurück.

Der Alte erwiderte das Übliche - Weihnachten währt, solange das Fleisch reiche - und es werde nicht gar so eilig sein; doch der Major bestand darauf, morgen abzufahren.

Zum Abschied kam Wein auf den Tisch - und es wurde ein Prachtabend. Die drei Alten feierten und scherzten und lachten und tranken; für die Jungen aber wurden es schwere Stunden.

Gegen Ende des Abends saßen sie vor dem Kamin in der Alten Stube. Adelheids Augen wanderten umher; Dag saß steif und wortlos da. Nichts hatte sie in all den Tagen gemerkt - nichts, was darauf deutete, dass er sie liebte. Er schätzte sie wohl - ja, mochte sie wohl sogar gern, auf seine schwerfällige, herbe Weise; aber Liebe - das schien für ihn ein ferner Klang. Oder vielleicht - vielleicht gingen seine Wünsche zu Elisabeth? Nun musste sie wieder in die Stadt zurück - in ihre grauen, traurigen Tage; und dann trafen sie sich gewiss, Elisabeth und er. Sie schloss vor Schmerz die Augen und kämpfte gegen die Tränen an. Hart musste sie sich machen für alle kommende Zeit - nicht zusammenbrechen und ihr Herzeleid offenbaren. Dies war ihr Geheimnis, und wie ein Heiligtum wollte sie es hegen, mit den lieben Erinnerungen, die sie jetzt mit in die Stadt nahm. So hatte sich ihr Schicksal erfüllt, das ihre wie das aller anderen Frauen ihrer Familie. Stolz vor aller Welt musste sie ihren Kummer tragen - sie, wie alle vor ihr.

Über Dag war tiefstes Dunkel hereingebrochen - als der Major bei Tisch jene Worte sprach; seitdem war jeder Gedanke wie abgeschnitten, seine Zunge gelähmt; seine Blicke starrten ins Leere. Niemals durfte sie fort - ja, so hatte er bis zu dem Ball auf Borgland gedacht, wo er ihre lichte Welt sah und ihren stolzen Weg unter den Degen; seit dieser Stunde wusste er gewiss, dass ihre Welt nicht die seine war. Niemals blieb sie auf Björndal. Zwar richtete er seine Gedanken auch weiterhin auf diesen seinen starken Willen, sie müsse und werde bleiben; aber immer wieder versperrte die Frage den Weg: »Warum eigentlich?« Weiter kam er auch heute nicht, hier am Kamin und wohl überhaupt niemals. Das Ungewohnte geschah, dass der junge Dag dem Major und Adelheid beim Gutenachtsagen die Hand hinstreckte. Und vor ihr stand er wie ein Junge, mit ungeschickter Hand und gesenktem Kopf. In dieser Nacht konnten zwei keinen Schlaf finden; die Gedanken hielten ihn von Adelheids Kissen fern, und im Küchenhaus saß Dag die ganze Nacht am Herd. In der Frühe lief er in seinem Waldzeug auf Skiern hinaus. Als der Major und Adelheid am Vormittag abfuhren, war er noch nicht zurück.

Zehntes Kapitel

Der Winter ging wie immer über Björndal hin - mit stillen, sonnenhellen Tagen - mit Schneesturm und schneidendem Wind.

Die Gäule liefen mit Fracht zur Stadt, hin und zurück, und brachten Briefe und Papiere - in Geldsachen und anderen Geschäften, wie jederzeit. Und mitunter musste der Alte selbst zur Stadt und mehrere Tage dort bleiben. Auch in die Umgebung fuhr er mehrmals und danach wieder in die Stadt zu längerem Aufenthalt.

Der Sohn war wenig daheim. Er steckte tief in den Wäldern ganz nahe am Hochgebirge. Haufen von Fellen vom Wolf, Marder und Fuchs und alles Mögliche Pelzwerk wurde von den Waldarbeitern, die draußen Holz fuhren, auf den Hof geschafft; Dag habe es gebracht. Selten kam er auf den Hof und dann meist blutig und zerrissen, von Wolfsbissen oder vom Sturz mit den Skiern an Steilhängen. Ein so kühner Jäger war selbst sein Vater kaum gewesen; es mochte wohl in diesem kräftigen Körper irgendetwas toben - eine Erinnerung, die er betäuben wollte.

Niemals kehrte er mehr auf Utheim ein.

Auf Borgland sah es düster aus. Fräulein Elisabeth war schlimmer gegen Mensch und Tier denn je, und ihre Lippe blutete in diesem Winter häufig. Stundenlang konnte sie am Fenster sitzen und zum Wald hinüberspähen, der die Aussicht nach Norden abschloss. Und stets wenn dort ein Rappe auftauchte, guckte sie sich die kurzsichtigen Augen aus, um zu erkennen, wer in dem Schlitten saß.

Der Oberst verlebte ebenfalls böse Zeiten. Ruhelos wanderte er drinnen und draußen umher, und die Nächte hindurch bis an den Morgen schimmerte Licht aus seiner Kammer. Eines Tages zog er den Fahrpelz an. Der Stallbursche wartete draußen.

»Wohin willst du?«, fragte Elisabeth scharf.

»Hinauf«, antwortete der Oberst trocken und ruhig.

»Hinauf? Nach Björndal?«

»Jawohl.«

»Was, in Gottes Namen, willst du dort?« Ihre Stimme versagte vor Schreck.

»Ich denke, du errätst es«, sagte er kurz.

»Nein, das errate ich nicht. Du willst doch nicht - nicht...«

»Sag es nur, denn gerade das will ich. Versuchen, ob es noch eine Stelle in der Welt gibt, wo man mir einen Taler leiht.«

»Aber Vater, bist du ganz verrückt?«

»Ja, kann sein... Vielleicht habe ich es auch nötig, wieder einmal eine Nacht zu schlafen; das habe ich schon ewig nicht mehr getan. Ich will dir genau sagen, was los ist, Fräuleinchen. Die Haupthypothek, die Ulrich von Wendt auf Borgland hat, ist schon lange gekündigt. Er hat fast alles verloren und braucht unbedingt Geld, verstehst du? Er hat einen Brief nach dem andern geschrieben, den letzten einen vollen Monat vor Weihnachten. Wenn ich nicht binnen einer Woche Geld beschaffen könne, müsse er die Hypothek verkaufen, schrieb er. So herzlich leid es ihm auch um mich tue. Jeden Tag können also fremde Leute kommen und uns vor die Tür setzen, dich und mich.«

Alles stürzte vernichtend über Elisabeth nieder. Das - das war unfasslich. Bleich und zitternd hielt sie sich in der Diele an der Tischkante fest. Sie wusste wohl, dass es schlecht stand, aber so schlecht, das hatte sie doch nicht erwartet.

Der Oberst knöpfte seinen Pelz zu und wandte sich zur Tür. Wie eine Katze sprang sie ihn an.

»Niemals - darfst du dorthin fahren!«, schrie sie.

»Dummes Zeug.« Er schob sie beiseite.

»Ich sterbe vor Scham«, schluchzte sie, »ich töte mich auf der Stelle!«

Da war es mit seiner Geduld zu Ende. Er sah sich schnell nach allen Seiten um; kein Mensch zu sehen, der ihn hören konnte.

»Ach so, du schämst dich vor denen dort oben; da hättest du allerdings schon früher vor Scham sterben sollen!«

Sein altes, durchfurchtes Gesicht war bleich, seine Stimme schneidend. Der Zorn langer Jahre - ja, eines ganzen Lebens - und Qualen unendlicher Nächte quollen in ihm auf.

»Elisabeth, du bist genau wie deine Mutter. Sie hieß die Böse, und du hast denselben Namen. Nicht eine frohe Stunde hat eine von euch mir je gegönnt. Als deine Mutter herkam, schalt sie mich Häusler, weil es hier nicht ganz so großartig war wie bei ihrem Vater. Später, als ich durch meine Unterschrift ihre Familie vor Verarmung retten sollte, da war ich der >Herr<. Damals entstanden mir die ersten großen Verluste, und viele folgten; und deine Mutter und du, immer habt ihr nur mit vollen Händen verschwendet. Niemals war etwas gut genug - und ich dummer Narr, ich fügte mich euch in allem. Dann kamen die

Missjahre und die harten Zeiten. Wer mir Geld schuldete, konnte keinen Taler beschaffen, und die anderen, die in goldenen Jahren hier Feste gefeiert haben, kehren sich ab und haben mit sich selber mehr als genug zu tun. Ich habe mich gemüht und Tag und Nacht nachgesonnen; jetzt bleibt mir nur noch ein einziger Mensch, an den ich mich wenden kann - das ist der Alte auf Björndal. Es ist bei Gott der letzte, an den ich gedacht hätte; aber er ist der einzige, der noch genügend Taler haben könnte, und da er das Gut hier kennt, wagt er vielleicht selbst in so unsicheren Zeiten sein Geld daran. Ich glaube es zwar nicht - so wie es zwischen uns steht -, aber es gibt keine andere Möglichkeit, daher muss ich es versuchen.«

Elisabeth hatte die Hände vors Gesicht geschlagen und schwankte. So unermesslich konnte also die Strafe sein...jetzt fiel ihr vielleicht manches ein, und sie begriff endlich, wie tief sie mit ihrer Bosheit andere verletzt haben musste.

Der Allmächtige hatte es so gefügt, dass nur der Mann, den ihre gewissenlose Teufelei am empfindlichsten getroffen hatte, sie jetzt aus tiefer Erniedrigung retten konnte. Wie durch einen Nebelschleier sah sie den Vater hinausgehen und die Tür hinter sich schließen. Es brauste wie ein Wasserfall in ihren Ohren, und sie fühlte sich einer Ohnmacht nahe. Aber so zähe war ihr stolzer Wille, dass sie sich noch in ihre Kammer schleppen und die Tür schließen konnte, ehe sie umsank. Niemand sollte ihre Schwäche sehen, das war ihr letzter Gedanke.

In der Laube auf Björndal erschien, wie stets, Jungfer Kruse. Sie kannte den Oberst von der Kirche und anderwärts her, und seit dem Weihnachtsball hatte sie es aufgegeben, sich über das Treiben der Menschen zu wundern. Der Bauer sei nicht daheim, er sei jedoch nur spazieren gegangen und werde gewiss bald zurück sein. Wenn der Herr Oberst so lange eintreten wolle. In der Diele legte er Pelz und Schaftstiefel ab und ließ sich vorm Kamin nieder. Jungfer Kruse stellte Leuchter auf den Sims und brachte Schnaps, wie jederzeit, wenn Besuch kam. Der Oberst hatte zwar gedankt, doch als Jungfer Kruse gegangen war, ergriff er behutsam die Flasche, goss etwas ins Glas und nahm einen Schluck.

Dann lehnte er sich im Stuhl zurück und blickte sich im Zimmer um. Er hatte sich vorgenommen, als der aufzutreten, der er war - als Mann von Welt, und sich leicht und flüssig bis zu seinem eigentlichen Anliegen durchzuplaudern. Und baute stark auf die seltenen Redensarten, die er diesem Mann gegenüber brauchen wollte, der bei all seinem Wohlstand schließlich nur ein ungebildeter Bauer war. Als sich seine alten Augen an das Halbdunkel gewöhnt und den Eindruck des ganzen Raumes aufgenommen hatten, begann ihn Unruhe zu beschleichen. Er betrachtete den mächtigen Tisch und die Stühle, vor allem die Tür. Die Schnitzereien an ihrem Sims und die schweren Schnörkel der kunstvollen eisernen Beschläge stammten aus einer so ganz anderen Zeit; es war, als habe sie hier jahrhundertelang stillgestanden. Eine uralte, stolze Sicherheit starrte ihm hier kalt und ruhig entgegen, ja, auf ihn herab. Seine eigene gekünstelte Sicherheit bröckelte hier langsam ab. Die Geringschätzung für alles hier im Norden, zu der er erzogen worden war, verging ihm gründlich. Was sich da offenbarte, war nicht als neue Selbstzufriedenheit mit dem Krämergeld aus der Stadt hierhergelangt. Nein, das war gute, alte, bodenständige Sicherheit. Die solide Echtheit des Lebenskampfes, der Arbeit und Tüchtigkeit.

Da schien es kaum geraten, mit Kunstausdrücken und feinen Wendungen zu kommen. Eine bedrückende Unsicherheit befiel ihn, wie es einem geschieht, wenn man dem harten Leben in einer alten, unerschütterlichen Form begegnet. Hier galt es, auch richtig zu reden, wenn er verstanden werden wollte.

So weit war er mit seinen Betrachtungen gelangt, als draußen in der Laube Schritte laut wurden und die Tür sich öffnete. Der Oberst erhob sich, streckte die Hand aus und bekam die schwere Pranke des alten Dag zu fassen. Auch Hauptmann Klinge war dabei; er kannte den Oberst ja von seinem Besuch auf Borgland in seiner Jugendzeit.

Der Oberst versuchte einen scherzhaften Ton: Wenn sie nicht zum Ball zu ihm kämen, so müsse er eben hierherkommen und guten Tag sagen. Der Alte ging darauf ein, das sei ein guter Gedanke; wirklich nett, in dieser langweiligen Zeit Besuch zu bekommen.

»Ich habe mir erlaubt, hiervon zu kosten, um etwas Wärme in den Leib zu kriegen«, sagte der Oberst und wies auf die Flasche. »Ein ausgezeichneter Tropfen.«

»Ja«, bestätigte Dag, »der Kognak ist gut.«

Es war Essenszeit, und Jungfer Kruse erschien mit der üblichen Meldung, es sei angerichtet. Der Oberst lehnte zwar ab, ging dann aber doch mit zu Tisch - und vielleicht konnte Jungfer Kruses Kost sogar seinem verwöhnten Gaumen etwas bieten. Wein und Branntwein halfen seiner düsteren Laune auf und ließen ihn für Augenblicke das verzweifelte Geschäft fast vergessen, das ihn hergeführt hatte. Nach Tisch bat der Hauptmann, sich zurückziehen zu dürfen, und ging hinauf, um auszuruhen. Er kränkelte jetzt öfter. Dann wanderten der alte Björndal und Oberst von Gail in die Alte Stube, und dies war ihre dritte Begegnung.

Das Kaminfeuer brannte, und in der Stube mit den blinden Fenstern herrschte behagliches Halbdunkel. Der Oberst redete erst von den schlechten Zeiten und der allgemeinen Not; dann davon, dass sie doch so lange Zeit Nachbarn gewesen und nun alt geworden wären. Dag sprach kein Wort, er rauchte nur sachte vor sich hin, und der Oberst zog auch ab und zu an einer langen Tonpfeife.

Ein Zittern hatte seine Hände befallen, und in der runzligen Haut seines blauroten Gesichts zerrte und zuckte es; die Augen jedoch hatten ihren gewohnten Herrscherblick, und um den Mund lag der alte, entschlossene Zug. Er kam nicht als Bettler. Noch war er der Herr auf Borgland.

Dag mochte sich sein Teil denken, während er breit in seinem Stuhl saß und den Oberst verstohlen anblickte. Sein Gesicht wies wieder die schiefe Haltung aus der Zeit vor Thereses Tod auf. Das dem Oberst zugewandte Auge stand offen, das andere kniff sich lauernd zusammen.

Nach vielen umständlichen Schnörkeln rückte der Oberst schließlich mit seinem Anliegen heraus. Die Zeiten wären so schlecht, dass man nichts geliehen bekäme, selbst auf die sichersten Werte nicht, und so hätte er daran gedacht, ob wohl Dag, der doch so nahe bei Borgland wohnte und alles kennte, ihm gegen Pfand etwas vorstrecken würde, bis die ärgste Zeit vorüber wäre. Dag erwiderte nur, er habe nicht allzu viele Taler flüssig, und in diesen Zeiten sei es unmöglich, Pfänder und Anteile zu verwerten, aber -

wenn er die Höhe der gewünschten Summe erfahren könne, wolle er sehen.

Der Oberst hatte eine ganz andere Tonart befürchtet, und ihm wurde heiß und kalt vor Freude, als er sah, wie ruhig der andere es aufnahm. Das bedeutete ja ein halbes Versprechen. War es wirklich denkbar, dass dieser Mann hier in der niedrigen Stube ihm in solchen unmöglichen Zeiten das Nötigste vorstrecken konnte und wollte? Nein, so weit wagte er nicht zu denken. Dazu hatte er in den letzten Jahren zu viele Enttäuschungen erlebt. Womöglich hielt der andere ihn zum Besten. Der Sohn war ja auch so merkwürdig gewesen, als er ihn auf dem Ball ein wenig auszuholen versuchte. Diese Menschen hier waren offenbar eine Art für sich, nicht wie andere zu verstehen. Vielleicht war es auch nur Neugier, dass er nach der Summe fragte. Jetzt aber war keine Zeit mehr zu Ausflüchten, er musste mit der Zahl herausrücken. Der Oberst wandte sich also Dag halb zu und nannte ihm den Betrag. Es war eine große Summe, und er blickte sofort auf, um die Wirkung zu beobachten.

Dag saß unbeweglich. Nicht das geringste Zucken in seinem Gesicht verriet seine Gedanken. »Wir wollen sehen«, sagte er nur, stand auf und verließ die Stube - groß und breitschultrig. Der Oberst blickte ihm nach - weshalb ging er hinaus? Konnte er so viele Taler liegen haben in Zeiten, wo andere das ganze Jahr hindurch kaum bares Geld in Händen hatten? Und wie undurchdringlich war sein Gesicht geblieben, als er die große Summe erfuhr. Mit manchem Menschen hatte der Oberst im Leben zu tun gehabt, doch dieser Mann war ihm ein Rätsel.

Dag nahm sich Zeit; er stieg in den Keller hinab und hob im Fußboden ein paar Steine aus. In einer eisernen Kiste verwahrte er wegen der Feuersgefahr eine Truhe mit Papieren tief unten in der Erde. Als er endlich in die Alte Stube zurückkam, hielt er ein Aktenstück in der Hand. Der Oberst dachte, jetzt gehe es ans Unterschreiben, konnte jedoch nicht recht glauben, dass er so leichten Kaufes davonkommen sollte.

Dag ließ sich ruhig im Stuhl nieder und faltete das Papier auseinander. Ohne eine Miene zu verziehen, reichte er es dem Oberst. »Vielleicht ist es dies, was Euch beunruhigt?«, fragte er.

Die Hand des Obersten zitterte so, dass das Papier knisterte. Eine flammende Röte stieg in sein Gesicht. Da hatte dieser Björndalbauer Ulrich von Wendts Pfandbrief auf Borgland in Verwahr, wusste Tag und Datum der Ausstellung und - dass Borglands Wohlhabenheit schon lange nur Schein gewesen war. Oberst von Gail wurde ganz alt und sank in sich zusammen. Aber er war von gutem Schlage und durch Unglück zähe geworden; er richtete sich langsam wieder auf und strich sich mit der Hand über das dünne Haar, als wolle er die bösen Gefühle fortwischen. »Ja«, entgegnete er feierlich, »dies Papier ist es.« Er blickte auf Dag. »Was gedenkt Ihr damit zu tun?«

»Oh - das hat wohl Geldwert«, sagte Dag nur. »Ja, ich löse es gewiss einmal aus«, erwiderte der Oberst, aber seine Stimme klang seltsam gebrochen. Der alte Dag hielt den Kopf gesenkt. Dieser Mann war ihm wie ein reißender Luchs erschienen; der Gedanke überkam ihn jetzt von neuem, und er neigte seinen Kopf wie der Elch, wenn er das Geweih senkt, um seinem Gegner den Todesstoß zu geben.

»Nicht, solange Eure Tochter lebt«, sagte Dag schneidend kalt. Der Oberst hatte ihn angeblickt und sah nochmals zu ihm hin, das hätte er nicht tun sollen; denn Dags Augen richteten sich stahlblau auf ihn, und er fühlte, dass Dag in seinem Gesicht wie in einem Buche las. Jetzt hatte er verraten, dass er Dags Urteil über seine Tochter verstand, ja dass ihm Elisabeths großer Anteil an Tores Tod nicht fremd war. Und wenn Dag so dachte, dann waren ihre Tage auf Borgland gezählt. Der Oberst fühlte seine Stirn eiskalt werden und spürte zugleich heißen Schrecken wie Nadelstiche im Körper prickeln. Er blickte stumpf und tot zu Boden.

Dags Brauen zogen sich drohend zusammen. Stählern spannten sich die Züge über dem Schädel, und der Ausdruck seines Gesichts war wie ein Widerschein der Sippe vor Hunderten von Jahren. Wie das eines Mannes, der die Waffe zum tödlichen Streich gegen seinen Feind erhebt. Aus der Einladung zu Weihnachten hatte Dag entnommen, dass ein solcher Besuch aus Borgland zu erwarten stand. Eine Weile danach erhielt er dann von seinem Anwalt wegen des Pfandbriefes Nachricht; es handelte sich um eine bedeutend größere Summe, als er je an ein und dasselbe Geschäft gewagt hatte, aber der Anwalt hatte für ihn abgeschlossen und das Papier zu sehr günstigen Bedingungen erworben. Und Dag war bei Holder hart vorgegangen, hatte anderwärts rücksichtslos zugegriffen und so die erforderliche Summe hervorgezaubert. Ja sogar die Taler im tiefen Keller nicht geschont, um dies Papier in seinen Besitz zu bringen. An dem Tage, als er mit dem Pfandbrief in der Tasche heimfuhr, sah er sich mit blitzenden Augen im Talbezirk um und blickte gnädig zur Kirche hinüber. Ein Stuhl stand dort, der seit undenklichen Zeiten Borgland gehörte, in den Augen der Leute ein Thron der Ehren. Der sollte jetzt den Herrn wechseln. Mit Besitzerstolz betrachtete er Borgland im Vorbeifahren, und seine Gedanken streiften eine hochmütige Oberstenfratze und ein böses, stolzes Fräuleingesicht. Bald wollte er die beiden besuchen und sich für die letzte Einladung bedanken. Daheim saß er dann über dem Dokument und studierte es lange und gründlich; und seine Augen ruhten auf den beiden Namen Borgland und von Gail. Sie waren das Überwältigendste, was er aus seiner frühesten Kindheit kannte; jetzt konnte er sie nehmen und vor sich auf den Tisch legen und seine Faust obendrauf; denn sie saßen unauslöschlich auf diesem Papier fest. Seine Rachelüste, die er abgelegt zu haben glaubte, tobten mit Sturmesgewalt wieder in ihm auf. Rache für alle Sippenschmach seit uralten Zeiten, Rache für seinen Sohn Tore. Vergeltung an Land und Leuten von Borgland und damit am ganzen offenen Lande. Auch seine Geldgier, die sich gerade in letzter Zeit hatte mildern wollen, flammte wieder hoch auf. Wenn andere Zeiten, gute Jahre über Borglands unendliches Gebiet kamen und er es hochgewirtschaftet hatte, dann würde es ihm das Vielfache von dem einbringen, was ihn der Pfandbrief heute kostete. Die Machtsucht, die, ihm selber unbewusst, in den Jahren seiner Wohlhabenheit ins Ungemessene gewachsen war, auch sie feierte heute einen Triumph in ihm. Seine Macht kannte keine Grenzen mehr... Gottesurteile und Wahrzeichen, die ihm in seiner Jugend so viel zu schaffen gemacht und ihn in letzter Zeit wieder zu beschäftigen begannen, waren vor diesem grenzenlosen Glück verblichen. Ja, es war, als wüchse ein Trotz in ihm auf - ein Gefühl, als sei ihm Unrecht geschehen. Hatte der Reichtum ihn anderer Lebenswerte beraubt, so wollte er ihn als Entgelt jetzt auskosten bis zum dunklen Tode. Er hatte genau ausgedacht und formuliert, wie der Anwalt oder Hauptmann Klinge in großen Wendungen für ihn nach Borgland schreiben und seinen Willen und seine Ansprüche geltend machen sollten. Ja, er war derart hierin aufgegangen, dass er sich schon eine Unterschrift mit besonderes großen Buchstaben und Schnörkeln eingeübt hatte, wie sie sich für einen solchen Brief gebührte.

Und jetzt kam der Oberst selber, bevor er noch den Brief fortschicken konnte. Aber Dag glaubte zunächst nur, der Oberst habe von dem Schicksal des Papiers gehört und wolle jetzt ein gutes Wort für sich einlegen, wie so unendlich viele andere auch. Und Dag hielt für ihn die kalten Redensarten bereit, die ihm in solchen Fällen geläufig waren.

Der Oberst hatte den letzten Rest seiner Haltung verloren. All das harte Missgeschick, die jahrelange Qual bei Tag und Nacht hatte ihn zermürbt. Immer wieder vermochte er sich durchzukämpfen, aber dieser letzte Schlag fällte ihn - er saß wie gelähmt da.

Wuchtig thronte Dag in seinem Stuhl; sein Gesicht hatte sich wieder ein wenig geglättet, aber die Stirn leuchtete kantig, steinhart, mit dem darüber züngelnden Haar. Über der Nase spannte sich die Haut so, dass der Knochen scharf darunter hervortrat. Die Nasenflügel bebten drohend, und der Mund zog sich fest zusammen. Das stumpfe Kinn stand breit vor, die Augen blickten blau und kalt geradeaus. Jetzt traten Ane Hammarbös Adlerzüge deutlich bei ihm hervor - das alte Familiengesicht.

Es war totenstill in der Alten Stube. Im Kamin brannte lautlos das vorjährige Birkenholz. Die Flammen flackerten nur leise wie Atemzüge, je nach Wind und Zug im Schornstein.

Dag saß unbeweglich still; aber irgendein Gedanke mochte in ihm wühlen, denn die Spannung in seinem Gesicht begann sich zu lösen. Ihm fiel ein, dass der Oberst ja nicht gekommen war, weil er etwas von diesem Papier wusste. Nein, um eine Anleihe zu machen, kam er vertrauensvoll von dem mächtigen Herrensitz hinauf in die Waldberge. Dag überlegte weiter - am Ende habe der Oberst doch gewusst, dass das Papier hier sei, und komme jetzt unter der Maske des Biederen, Vertrauensvollen. Sein Misstrauen war grenzenlos.

Aber - die Straffheit über der Nase ließ nach, und der Mund wurde allmählich weicher. Die Einladung zum Weihnachtsball war lange, ehe Dag selbst von dem Pfandbrief wusste, erfolgt. Der Oberst hatte also schon damals gedacht, mit ihm zu reden, und eine Art Vorbereitung gesucht. Sein heutiges Vertrauen war also doch aufrichtig.

Es bedeutete keine Kleinigkeit, dass der Oberst hier saß. Die Borglander waren für Dag das Erhabenste in seiner und seiner Sippe Welt gewesen, und heute kam der Oberst zu ihm - freiwillig, um Hilfe gegen eine von außen drohende Gefahr zu suchen. Und glaubte, Dag sei mächtig genug, so große Summen zu beschaffen, und großzügig genug, ihm helfen zu wollen - trotz allem.

Geldgier und Herrschsucht sitzen oft so dicht beieinander, dass sie schwer zu trennen sind - und die Herrschsucht wächst mit zunehmendem Alter. Es war allerdings zwecklos, Dag mit offensichtlichen Schmeicheleien über seine Macht zu kommen; er war zu klug, um sich von Redensarten blenden zu lassen; hier handelte es sich doch um Tatsachen, die sein Machtgefühl berührten. Alle kamen sie zu ihm, auch der Oberst, um einen Mächtigeren gegen eine äußere Gefahr zu Hilfe zu rufen. Lag darin nicht eine Genugtuung- auch für seine ganze Sippe? Seine Augen irrten ziellos in der Stube umher, doch plötzlich bannte etwas seinen Blick. Nur ein Beil in einem Balken, aber seine Gedanken begannen in rasender Flucht zu jagen.

Der Herrgott! Ja, dem hatte er einst gelobt, ihm die Rache zu lassen. Großes war seitdem in der Welt geschehen, und er machte sich oft Gedanken darüber. In Frankreich hatte man den König und viele Menschen totgeschlagen, den Herrgott abgesetzt und nannte das Ganze Revolution. Hierzulande hielt man es in der großen Welt jetzt ebenfalls für fein, keinen Gott zu haben. Das Volk war wohl noch nicht soweit, Dag konnte aber nicht als durchschnittlicher Mann aus dem Volke gelten. Sein Reichtum führte ihn von jeher mit mancherlei Menschen zusammen, und er besaß ein scharfes Auffassungsvermögen. Gewiss, die Menschen lebten ohne Gott, doch zu ihm kamen sie und brauchten Gottes Namen und Wort, um zu feilschen, wenn sie billige Zinsen zahlen oder Aufschub haben wollten; dieselben Menschen, von denen er wusste, dass sie sich sonst über unseren Herrgott lustig machten.

Durch alles dies war Dag zwar nicht gerade gottlos geworden, doch allmählich wirkte es auf ihn ein, nahm dem Gottesglauben seiner besten Jahre den Glanz, machte ihm den Herrgott zu einem Sonntagsgott, den man in seine

Werktags-Gedanken besser nicht hineinmengte. Auf diese Weise konnte er werktags der rücksichtslose Geldmann sein und trotzdem einen Pakt mit dem Herrgott haben. Denn in seinem tiefsten Innern lebte der alte Respekt vor dem Herrgott und allem, was sein Vater und seine Vorfahren in Achtung und Ehren gehalten hatten, noch weiter. Jetzt dämmerte ihm manche Erinnerung an damals, da er das Beil in den Balken schlug, an Betrachtungen über Gottes Strafgericht und dunkle Zeiten. Aber er richtete sich wieder auf, gab seinem Denken eine andere Richtung - und starrte in die Kaminglut. - Vergeltung an allem, was sich seiner Familie entgegenstellte, Mehrung seines Reichtums und unumschränkte Macht auf der einen Seite - und auf der anderen nur ein verspotteter Gott und ein paar altmodische Gottesworte...

Das war ja wie verhext: sein Blick musste wieder zu dem Beil hinauf; in kalter Schwärze sprang dessen Nacken aus dem Gebälk heraus, und vom Beilkopf hatte die Feuchtigkeit in mehr als dreißig langen Jahren einen rostigen Schmutzstreifen an dem rissigen Eichenbalken heruntergezogen, schwarz wie eine uralte Blutspur. Er dachte an sein erstes Erlebnis mit dem Beil - wie er damals den Herrgott sah - im festen Vertrauen auf seine Allmacht. Jetzt, im härtesten Kampf seines Lebens, fühlte er sich plötzlich wieder vor Gottes Angesicht gestellt - als hätten sie eine alte Rechnung miteinander aufzumachen, die sogleich, in dieser Stunde noch, aufgemacht werden müsste. Dag schloss die Augen und blickte in sich, überschaute alle, alle vergangenen Jahre. Hart hatte ihn der Herrgott mit des Bruders Tod gezüchtigt, aber die Rache nahm er auf sich. Nochmals versuchte Dag, Zweifel in seinen Gottesglauben zu setzen, versuchte, ihm hinter allem Spott und Zweifel zu entwischen, der ihm zu Ohren gekommen war. Aber vergebens.

So tief war er in sich versunken, dass es ihn fast erstaunte, den Oberst und den Pfandbrief noch zu sehen. Jahre schienen ihm vergangen, seit er ihn vor sich gehabt hatte; und saß hier nicht jetzt ein ganz anderer? Bisher hatte Dag ihn nur mit den Blicken des Hasses betrachtet, als eine hochmütige Gestalt, die er zerschmettern wollte. Jetzt sah er ihn mit anderen, mit sehenden Augen - vernichtet, alt, zu Tode verzweifelt. Als Dag kürzlich die Wälder nach einem heimatlichen Land des Friedens durchstreifte, erschaute er allmählich alles wie in der guten alten Zeit, und dort, in jener Welt, hatte auch Borgland seinen Platz. Die Überlegungen der letzten Tage kamen ihm heute unfasslich vor; hatte er wirklich daran gedacht, Borgland an sich zu reißen und das Leben aus jenen Räumen zu vertreiben? Der Welt seiner Jugend, seiner gesamten Sippe allen Glanz nehmen wollen? In einem geraubten Kirchenstuhl vor seinen Herrgott treten wollen?

Dag betrachtete den Oberst genau, und ein Wort aus Dortheas Mund stieg vor ihm auf - Barmherzigkeit. Bisher hatte er dies Wort niemals begriffen, jetzt dämmerte es ihm auf in seiner ganzen Kraft. Und fühlte sich Dorthea plötzlich so nahe, als gehöre dies Wort nur ihr allein, und verspürte eine unsäglich warme Freude, ihr nähergekommen zu sein als je. Er konnte ja diese Gelder, die auf dem Pfandbrief standen, als Dorthea gehörig ansehen, dann war es ihr Wille, der geschah. Etwas Merkwürdiges fiel ihm ein. Er hatte andeutungsweise von Therese und ausführlicher von Klinge gehört, dass ein Offizier aus der Borglander

Familie Dortheas Leben zerstört hatte. Dags Miene verfinsterte sich wieder, und aus seinem innersten Innern quoll noch einmal die Selbstverständlichkeit der Rache. Ein Mensch wie Dorthea durfte nicht ungerächt liegen...

Hätte nicht ein Beil in einem Balken der Alten Stube gesteckt, dann wäre er vielleicht jetzt mitten in seiner Verwandlung - bei allem guten Willen - von der jahrtausendealten Macht überwältigt worden - von dem Gesetz, das Rache für die Toten fordert. Denn Dortheas Gedächtnis war ihm fast so teuer wie das seines Vaters. Ja, Dags Gedanken waren schon so weit auf diesem Wege, dass er das Beil nur wie zufällig mit einem Blick streifte und daran erinnert wurde, dass die Rache dem Herrn gehöre. Er neigte nachdenklich das Haupt. Aber auch diesmal glättete sich sein Antlitz; ja, eine wehmütige Milde legte sich über die harten Züge. Er hob den Kopf und betrachtete des Obersten zusammengesunkene Gestalt. Der Herrgott war ein erfahrener Rächer - ihm konnte man die Rache getrost überlassen. Jetzt fügte es der Herrgott so, dass die Taler der verschmähten Dorthea den Herrenhof eines Geschlechtes retten durften, das sie einst für zu gering gehalten; welch ein Genuss für die böse Elisabeth, das Gnadenbrot aus der Hand eines Menschen zu essen, dessen Sohn sie ins Unglück gestürzt hatte.

Dags Gesicht zeigte jedoch keinen Triumph, es war seltsam wehmütig. Man sollte ja Böses mit Gutem vergelten, und gerade das geschah ja hier mit Borgland. Seine Gedanken liefen weiter bis zu dem Wort, man solle seine Feinde lieben. Das war ihm bisher in der Heiligen Schrift das Unbegreiflichste gewesen. Und saß er heute nicht selber hier und empfand Mitleid mit seinem bösen Feind, ja, mochte er ihn nicht beinahe gern?

Sollten andere doch über den Herrgott denken, was sie wollten, an seiner Anschauung war nicht mehr zu rütteln. Vor etwas so wunderbar Folgerichtigem wie Gottes Wort musste man auf der Hut sein.

Der Stuhl knarrte laut, als sich der Alte umwandte, und nach der langen Stille traf der Ton den Obersten wie eine Ohrfeige; er fuhr zusammen und starrte entsetzt auf Dag. Noch nie hatte er eine solche Veränderung Vorgehen sehen; vorhin hatte Dag ihn allzu deutlich an Gesichter erinnert, denen er bei Gefechten in seiner Jugend im Kampf auf Leben und Tod begegnet war, und der Blick, den ihm Dag jetzt gönnte, war der eines guten Freundes.

Dag redete, und seine Worte besagten, der Oberst möge sein Leben lang ruhig auf Borgland sitzen. Diese merkwürdige Wendung vermochte der Oberst schwer zu fassen und blieb lange sprachlos; endlich faltete er das Papier zusammen und schob es Dag zu. »Ich weiß nicht, ob ich richtig verstehe - wenn Ihr damit meint, Ihr wollt den Pfandbrief behalten und nur die Zinsen fordern, dann bin ich Euch zu großem Dank verpflichtet, zu größerem, als ich auszusprechen imstande bin.«

»Mit den Zinsen hat es auch keine so große Eile«, sagte Dag. Der Oberst ging in die Diele voran. Dag forderte ihn auf, noch dazubleiben und eine kleine Herzstärkung zu nehmen, aber der Oberst glaubte schon mehr als genug bekommen zu haben und schickte sich an, sogleich abzufahren. Er ergriff Dags Hand und dankte ihm nochmals, doch ohne aufzublicken.

Ja, eine gute Vergeltung trifft schwer...

Elftes Kapitel

Nacht über den Wäldern im Bärental, Nacht vor grauendem Tag - mit Tausenden von schleichenden Tieren; die einen auf dem Wege zur Weide - die anderen auf Raub aus. Nacht vor Tagesgrauen über den Wäldern und dem alten Hof.

Im Kamin in der Diele knisterte das Kienfeuer, es hatte die ganze Nacht gebrannt. Am Tisch saßen zwei und tranken. Jungfer Kruse hatte nachts fortwährend Punsch aufgetragen und einen Imbiss und Bier eingeschoben. Solange noch jemand auf war, musste sie ihre Arbeit tun, wie es in jenen Tagen das Los der Hausfrau war, aber so etwas wie heute kam denn doch sonst nicht vor. Dag und der Hauptmann saßen heute hier in der Diele nach des Obersten Besuch.

Hauptmann Klinge hatte in seinem Leben Schiffbruch erlitten. Niemals konnte er einen Becher ausschlagen, und das war sein Unglück - behauptete jemand, der darüber Bescheid zu wissen glaubte. Doch ein Unglück allein zermalmt einen Mann selten, und vermutlich war noch anderes Missgeschick über ihn hereingebrochen. In seiner Jugend war er ein warmherziger Freund gewesen, und zum Dank betrog man ihn um sein Geld und seine Liebste. Und beides besorgten Freunde, denen er geholfen hatte. Da verlor er schließlich den Glauben an die Menschen und suchte Trost im Becher. So lautete Major Barres Bericht.

Dann war Klinge verabschiedet worden; auch das geht nicht spurlos am Menschen vorüber. Er war völlig vernichtet. Als Dag ihn mit nach Björndal nahm, hatte er schon jahrelang jede Beziehung zum Leben verloren, und man sollte meinen, er habe nun alle Ursache, zufrieden zu sein, seit er als geachteter, nützlicher Mensch in Björndal saß. Doch die Menschen sind selten zufrieden. Klinge stammte aus einer alten Offiziersfamilie, die dem Heer des Königs manchen tüchtigen Soldaten gestellt hatte, und mit seinem guten Kopf und dieser Familie hinter sich hatte er gewiss einstmals mancherlei Hoffnungen gehegt. So war es für ihn nur eine dürftige Ehre, Schreiber auf einem abseits gelegenen Hof zu sein.

Nach seinem Abschied musste er Zuflucht zu Grübeleien und Betrachtungen nehmen, um die grauen Tage hinzubringen, und so war er ein kleiner Philosoph geworden, ein in sich gekehrter, verbitterter Grübler. Über die Armut sann er am meisten nach, über seine eigene und die anderer; und seit er auf Björndal weilte, war ihm manches durch den Kopf gegangen, während er scharfe Briefe schrieb und große Zahlen in die Bücher eintrug.

Alles in der Welt kommt, wie es kommen muss, und mancher nennt es auch den Willen Gottes.

Als der alte Dag nach dem heutigen Vorfall das Bedürfnis empfand, mit jemandem zu reden, da blieb ihm keine Wahl - der Hauptmann war der einzige. Ja, vielleicht wollte Dag sogar gerade mit Klinge plaudern. Und vielleicht war es seinem Scharfblick nicht entgangen, dass Klinge seinem Wohltäter nicht immer in ehrlicher Überzeugung zustimmte. Als Dag ihn heute Abend bat, in später Stunde noch bei ihm sitzen zu bleiben, da erstaunte ihn dies höchlichst, und es erschreckte ihn fast, als Jungfer Kruse ihnen einen Krug brauen musste; denn so etwas kam im täglichen Leben nicht vor. Ihm fiel der Oberst ein, der so merkwürdig kleinlaut auf den Hof gekommen war und den er hernach so völlig vernichtet hatte abziehen sehen. Da mussten sich wohl große Dinge ereignet haben, die Dag ihn noch heute Abend aufschreiben lassen wollte.

Doch die Stunden vergingen mit Plauderei über Wetter und Wind, und sie hatten bereits den dritten Krug in Angriff genommen, als Dag langsam in die beabsichtigte Bahn zu lenken begann. Klinge machte große Augen, als er vom Herrgott und den Pflichten sprach, die das Leben einem auferlegt, und ein Gespräch über solche Fragen in Gang brachte.

Klinge antwortete so ausweichend wie möglich, denn er mochte sich nicht gegen jemanden, des Brot er aß, äußern, zumal, wenn er ihm am Winterabend so behaglich einen willkommenen Tropfen vorsetzte. Er war zu gesellig veranlagt, als dass er riskiert hätte, die gute Stimmung einer solchen Stunde durch Widerspruch zu zerstören.

Aber heute Abend war es Dag offenbar um Klinges wirkliche Meinung zu tun, denn er fragte ihn schließlich geradezu, was der Herrgott wohl eigentlich auf Erden mit ihnen vorhabe. Dem Hauptmann fiel ein altes Wort ein, dass die härtesten Sünder im Alter ins Kloster gehen, und glaubte zuerst, Alter und Gewissen bedrückten Dag. Als er jedoch sah, wie Dag gerade jetzt von Lebenskraft strotzte, ließ er diesen Verdacht fallen. Dag war ja immer ein ernster Mensch gewesen, der sich über das Jenseits Gedanken machte. Also konnte es bei ihm keine Alterserscheinung sein, wenn er heute etwas Besonderes auf dem Herzen hatte.

Als Dag keine Antwort bekam, fuhr er fort, er habe hierüber so viel nachgegrübelt; es gebe so viele Zweifel und unverständliche Dinge, dass es ihm unmöglich scheine, einen Weg zu finden.

Klinge hatte immer Muße genug zum Nachdenken und hatte wohl auch tausendmal nachgedacht. Auch er hatte keine festere Meinung gewonnen als die Menschen im Allgemeinen; aber er verstand sich äußerst gewandt aus jeder Klemme zu ziehen. Daher erwiderte er, man solle vielleicht in so etwas, wie mit dem lieben Gott, gar keinen festen Grund finden: Der Sinn des Lebens ist vielleicht gerade der, sich geduldig durch alle Zweifel und Unbegreiflichkeiten hindurchzukämpfen und niemals abzulassen. So erreicht jeder den Grad von Reife, der seiner Kraft und Fähigkeit entspricht, und dieser Reifegrad ist dann das Endergebnis eines jeden Lebens. Der eine kommt weit, der andere nicht, entscheidend ist nur, ob man sein Möglichstes getan hat. Der Mensch ist ja nach Gottes Ebenbild geschaffen, da haben wir schon etwas Freiheit, uns selbst zu formen. Vielleicht haben wir darum keinen abgesteckten Weg vor uns. Ja, der Herrgott hat sicherlich seine Absicht mit dem Ganzen. - So sprach der alte Klinge Gedanken aus, die er bisher zu keinem Menschen geäußert hatte, und war doch erst beim dritten Krug.

Dag sann hierüber nach. Eine gewandte Antwort, fand er, und man konnte sich gut daran halten, wenn man keine bessere bekam; aber nach seinem Sinn war sie nicht. Er wollte eine Richtung haben, eine möglichst unverbrüchliche - zu einer Entscheidung kommen, denn so war seine Natur einmal beschaffen.

Zwar beging er keine offenbaren Sünden gegen Gebot und Gesetz, aber er suchte einen festen Boden für die schwierigen, unklaren Fragen und tastete sich in einem ruhigen Wortwechsel mit dem Hauptmann vorwärts, während die Nacht Stunde um Stunde fortschritt. Sie aßen wenig und tranken beide viel, schürten die Glut im Kamin und vergaßen jede Zeit.

Klinge merkte, dass Dag jetzt bald nicht mehr zu umgehen wusste, was in ihm am stärksten nagte, was ihnen beiden jedoch zu besprechen unmöglich schien und gleichwohl in dieser Nacht besprochen werden musste: die Verantwortlichkeit des Reichtums. Beider Reden gingen stets um den Kern herum - mit langen Pausen, und draußen begann schon allmählich der weithinstreichende Wind des neuen Tages über Wald und Feld und Häusern lebendig zu werden. Da wandte sich Dag vom Kamin ab, sah den Hauptmann fest an und fragte ihn merkwürdig leise: »Was ist des Menschen Pflicht - soll er in Geldangelegenheiten Recht und Gesetz befolgen oder... nicht?«

Klinge war nicht mehr sehr widerstandsfähig, auch durch das Winterwetter etwas klappriger geworden. Die vielen Becher dieser Nacht wirkten allmählich, machten ihn verrückt oder berauscht - oder vermutete er etwa, Dag wolle seine Meinung geradeheraus wissen? So lange Jahre seines Lebens hatte er anderer Leute Ansicht um seiner Armut willen im Munde führen müssen, das hatte seinen Nacken demütig und seinen Blick zahm gemacht. Jetzt aber hob er den Kopf langsam - hoch - frei - und blickte stolz an Dag vorbei in die Glut. Dag fragte ihn danach etwas, was er wissen musste, denn das hatte er gründlich und nach allen Seiten hin durchdacht.

Seine Stimme klang jetzt wie ein Nachhall jener Zeit, da er ein wirklicher Hauptmann war: »Viel von dem Elend und Kummer der Welt würde gelindert werden, wenn die mächtigen Geldherren über Recht und Gesetz hinaus ein wenig Herz haben wollten.«

Beide schwiegen lange, dann sagte Dag mit der gleichen ruhigen Stimme wie soeben: »Es ist schön, ein ehrliches Wort zu hören.« Klinge runzelte die Stirn, und ein verbissener Stolz kam über ihn. »Ehrlich zu reden ist nicht immer angebracht für einen, der - arm ist.« Seine Stimme klang verbittert. »Für Geld kann man alles kaufen, Menschen, Seelen, ja sogar einen alten Hauptmann - aber ehrliche Worte kann man dafür nicht kaufen. Die Offenheit flieht vor dem Gelde.«

Jetzt war es an Dag, den Kopf zu heben. Er blickte Klinge forschend an.

»Dann hat es dir hier also nicht gefallen?«

»Doch«, erwiderte ausweichend der Hauptmann - »sorglosere Tage konnte ich mir nicht wünschen; aber da du fragst - nicht alles hat mir gefallen. Jetzt war ich wahrscheinlich zu ehrlich und werde es morgen zu bereuen haben.«

»Du sollst es nicht bereuen«, unterbrach Dag ihn schnell, »sage mir lieber, was dir nicht gefallen hat. Findest du, ich bin zu hart gewesen?«

Klinge entgegnete: »Hm, Geld ist etwas Wirkliches. Meine Gedanken sind nur etwas Vergilbtes und passen nicht hierher.«

»Das muss ich selber wissen, ob sie hierher passen. Ich will jetzt deine Meinung hören.«

»Wie du willst«, sagte Klinge. »Um die Wahrheit zu sagen, du bist mir sehr hartherzig erschienen - oft jedenfalls.«

»Aber ist es nicht Pflicht eines Menschen, seinen Besitz mit Recht und Gesetz zu bewahren? Soll man ihn verschwenden, an geringere Menschen oder an den ersten besten fortwerfen?«, fragte Dag.

Klinge dachte nach. Dag ging da so plötzlich in die raue Wirklichkeit über, dass jemand, der immer in einer erdichteten Unwirklichkeit lebte, ihm nur schwer zu folgen vermochte. Und es erging dem Hauptmann wie manchem anderen, er erkannte, dass es leichter war zu sagen, wie es nicht sein sollte, als wie es sein sollte. Und er hatte doch früher so viel über diese Dinge nachgedacht, wenn er doch nur seine Ideen wieder gegenwärtig hätte, da... Er dachte laut weiter: »Nein, schlechten Menschen etwas zu geben, heißt das Geld hinauswerfen, und andere wieder kann das, was sie auf zu leichte Art bekommen, zur Trägheit verlocken; man muss verständig sein, ja... helfen, wenn man meint, dass es sich lohnt; Vernunft annehmen...«

Dag hatte das Haupt gegen die Wand gelehnt und blickte ihn ernst gespannt an; doch als Klinge mit seinen Gedanken herauskam, wurden seine Züge kalt, ja lauernd. »Dann müsste man die Weisheit Gottes haben, um es richtig zu machen«, und in seiner Stimme klang leiser Hohn. Auf dem Gesicht des Hauptmanns trat ein beschämter Zug hervor. Nein, es war wirklich nicht so einfach, in den großen Fragen des Lebens festen Boden zu bekommen.

Wahrscheinlich war es der viele Alkohol, der Klinge zu weiteren Betrachtungen und Reden ermutigte. Er sann eine Weile nach, dann begannen sich seine Gedanken wieder zu formen, denn er äußerte sie laut, wie sie ihm gerade einfielen. Doch vertraute er ihnen anscheinend nicht so ganz, sie kamen nur tastend heraus.

»Ja, des Herrgotts Weisheit könnte man schon brauchen... aber man muss sich soweit wie möglich mit dem

Verstand helfen, der einem gegeben ist... Und wer die Fähigkeiten hat - und den Verstand... und die Menschenkenntnis... um reich zu werden... um viel Geld zu verdienen... und darauf aufzupassen... und es zu vermehren... der muss die gleichen Eigenschaften darauf verwenden... um mit dem Geld richtig zu wirtschaften... zu helfen... wo er denkt, es lohnt... Vernunft... anzunehmen... Muss es machen, so gut er kann... Geht es schief... irgendwo... dann hilft es eben nichts. Man muss den guten Willen zeigen... es so gut machen, wie es irgend geht... Ja, denn Geldsammeln erfordert dieselben Fähigkeiten... wie Geld mit Verstand ausgeben. Man muss streng sein, wenn man es für richtig hält, und mild, wenn man denkt, dass es lohnt. Guten Willen zeigen - sich nicht entschuldigen, es sei so schwierig...«

Er drehte sich ein bisschen im Kreise, der gute Hauptmann, und faselte, wie es angetrunkene Menschen tun; denn ganz nüchtern war er jetzt kaum.

Dag blieb unverändert aufmerksam. Mit einem merkwürdigen, fast wehmütigen Lächeln um den Mund folgte er den Reden des Hauptmanns und saß noch so da, längst nachdem das letzte Wort gefallen war. Er dachte an ein langes, schwieriges Wort, das er bei der Begegnung mit dem Oberst erwogen, ja sogar befolgt hatte. Nur war es viel zu feierlich und weitläufig, als dass man es unter Männern laut aussprechen konnte, selbst in einer solchen Stunde. Stattdessen fand er ein passenderes: »Du redest wie die Bibel, Klinge, und was ich aus deinen Worten heraushöre, ist die Forderung, auch das Herz sprechen zu lassen.«

Ehe sie zur Ruhe gingen, hatte Klinge noch die Geschichte mit dem Oberst erfahren; und hieraus wie aus der ganzen nächtlichen Unterhaltung gewann er ein neues Bild von Dag. Ja, er schämte sich fast seiner hoffärtigen Eingebildetheit auf die eigene gute Gesinnung. Dag musste sich demnach bei all seinem Reichtum mit denselben Fragen herumschlagen, und alles war unter großen Kosten schon in die Tat umgesetzt, bevor er selbst das Ganze klar durchdacht hatte. Und sogar mit dem Obersten war Dag so verfahren, den er anders zu behandeln doch manche Ursache hätte.

Auch Dag bekam heute neuen Respekt vor dem Hauptmann.

Man konnte von jedem etwas lernen; vieles steckte in den Menschen, was sie alltags nicht zeigten.

In seiner Schlafkammer legte sich Dag mitten in dem breiten Bett behaglich zurecht. Um das anbrechende Tageslicht auszuschließen, zog er gegen alle Gewohnheit die Bettvorhänge zu. Seit undenklicher Zeit war er nicht mit einem so friedlichen Gefühl zu Bett gegangen wie heute - nach diesem langen Tage. Die Geschichte mit dem Oberst war ein hartes Stück Arbeit gewesen, aber er bereute es nicht. Das war schon richtig gegangen.

Der Sonnenaufgangswind trug ein Brausen von den Wäldern her über den Hof, und die Leute begannen sich zu rühren und zu einem neuen Tag vorzubereiten. Drinnen in seiner Kammer aber lag der mächtige Herr der Wälder, die da brausten, und der Menschen, die sich rührten; er blickte in das Bettdunkel und bemühte sich, was er dachte, in Worte zu fassen, um damit Herr über sich selbst zu werden. Es ließ sich doch schwierig an, aus Klinges Wortschwall gerade das Nötige herauszufinden. Ja, jetzt hatte er es. Klinges Ausspruch, für die Armen sei es nicht so einfach, ehrlich zu sprechen, hatte ihn aufhorchen lassen. Er hatte dieses Gefühl wohl auch sonst schon gelegentlich gehabt, richtig klar wurde es ihm jedoch erst an dessen lebendigem Beispiel. Ihm, dem es unmöglich schien, nicht frei denken oder ehrlich zu jedem sprechen zu können, offenbarte sich hier ein unheimliches Bild von der Belastung des Menschen durch die Armut. Sie machte einen nicht nur im Irdischen unfrei, sondern auch in wesentlichen Dingen. Dag dachte an alle die verschuldeten, unfreien Menschen, mit denen er geschäftlich zu tun hatte und so streng verfuhr, weil sie versuchten, sich aus der Patsche herauszulügen. Fortan wollte er sie milder beurteilen. Und seines Vaters erstes Gebot leuchtete ihm hell entgegen. Man müsse sich unabhängig machen, mahnte sein Vater, und er hatte sein Leben lang schwer darum gekämpft. Unabhängig sein hieß nicht nur frei von Schulden sein, das wusste er jetzt. Nach des Vaters Ansicht galt es also als Mannespflicht, sich zu einem unabhängigen Menschen zu machen; hierin war er selbst fehlgegangen, war zu einem Sklaven des Geldes geworden und in seinen besten Jahren dadurch abhängig gewesen. Die Möglichkeit, sein Herz zu zeigen, es den guten Menschen, die Gott ihm ins Haus gegeben hatte, heimatlich zu machen - alles hatte er versäumt und hiermit auch sich selbst im Leben einsam gemacht. Und es war nicht schön, einsam zu sein.

Die Arbeit auf dem Hofe war in vollem Gange, als Dag endlich einschlief. Aber nun kannte er seine Pflicht - sich selbst unabhängig zu machen, so unabhängig, dass man sein Herz zeigen durfte, anderen dazu helfen konnte, ebenfalls freie Menschen zu werden, wenn sie dazu taugten.

Es ließ sich nicht verheimlichen, dass Dag Borgland in die Hand bekommen hatte, und es ging wie ein schauderndes Flüstern durch das Land. Das Gerücht gelangte sogar bis in die Stadt und kam auch Major Barre und seiner Tochter zu Ohren.

Doch Winter und Frühling gingen hin - und noch andere Gerüchte begannen in den Talschaften umzulaufen. Dag zeigte jetzt vielfach eine absonderliche Milde; er schärfte den Leuten zwar ein, den Mund darüber zu halten, aber Menschen können ja nicht schweigen. Diese Gerüchte und die Folgen der elenden Zeiten führten manchen nach Björndal, und Dag, der früher nur kurze, barsche Antworten gab, ließ die Leute Vorbringen, was sie auf dem Herzen hatten, und die Alte Stube bekam manch seltsames Schicksal zu erfahren.

Er hörte allen geduldig zu, und seine Menschenkenntnis wuchs von Tag zu Tag. Er ließ Rücksicht walten, und mancher vom Schicksal hart Getroffene ging getröstet von ihm. »Du musst versuchen, frei zu werden, und das wirst du nicht, wenn du so weiterwirtschaftest. Natürlich könnte ich deine Schulden bezahlen, doch du würdest nur neue machen. Ich werde dir jetzt etwas leihen und dir auf die Beine helfen; aber ich komme und sehe nach, ob du dir Mühe gibst.« Wen Armut und Unglück zugrunde gerichtet hatten, den konnte er wieder hochbringen, mit Geld, gutem Zureden, mit vernünftiger Strenge. Wer aber Faulheit und Untüchtigkeit hinter schönen Redensarten zu verstecken und neues Geld für weitere Trägheit zu ergattern hoffte, der musste mit hängenden Ohren abziehen. Dag merkte sehr schnell, welcher Art die Menschen waren. Und daher sagte man von ihm, er vermöge durch alle hindurchzublicken.

So wehte der Wind vom Wald droben nicht nur kaltes Entsetzen über das Land, und die Rappen trugen nicht nur Furcht zu allem.

Mehr und mehr nannte man Dags Namen in ehrlicher Dankbarkeit und oft fast voller Ehrfurcht. In den Winkeln im offenen Lande hockte wohl noch der Klatsch über die Waldbauern; denn alte Missachtung stirbt schwer aus. Über Dag wagte jedoch niemand mehr recht etwas Böses zu äußern. Er ragte seltsam hoch vor ihnen auf. Nicht seine Gesinnung machte ihn in allen Augen groß. Solches bemerkt die Welt nicht, nein. Dass er anders als Geschäftsleute sonst handelte, ganz nach seinem eigenen Gutdünken, das ließ ihn rätselhaft erscheinen; und was die Menschen nicht durchschauen, wird in ihren Augen groß. Die wenigen, die Dags Großmut erkannten, betrachteten sie nur als Alterserscheinung oder als Anzeichen für den allmählichen Verfall des kraftvollen Geschlechtes. Das ist das Urteil der Welt. In der Jugend hatte er mit schwerer Faust hart zugeschlagen, später in Geldsachen keine Gnade gekannt. So etwas verstehen die Menschen, und darauf beruhte sicherlich die Achtung vor seinen jetzigen Wohltaten.

Er selbst gab wenig auf die Meinung der Welt. Er ließ sich an seiner eigenen genügen. Nun war er zu einem neuen Ziel unterwegs, und sein starker Sinn ging den schwersten Weg im Leben - er machte sich vom Urteil der Menschen unabhängig.

Ja, die Zeiten änderten sich. Wenn der greise Dag Björndal jetzt mit seinem alten Schwung die Straßen entlangbrauste, dann grüßten viele ehrerbietig, ja, schließlich kam es soweit, dass alle grüßten - stehenblieben und dem Dahinfahrenden lange nachschauten.

Zwölftes Kapitel

Es wurde grün auf Björndal, und Schmetterlinge flogen über die Wiesen; doch hinter den Mauern des Hauses lag einer reif zur Ernte. Es war der alte Hauptmann Klinge. Man holte den Arzt aus der Stadt, probierte Pulver und Tropfen; aber als der Arzt abfuhr, sagte er zu Dag: »Hier gibt's bald Leichenschmaus.«

Drinnen in der Stadt wanderte Adelheid Barre die gleichen Straßen wie andere - im hellen Schein des Sommers. Sie nickte ihren Bekannten lächelnd zu wie immer. Ja, sie lächelte vielleicht noch mehr als sonst - die stolze Seele.

Ein Apotheker ging im Hause des Majors aus und ein; er kam jetzt häufiger und kam ihretwegen. Ältlich war er und lächelte mit feuchten Lippen.

Adelheid war zu Weihnachten auf Björndal gewesen. Sie war wohl auf diesen Hof verschlagen worden, damit das Schicksal sein Spiel mit ihr treiben konnte. Nicht ein einziges Abschiedswort bekam sie von dem, den sie liebte. Also erfüllte sich jetzt auch ihr Schicksal wie das ihrer Mutter und aller anderen. Jetzt war sie dem begegnet, den ihr Herz begehrte, und dann - dann war es zu Ende.

Der Apotheker, der sie besuchte, hatte Geld, und sie war ein armes Mädchen. Sie schickte ihn nicht fort; um ihres Vaters und ihres eigenen Lebensabends willen ließ sie ihn wieder und wieder kommen, und er zog die Sache in die Länge. Er war seiner Beute sicher - da eilte es nicht so. Er liebte seine Junggesellentage und dehnte sie lang und länger aus.

Adelheids Herz hatte ein paarmal dumpf geläutet; dann wurde es allmählich still. Sie lächelte den Menschen zu - zum Schein. Und hinter ihr her lachte die Welt. Ihr Vater war schon etwas betagt - und arm, aber munter in der Gesellschaft seiner Freunde. Er verkehrte in vornehmen Kreisen der Stadt und redete gern von seinen Erlebnissen. Daher wusste man, wo er mit seiner Tochter Weihnachten gefeiert hatte - und wusste mehr, als wirklich geschehen war - denn der Major schnitt hin und wieder etwas auf. Und seine Worte wanderten und wuchsen von Haus zu Haus. Die Frauen hielten sich an den jungen Mann, von dem der Major erzählt hatte, und dachten ihre listigen Weibergedanken. Deshalb also war Fräulein Adelheid auf den kleinen Festen im Winter so geistesabwesend und sagte Schwarz, wenn sie Weiß meinte. Sie hatte hoch hinausgewollt, die närrische Adelheid, aber sie war schön abgefallen. In diesen alten, reichen Familien auf dem Lande draußen heiratete man doch kein armes Fräulein aus der Stadt. Das Gerede hierüber ging von Haus zu Haus und weckte Schadenfreude in allen Gemütern. So sind die Menschen nun einmal - die meisten wenigstens.

Adelheid machte ihren täglichen Ausgang, um etwas Billiges zum Essen einzukaufen. Sommer war in der Stadt - junger, schwellender Sommer in Gärten und Bäumen, im Gesang der Vögel in der blauen Luft. Sie dachte der Zeiten, da der Sommer ihr noch Freude und gute Tage brachte; ja, sie erinnerte sich in wehmütigem Verzicht ihrer schönen Jugend. Sie befand sich auf dem Weg nach Hause, auf der gepflasterten Straße. Zwischen den Steinen grünte hier und da Moos und Gras, und im nachbarlichen Garten blühte es. Ihre Augen sahen es, doch ihr Gemüt nahm es kaum wahr. Ein alter krummbeiniger Beamter mit seiner Tasche am Lederriemen ging hinter ihr her; in der Hand hielt er einen Brief - denn er trug die königliche Post aus. Am Tor wandte sie den Kopf, um zu sehen, wessen beschlagene Absätze so schwer hinter ihr drein klappten. Ein Brief an den Vater.

Im Zimmer oben blieb sie mit dem Brief in der Hand lange am Fenster stehen. Sie schaute durch die Gardine und entdeckte jetzt, dass der Himmel blau und der Garten des Nachbars voller Blumen war. Ein Brief... kein gewöhnlicher mit Dienstaufschrift oder dergleichen. Sie erinnerte sich eines Briefes damals vor Weihnachten. Seitdem hatte sie ein ganzes Menschenleben an Freude und Kummer durchlebt. Ein reichliches halbes Jahr war erst seitdem vergangen, wie endlos hatte es doch gewährt. Jener Brief war von Hauptmann Klinge - und die Aufschrift mit geübter Hand geschrieben. Auf diesem Brief heute schienen die Buchstaben beinahe gemalt - mit großen kunstvollen Schnörkeln - er stammte sicherlich von jemandem, der selten schrieb, also von niemand Bekanntem. Weshalb fiel ihr nur Klinges Brief ein?

Sie blickte wieder durch die Gardine und wurde jetzt gewahr, wie schön die Sonne über des Nachbars Haus und Garten schien. Aber sie hatte noch zu tun, bis der Vater heimkam.

Oftmals noch wendete und betrachtete sie den weißen Brief, ehe der Major endlich zurückkehrte; weshalb deckte sie nur jetzt den Tisch fertig, bevor sie den Brief erwähnte? Lebte noch irgendwo in ihrem erstorbenen Herzen ein Funke, ein Fünkchen, das sie zu ersticken fürchtete? Doch einmal musste es ja sein, und sie reichte dem Vater den Brief. Er drehte und wendete ihn, räusperte sich - ihm fielen wohl ein paar Schulden ein, die zurückgefordert werden könnten, und er verspürte keine Eile, ihn zu öffnen. Adelheid stocherte auf ihrem Teller herum und führte keinen Bissen zum Munde. Endlich ergriff der Major sein Tischmesser und schnitt den Brief auf. Da er etwas weitsichtig war, hielt er ihn weit ab, um die Schrift lesen zu können. Er räusperte sich ernstlich und riss die Augen auf.

»Wir müssen fort, der alte Klinge liegt im Sterben.«

Adelheids Gesicht neigte sich tief auf den Teller, immer tiefer. Tropften nicht Tränen auf den Tisch?

Die Fuhre wird uns an derselben Stelle erwarten wie letztes Mal, hörte sie den Vater wie aus weiter Ferne sagen. Sie klammerte sich an die Tischkante, dass ihre Knöchel weiß wurden. Ihre Herzenskälte schlug ihr ins Blut. Sie biss die Zähne zusammen. Sie fror - bis ins innerste Mark. Noch ein letztes Mal sollte sie das geliebte Land schauen. Dann war der Hauptmann tot und dann - jeder Weg versperrt.

Sie trafen in der Dämmerung auf Björndal ein. Die Sonne war hinter den Wäldern verschwunden, und es duftete nach Abend und Blumen und Sommer. Das Wiedersehen mit dem Major war zu viel für Klinge; er starb noch am ersten Abend. Der Schatten des Todes legte sich über den Hof, und alle gingen leise und schweigend einher. Der junge Dag war am ersten Tage daheim, dann blieb er fort, bis der Hauptmann begraben wurde.

Ein paar entfernte Verwandte von Klinge kamen - es gab einen feierlichen Leichenschmaus im Saal - mit weiten

Abständen zwischen den Plätzen um den großen Tisch - und dem Pfarrer zu Gast. Vater Dag, der Major und der Pfarrer sprachen freundliche Worte zum Gedächtnis des Hauptmanns. Des Alten Stimme klang rau, und der Major stotterte mühsam und bewegt.

Alle Wagen auf Björndal brachten Leute zur Kirche - andere kamen von Hammarbö und aus der Siedlung - ein langer Zug gab dem Hauptmann ehrenvolles Geleit. Am nächsten Tage erklärte Major Barre, sie müssten nun wohl mit den Klinge'schen Verwandten abreisen. Dag aber entgegnete, wenn sie ihm den Gefallen erweisen wollten, über die erste Einsamkeit bei ihm zu bleiben, dann werde er es ihnen nicht vergessen. Der Major fand, etwas Besseres als dieser Vorschlag könne gar nicht kommen. Auf die Art sprangen für Adelheid und ihn auch diesen Sommer ein paar Tage auf dem Lande heraus - und er sparte die armseligen Taler, die sie sonst auf den Haushalt verwenden mussten. Er tat, als müsse er etwas überlegen, dann dankte er, jawohl, er wolle versuchen, es einzurichten. Er schrieb in die Stadt und regelte es, dass ein Kamerad inzwischen die kleinen Geschäfte für ihn erledigte.

Dann streckte er alle viere von sich, so dass es in seinen Gelenken knackte, und machte sich gemächliche Tage auf Björndal. Er begleitete Vater Dag auf allen Wegen, durch Wiesen und Felder. Sie wanderten auch zu den Hochflächen und tief in die Wälder, und viel gab es zu sehen und zu bereden von Mensch und Tier und Wirtschaft. An Essen fehlte es die ganze Woche nicht, auch nicht an kaltem Bier aus dem Keller, und am Samstagabend trank sich der Major einen gelinden, aber fühlbaren Rausch an. Eine herrliche Zeit für ihn.

Die Tochter dagegen ging meistens wie im Traum einher. Sie trug zwar den Kopf hoch und stolz wie jederzeit und lachte ihr Scheinlächeln - schön, aber bleich und still. Kam der junge Dag einmal aus den Wäldern heim und aß einen Abend mit in der Vorderstube, dann konnte sie vor Kälte erschauern unter seinen flüchtigen Blicken.

Sie hatte ein paar Stellen entdeckt, die ihr als die schönsten auf der Welt erschienen: im Rosengarten und am Ende der blauenden Flachsfelder, und einen Platz bei den Waldweiden. Ja, dort war ein Platz, wie ein sommerlicher Tempel mit einem Schleier von Birkengrün über weißseidenen Stämmen - mit weichem Gras am Boden - und Blumen aller Art. Dort konnte sie sitzen und weit über die Siedlung hinblicken und sich in das hineinträumen, was ihr als das herrlichste auf Erden vorschwebte, alle Tage ihres Lebens hier bei dem Geliebten verbringen zu dürfen, mit gesichertem Wohlstand ringsum nach jahrelangem Darben, als Herrscherin über ein ganzes Reich - daheim und draußen, auch in der Stadt überall vom Glanz der Macht umgeben.

Wenn Adelheid sich von ihrem Traumplatz erhob, dann flogen alle ihre Träume fort. In dieser Ewigkeit seit Weihnachten hatte sie mit dem Leben abgeschlossen. Sie wusste, Gott hatte sie nach Björndal geführt, nur um ihr das Wunschland ihres Hochmuts zu zeigen und sie dann auf das tiefste zu demütigen. Als Frau des Apothekers, mit dem Geld gekauft und bezahlt, würde sie sich in aller Augen erniedrigen. Um ihres eigenen Hochmuts willen und um des Hochmuts ihrer Mutter und all der anderen Frauen ihrer Familie willen stand sie unter Gottes Gericht.

So fügte sie sich im Lauf des Sommers in ihr Schicksal und nahm es als Buße für sich und die Ihren demütig hin.

Sie musste fortan von der Erinnerung leben - und das Leben würde ja auch so hingehen und eines Tages alles vorüber sein.

Der junge Dag war fast immer im Wald und wagte sich selten auf den Hof. Seit Weihnachten trug er Adelheids Bild im Herzen, wo er ging und stand. All seine Irrfahrten im Wald brachten ihm keinen Frieden. Jagd und Arbeit ließen ihn wohl einmal alles vergessen, solange sie ihn in Atem hielten. Wenn er sich aber müde und erschöpft abends in eine Hütte oder Felsenhöhle verkroch und Feuer angezündet hatte, dann wurde ihr Bild in den Flammen lebendig, dann wandelte sie stolz unter den Degen und lächelte ihr vornehmes Lächeln. Und wenn er, auf die Fichtenzweige hingestreckt, eingeschlafen war, dann erschien sie ihm im Traum - groß und schön, lächelnd mit ihrem weichen Mund; aber ihre Augen blieben klug und ihr Nacken stolz.

Niemals wollte er heiraten, denn keine war wie sie, und sie konnte man nicht heiraten, niemand auf der Welt. Vereinzelte Male quälte er sich auf den Hof, um zu sehen, ob sie wirklich so schön war, und es wurde jedes Mal schlimmer. Adelheid trug ihr Haupt immer stolzer, um die Welt nichts von ihrem weichen Herzen ahnen zu lassen. Und Dag nahm an, ihr Gemüt gleiche ihrem Äußeren.

Dreizehntes Kapitel

Die Sommertage gingen hin, es wurde Herbst.

Eines Tages dankte der Major für den herrlichen Sommer, sie müssten sich jetzt verabschieden, morgen wolle er fort. Er sagte dies an einem Mittwoch; doch der Alte meinte, sie könnten noch über den Sonntag dableiben und Montag abreisen, und er erklärte sich einverstanden. Für Adelheid waren des Vaters Worte wie Grabgeläut über dem letzten Sommer ihres Lebens. Sie musste an die weite Reise zur Stadt denken, an des Apothekers feuchtes Lächeln, und tat in der kommenden Nacht kein Auge zu. Alles Junge und Starke in ihr kämpfte seinen letzten Kampf.

Zeitig am nächsten Morgen stieg sie die Treppe hinab. Jede einzige Stunde, die ihr noch blieb, wollte sie ausnützen. Schlafen konnte sie nicht. Als sie die Haustür vorsichtig öffnete, erklangen in der Vorderstube Schritte, und Vater Dag erschien. »So früh auf den Beinen, Fräulein Barre? Wollt Ihr Spazierengehen?« Ja, sie wollte die Zeit ausnützen - die Tage, die ihr noch blieben...

Klang wohl in ihrer Stimme ein Schwingen, das Dag ungewohnt vorkam? Sein Blick wurde durchdringend, beinahe lauernd. In seiner Jugend war sein Gehör so scharf gewesen, dass er die Tiere im Walde hörte, lange ehe er sie sehen konnte. Später hatte er stattdessen die Stimmen der Menschen belauscht und ihren Gesichtsausdruck erforscht-um des Geldes willen. Seit einem halben Jahre benutzte er seine alte Jägergabe, um die Menschen zu ergründen - um seiner selbst willen. Nichts, was die Menschen rings um ihn bewegte, nichts, was Augen und Ohren wahrzunehmen vermochten, entging ihm. Jetzt hatte er in Adelheids Stimme ein kaum merkliches Beben verspürt. Der lauernde Zug in seinen Augen währte nur ganz kurz, dann konnte niemand mehr ahnen, dass er gespannt beobachtete. »Wenn Ihr mit einem so alten Begleiter vorliebnehmen wollt, dann komme ich mit«, sagte er, und dann gingen sie in die Morgensonne hinaus über den stillen Hof auf die Weideplätze zu.

Der Alte plauderte über das Wetter und den vergangenen Sommer - von den Blumen - und Bäumen - und von den Vögeln, die fortgezogen waren. Kein Mensch erschien Adelheid so erhaben wie Vater Dag. Während dieser langen Sommerzeit hatte sie ihn etwas kennengelernt. Eine sichere Macht schien ihn zu umgeben, eine strenge Macht, aber der innerste Kern war Güte. Hätte sie doch einen solchen Vater! Einen, der alles ringsum sähe und verstände - nicht nur sein eigenes Ich. Ihr Nacken hob sich nicht so krampfhaft, wenn der alte Dag in der Nähe war, und jetzt lauschte sie mit gesenktem Kopf auf seine Reden.

Sie kamen zu den Birken, die jetzt herbstgolden waren, und sie erzählte ihm, hier habe sie manches liebe Mal gesessen, dem Windesbrausen im Laub zugehört und weit hinaus geblickt.

Da war wieder dieses Schwingen in ihrer Stimme, nur ein winziges Zittern, aber Dags Ohr fing es auf. Vielleicht bestätigten ihm der Glanz ihrer Augen und die Züge des Gesichts, was er aus ihrer Stimme herausgehört zu haben meinte.

Dort bei den Birken machten sie Rast - »Seid Ihr auch einmal weiter hineingegangen?«, fragte Dag. Nein, das war sie nicht. Also wanderten sie weiter, zum Fluss hinunter - über die Brücke - und kletterten am Hang hinauf, wo der Wald allmählich beginnt. Ohne zu sprechen, denn es ging steil bergan. Steine rutschten unter ihrem Fuß und rollten den Berg hinunter, Vögel flöteten ihre morgendlichen Töne, der Fall brauste dort unter ihnen, und der Wald summte und flüsterte. Niemals hatte Adelheid etwas Ähnliches empfunden wie in dieser Stunde, da sie zum ersten Mal den Hochwald betrat. Ihr war, als sei sie auf dem Weg in eine neue Wunderwelt. Vater Dag schlug den Pfad zum Storkollen ein und ruhte nicht eher, als bis sie ganz oben angelangt und in die Lichtung eingebogen waren, die den Blick nach Süden freigibt. Hier auf dem Felsgestein ließen sie sich nieder, und Adelheid blickte entzückt vor sich hin. So hoch über der Welt war sie noch nie gewesen. Die ganze Siedlung konnte man von hier aus tief unten liegen sehen und die blauen waldigen Hügel unter der Morgensonne. Was aber ihre Vorstellungen weit übertraf, waren die Wälder im Westen und Norden - der Hochwald von Björndal - unermesslich weit, Rücken auf Rücken. Dag saß da und schöpfte Atem - er ließ Adelheid Zeit, sich recht umzusehen. Erwartete er etwa ein Wort der Begeisterung von ihr? Nein, dessen bedurfte es nicht. Er hatte sie scharf beobachtet, als sie den ersten Blick in die Ferne tat. Und kein Wort hätte so deutlich das ausdrücken können, was ihre großen, fast erschrockenen Augen verrieten. Nach einem Weilchen wies Dag auf die Wälder im Westen. »Dort drüben treibt sich Dag irgendwo herum«, sagte er und betrachtete sie verstohlen.

Adelheid brauchte Zeit, um Worte zu finden, schließlich brachte sie heraus: »So, dort also.« Der Alte nickte fast unmerklich - wandte den Kopf und blickte nachdenklich lange über den Wald hin. Adelheid suchte mit aller Willenskraft und Kunst ihre Gefühle verborgen zu halten. Sie gehörte zu denen, die nicht um die Welt jemandem zeigen wollen, was sie fühlen. Aber an diesem Morgen war es mehrmals vorgekommen, dass in ihrer Stimme ein für Menschen unvernehmbarer Klang lag, den ihr Gefühl nicht bewacht hatte. Sie konnte nicht wissen, dass die Ohren des Alten nicht wie anderer Menschen Ohren waren. Sie erhoben sich und wanderten den Weg zurück - die Bergpfade hinab. »Von solch einem Morgenspaziergang bekommt man rechten Hunger«, sagte der Alte, und das war alles, was auf dem Heimweg gesprochen wurde.

Die Zeit verging - Tag um Tag, und der Sonntag kam heran, Adelheids letzter Sommertag. Morgen würden sie abreisen. Mit tränennassen Augen hatte sie alles für die Heimreise fertig gepackt. Zum letzten Male sollte sie dieser Kammer Lebewohl sagen. Es neigte sich schon dem Abend zu, und Adelheid stand draußen in der Laube vor der Kammer und blickte über die Siedlung hin - über die goldenen Äcker - und die flammenden Laubhaine, Herbst in der Welt - und in sich selbst.

Sie ging hinein und setzte sich in den großen Stuhl zwischen dem Bett und der offenen Glastür. Der Windzug von draußen mischte sich mit dem Duft des Raumes, und Bilder von ihren Wanderungen verflochten sich mit Erinnerungen an alle die behaglichen Stunden in dieser Kammer. Das war zu viel. Sie brach in Tränen aus, so heiß und weh, dass sie ihr Herz zu sprengen drohten.

Es klopfte behutsam an die Tür, und Jungfer Kruse bat zum Abendbrot. Adelheid stammelte hinter den Bettvorhängen ein *Dankeschön* hervor. Dann mühte sie sich, die Tränenspuren vom Gesicht zu waschen und ihre gewohnte Haltung wiederzufinden. Und ging zum letzten Mal hier auf dem geliebten Hof zum Abendessen - schlank und stolz bis zur letzten Schmerzensstunde. Sie wunderte sich, den Tisch in der Vorderstube leer zu finden; aber die Tür zur Alten Stube stand offen, und dort war heute Abend der Tisch gedeckt. Solange sie auf Björndal war, hatte sie hier noch nie gegessen, und sie überlegte, was es wohl bedeute. Ihr Vater und der Alte standen am Kamin und plauderten. Die Tage waren noch so milde, dass kein Feuer brannte, und zum Schmuck hatte man Herbstlaub darin aufgehäuft. Es war, wie immer, dämmerig in der alten Stube, doch auf dem Tisch brannten Lichter. Nicht der große Saal, kein großer Saal der Welt reichte an die Alte Stube heran, wenn sie festlich hergerichtet war. Hier hatten sie um den Kamin gesessen, viele, die jetzt tot waren, und auf den Bänken um den langen Tisch, viele, deren Andenken vergessen war.

Es schien in Adelheid etwas zusammenzubrechen, als sie über den Tisch blickte. Es war nicht wie zu alltäglichem Essen gedeckt.

Nein, zum Fest, mit dem allerschwersten Silber und dem feinsten Tischzeug. Jedes Licht stand in silbernem Fuß, und in den Flaschen funkelte goldener Wein. Es sollte wohl ein letztes Fest zum Gedächtnis des Hauptmanns sein - und zugleich für ihren Vater und sie, da sie morgen auf Nimmerwiedersehen abreisten.

Ein Schatten hatte sich im Dunkeln vom Fenstertisch an der Westwand erhoben. Eine Schwäche befiel ihre Glieder: es war der junge Dag. Er war also heute Abend aus dem Wald heimgekommen, um gute Nacht zu sagen, wie Weihnachten auch - die allerletzte *gute Nacht.*

Man hatte nur auf sie gewartet und ging sofort zu Tisch. Vater Dag saß in dem großen Stuhl aus der Vorderstube an der einen Längsseite des Tisches mit dem Rücken gegen das Südfenster. Ihm gegenüber der Major und an den Tischenden Adelheid und Dag. Sie hatte die Tür zur Vorderstube im Rücken. Feierlich weit voneinander getrennt saßen sie, aber das schien Absicht. Es geschah, wie Adelheid vermutete; als sie eine Weile gegessen und vom Wein gekostet hatten, ertönte des Alten Stimme. Er gedachte des Hauptmanns und aller gemeinsam verlebten Tage, er dankte Fräulein Barre und dem Major, dass sie ihm die Einsamkeit in letzter Zeit etwas erleichtert hätten. Als sie sich zutranken, hob Adelheid ebenfalls ihr Glas und nippte daran, aber sie meinte ihr eigenes Herzblut zu trinken.

Der Major trank oft und herzhaft, denn er wusste, dass man es durfte, wenn hier im Haus zum Fest gerüstet war. Ungewohnter schien es, dass der Alte sein Glas jeweils auf einen Zug leerte und gleichwohl ein merkwürdig schwerer Ernst seine Blicke überschattete. Weshalb nur dies Fest in der alten Stube? Gedachte er unvergesslicher Stunden in diesem Raum? An den Hauptmann, der so jäh von ihm weggestorben war, gerade als sie einander so viel geworden waren? Nach jener langen Nacht kamen sie sich näher, und ehe Klinge krank wurde, verbrachten sie noch manchen guten Abend miteinander. In der letzten Zeit, als Klinge krank lag, hatte Dag immer treulich an seinem Bett gesessen, auch viele lange Nächte hindurch. Alle ihre Gedanken über Leben und Tod hatten sie einander mitgeteilt. Hieran dachte Vater Dag jetzt und auch an die anderen Dahingegangenen. Er sah den Tod aller seiner Nächsten jetzt nicht mehr wie früher und als Strafgericht für sich selber an. Aber er behielt alle diese Gedanken treu im Gedächtnis, die ihm jedes Mal gekommen waren, wenn der Tod dicht an ihn herantrat. Keiner seiner Lieben hatte vergebens gelebt oder war vergebens gestorben. Er spürte, dass jeder der Dahingeschiedenen sein Scherflein zu dem beigetragen hatte, was endlich in ihm aufgewachsen war. Er fühlte sie alle in sich leben. Sie begleiteten ihn bei seinem Vorsatz, mehr mit Menschen als mit Geld zu schalten. Gute Menschen leben doch nicht vergebens - Dorthea in all ihrer Zurückhaltung hatte ihn durch Wort und Beispiel ermahnt. Oder der alte Klinge, der hier wie ein Schatten gewandelt war: seine einsamen Tage und sein schweres Los hatten Gedanken ausgelöst, die jetzt anderen zugutekamen. Dag betrachtete es als seine Pflicht, dafür zu sorgen, dass Leben und Sterben der anderen nicht vergeblich waren.

Er saß an der Festtafel, gewiss; aber lange, ohne etwas um sich her zu hören oder zu sehen, so tief war er in Gedanken versunken. Manche Erinnerung überkam ihn heute Abend; große Macht besaß er über die Menschen auf dem Hof, in der Siedlung, in den Wäldern und unendlich weit in den südlichen Tälern - wie ein König und Herr über das Leben vieler. Und doch konnte er jetzt, als er die drei anderen über den Tisch gebeugt sah, den Kopf erheben und mit der gleichen Einsamkeit im Blick umherspähen, wie zu Dortheas Zeiten. Wer einmal einsam geworden ist, der bleibt es sein Leben lang.

Die anderen drei - die hielten den Kopf meist gesenkt. Adelheid und Dag wollten nicht verraten, was an diesem schweren Abend in ihnen vorging, beide gleich stolz und scheu. So schienen sie unentwegt zu essen und auf ihre Teller zu starren. Der Major war damit beschäftigt, an dieser letzten Festtafel recht viel an Essen und Trinken zu bewältigen. Eine solche Gelegenheit bot sich ihm wohl nie im Leben wieder. Es kamen viele Gerichte auf den Tisch. Suppe und Fisch und Geflügel und Gepökeltes, Braten von Kalb und Elch und Schwein - und Gemüse und Obst, die Ernte dieses Herbstes. Und sie spülten das Essen mit Wein und Branntwein hinunter und mit starkem Bier. Diesem Tisch konnte man keine Notzeiten ansehen. Der Alte war einer der Hellhörigen im Lande. Er hatte auf die Zeiten gemerkt und auf Winke, die er aus der Stadt erhielt, ihm standen viele Möglichkeiten zu Gebote. So manche Fuhre mit Korn und anderem war auf den Hof gekommen. Und von alters her verstanden sich die Siedler hier auf die Kunst des Rindenbrotes, und es gab unendlich viele junge Espen an den Hängen und mancherlei Moose und Laub, Riedgras und Binsen für das Vieh, wenn man die Zeit richtig nutzte. Dag hatte an alles gedacht und im Hof und in den Siedlungen und bei den Leuten, für die er draußen sorgen musste, seine bestimmten Anordnungen getroffen. Dazu kam noch, dass in dieser waldumschlossenen, von Laubgehölz durchzogenen Siedlung der Herbstfrost nicht so scharf war wie draußen im offenen Lande, das dem Wind schutzlos bloßlag. Und der alte Dag hatte mit seinen Leuten in harten Zeiten reiche und nützliche Erfahrungen gesammelt und erinnerte sich der alten Überlieferungen sehr wohl. Jetzt kam ihnen alles vielfältig zugute. Die Not musste lange dauern, wenn sie ernstlich in sein Bereich gelangen sollte.

Beschäftigte ihn dieses, als er so nachdenklich über den Tisch mit dem Essen und über die anderen hinblickte? Nein, seine Gedanken verweilten schon wieder bei den guten Menschen, die einst um ihn waren, und bei seinem Vorsatz, ihren Willen zu verwirklichen. Und für einen einfachen Menschen wie ihn gab es nur eine Möglichkeit, ihren Willen lebendig zu erhalten. Sein Leben hieß Handeln, sein Denken Vorbereitung zur Tat. Zwar hatte er in letzter Zeit allerlei Gutes getan an Leuten draußen im Land und drinnen in der Siedlung, in den Wäldern und auf dem Hof, Kleinigkeiten, von denen niemand zu wissen brauchte; aber konnte er nicht auch für andere, Näherstehende etwas tun?

Da war sein Sohn. Der würde alles von ihm erben, sein Geld und alles Übrige. Für den war gesorgt. Dags Blick streifte Adelheid und den Major und ging dann mehrmals zwischen Adelheid und seinem Sohn hin und her. Beide aßen und aßen - ohne zu essen. Auf jenem Morgenspaziergang hatte er entdeckt, dass Adelheid an einem Herzeleid trug.

Und war der Junge nicht außer Rand und Band, seit sie Weihnachten hier gewesen war? Da hüteten die beiden Geheimnisse, die jeder ganz für sich allein zu haben glaubte, und der Alte saß da und zählte ihre Heimlichkeiten wie Zahlen auf einem Papier zusammen.

Er schenkte sein großes Branntweinglas voll und trank dem Major zu, und als er es hinstellte, war es leer. Mit manchem war er im Leben fertig geworden, aber an Liebessachen hatte er sich doch nicht gewagt. Wie ein Lächeln glomm es in seinen Augenwinkeln auf. Er schien kaum geeignet, für andere zu freien, wo er einst nicht einmal für sich selbst gefreit hatte. Er musterte seinen Sohn verstohlen. Wie verschlossen das gesenkte Gesicht war. Es gehörte Mut dazu, sich in dessen Geheimnisse zu mischen. Und Fräulein Barre, deren starren Ausdruck er beobachtete, sah auch nicht sehr zugänglich aus.

Der Alte schenkte sein Glas wieder voll und goss es auf einen Zug hinunter.

Freien war ein Ding zwischen Fragen und Bitten. Und in keinem von beiden besaß er Übung. Die Worte, die er auf der Welt sprach, lauteten: So soll es sein. Freierei war nicht seine Sache, nein. Er füllte sein Glas von neuem, ließ es aber stehen. Ein letztes Überlegen, dann beugte er sich langsam im Stuhl vor und blickte auf den Tisch hinab. Das silberne Haar wogte um die Schläfen, die Nase stand groß und spitz vor, die Augen waren unter den Brauen verborgen.

Er nickte zweimal vor sich hin. Dann hob er langsam den Kopf, höher und höher, und sein Gesicht bekam jenen Ausdruck aller seiner großen Augenblicke. Die Haut spannte sich über den Knochen, als ginge er gegen scharfen Wind an. Er richtete sich im Stuhl auf, breit und gewaltig wie ein Elch, und sein Schatten an Wand und Decke wuchs zum Ungeheuer, als er sich gegen die Lichter vorbeugte.

Er räusperte sich und blickte zu Barre hinüber.

»Was sagt Ihr dazu, Major, dass sich diese jungen Leute ineinander verliebt haben und uns kein Wort davon verraten?«

Drei Augenpaare starrten weit geöffnet auf Vater Dag - alle drei im gleichen Augenblick, alle drei gleich verwirrt. Die erste, die sich fasste, war Adelheid, sie senkte den

Blick und neigte das Gesicht, auf dem flammende Röte und fahle Blässe jäh wechselten. Als nächster fand sich der junge Dag wieder. Auch er senkte den Kopf, aber brennende Hitze schlug ihm in die wettergebräunten Wangen. Dass der Vater so ins Blaue hineinreden konnte! Nie hätte er das gedacht. Wie kam er bloß auf den Gedanken? Das nächste würde sein, dass Adelheid sich stolz wie eine Königin erhob und aus der Stube rauschte, und der Major würde gleichfalls aufstehen und ihr folgen. Alles würde Zusammenstürzen.

Aber nichts dergleichen geschah. Der Major blickte nur ratlos vom einen zum anderen.

»Was muss ich da hören?«, bekam er endlich heraus. »Ist es möglich? Wie, Adelheid? Ist das wahr?« Seine Zunge war schwer vom vielen Trinken, und bei dieser Nachricht erlahmte sie völlig.

Adelheid blieb ihm die Antwort schuldig. Sie beugte sich tief über den Tisch. Die Augen des Alten waren dunkel und ruhig, aber in den Winkeln blitzte ein ganz kleiner schalkhafter Zug. War er nicht das Schicksal für so viele draußen in den Siedlungen? Konnte er es da nicht auch einmal für seine Nächsten sein? Erinnerte er sich nicht der Zeit, da er im Alter seines Sohnes stand - wie scheu und eigen er damals war? Sollte er zusehen, wie diese beiden, die sich liebhatten, einander verloren? Nein, hätte er so etwas geschehen lassen, ohne ein wenig einzugreifen, dann wäre er nicht Dag Björndal.

Adelheid Barres Schicksal, das Schicksal ihrer Familie - was bedeutete das auf Björndal? War nicht hier der Alte Schicksal für alles und alle? Der Major blickte vom einen zum andern und machte sich klar, was dieses Ereignis für seine Tochter bedeutete - und für ihn selbst. Aber er konnte es einfach noch nicht fassen und glauben. Sein Leben hatte sich noch nie zum Besseren gewendet.

Der Alte hob sein Glas. »Auf das Wohl der jungen Leute!«

Sie tranken das letzte Glas und standen vom Tisch auf. Jetzt hätten wohl Glückwünsche und Handschlag folgen müssen, aber alles war so seltsam, dass niemand recht zu sich kam. Adelheid dankte für das Essen, ohne die Hand zu reichen, und verschwand eiligst aus der Tür zur Vorderstube. Sie wollte in ihre Kammer hinauf, blieb jedoch in Gedanken bei der Treppe - gegen das Geländer gelehnt-stehen. Was war nur geschehen? War alle Qual durch die wenigen Worte des Alten aus ihrem Leben getilgt?

War so etwas möglich auf Erden? Was war er für ein Hexenmeister, dass er das von ihr wusste! Wovon doch niemand etwas ahnte! War es denn überhaupt wahr? Liebte Dag sie denn wirklich? Das Blut brauste in ihren Adern, dass ihr schwindelte. Schritte nahten durch die Vorderstube, starke Schritte. Es war Dag, der Sohn.

Er hatte so lange gewartet, bis er sie sicher in ihrer Kammer wähnte. Wie angewurzelt blieb er stehen, als er sie an der Treppe erblickte. Sie wandte sich langsam und starrte ihn an. Er war es, aber sein Gesicht war finster wie ein Ungewitter. Also war es doch nicht wahr...

Endlich fasste sich Dag. »Ihr dürft mir nicht böse sein«, sagte er. »Ich bin nicht schuld. Es war nur ein Einfall von Vater.«

Adelheids Augen weiteten sich in tödlichem Schrecken. »Es ist also nicht wahr?«

»Was soll nicht wahr sein?«

»Dass - dass Ihr mich liebt?« Ihre Stimme zerbrach fast in Weinen.

»Doch - das - das ist wahr«, antwortete Dag - verlegen wie ein Junge.

Während sie hier an der Treppe stand, hatte Adelheid alle Haltung verloren; bei Dags letzten Worte wuchs sie zu ihrer gewohnten Größe auf, ihr Kopf hob sich so stolz, als blicke sie über die ganze Welt hin. Eine Weile stand sie so. Vielleicht wartete sie auf etwas - aber nichts geschah.

War die Kraft des Alten in sie übergegangen? Hatte er sie gelehrt, das Schicksal zu lenken?

Ihr Fuß schritt die Treppe hinunter, und sie wandte sich Dag ganz zu. Eine einzige Kerze auf dem Kaminsims beleuchtete sie beide.

Schlank und feierlich schritt sie geradeaus, trat dicht an ihn heran, und stolz wie nie zuvor legte sie den Kopf zurück und schloss die Augen. Das Licht schien auf sie nieder und warf einen goldenen Schimmer auf ihr Gesicht. Ein süßer Duft wie von Sommerblumen streifte Dag. Er stand starr und wie gebunden, als erwarte er, dass die Erscheinung verschwinde. Da bewegten sich ihre Lippen, als flüstere sie ein vertrauliches Wort. Dags Gesicht neigte sich. Er küsste Adelheid Barre - wandte sich um - und ging in die Stube zurück. Er hatte sie nicht angerührt - nicht mit den Händen.

Adelheid blieb stehen wie eine Statue, an derselben Stelle. War es wirklich geschehen?

Lange stand sie unbeweglich, dann richtete sie langsam den Kopf auf. Doch, es war wahr. Mit Worten hatte er es bestätigt, mit einem Kuss sich ihr verpfändet. An derselben Stelle, wo sie ihn zum ersten Mal gesehen hatte.

Aller Kummer, alles Herzeleid, Armut und Schicksalsschatten, alles war fort wie Tau vor der Sonne, fort vor den Worten des Alten. Konnte es eine solche Wendung in ihrem Leben geben? Ihre Augen füllten sich mit heißen Tränen, und sie wandte sich zur Treppe. Doch nein - weshalb sollte sie in ihre Kammer gehen und weinen? Stark wollte sie sein, und gut - gegen den einen - gegen alle. Ach, könnte sie doch geben, aus ihrem vollen Herzen. Vielleicht... Sie kehrte still um und ging lautlos in die Vorderstube.

Vater Dag hatte vorgeschlagen, die beiden Alten sollten eine Pfeife rauchen und einen gehörigen Schluck trinken, und der Major widersprach da keineswegs. Sie setzten sich also gemütlich an den Kamin, in dem das Herbstlaub fast wie Feuer flammte.

In des alten Dag Gesicht war eine sonderbare Veränderung vorgegangen, der einsame, adlerhafte Zug war merklich gemildert, und das aus gutem Grunde. Schwer hatte er mit sich ringen müssen. Dieser Kampf spielte sich tief in seinem Inneren ab, der Kampf zwischen der Liebe zu seinem Sohn und der Abneigung, einen Gleichberechtigten neben sich zu sehn. Erst bei Tisch war ihm das voll zum Bewusstsein gekommen, als er sich entschloss, die beiden zusammenzubringen. Da stieg ein Unwille in ihm auf, den Sohn verheiratet zu sehen, auf dem Hof ansässig, statt in angemessener Entfernung draußen in den Wäldern. In Geldgeschäfte und alles würde der Sohn dann hineinkommen; und er kannte seine eigene Herrschsucht.

Der Kampf war kurz. Und ein Gefühl der Beschämung durchfuhr ihn. Sollte nicht der Sohn einmal alles übernehmen? Es war an der Zeit, dass er angelernt wurde. Sollte er nicht das Erbe der Sippe weitertragen?

Nein, er wollte den Sohn jetzt auf den Hof haben, nahe bei sich, Familie um sich, dicht um sich, wie es in der alten Zeit gewesen war. Und Adelheid Barre wollte er hier haben - sie sah aus, als könne man mit ihr über alles sprechen. Sie war wunderschön, dass es froh machte, wenn man sie nur anblickte.

Schon in ihre Augen zu sehen erschien ihm wie Kirchgang. Er wollte sie hier haben, mit ihr reden. Es sollte jetzt mit der Einsamkeit ein Ende haben. Und nach allen diesen Überlegungen, da hatte er sich erhoben und die kühnen Worte gesprochen...

In jüngeren Jahren hatte er oftmals nachgedacht, was für ein Sinn wohl in Ane Hammarbös Prophezeiung liegen mochte: seine Familie werde so hoch steigen, wie es Menschen nur möglich sei. Dass nicht viele einen solchen Sieg über sich gewinnen wie er selber im letzten Jahr, das kam ihm nicht zum Bewusstsein. Es war ein weiter Schritt vom ersten Bluträcher auf Björndal bis zu Dag. Vielleicht waren Anes Worte der Erfüllung nicht fern, wenn auch auf andere Art, als die Alten annehmen mochten. Sie saßen am Kamin, Vater Dag und der Major. Der Sohn kam einmal bei ihnen vorüber, und Adelheid war vorher durch die Stube gegangen. Der Alte nickte vor sich hin, der Junge saß jetzt am Fenstertisch im Dunkeln.

Draußen hatte es zu regnen begonnen. Es brauste mächtig in der Herbstnacht, und sie fühlten sich wohlig geborgen im Hause.

Leichte Schritte erklangen in der Vorderstube, behutsam wurde das Spinett geöffnet. Adelheid spielte - dunkle Töne, lichte Töne, starke, tiefe Lieder des Lebens, und Töne, so warm wie Blut. Dann kehrte sie in die Alte Stube zurück, wohl um gute Nacht zu sagen - groß und schön.

Vater Dag hatte jedem Ton gelauscht und dem Regen, der draußen rauschte; und alle lieben Erinnerungen waren an ihm vorübergezogen. Als sie kam, stand er auf - und was der Sohn nicht gewagt hatte, das tat der Vater. Er breitete seine Arme aus und zog Adelheid an sich, an seine breite Brust. Mit seiner harten Hand strich er ihr sanft über das Haar und flüsterte: »Tochter...«

ENDE

Fortsetzung folgt in:
Das Erbe von Björndal
von Trygve Gulbranssen